Jennifer B. Wind

WASSERFALLSTURZ

Ein Murtal-Krimi

Servus

FSC
www.fsc.org
MIX
Papier | Fördert gute Waldnutzung
FSC® C083411

1. Auflage 2023

Medieninhaber, Verleger und Herausgeber:
Red Bull Media House GmbH
Oberst-Lepperdinger-Straße 11–15
5071 Wals bei Salzburg, Österreich

Satz: MEDIA DESIGN: RIZNER.AT
Gesetzt aus der Palatino, Bauer Bodoni, Courier
Umschlaggestaltung: www.b3k-design.de, Andrea Schneider, diceindustries
Umschlagmotive: © Anze Furlan / shutterstock.com;
© Jenov Jenovallenn / shutterstock.com; © phtorxp / pixabay.com
Landkarte Innenklappe: Nina Andritzky
Printed by CPI books GmbH, Germany
ISBN: 978-3-7104- 0337-8

Dieses Buch widme ich meiner
Taufpatin Hildegard Schnedl,
die sich schon so auf dieses Buch
gefreut und leider den Kampf gegen
ihre Krankheit verloren hat.

Prolog

Das Zischen des Atemgeräts singt mich täglich in den Schlaf. Der säuerliche Schweißgeruch der Krankenschwester, die meine Bettwäsche wechselt und mich wäscht, dringt schwach durch meine Nase. Das Wasser wärmt mich, und der kratzige Fetzen hinterlässt Spuren auf meiner Haut. Die Süße der Flüssigkeit, die mir jeden Tag durch einen Schlauch verabreicht wird, der durch meine Nase in den Rachen führt, schmecke ich deutlich. Die Infusionsnadel pikt unangenehm in meinem Arm. Meine Haare wurden wochenlang nicht gewaschen. Der Juckreiz auf meinem Kopf bringt mich bald um den Verstand.

Habe ich überhaupt noch einen? Die Ärzte sind sich nicht sicher. Deshalb wagt niemand, die Geräte abzustellen. Gefangen in einer nutzlosen Hülle, betrachte ich mit sabberndem Mund die Zimmerdecke. Hellblau gestrichen gaukelt sie mir den Himmel vor, den ich seit einer Ewigkeit nicht mehr gesehen habe.

Während ich hier liege, überlege ich, wie all dies geschehen konnte. Sonstige Aufgaben habe ich nicht. Vor wenigen Tagen bin ich aus dem Koma erwacht, aber nicht richtig aufgewacht, sondern liege im Wachkoma-Zustand mit Locked-in-Syndrom, sagen jedenfalls die

Ärzte. Sie flüstern, wenn sie über meine Situation reden, als wüssten sie, dass ich sie hören kann.

Versuche, mich bemerkbar zu machen, habe ich längst aufgegeben. Früher wurden Menschen mit einem Glöckchen begraben. Das hätte ich jetzt gerne hier. Einmal bimmeln für Ja, zweimal bimmeln für Nein.

Ich starre in das Blau. Tagein, tagaus. Künstlich. Nicht das Blau, das ich sehen möchte. Ich vermisse den Himmel, genauso wie ich den Anblick auf den Bach vermisse, an dessen Ufer mein Haus steht. Das stetige Plätschern hat mich auch an Stresstagen beruhigt. Ich vermisse es, meinen Kindern übers Haar zu streichen oder meine Nase spielerisch in die Zehen meiner Enkel zu vergraben. Ich vermisse meinen Mann, die Liebe meines Lebens, und die Nachmittage im kleinen Dorf-Café im Turm. Oder die Wanderungen. Nein! Nicht die Waldspaziergänge, nicht mehr, denn dort hat vermutlich alles begonnen.

»Schuld und Schulden weisen ein entscheidendes verbindendes Merkmal auf. Beide sorgen dafür, dass das Leben des Belasteten an einen in der Vergangenheit geknüpften Knoten gebunden bleibt.«

Peter Sloterdijk,1947

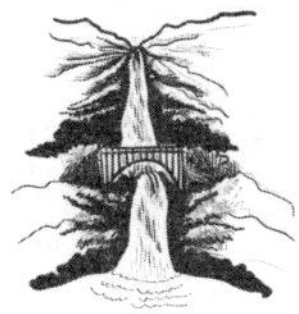

1. Kapitel

August, B 11 Richtung Schöder

Hätte jemand vor Jahren zu Franziska gesagt, dass sie eines Tages diese Landstraße entlangfahren würde, um wieder zu Hause zu wohnen, geschieden und mit zwei Kindern auf der Rückbank, hätte sie wohl lauthals gelacht.

Gerade aber blieb ihr das Lachen im Hals stecken. Was hatte sie sich bloß dabei gedacht? Alles in ihr schrie, dass diese Idee, wieder nach Schöder zu ziehen, nicht gut durchdacht war. Gleichzeitig zog es sie förmlich nach Hause.

Als ob das Universum sich auch nicht sicher wäre, peitschte seit einer Viertelstunde der Regen über das Land. Es war eines dieser Sommergewitter, die man nur in den Alpenregionen erlebte. Aus heiterem Himmel verdunkelte sich das Blau binnen Minuten.

Als die ersten Blitze durch die Wolkendecke brachen, begann Jonas zu weinen, denn er hatte panische Angst vor Gewittern. Franziska hatte ihn beruhigt.

»Ein Auto ist ein faradayscher Käfig. Dir kann hier drin nichts passieren.«

Dass es trotzdem für eine optimale Sicherheit ratsam war, das Fahrzeug abzustellen und die Hände an den Körper zu legen, verschwieg sie. Schließlich war der

Reiterhof nicht mehr weit entfernt, und sie hatte heute noch einiges zu erledigen, da sie bereits am nächsten Tag ihren neuen Job als Chefinspektorin an der Dienststelle in Murau antreten würde.

Franziska umklammerte das Lenkrad ihres Mini Coopers, der in Wien das perfekte Auto gewesen war, hier am Land aber völlig deplatziert schien. Zudem hatte das alte Radio kurz vor Graz seinen Geist aufgegeben. Weil Jonas vor zwei Stunden gekotzt hatte, als sie die kurvigen Straßen im Semmeringgebiet entlanggefahren waren, roch es auch noch süßsäuerlich. Nur ab und an während der Fahrt hatte Güllegeruch den Gestank im Fond überlagert, was auch nicht viel besser war.

Die Scheibenwischer quietschten über die Windschutzscheibe, übertönten aber nicht das Kreischen von Jonas, der auf einmal aufschrie: »Mama, pass auf! Da liegt etwas auf der Straße!«

Auch das noch. Die Heimkehr wurde ihr nicht leicht gemacht. Franziska blinzelte, da lag wirklich etwas. Rasch trat sie auf die Bremse, der Wagen rutschte ein bisschen, doch Franziska konnte gegenlenken. Kurz vor dem Objekt kam der Mini zum Stillstand. Franziska atmete erleichtert aus. Erst jetzt bemerkte sie, dass sie während des gesamten Manövers die Luft angehalten hatte.

»Mama, das bewegt sich!«, rief Jonas vom Rücksitz. Das Klackern der Schnalle seines Sitzgurts ertönte.

»Ich hab dir doch erklärt, dass du dich erst abschnallen darfst, wenn ich es dir erlaube, Jonas!«

»Aber wir stehen doch.« Er zog einen Schmollmund. Dabei sah er mit seinen acht Jahren wieder aus wie ein Baby. Die Flecken auf seinem T-Shirt rundeten dieses Bild ab. Franziska wurde warm ums Herz.

»Aber wir stehen mitten auf der Straße!«

Es klickte abermals. Im Gegensatz zu Amelia folgte Jonas noch aufs Wort. Das Pubertier neben ihm starrte stumm in ihr Smartphone, die Ohren zugestöpselt. Amelia hatte seit ihrem Aufbrechen in Wien nichts mehr gesagt. Eigentlich ignorierte sie Franziska, seitdem sie erklärt hatte, dass sie in die Steiermark umziehen würden.

Franziska parkte den Wagen am Straßenrand, schaltete die Warnblinkanlage ein, schlüpfte in die Regenjacke und zog die Kapuze über den Kopf.

»Ich will mitkommen!« Jonas zappelte und drückte die Knie in Franziskas Sitzlehne.

»Nein, ich muss erst allein nachschauen.«

Ihre Erfahrung beim LKA in Wien hatte ihr in aller Bitterkeit gezeigt, dass man stets mit dem Schlimmsten rechnen musste. Auf der Straße konnte alles Mögliche liegen. Gruselige Bilder aus ihrem früheren Berufsleben schoben sich in ihr Gehirn. Sie schüttelte den Kopf, als könne sie sie damit vertreiben. Eines war auf jeden Fall die richtige Entscheidung gewesen: das LKA Wien zu verlassen. Hier, in dieser beschaulichen Gegend der Steiermark, erhoffte sie sich Erholung, nicht nur von ihrer Scheidung samt Rosenkrieg, sondern auch von all den Morden und der extremen Gewalt, der sie in diesen Jahren begegnet war. Bei ihrem letzten Fall stand sogar ihr eigenes Leben auf der Kippe. Nächtelang hatte sie danach nicht zu schlafen vermocht und schließlich eine Auszeit genommen. Dieser unbezahlte Kurzurlaub gipfelte in ihrem Wunsch, sich aufs Land versetzen zu lassen. Ein Streben, das sie schon viele Jahre hegte, aber mit dem ihr Ex-Mann Nick nie etwas hatte anfangen können, der einfach ein Städter durch und durch war und zudem leidenschaftlicher LKAler.

Der Regen peitschte Franziska ins Gesicht, als sie sich dem Objekt auf der Straße vorsichtig näherte. Sie bückte sich hinunter.

»Ein Kätzchen«, sagte Jonas neben ihr. »Ist es tot, Mama?«

Wo war er auf einmal hergekommen? Franziska seufzte. Schon wollte sie ihn maßregeln, doch als sie in sein Gesichtchen sah, konnte sie das nicht mehr. Voller Mitgefühl blickte er auf das Fellbündel, das auf der nassen Fahrbahn lag.

Aus ihrer Jacke zog Franziska Handschuhe hervor, die sie grundsätzlich eingesteckt hatte, und zwar in jeder nur erdenklichen Jacken- oder Hosentasche. Eine Maßnahme, die sie sich über die Jahre beim LKA angeeignet hatte. Während sie die Handschuhe überstreifte, schickte sie Jonas zum Wagen, um eine Decke zu holen.

Zwei Minuten später kam er freudestrahlend wieder und zeigte auf den Himmel.

»Mama, schau, es regnet nicht mehr.«

Er reichte ihr einen Bettüberzug. Decke war wohl ein zu weit gefasster Begriff gewesen. Sei es drum. Das musste auch gehen. Vorsichtig hob sie das Kätzchen hoch und bettete es auf das Laken, das Jonas in Händen hielt.

»Mama, das Kätzchen blutet.«

Das war Franziska auch gerade aufgefallen. Doch der Stubentiger sah unverletzt aus. Woher kam dann das Blut? Sie richtete sich auf und wickelte das Tier sanft in den Baumwollstoff. Mit einem Teil seines Shirts wischte sich Jonas seine Tränen von den Wangen. Er war so sensibel.

»Was tun wir jetzt? Bringen wir das Kätzchen ins Krankenhaus?«

»Wohl eher zum Tierarzt.«

Gemeinsam gingen sie zum Wagen zurück. Jonas trottete mit gesenktem Kopf neben ihr her. Nachdem er eingestiegen war und sich angeschnallt hatte, wollte ihm Franziska das Bündel auf den Schoß legen, als sie eine Frauenstimme hinter sich hörte.

»Franzi? Bist du das?«

Rasch reichte sie Jonas das Kätzchen und drehte sich um. Vor ihr stand Heidrun Stadler, ihre alte Schulfreundin. Sie hatte sie gar nicht kommen hören. Das Haar hing ihr patschnass über die Schultern, ihre Brillengläser waren voller Regentropfen. Sie zog an den Bändern ihrer grauen Jogginghose und knotete sie zu. Anscheinend war sie unvorbereitet aus dem Haus gelaufen.

»Du bist es!« Heidrun strahlte und drückte sie kurz an sich. Der Geruch von Vanille und Zimt stieg Franziska in die Nase. »Ich hab ja g'wusst, dass du diese Woche kommst, aber nicht, dass es heut ist.«

Sie musterte Franziskas Hände, die immer noch in Handschuhen steckten.

»Sag, hast du schon einen neuen Fall, kaum dass du da bist?«

Franziska folgte ihrem Blick. »Nein, wir haben eine Katze von der Straße aufgelesen.«

»Mei, habt's ihr Oreo gefunden? Ich habe sie schon überall gesucht. Gott sei Dank!«

»Oreo, wie der Keks?«

Heidrun lachte. »Ja, mei, du weißt doch, wie gern ich die ess.«

»Aber nur die Füllung.« Lachend zeigte Franziska auf die Rückbank. »Jonas hat sie am Schoß. Sie blutet aber.«

»Ja klar, sie hat ja grad Kitten bekommen.«

Jonas hörte das. »Katzenbabys!«, kreischte er. Neben ihm rollte Amelia genervt mit den Augen und zog ihren Kapuzenpulli tiefer ins Gesicht.

»Mama, darf ich die Katzenbabys sehen?«

Heidrun lächelte ihn an. »Dafür sind sie noch viel zu klein. Aber in ein paar Tagen vielleicht.« Sie streckte ihre Hände aus. »Sie brauchen dringend ihre Mama.«

»Aber der geht's nicht gut.« Betrübt schaute Jonas auf das Tier.

»Mach dir keine Sorgen. Heidi ist Ärztin und kann Oreo sicher gut versorgen«, sagte Franziska und zwinkerte Heidrun zu. Diese blinzelte zurück. Es war nicht komplett geschwindelt. Heidrun Stadler war tatsächlich Ärztin, aber keine Veterinärmedizinerin.

Jonas nahm seine Hände weg, damit Heidrun ihm das Kätzchen abnehmen konnte.

»Danke, dass ihr Oreo gerettet habt.«

Jonas nickte. »Sonst hätten die Babys jetzt vielleicht keine Mama mehr.«

»Ja, ohne Jonas hätte ich sie vielleicht gar nicht gesehen«, erwiderte Franziska.

»Toll, Jonas. Da kannst du dir bei mir einen Lutscher holen als Dankeschön. Oder hast du lieber einen kleinen Dinosaurier?«

»Dino, Dino, Dino«, sang Jonas.

Schmunzelnd schloss Franziska die Autotür. Jonas konnte alle Dinosaurierarten und deren Eigenschaften auswendig aufzählen. Wie viele Jungs in seinem Alter.

»Soll ich dich mitnehmen?«, fragte sie Heidrun und öffnete die Beifahrertür.

»Zu Fuß gehen ist g'sund«, winkte ihre Freundin ab. »Ich bin ganz nass, da ruinier ich dir doch die Sitze.«

Franziska deutete auf die rosa Sneakers an Heidruns Füßen, die ganz offensichtlich nicht wasserfest waren. »Geh komm, jetzt steig schon ein.«

Die Ärztin zögerte kurz und setzte sich schließlich auf den Beifahrersitz. Bevor Franziska den Wagen wieder startete, vernahm sie noch ein Schnauben von der Rückbank. Amelia würde ihr noch einige Sorgen bereiten. Kurz nach der Scheidung hatte sie Franziska wissen lassen, dass sie vorhatte, zu Nick zu ziehen. Bloß wusste der noch nichts von ihren Plänen.

Franziska lenkte den Mini die Straße hinauf zum Reiterhof Fürst, den man schon von Weitem erkennen konnte, zumindest die Pferdeweide. Die Arztpraxis war nicht weit entfernt.

»Schön, dass du wieder da bist, Franzi«, sagte Heidrun und streichelte Oreo, die sichtlich erschöpft auf ihrem Schoß schlief.

»Ich freu mich auch.«

»Sei mir nicht bös, aber das hört sich nicht so an.«

»Na ja«, Franziska seufzte und blickte auf ihren Ringfinger, wo sich eine dünne helle Linie von der ansonsten gebräunten Haut abhob. Bis vor Kurzem hatte sie noch ihren Ehering getragen. »Mein Lebensplan hat anders ausgesehen.«

»Das Leben hält sich nicht an Pläne. Weißt du doch.«

Die Straße ging in einen Schotterweg über.

»Kommst auf einen Kaffee mit rein?«, fragte Heidrun, als der Wagen vor der Praxis hielt.

»Ich möchte heute noch nach Murau, mich vorstellen. Morgen fang ich ja schon an, und der alte Chefinspektor ist nur noch heute da, da wollt ich mich schon mal anmelden und meine Ausstattung in den Spind räumen.«

Heidrun sah auf die Uhr und hob die Augenbrauen. »Heut noch?« Kopfschüttelnd schälte sie sich aus dem Beifahrersitz und hinterließ dabei eine Wasserlache.

Franziska stieg ebenfalls aus, um ihrer Freundin zu helfen, damit sie die Tür zur Praxis aufsperren konnte. Als Heidrun ihr Oreo wieder abnahm, hielt sie kurz inne. »Es ist auf jeden Fall gut, dass du da bist. Die Leitnerin liegt seit Monaten im Koma, und niemand kümmert's.«

»Die Marion liegt im Koma? Warum das denn?«

»Der Max und dein Vorgänger Günter behaupten, es war vermutlich ein Unfall, die Susi sagt das auch, aber ich bin mir da nicht so sicher. Am Anfang haben sie noch ermittelt, haben auch mit mir geredet. Aber ich hab ewig nichts mehr gehört.«

»Wieso? Die werden schon wissen, was sie tun.«

»Vielleicht, aber ich kenn die Leitnerin besser als der Max. Und auf jeden Fall besser als die Susi.«

Franziska wusste nicht einmal, welche Susi gerade gemeint war, fragte aber nicht nach. Das hatte Zeit.

»Wo war denn der Unfall?«

»Beim Günster Wasserfall soll sie gestürzt sein.«

Der Günster Wasserfall war mit 65 Metern Fallhöhe der höchste Wasserfall der Steiermark. Es ging sehr steil hinauf, teilweise mittels Holztreppen, die grundsätzlich sehr rutschig waren.

»Da würd sie doch nie raufgehen.«

»Ich sag's ja. Da stimmt was nicht.«

»Gibt's Zeugen?«

»Na, eben nicht.«

»Und die Marion kann im Koma auch nicht reden«, sinnierte Franziska laut vor sich hin.

»Ja, Franzi, siehst du, es ist genau richtig, dass du jetzt da bist. Du kümmerst dich doch drum?«

»Da muss ich zuerst die Akte genau anschauen.«

»Die ist sicher schon geschlossen worden.«

»Das weißt du genau?«

Heidrun zuckte die Achseln. »Jedenfalls haben sie schon wochenlang nichts mehr wegen der Leitnerin getan oder g'sagt.«

»Wann geht's weiter?«, rief Jonas aus dem Auto.

»Du, lass uns beizeiten mal drüber reden, ich meld mich.«

»Aber wirklich. Nicht so wie sonst.«

Dieser Seitenhieb musste ja kommen. Ja, sie war eine lausige Freundin gewesen und hatte sich so gut wie nie gemeldet.

»Na, ganz sicher. Und jetzt bring die Katzenmama zu ihren Babys, die haben sicher schon einen großen Hunger.«

»Danke noch mal.«

»Und wo ist jetzt mein Lolli?«, maulte Jonas, als sie weiterfuhren.

»Den kannst du dir morgen von der Heidi holen.«

Nachdenklich fuhr Franziska den restlichen Kilometer zum Hof. Marion Leitner war ihre und Heidruns Klassenlehrerin gewesen und mit einer starken Höhenangst gesegnet, worüber sie in der Schule öfter gelacht hatten. Wandertage waren stets auf so ebenen Wegen wie möglich abgehalten worden. Klettern mochte sie nicht. In der Kirche konnte sie nicht einmal in den Chorbereich hinaufgehen. Das war ihr schon zu hoch. Niemals wäre Marion Leitner deshalb den steilen Weg beim Wasserfall hinaufgegangen, zumindest nicht freiwillig, da musste

Franziska ihrer Freundin absolut recht geben. Aber warum hatte Marion Leitner sich dann dort oben aufgehalten?

Sie war so in Gedanken versunken, dass sie fast am Hof vorbeifuhr. Die Gaststätte neben dem Hauptgebäude war um diese Zeit mäßig besucht, nur zwei Autos standen davor.

Deren Besitzer waren ihr bekannt: Stammgäste, die fast ihre halbe Lebenszeit im Gasthof verbrachten, dort Karten spielten und ihre Münzen beim Sparverein einzahlten. Eine Tradition, die heutzutage am Aussterben war. Sparen lohnte sich nicht mehr bei diesen mickrigen Zinsen. Wer Geld hatte, investierte heutzutage in Immobilien, Firmen, Rohstoffe, Fonds oder Bitcoins. Nick hatte ganz altmodisch nur seine Bausparverträge alle Jahre aktualisiert. Franziska hingegen hatte sich ETF-Fonds zugelegt, was ihre Rente ordentlich aufstocken würde, wenn alles gut ging. Wer wusste schon, ob es noch staatliche Renten gab, wenn sie in das entsprechende Alter kam. Vorsorgen war Franziska wichtig, eigenes Geld verdienen, um unabhängig zu sein, auch. Sie wollte schließlich nicht so enden wie ihre Mutter, die zeit ihres Lebens nie eigenes Geld besaß und um jede Kleinigkeit bei ihrem Vater betteln musste.

Nick kam mit ihrem Streben nach finanzieller Unabhängigkeit nicht gut klar. Dieses Thema war einer ihrer ständigen Streitpunkte gewesen.

Während Franziska das Gepäck aus dem Kofferraum hievte, lief Jonas kichernd an ihr vorbei.

»Da ist auch eine Katze, Mama.«

»Ja, am Hof sind immer Katzen.«

»Haben die auch Babys?«

»Möglicherweise …«

»Schauen wir nach?«, unterbrach der Kleine sie.

»Jetzt werden wir erst mal alles aus dem Auto holen und hineintragen. Dann muss ich nach Murau.«

Wieder zog Jonas einen Schmollmund, holte aber brav eine seiner Taschen aus dem Kofferraum und stapfte auf die Eingangstür zu. Seine Schuhe knirschten auf dem Kies. Säuerlicher Geruch waberte hinter ihm her. Amelia saß immer noch im Auto, die Augen geschlossen, die Earpods im Ohr.

Franziska klopfte an die Scheibe und öffnete die Autotür.

»Wir sind da!«

Amelia schreckte hoch, murmelte irgendetwas, schälte sich aus dem Sitz und schlurfte Jonas nach.

»Junge Dame«, rief Franziska ihr nach. »Du kannst dein Gepäck auch selbst mitnehmen.«

Amelia schleppte sich zurück, nahm einen Teil ihrer Habseligkeiten und stolperte damit davon. Franziska drückte ihren Rücken durch und seufzte. Nachdem der Platz im Mini begrenzt war, hatte sie das meiste einen Tag vor der Fahrt mit der Post geschickt. Die Pakete würden hoffentlich bald ankommen.

Mit zwei Umhängetaschen und jeweils einem Koffer links und rechts ging sie auf das Haus zu, das sie seit zwei Jahren nicht mehr betreten hatte. Das letzte Mal war sie zu Mutters Beerdigung hier gewesen. Ein mulmiges Gefühl machte sich beim Betätigen der Klingel in ihrem Bauch breit. Es dauerte eine gefühlte Ewigkeit, bis die Tür aufging.

Der Mann, der im Türrahmen stand, sah nicht nur älter aus, sondern auch wesentlich magerer als das letzte Mal, als sie ihn gesehen hatte. Tiefe Furchen auf der Stirn und um die Augen zeugten von seinem harten Leben. Er blickte auf die Kinder, dann wieder zu ihr. Seine Augen blieben kühl. Kein Lächeln. Hatte sie auch nicht erwartet. Zwiebelgeruch stieg ihr in die Nase.

»Hallo, Papa.« Er erwiderte nichts. Nickte nur.

»Hallo, Opa.« Jonas grinste von einem Ohr zum anderen. »Wir haben eine Katze gerettet.«

Die Gesichtszüge ihres Vaters wurden augenblicklich weicher. Er strich dem Buben über den Kopf. »Habts ihr das?«

Jonas nickte eifrig.

»Na, daun seids sicher hungrig.«

»Oh ja.« Jonas rieb sich den Bauch.

Nur kurz blieb sein Blick an Amelia hängen, dann sah er wieder auf Jonas.

»Kummts eini.«

2. Kapitel

Während Jonas das Blunzengröstl verschlang, als hätte er tagelang nichts gegessen, starrte Amelia angewidert auf den Teller.

»Und das Dirndl kann ned reden?«, fragte ihr Vater.

Amelia schob die Erdäpfel mit der Gabel hin und her, ohne aufzublicken.

»Und essen kaun sie anscheinend a ned.« Ihr Vater klang vorwurfsvoll und schaute dabei Franziska an, als hätte sie ihre Tochter schlecht erzogen.

»Gibt's hier einen McDonald's?«, fragte Amelia und blickte auf.

»Na, in Schöder gibt's so was ned. Iss was G'scheits.«

»Schmeckt eh super.« Jonas hatte fast aufgegessen.

»Ich weiß nicht einmal, was das sein soll?« Amelia schob den Teller von sich und verschränkte die Arme vor der Brust. Ablehnung pur. Ganz bestimmt nicht nur gegenüber dem Essen.

»Das ist ein Blunzengröstl«, erklärte ihr Großvater.

»Lustiger Name. Blunzen.« Jonas kicherte. »Was ist da drin? In einem Blunzengröstl?« Er kicherte wieder.

»Kartoffel, Zwiebel und Blutwurst …«

Jonas machte große Augen. »Blut …?«

»Blutwurst!«, rief Amelia aus und schüttelte sich. »Ekelhaft!«

Jonas beäugte seinen Großvater. »Ist der Opa ein Vampir?«

Amelia lachte und stupste Jonas mit dem Ellenbogen. »Du bist so blöd.«

Franziska küsste Jonas auf die Stirn und blickte zu Amelia. Es war das erste Mal seit Wochen, dass sie ihre Tochter lachen sah. Wenigstens ein kleiner Lichtblick.

»Seid brav beim Opa. Nicht streiten.«

»Und wo werden wir auspacken?«

»Der Opa zeigt euch die Zimmer und hilft euch.«

»Isst du nix, Franzi?«, brummelte ihr Vater.

»Nein, ich fahr gleich nach Murau zur Polizeiinspektion.«

Rasch schlüpfte sie wieder in die Jacke.

»Ich hab geglaubt, du hilfst mir in der Gaststätten?«

»Wieso das denn?«

»Jetzt bist du daham. Die Hanni ist tot, irgendwer muss ja ihre Arbeit übernehmen.«

»Mama ist seit zwei Jahren tot, und es hat super ohne mich funktioniert. Der Egon wohnt hier, und die Resi ist auch da.«

»Aber ich hab extra der Resi 'kündigt, weil du kommst.«

»Wieso in Gottes Namen kündigst du der Resi? War dir nicht klar, dass ich weiter bei der Polizei arbeiten werde?«

»Ka Wunder, dass du g'schieden bist. Eine Frau muss daheim sein, beim Mann und den Kindern.«

»Fein! Dann such *du* dir doch eine neue Frau.«

»Wenn der Michi noch da wäre, wär alles gut. Das ist deine Schuld, Franzi.«

Ihre Schuld. Da war es wieder! Die Worte ihres Vaters hallten in ihrem Kopf wider. Der Schmerz in ihrer Magengrube fühlte sich an, als hätte jemand auf sie eingeprügelt. Vor ihrem geistigen Auge sah sie ihren Bruder. Vor allem seine mit Sommersprossen übersäten Wangen und das breite Lachen, als er zu ihr aufblickte. Sie blinzelte. Ihr Hals fühlte sich eng an, als würde jemand eine Schlinge festziehen. Raus! Sie musste raus hier.

Sie würde seine Aussage nicht kommentieren.

»Ich bin bald wieder zurück.« Ihre Stimme klang belegt. »Pass bitte auf die Kinder auf.«

Franziska stürmte aus dem Haus. So ein alter Depp. Dieser Patriarch. Nichts hatte sich geändert. Gar nichts.

Mit dem Handrücken wischte sie sich über die feuchte Wange. Diesmal war es kein Regen. Wie in Trance stieg sie in ihren Wagen und fuhr los in Richtung Murau.

Die Beziehung zu ihrem Vater war seit jeher schlecht. Von Anfang an wollte er, dass sie einen Bauern heiratete, aber Franziska wollte kein bäuerliches Leben führen. Sie liebte es, auf dem Land zu leben, das schon. Sie mochte es, in die Berge zu gehen, zu wandern, in der Natur zu sein. Aber sie wollte auch ihr eigenes Geld verdienen und sie hatte gesehen, wie hart es ihre Mutter gehabt hatte. Schlussendlich hatte der Krebs sie dahingerafft, ohne dass sie jemals vom Hof weggekommen war, ohne sich ihre eigenen Träume verwirklicht zu haben. Ihr Vater hatte sie Jahr für Jahr vertröstet, dass sie schon ans Meer fahren würden, später. Irgendwann, wenn der Christian den Hof übernehmen würde.

Doch den ältesten Sohn zog es in die Schweiz. Dort wurde er Schauspieler. Bis heute erfolglos. Sogar in L.A. hatte er es versucht, sich extra einen neuen Namen zugelegt. »Chris Duke«, sehr einfallsreich. Vielleicht traute er sich deshalb nicht zurück nach Hause. In seinem letzten Brief an Franzi erzählte er ihr, dass er nun in einem Running-Sushi-Lokal die Teller abwusch.

Der Egon, nur drei Jahre jünger als Christian, ist nie von daheim weggegangen. Er war einfach zu bequem. Die Schule hatte er nicht zu Ende gemacht und auch keine Frau gefunden, die es dauerhaft mit ihm aushielt. Warum Vater dem Egon nicht den Hof überschrieben hatte, war Franziska ein Rätsel. Er war der Einzige, der immer da war und sogar gerne als Bauer arbeitete.

Und an den Michi, das Nesthäkchen, wollte sie jetzt nicht denken. Das war zu schmerzhaft. Denn ganz tief drinnen gab sie sich selbst die Schuld an seinem Verschwinden.

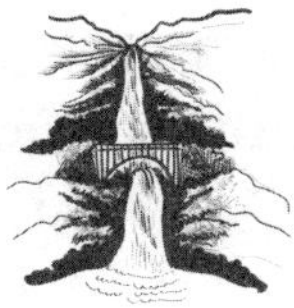

3. Kapitel

Vor dem imposanten Haus der Polizeiinspektion Murau, in dem auch das Bezirkspolizeikommando untergebracht war, gab es jede Menge Parkplätze. Drei Streifenwagen standen vor der Tür. Einer davon ein hoher Van. Ein Motorrad stand ebenfalls dabei. Franziska blickte auf die Uhr. Sie war gerade noch rechtzeitig vor dem nächsten Dienstwechsel gekommen. Rasch nahm sie die Taschen mit ihrer Uniform und den Ausrüstungsgegenständen, die sie gestern aus Judenburg abgeholt hatte. Als sie eintrat, bimmelte es. Es dauerte nicht lange, und ein älterer Mann kam heraus.

Das musste ihr Vorgänger Chefinspektor Günter Kranzl sein. Er sah genauso aus wie auf dem Foto, das sie in der Polizeizeitung gesehen hatte.

»Sind Sie die Frau Fürst aus Wean?«

»Franziska Fürst aus Wien. Ja, genau.«

»Na, da haben Sie es grad noch geschafft. Ich bin schon am Sprung.« Er lächelte und hielt ihr den Ellenbogen hin, sie konterte mit ihrem eigenen Ellenbogen. »Aber für Sie bleib i noch ein bisserl. Ned wahr?«

»Das wäre fein.«

Zwei Polizisten liefen aus dem Gebäude, nickten nur kurz und fuhren mit einem der Streifenwagen davon.

Günter Kranzl klatschte in die Hände. »Kumman S' rein, ich nehm Ihnen a Tasch'n ab.« Sogleich nahm er eine ihrer Taschen an sich und ging durch die Doppeltürschleuse, die in fast jedem Wachzimmer Standard war, um sich während des Parteienverkehrs zu schützen. Hier konnte man zur Not auch jemanden zwischen beide Türen einsperren.

Drinnen war es gemütlich eingerichtet. An den Wänden hingen Bilder. Landschaftsgemälde. Hinter dem Tresen saß ein Polizist, der sich ihr als Gernot Mader vorstellte. Auf einem der Drehstühle saß ein anderer Uniformierter, der ihr den Rücken zuwandte, an einem der vier Schreibtische. Neben ihm stand eine Frau, ebenfalls in Uniform, und blickte interessiert zu Franziska.

»Do samma. Den Gernot haben Sie eben kennengelernt, der ist unser Wachhabender heute. Der Hans und der Kurt sind grad weggefahren mit dem Funkwagen. In einer Stunde ist Dienstwechsel, da lernen S' dann den Rest kennen. Die Susi gehört nach Schöder zur Polizeiinspektion und ist grad auf Besuch hier, die werden S' dort öfter sehen«, erklärte ihr Günter Kranzl.

Die Blondine reichte Franziska die Hand.

»Mit dem Max werden S' hier am meisten zu tun haben. Er ist unser Bergfex.« Der Mann am Stuhl bewegte sich nicht. »Jetzt drah di schon her, Max.«

Ganz langsam drehte sich der Stuhl.

»Max Jäger?« Daran hatte sie nicht gedacht, als der Name Max gefallen war. Aus guten Gründen.

»Wie er leibt und lebt«, antwortete der Chefinspektor anstelle seines Kollegen.

»Wolltest du nicht nach Kanada oder Alaska auswandern?«, fragte Franziska.

Max Jäger zuckte die Achseln. »Da war ich jung.«

Franziska konnte sich noch sehr gut daran erinnern, wie Max von Kanada, Alaska und den schottischen Highlands geschwärmt hatte. Aber nicht nur. Damals hatte er durch die ganze Welt schippern wollen und auf den Himalaja wollte er auch klettern. Seine große Liebe waren die Berge gewesen.

»Und Nepal? Und der Himalaja?«

»Dem geht's gut ohne mich.«

»Na ja, ich hab gehört, dass der Mount Everest jedes Jahr höher wird. Dann wird's schwieriger mit der Besteigung.« Sie zwinkerte.

»Des kaunnst deiner Großmutta dazähln.«

Der ruppige Tonfall von Max gefiel Franziska nicht. Zudem sah er ihr nicht in die Augen, sondern starrte gelangweilt auf seine Schuhspitzen. Der Max, den sie kannte, war anders gewesen. Aber nach all den Jahren kannte man sich vielleicht nicht mehr richtig. Auch Franziska hatte sich verändert. Sie war nun geschieden und Mutter von zwei Kindern. Das änderte alles. Aber im Gegensatz zu Max, der ständig vom Reisen und Auswandern geredet hatte, hatte sie nie von der Steiermark weggewollt. Ihr war es passiert. Die Liebe war ihr passiert.

»Der Max ist a bisserl knatschig.«

»Ja, der hat nämlich fix mit dem Chefinspektor-Posten gerechnet.« Susi zwinkerte ihr zu.

»Und dann kummst du daher, ewig ned gesehen, und nimmst ma'n einfach weg.« Max Jäger zog einen Flunsch wie ein Kleinkind.

»Davon hab ich doch nichts gewusst. Mir wurde gesagt, der Posten ist frei.«

Der Alte tätschelte Franziskas Hand.

»Ist doch alles gut. Der Max wird sich schon an Sie gewöhnen. Ihr Stellvertreter ist er ohnehin, so wie bei mir.« Er wandte sich an Max. »Und du bist eh lieber auf die Berg als vor dem Computer.«

»Bist du Alpinpolizist geworden?«, fragte Franziska neugierig.

Max nickte.

»Na, dann sind wir wohl quitt.« Jetzt klang sie zickig. Alpinpolizistin zu werden, war seit ihrem zehnten Lebensjahr ein Traum gewesen. Und war es immer noch.

Günter Kranzl führte sie durch die Räumlichkeiten, zeigte ihr, wo die Akten waren und auch ihren Schreibtisch. Darauf standen ein paar Büroutensilien und eine Kiste, in die der ehemalige Chefinspektor noch eine Tasse mit dem Aufdruck »Ich bin hier der Chef« beförderte. Ganz zum Schluss legte er eine gerahmte Fotografie darauf.

»Ist das Ihre Familie?« Sie zeigte auf das Bild.

Er bejahte. »Die freuen sich schon, dass ich ab jetzt mehr Zeit habe, sind ja schon drei Enkerl da, die ihren Opa brauchen.« Er lächelte Franziska an.

»Über eine Sache müssen wir noch kurz reden.« Er öffnete die Tür zu einem Vernehmungsraum. »Kommen S' rein.«

Franziska trat ein und setzte sich. Günter Kranzl räusperte sich. »Wir haben einen ganz prekären Fall, bei dem wir nicht recht weiterkommen. Selbstverständlich haben wir angefangen zu ermitteln, aber sehr diskret. Hier kennt doch jeder jeden, Sie wissen schon, was ich meine.«

Franziska nickte. Günter Kranzl wischte sich mit der Rechten über seine Glatze.

»Jedenfalls ist etwas mit Marion Leitner, der Lehrerin, passiert. Wir wissen nur noch nicht, ob da jemand verwickelt ist oder ob es ein Unfall war.«

»Die Heidi hat mir vorhin schon was erzählt.«

»Ja, die Stadlerin hat auch ständig nachgefragt, ob wir schon was wissen. Nur die Marion selbst können wir nicht fragen, und sonst haben wir einfach nichts.«

»Ist die Akte schon zu?« Heidi hatte das angedeutet.

»Natürlich nicht. Solange wir nicht ganz sicher sind, dass es ein Unfall war, können wir das nicht machen.«

Franziska beugte sich vor.

»Was glauben Sie denn?«

»Ehrlich gesagt, bin ich da überfragt. Die Leitnerin hat sich in den letzten Monaten sehr verändert.«

»Aber eine Höhenangst geht doch nicht weg.«

»Von einer Nachbarin weiß ich, dass sie zu einer Psychologin gegangen ist. Vielleicht hat sie die Höhenangst wegtherapiert.«

Das war natürlich möglich. Franziska würde der Sache auf jeden Fall noch einmal nachgehen.

»Also, bleiben Sie diskret, wir wollen das Dorf nicht aufwiegeln. Gell? Aber machen Sie weiter.«

Franziska nickte. Günter Kranzl stand auf und ging vor ihr wieder in den Parteienraum.

»Sie werden das schon gut machen. Das spür ich.« Bekräftigend nickend nahm er den Karton mit seinen Habseligkeiten unter den Arm.

»Max, zeig der Frau Fürst den Rest. Ich muss dann zum Hirsch'n, da trifft sich heut der Hutklub.«

Heute? Dann musste Franziska auch so bald als möglich heim, weil ihr Vater auch zu dem Klub gehörte. Ihre Kinder sollten am ersten Abend nicht allein zu Hause sein.

»Kann i mitfahren?«, fragte die Blondine.

»Gern, hüpf schon mal rein.«

»Weist du die Frau Fürst dann bitte zügig in die aktuellen Fälle ein«, forderte der Chefinspektor Max auf. Es war wohl sein letzter Befehl.

»Für mich ist sie die *Pferdefranzi*, und das wird sie auch bleiben.«

»Was ist mit deinen Manieren?« Der Chefinspektor schüttelte den Kopf und streckte Franziska den Ellenbogen entgegen. »Dann wünsche ich Ihnen alles Gute und viel Spaß mit dem grummelnden Bergfex dort.« Franziska bedankte sich bei Günter Kranzl. Eine Minute später war sie mit Max allein.

»Zeigst du mir jetzt bitte meinen Spind, damit ich auspacken kann? Oder bist mit dem Sessel verwachsen?«

Max Jäger machte keine Anstalten aufzustehen. »Da hinten. Nummer 4, müsst eh offen sein, der Günni hat sicher den Schlüssel stecken lassen.«

»Vielen Dank auch.«

Franziska war froh, regelmäßig im Fitnesscenter und in der Kletterhalle gewesen zu sein. Sport war ihr sehr wichtig, wenn sie auch Sportarten im Freien vorzog, was in Wien nicht ständig möglich war. Locker warf sie sich die Taschen über die Schultern und ging in den anderen Raum. Spind 4 stand tatsächlich offen, und der Schlüssel steckte, wie es Max gesagt hatte. Als Erstes legte sie die Uniformteile hinein, den Waffengürtel und einige Kleinigkeiten. Am Schluss versperrte sie die Waffe getrennt von der Munition im Safe.

Von draußen hörte sie plötzlich Trubel, eine Frau schrie herum. Franziska vernahm nur unzusammenhängende Wortfetzen.

Max lief herein. »Kannst dich derweil in die Uniform werfen, weil die Ablöse noch nicht da ist. Die kommen erst in einer Stunde.«

»Was ist passiert?«

»Irgendein Unfall. Die Frau draußen hat einen Schock, und überall an ihr klebt Blut.«

Franziska erstarrte.

»Was ist, mach schon!« Max rüttelte an ihren Schultern. Rasch war Franziska wieder im Hier und Jetzt.

Über ihre Schulter hinweg griff Max in das Spindregal, holte ein Polizeihemd heraus und warf es ihr hin. »Zieh dich schnell an, Chefin.« Er zögerte. »Ich wart draußen.« Und weg war er.

Als hätte er das alles nicht schon gesehen. Franziska seufzte und stieg aus ihrem Sommerkleid.

4. Kapitel

Als sie nach draußen kam, fiel ihr Blick zuerst auf die Frau im weißen Kleid, die herumwirbelte und fluchte. Nur auf den ersten Blick glaubte man, die roten Stellen auf dem Stoff wären Blüten. An ihren Händen eingetrocknetes Blut, ihre nackten Unterschenkel zierten Blutspuren. Gleichzeitig sah die Frau selbst unversehrt aus. Franziska konnte auf den ersten Blick keine Verletzungen feststellen. Max versuchte die Frau zu beruhigen, die in schierer Verzweiflung zu sein schien.

»Bitte steig ein, Hermi, dann fahren wir hin und schauen uns das gemeinsam an«, sagte Max schon zum dritten Mal, ohne seine Ruhe zu verlieren, und wies gleichzeitig Franzi an, auf dem Beifahrersitz des Funkwagens Platz zu nehmen.

Da sie weder die Frau kannte noch wusste, was los war, stieg sie ein und wartete, bis sie losfuhren. Währenddessen schrieb sie Amelia eine WhatsApp-Nachricht:

Fahre gleich zu einem Einsatz, bitte pass auf Jonas auf, falls der Opa zum Stammtisch vom Hutklub geht.

Zurück kam nur ein Emoji in Form eines Kackhaufens.

Franziska seufzte. Die Pubertät war ohnehin ein Kampf, wenn dann auch noch eine Scheidung und ein Umzug dazukamen, war das der Super-GAU. Sie bekam das täglich zu spüren. Das Schlimme war, dass Franziska ihre Tochter besser verstand, als ihr lieb war. Aus seinem Umfeld gerissen zu werden, weg von den Freunden, um irgendwo auf dem Land zu leben, war für einen Teenager der Albtraum schlechthin. Sogar Franziska hatte es in jungen Jahren in die Stadt gezogen, obwohl sie ihr Zuhause stets liebte, auch wenn es nach dem Verschwinden ihres Bruders nicht mehr so angenehm war.

Die Stimme von Max riss sie aus ihren Gedanken.

»Träumst du?« Er stupste sie mit dem Ellenbogen.

»Schnall dich an.«

Nur zehn Minuten später kamen sie an einen kleinen Hof mit Weide, auf der sich eine schier grausame Szenerie abspielte.

Durch die Dämmerung konnte Franziska erst nicht genau erkennen, worum es sich bei den sieben weißen Bündeln handelte, die verstreut auf der Weide lagen. Doch schon von Weitem konnte sie den Geruch des Blutes und des Todes riechen. Die Frau, die Max Hermi genannt hatte, begann hemmungslos zu schluchzen.

»Schau dir das an, Max. Ich halt das nicht aus! Meine armen …«

Franziskas Augen gewöhnten sich nach und nach an die Dämmerung, und sie sah das ganze Ausmaß der Tragödie, die Hermi so verzweifeln ließ. Auf der Weide lagen sieben Schafe, teilweise blutüberströmt. Gemeinsam mit Max ging sie auf den ersten Kadaver zu. Das Schaf war nicht geschoren. Blut tropfte von der Wolle. Es war augenscheinlich aus dem Hals geflossen, der ganz verdreht war.

Einen Kadaver nach dem anderen besichtigten sie, bei zwei weiteren Schafen das gleiche Bild. Verdrehter Hals, der nur noch halb lose am Körper hing.

Blutige Wolle, blutiges Gras, blutige Erde.

Die restlichen Schafe schienen zu schlafen. Wurden sie betäubt oder durch den Schreck ohnmächtig?

Ein Auto fuhr mit erhöhter Geschwindigkeit heran und bremste scharf ab. Heraus stieg ein Mann, der sofort über den Zaun hüpfte, zu einem der Kadaver lief, sich hinhockte und ihn begutachtete. Ohne Handschuhe überzustreifen, wohlgemerkt.

»Ach, der Bernhard ist schon da?« Max runzelte die Stirn. »Ich hab ihn noch gar nicht angerufen.«

An Franziska gewandt, ergänzte er: »Das ist unser neuer Tierarzt seit ein paar Monaten.«

»Was ist denn mit dem Ludwig passiert?«

»Weißt du das gar nicht? Den hat der Krebs ruckzuck geholt. So schnell haben wir gar nicht schauen können.«

»Sein Pfeiferl, oder?« Franziska erinnerte sich an Ludwig und den Kirschtabakgeruch, den er stets mit sich trug, genau wie die Pfeife im Mundwinkel. Man sah ihn sehr selten ohne. Und wie Franziska wusste, war seine Sammlung beachtlich gewesen.

»Vermutlich war der Krebs schon im ganzen Körper, als er sich an der Lippe zeigte. Da konnte niemand mehr was tun.« Max zuckte mit den Schultern. Dann lief er auf den Tierarzt zu.

Franziska folgte ihm.

»Wer hat dich denn angerufen?« Am Land war man grundsätzlich schnell per Du, weil jeder jeden kannte, deshalb wunderte sich Franziska nicht über die vertrauliche Ansprache.

Der Tierarzt richtete sich auf. Jung war er, vermutlich frisch von der Uni. Anstatt Max eine Antwort zu geben, musterte er Franziska. »Du bist die Neue, gell?«

Irgendwie erfrischend, dass er sie nicht siezte. Da fühlte sie sich gleich viel jünger. Sie nickte.

»Genau. Franziska Fürst, und du bist der Bernhard ...?«

Sie streckte ihm nicht ihre Hand hin, was angesichts seiner blutverschmierten Hände wohl auch nicht erwartet wurde.

»Pichler.« Er grinste.

»Bist du vom Pichler Hof droben auf der Stolzalpe?«

»Genau.«

Franziska überlegte. Sie kannte doch alle Buben vom Pichler Hof. Mit dem ältesten war sie in die Schule gegangen. Wieso war ihr Bernhard kein Begriff?

»Bevor du deine Stirn weiter runzelst, klär ich dich auf. Ich bin in Salzburg aufgewachsen, meine Eltern sind bei einem Autounfall gestorben, da war ich grad erst dreizehn, drum hat der Bruder meines Papas mich aufgenommen.«

»Da warst du längst weg aus Schöder, drum weißt du das nicht«, ergänzte Max. Sein Unterton klang vorwurfsvoll. Er hatte ihr wohl nie verziehen, nicht hiergeblieben zu sein. Franziska seufzte innerlich. Hach, wenn der Max nur wüsste, warum sie unbedingt weg hatte müssen. Irgendwann würde sie es ihm sagen. Irgendwann.

»Ja, das wird es sein. Aber ich hab viel gehört von der Pferdefranzi«, sagte Bernhard und lächelte. Na, was er da wohl gehört hatte. Ob es gut wäre, nachzuhaken? Sie ließ es einfach dabei, denn sie hatten Wichtigeres zu tun.

»Was denkst du über diese Sache hier?«, fragte sie, als hätte sie seinen letzten Satz überhört.

Bernhard strich sich eine Haarsträhne aus dem Gesicht und hinterließ dabei eine Blutspur von der Wange bis zur Schläfe. Seinen Boygroup-Haarschnitt musste er wohl noch einmal überdenken.

»Tod durch Genickbruch durch einen Biss, das ist eindeutig zu sehen, aber ich kann gern einen Kadaver mitnehmen in die Ordi und genauer schauen.«

»Ein Fuchs?«

»Die Bissstelle ist zu groß dafür. Ein Adler würde das auch anders machen. Da hätten die Viecher andere Verletzungen. Ich bin mir noch nicht sicher, habe aber einen Verdacht. Vorher schau ich mir das aber wie gesagt noch ein bisschen genauer an, bevor ich für Aufruhr sorge.«

»Der Radau ist aber schon da, zumindest bei der Hermi.«

»Die Hermi zu beruhigen ist ja nicht meine Aufgabe. Ich bin auch nicht gut in so etwas.« Er fuhr sich erneut mit der Hand über das Gesicht und sah mittlerweile aus wie ein Wikinger, der in die Schlacht zog. »Mit Tieren kann ich einfach besser als mit Menschen. Das kann die Heidi besser.«

Das war eine gute Idee. Heidrun hatte so eine angenehme Art und wirkte sehr beruhigend auf Menschen. Eine Eigenschaft, die nicht jede Person hatte, die sich der Medizin verschrieb. Franziska wählte sofort ihre Nummer und schilderte ihr die Lage. Der Hof war nicht weit von Heidruns Praxis entfernt. Hermi würde bald eine Ansprechpartnerin haben, der sie ihr Herz ausschütten konnte.

»So wie ich das sehe, können wir vorerst nichts weiter tun, oder Max?«

»Wird wohl ein hungriges Raubtier gewesen sein, so etwas kommt vor.«

Da war sich Franziska nicht sicher. »Würde ein hungriges Tier sich nicht mit einem Schaf begnügen und es fressen, zumindest einen Teil davon. Und nicht gleich so viele Schafe reißen?«

»Wenn das Vieh tollwütig ist, dann kann das schon passieren, dass es in Rage wahllos beißt«, sagte Bernhard.

Daran hatte Franziska nicht gedacht.

»Ich nehm ein Schaf mit, für den Rest könnt ihr den Veterinärdienst von der TKV anrufen, damit sie einen Lkw schicken.« Er blickte in den Himmel. »Morgen soll es noch einmal warm werden, und da werden die Kadaver ziemlich schnell verwesen.«

Aufgrund der Seuchengefahr waren Tiere aller Art in Österreich entsorgungspflichtig, bei Nutztieren war die Gefahr natürlich sehr hoch, dass die verbliebenen Tiere sich infizierten, deshalb musste man hier so rasch als möglich agieren.

»Die anderen Schafe dürften bald aufwachen. Die sind nicht tot. Vielleicht haben sie was gefressen, das sie nicht fressen sollten. Aber schau mal …«

Er zeigte auf eines der Tiere, das sich gerade aufrichtete und schläfrig über die Weide sah. Die anderen folgten. Beim Aufstehen wankten sie etwas.

»Ich bring das eine Schaf jetzt mal weg und komm dann wieder und untersuche die, die noch leben.«

Als wäre es nur eine Feder, hob Bernhard das Schaf hoch und trug es zu seinem Ford. Dort legte er es sanft auf die Ladefläche als habe er Angst, es zu verletzen. Franziska konnte die Augen von der Szenerie kaum abwenden. Ja, Bernhard war mit jeder Faser ein Tierliebhaber, das konnte sie regelrecht spüren. Die Gänsehaut auf ihren Armen kam jedenfalls nicht vom Herbstwind.

Max und Franziska folgten Bernhard zum Wagen.

Bernhard schien es nicht zu kümmern, dass er seine Kleidung komplett schmutzig machte. Auch sein Gesicht und seine Hände waren blutbefleckt. Er grinste.

»Na dann, bis zum nächsten Mal«, rief er und wollte schon einsteigen, als sie ihn am Saum seines Shirts zurückhielt.

»Warte mal!« Aus der Hosentasche fingerte Franziska ein Erfrischungstuch hervor, das sie eingesteckt trug. Auch so eine Angewohnheit, seit sie Kinder hatte. Da gab es unterwegs verdreckte Händchen zu waschen oder Spielzeug abzuwischen. Und nachdem Jonas noch nicht aus dem Gröbsten raus war, hatte sie diese Sitte beibehalten, sich jeden Tag ein bis zwei Tüchlein einzustecken.

Als sie Bernhard das Blut vom Gesicht wischte, grinste er. »Danke, Mama.«

Franziska lachte und legte ihm das Tuch in die Hand. »Jetzt wisch dir die Händ ab, bevor du dein Lenkrad einsaust.«

»Nicht zu vergessen den Schaltknüppel«, ergänzte Bernhard und zwinkerte ihr zu.

Der hatte es ja faustdick hinter den Ohren. Sie fand es aber angenehm, dass jemand so humorvoll unterwegs war, immerhin war Max relativ grantig.

Nachdem Bernhard mit dem Schaf weggefahren war, rief Max die TVZ an, die zusicherte, so bald als möglich einen Wagen vorbeizuschicken. Franziska fertigte in der Zwischenzeit Fotos von der Weide und den Kadavern an, um den möglichen Tatort zu protokollieren. Die Szenerie wirkte auf sie nicht normal. Sie zoomte auch die Wunden größer und hielt sie auf Bild fest. Schweigend knipste sie, während Max alles notierte. Dann ging Franziska eine Runde am Zaun entlang, um festzustellen, ob es Lücken gab, durch die ein Tier eindringen hätte können. Nach einer Weile stellte sie fest, dass Max von der anderen Seite dasselbe tat. Tief inhalierte Franziska die Luft. Weiter weg von den Kadavern roch es nur noch nach nassem Gras, Erde, Regen und Holz. Sie liebte den Geruch. Mit einem Mal wurde ihr bewusst, wie sehr sie das vermisst hatte. Diesen Geruch, weiche Erde unter den Schuhen. Sie legte den Kopf in den Nacken und fing mit der Zunge Regentropfen auf, die vom Himmel fielen. Mit geschlossenen Augen und ausgestreckten Armen drehte sie sich einmal um ihre eigene Achse.

Als sie die Augen wieder öffnete, stand Max zwei Meter entfernt von ihr. Sie räusperte sich und widmete sich rasch wieder dem Zaun.

»Soweit ich gesehen habe, ist nirgendwo eine undichte Stelle.«

»Ich hab auch nichts gefunden«, antwortete Max. »Aber vielleicht gehen wir lieber tagsüber noch einmal alles ab. Die Sonne ist gleich weg.«

Franziska nickte. Als sie sich umdrehen wollte, stolperte sie und landete unsanft auf dem Boden. »Mist! Was war das denn? Eine Wurzel?«

Max hockte sich neben sie. »Kannst du aufstehen?«

Franziska rieb ihren schmerzenden Knöchel und bewegte den Fuß. Es schien alles heil zu sein. »Sicher.«

»Da hast du dich anscheinend verhakelt«, sagte Max, und Franziska folgte mit den Augen seiner ausgestreckten Hand. An einer Stelle des Zauns stand ein Stück Draht ab, und die Holzplanken waren schief. »Passt da ein Mensch durch?«

»Wenn, dann ein sehr dünner und kleiner Mensch.«

»Ein Kind?«

»Vielleicht.« Max kratzte sich am Kopf. »Auch wenn das hier weit über einen Lausbubenstreich hinausgeht.« Er wies auf die Kadaver, die man nur noch als Schatten erkennen konnte. Mittlerweile war die Sonne am Tiefststand. Franziska rappelte sich hoch und knickte gleich wieder weg. »Autsch!«

»Doch nicht alles gut, oder?«

»Nichts, was mich umhaut oder von meiner Arbeit abhalten wird.« Mit zusammengebissenen Zähnen hielt sie sich am Zaun fest. Das musste gehen. Vor Max würde sie sich keine Blöße geben, auch wenn der Knöchel pochte, was das Zeug hielt. Heidrun würde das schon richten. Sie würde später bei ihr vorbeifahren.

»Oder ein Raubtier? Wir müssen morgen schauen, ob das durchgeschnitten oder durchgekaut wurde. Ich werde den Reiner mitnehmen, der erkennt das gleich.«

»Welchen Reiner?«

»Der Reiner ist vor ein paar Jahren der Liebe wegen aus Tamsweg herzogen, er war dort Förster und hat a Jägerausbildung.«

Franziska musste schmunzeln, statt einer Tatortgruppe holte man hier erst mal die Einheimischen zum Untersuchen. Schöne Landwelt.

»In wen hat er sich denn verliebt?«

»In die Toni vom Silberkrug.« Max lachte. Der Silberkrug war ein Gasthaus in St. Peter, nicht weit von Schöder, und die Toni, Kurzform für Antonia, die Wirtin dort.

»Wo die Liebe hinfällt.«

Max nickte. »Ja, das kann man sich nicht aussuchen.« Stille legte sich über die Weide. Nach einer Weile des Schweigens räusperte Max sich.

»Dann lass uns fahren, und keine Sorge, ich schreib den Bericht, damit du heim kannst.« Er zeigte auf ihr Bein. »Den Fuß hochlagern. Damit du morgen zu deinem ersten offiziellen Dienst wieder fit bist.«

Er überlegte kurz, dann hob er sie hoch und trug sie über die Weide. Franziska hatte zu starke Schmerzen, um zu protestieren, zudem fühlte sie sich wohl in seinen Armen. So vertraut alles: seine sehnigen Arme, sein Geruch, seine Art zu atmen, wenn er sie trug. Sie konnte das nicht in Worte fassen, aber sie ertappte sich dabei, dass sie sich wünschte, die Weide wäre größer und der Weg länger gewesen, als er sie vor dem Haus auf die Bank setzte.

Aus dem Haus kam Heidrun, hinter ihr Hermi, die sichtlich beruhigter aussah. Ihre Freundin hatte diese Wirkung auf Menschen. Als sie Franziska auf der Bank sitzen und ihren Knöchel reiben sah, stürmte sie sogleich auf sie zu.

»Ist was passiert?«

»Ich bin mit dem Fuß hängen geblieben. Ich glaub, es ist nicht so schlimm.«

»Na, das werde ich beurteilen. Ich nehm dich gleich mit. Gell, Max?« Sie sah zu ihm auf. Ihr Gesicht hatte diesen Ausdruck, bei dem jegliche Widerrede zwecklos war. Sie wartete die Antwort von Max gar nicht erst ab, sondern hakte sich bei Franziska unter, zog sie hoch und ging mit ihr zu ihrem Wagen.

»Ich schau morgen nach dir, Hermi, trink den Tee und leg dich dann hin«, rief Heidrun noch, bevor sie ins Auto stieg.

Franziska grinste und winkte Max aus dem Autofenster zu. Er winkte nicht zurück, und es sah aus, als ob er mit seinen Gedanken schon wieder ganz woanders wäre.

5. Kapitel

»Aua!«

Heidrun blickte auf und ließ Franziskas Fuß los. »Ja, also das ist verstaucht, wie ich dachte.«

Sie stand auf und öffnete eine Schublade. »Ich werde dir das jetzt einschmieren und einfaschen und dann bring ich dich heim, wo du den Fuß erst mal schonen musst.«

Na toll, das würde ihren Vater sicher freuen, wenn sie jetzt auch noch untätig herumlag. Der erwartete sicher, dass sie an ihren freien Tagen auf dem Hof mithalf, wo es nur ging. Während Heidrun ihren Fuß verband, erzählte sie ohne Unterlass von ihrem Tag. »Na, und als ich dann dachte, ich kann endlich Kaffee trinken, hat der Max angerufen, wegen der Hermi …« Sie seufzte. »So, der Verband sollte halten. Beim Duschen zieh dir ein Plastiksackerl drüber, in zwei Tagen schau ich mir das wieder an.«

»Da arbeite ich längst wieder.«

Ihre Freundin blickte sie streng an. »Du solltest dich schonen.«

»Ich hab einen Serienmörder und eine Scheidung überlebt, so ein verstauchter Fuß ist ein Klacks dagegen.«

»Wie du meinst. So wie ich dich kenn, werde ich nicht verhindern können, dass du arbeitest.«

Sie drückte ihr einen Blisterstreifen in die Hand. »Nimm die, heut vor dem Schlafengehen, und morgen zwei- bis dreimal.«

Skeptisch blickte Franziska auf den Blisterstreifen.

»Ich weiß, du magst keine Medikamente. Aber Schlaf ist auch wichtig, und mit starken Schmerzen wirst keinen kriegen.«

Franziska nahm die Tabletten und steckte sie in die Hosentasche. Sie wollte gerade aufstehen, da drückte sie Heidrun wieder auf die Eckbank zurück. »Auf einen Tee bleibst jetzt aber noch.«

Wenig später war sie mit Tee und Keksen zurück, natürlich ihre geliebten Doppelkekse mit der weißen Füllung, nach denen die Katze benannt worden war, die sich in ihrem Körbchen neben dem Küchenofen rekelte, während die Kitten seelenruhig und mit geschlossenen Augen an ihren Zitzen nuckelten. Ein heimeliges Bild, das Franzi trotz der Schmerzen entspannte. Rasch zückte sie ihr Smartphone und schoss ein Foto, das sie später Jonas zeigen würde. Natürlich ohne Blitz, um Mutter und Kitten nicht zu stören.

Heidrun schenkte den Tee ein. Das Ticken der Küchenuhr und das Klappern des Geschirrs waren eine Zeit lang die einzigen Geräusche im Raum.

Franziska nahm einen Schluck und wollte das Gebräu gleich wieder ausspucken. »Boah, ist das grausig, was hast du denn da zusammengemischt?«

»Nur Gutes. Entzündungshemmende und schmerzlindernde Pappelblätter, Teufelskralle, Weidenrinde und Kamille. Super gegen deine Schmerzen.«

Na, wenn's half. Franziska überwand ihre Abscheu und trank weiter.

»Braves Mädel«, sagte Heidrun und grinste. »Ich geb dir auch noch was mit nach Hause für morgen früh.«

Bloß nicht. Nach dem Aufstehen brauchte sie Kaffee, kein heißes Bitterwasser. Aber sie nickte nur lächelnd und nahm sich einen Keks in der Hoffnung, die Süße würde den bitteren Geschmack des Tees übertünchen.

Dabei erhaschte sie einen Blick in Heidruns Häferl.

»Du trinkst aber was ganz anderes.« Das war eindeutig heiße Schokolade. Und wie die duftete.

Heidrun zwinkerte. »Mir tut ja auch nix weh.«

Schweigend saßen sie beieinander und genossen die harmonische Stimmung. Franziska wunderte sich, dass Heidrun keine Fragen über den Serienmörder stellte, den sie vorhin kurz erwähnt hatte. Aber das war wohl besser so. Dieses Kapitel wollte Franziska ohnehin so rasch als möglich vergessen.

»Die Sache bei der Hermi ist schon komisch«, sagte Heidrun nach einer Weile.

Franziska nickte. »Ist so etwas in letzter Zeit schon mal vorgekommen?«

»Einzelne tote Viecher, das kennen wir ja. Meist Hendln und Kleinvieh. Aber dass gleich so viele große Tiere auf einmal gerissen werden?« Geräuschvoll biss sie von einem Keks ab. »So eine Tragödie!«

»Ich hab so etwas auch noch nie gesehen.« Nachdenklich nippte Franziska an ihrem Tee, der nach wie vor ekelhaft schmeckte.

»Komisch ist es auch aus einem anderen Grund …« Heidrun nahm sich einen neuen Keks, teilte ihn und leckte die Füllung ab.

»Ach ja?« Franziska wurde neugierig. Ihre Freundin kannte schließlich die Gegend und deren Leute wie ihre

Westentasche. Sie war nie weg gewesen, und als Ärztin bekam sie mehr Gossip zu hören als andere. Vermutlich wusste nur der Pfarrer mehr.

Heidrun schluckte und spülte mit einem Schluck heißer Schokolade nach. Dann wischte sie sich den Mund am Ärmel ab, bevor sie weiterredete.

»Na, die Hermi ist doch die Cousine von der Marion.«

»Meinst du die Leitnerin?«

»Genau.« Heidrun beugte sich vor und stützte ihr Kinn auf die Hand. »Die Hermi hat in den Neunzigerjahren nach Kärnten geheiratet, ist nach der Scheidung vor ein paar Jahren wieder hergezogen und hat die Käserei aufgemacht.« Heidrun nickte. »Der Hof hat ja vorher den Schuster-Buam gehört, die wollten den aber beide nimmer bewirtschaften und sind nach Graz gegangen. Die Hermi hat ihn gekauft, Schafe und Ziegen dazu, und den Keller hergerichtet, damit sie ihren Kas machen kann. Der rennt übrigens echt gut.« Sie nahm noch einen Schluck aus ihrer Tasse. »Den Kas verkauft sie bis nach Graz und rüber nach Salzburg.«

»Kann es sein, dass irgendjemand was dagegen hat, dass sie damit so gut lebt?« Franziska überlegte. »Die Konkurrenz vielleicht?«

»Ah geh, Konkurrenz gibt's ja kaum eine hier. Die meisten haben ja Rinder, Schweine, Hendln oder Pferde.«

»Also denkst du, dass der Fall mit den Schafen bei der Hermi und der Unfall von der Marion zusammenhängen?« Franziska konnte sich beim besten Willen nicht vorstellen, wie diese zwei völlig unterschiedlichen Begebenheiten einen gemeinsamen Nenner haben sollten.

»Zuerst hat die Marion den Unfall und liegt im Koma. Und jetzt sind fast alle Schafe von der Hermi tot.« Heidi wiegte den Kopf hin und her. »Ich glaub ja nicht an Zufälle, das weißt du.«

»Also, der Bernhard denkt, es war ein Tier, wollte aber nicht damit rausrücken, welches.« Beim Gedanken an den blutbesudelten Tierarzt seufzte Franziska, stellte die Tasse ab und lehnte sich zurück.

»Merk dir meine Worte, Franzi ...« Heidrun brach ab, tupfte ein paar Brösel mit dem Zeigefinger auf und leckte sie ab. »Das geht alles nicht mit rechten Dingen zu, weder das bei der Hermi noch das bei der Marion ...«

»Das werden wir herausfinden. Das versprech ich dir. Die Akte ist übrigens noch nicht zu, wie du dachtest.«

Franziska sagte es, um Heidi zu beruhigen, denn im Gegensatz zu ihr dachte sie, dass es für beides garantiert eine einfache Erklärung gab. Ein Unfall bei Marion und ein Tierangriff bei Hermi. Manchmal passierten eben zwei Sachen gleichzeitig in derselben Familie. Das musste nichts bedeuten. Franziska hatte schon öfter erlebt, dass das Schicksal beinhart zuschlug, immer wieder am selben Ort beziehungsweise in derselben Familie. Sie kannte Ehepaare, bei denen ein Kind starb und wenig später ein weiteres Kind verschwand. Sie kannte Geschwister, die ermordet wurden, wenige Monate hintereinander, an verschiedenen Orten der Welt. Doch das erzählte sie Heidi lieber nicht. Es waren Dramen wie diese, die Franziska bewogen hatten, wieder auf dem Land zu leben. Hier war es ruhiger. Es gab weniger Kriminalität.

Auch wenn Heidi da momentan anderer Ansicht war. Aber das verstand Franziska. Schließlich kam hier im Dorf selten etwas Schlimmes vor. Da konnte man schon ein bisschen hysterisch werden und die Nachtigall trapsen hören.

»Du siehst müde aus«, sagte Heidrun und legte ihre Hand auf Franziskas Unterarm. »Ich bring dich heim, du brauchst dringend Schlaf.«

Franziska blickte auf die Uhr an der Wand oberhalb der Küchentür. Heidrun hatte recht. Franziska war seit achtzehn Stunden auf den Beinen. Erst mal eine Runde schlafen, dann würde sie weitersehen. Außerdem waren Jonas und Amelia vermutlich schon seit zwei Stunden allein zu Hause, weil Vater zum Hutklub-Treffen gegangen war. Wenigstens musste sie den Patriarchen nicht sofort wieder sehen.

Schnell drückte sie sich an der Tischkante hoch. Heidrun lief hinaus. Währenddessen erinnerte sich Franziska an den Tag von Michis Verschwinden. Es war August gewesen, wie jetzt. Ein heißer Tag. Sie war mit Max auf dem Rossmarkt verabredet gewesen. Sie wollte schon gehen, als der Michi sich an ihren Rockzipfel hängte, weil er mitkommen wollte. Als wäre es gestern gewesen, sah sie vor ihrem geistigen Auge, wie er sie aus glasigen Äuglein ansah, weil er die Buden sehen wollte und natürlich Süßes essen. Als sie ihn abwimmelte, war ihr Vater auf sie zugekommen und hat gemeint, wenn sie schon wegging und nicht daheim half, sollte sie wenigstens ihren Bruder mitnehmen. Also tat sie es. Ihre Mutter drückte beide noch an sich. Niemand wusste, dass sie Michi hier zum letzten Mal sehen sollte.

Heidrun kam mit zwei Krücken wieder rein.

»Sind a bisserl verstaubt, aber tun ihren Dienst noch.«

»Lang werde ich sie ja nicht brauchen«, sagte Franziska, nahm die Gehhilfen und folgte ihrer kopfschüttelnden Freundin nach draußen.

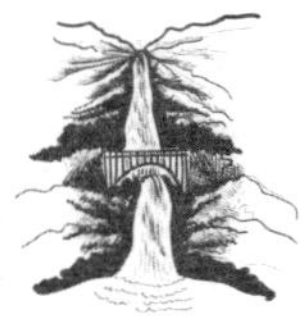

6. Kapitel

Marion

Die Zeit verschwimmt zu einer Masse aus Minuten, Stunden und Tagen. Alle eintönig, alle grau. Jeder Tag beginnt und endet gleich, dazwischen 43 200 Sekunden, in denen ich ins Blau starre und darauf warte, dass mich jemand berührt oder mit mir spricht. Die Sehnsucht nach Kontakt ist allgegenwärtig. Ich weiß nicht, wann mein Mann Alois zuletzt hier war. Es muss Tage her sein. An diesem Ort ist Zeit relativ. Erst jetzt begreife ich viele philosophischen Theorien. Ich schwebe und weiß, dass ich bin, und gleichzeitig nicht bin. Wie Schrödingers Katze. Lebendig und gleichzeitig tot.

In mir breitet sich eine Leere aus, die sich täglich vergrößert. Jeden Tag warte ich darauf, dass etwas passiert. Irgendetwas. Sogar der Tod selbst wäre ein willkommener Gast, alles besser als diese endlose Leichenstarre einer Lebenden.

Ab und zu dreht meine Zimmernachbarin den Fernseher auf. Dann erfahre ich, welcher Tag heute ist und welches Wetter mich draußen erwarten würde, könnte ich das Bett verlassen. Der Spätsommer war nun eingezogen. Viele Erinnerungen habe ich verloren. Ich weiß nicht einmal, warum ich hier liege, was eigentlich passiert ist. Aber ich erinnere mich an Spinnweben zwischen Bäumen und Regentropfen auf sich langsam verfärbenden Blättern. An Igel, die sich ins herabfallende Laub einkuscheln, an Eichkätzchen, die aufgeregt herumhuschen und Nüsse vergraben. Ich denke an rotbackige Äpfel auf den Bäumen und den süßen Geschmack der Spätlese.

Früher wurde ich gegen Ende des Sommers immer melancholisch. Der Geruch von Abschied lag in der Luft, die Sonne verlor ihre Kraft, und abends zog ich mir die Strickjacke an und setzte mich auf die Bank vor dem Haus, um die letzten Sonnenstrahlen einzufangen. Früher habe ich Kälte und Regentage gehasst. Mittlerweile würde ich sogar nackt durch den Schnee laufen, so sehr wünsche ich mir, mich wieder bewegen zu können.

Einfach wieder laufen.

Einmal selbst essen.

Lachen, ohne wirklich zu wissen, worüber.

Maroni in der Hand halten.

Den Geruch von Apfeltee einatmen.

Meine Kinder umarmen und ihren Herzschlag spüren.

Mit Alois tanzen, zu einer Musik, die nur wir hören können.

Einfach das Leben inhalieren.

Und in dieser Minute nehme ich mir vor, dass ich genau das tun werde, wenn ich es wieder hier herausschaffe.

Das Leben inhalieren. Mit all seinen Facetten.

7. Kapitel

Schon bevor Franziska die Tür öffnete, hörte sie das Geschrei. Sie schleifte sich mit ihrem pochenden Fuß hinein und wurde fast von Jonas umgerannt. Mit einer Hand fasste sie ihn beim T-Shirt und zog ihn an sich.

»Was ist hier los?«

»Amelia hat meine Dinofarm zerstört!« Sein Gesicht glänzte. Rote Sprenkel auf den Wangen.

»Es gibt keine Dinosaurierfarmen und hat es nie gegeben! Weil es damals keine Menschen gab, die Tiere in Käfige gesperrt haben.« Amelia stand nun im Flur, die Hände in die Hüften gestemmt. »Das ist Blödsinn!«

Franziska seufzte. »Ein Spiel muss doch nicht realistisch sein.«

»Aber es ist real!« Jonas stampfte mit dem Fuß auf. »Man muss nur ein Ei finden, das noch funktioniert!«

»Wir sind in keinem beschissenen Hollywood-Film!« Amelia ging an ihnen vorbei und deutete zu der noch offenen Haustür hinaus. »Schau raus! Dann siehst du es! Wie öde es hier ist. Nur Dreck da draußen!« Angewidert rümpfte sie die Nase. »Und es stinkt!« Sie warf die Tür zu und stampfte davon.

»Amelia!«, rief Franziska ihr hinterher. Die Antwort war erneutes Türenzuschlagen eine Etage höher. Jonas schluchzte. »Sie ist sooo gemein!«

Franziska strich ihm über den Kopf. »Das ist nur die Pubertät.« Hoffentlich.

»Krieg ich das auch? Das Puberdings?«

Franziska seufzte. »Ich fürchte, das bleibt dir nicht erspart. Aber es kann bei dir trotzdem anders aussehen.« Manche Männer bleiben in der Pubertät hängen, wollte sie schon hinzufügen. Das sprach sie aber lieber nicht aus. Nicht schlecht über seinen Papa zu reden, hatte sie sich fix vorgenommen. Sie wollte keine dieser Scheidungsfurien werden, die kein gutes Haar am Ex-Mann ließen. Schließlich hatten sie sich ineinander verliebt, sie hatten es nur nicht geschafft, ihre Gefühle in eine reife Partnerschaft umzuwandeln, als die ersten Schmetterlinge im Bauch verflogen waren und damit auch die rosarote Brille verblasste.

»Also bin ich dann nicht so fies, schrei nicht herum und knall mit den Türen?« Jonas zog den Rotz hoch.

»Das werden wir dann sehen.« Oder besser gesagt hören. Franziska rieb sich die Ohrmuschel. Sie war seit jeher empfindlich, was Geräusche anging. Franziska holte eine Flasche aus der Küche und schenkte Jonas ein Glas Limonade ein.

»Trink das, dann geht es dir gleich besser.«

Jonas trank das Glas in einem Zug aus. »Das schmeckt gut nach Himbeeren.«

»Gell? Es gibt nichts, was ein Murelli nicht besser macht.«

Sie nahm ihm das Glas ab, drückte Jonas kurz an sich und reichte ihm ein Taschentuch. »Und jetzt putz dir die Nase, wasch dir das Gesicht und geh Zähne putzen. Es ist ja schon lange Schlafenszeit. Ich les dir noch etwas vor.«

»Der Opa ist einfach weggegangen.«

»Ja, das hab ich mir gedacht. Aber er ist nicht weit weg, nur beim Wirt nebenan.«

»Das hat er nicht gesagt.« Für Jonas war das alles Neuland, und er war sichtlich verängstigt und unsicher.

»Was hat er denn gesagt?«, wollte Franziska wissen.

»Das mich Zwerg das nichts angeht, wo er hingeht.«

»Hört sich ganz nach deinem Opa an.«

Jonas zog seine Nase kraus. »Dabei ist er auch nicht viel größer als ich.«

Franziska lachte. »Ja, da hast du recht.«

Sie wuschelte ihm über das Haar. »Na, komm, dann bleiben wir noch ein bisschen wach, und du baust die Farm wieder auf.«

»Hilfst du mir?«

»Ich habe mir den Fuß verstaucht, aber ich schau dir zu.«

Gemeinsam gingen sie in den ersten Stock in sein Zimmer. Wild verstreut lagen sämtliche Urzeitechsen am Boden, sie musste aufpassen, dass sie nicht auf einer ausrutschte und sich den Fuß erneut verletzte oder Schlimmeres. Auch die Zäune und Ställe, die eigentlich von einem Bauernhofspiel stammten und von Jonas zweckentfremdet wurden, lagen kreuz und quer herum. Was Amelia aufregte, war etwas anderes, das wusste Franziska. Doch sie fand kein geeignetes Ventil für ihre Wut. Jonas konnte nichts dafür und sein Spielzeug schon gar nicht.

Seufzend holte sie den Besen, um die Teile zumindest auf einen Haufen zu kehren, damit es Jonas leichter hatte, wieder alles aufzubauen. Dann legte sie sich in sein Bett und lagerte die Beine hoch. Jonas dabei zu beobachten, wie er seine Landschaft wiederherstellte, fühlte sich schön an. Wann hatte sie zuletzt die Muße gehabt, ihm einfach nur beim Spielen zuzusehen, ohne den Stress der Arbeit, der Beziehung oder des Haushalts im Hintergrund? Sie konnte sich kaum erinnern. Tiefe Ruhe und Erleichterung machte sich in ihr breit. Das Leben war die Summe der Entscheidungen, die man traf. Ihre letzten Entscheidungen mochten Amelia falsch vorkommen, aber Franziska fühlte in diesem Augenblick, dass sie goldrichtig gewesen waren.

Fein säuberlich errichtete Jonas seine Farm und summte dabei seine Lieblingslieder, während Franziska erschöpft in einen traumlosen Schlaf fiel.

Sie erwachte erst wieder, als ihr Vater zur Tür hereinpolterte. Nicht nur sie, sondern auch Jonas schreckte hoch, der sich im Laufe des Abends irgendwann zu ihr ins Bett gekuschelt hatte. Ohne Pyjama und bestimmt, ohne vorher die Zähne geputzt zu haben.

»Wieso steht unten in der Kuchl noch Geschirr herum, Franzi?« Ihr Vater fuchtelte mit den Armen.

Sie blinzelte, legte den Zeigefinger auf ihre Lippen und zeigte gleichzeitig auf den schlafenden Jonas. Vorsichtig schälte sie sich aus den Laken, bedacht darauf, ihren Sohn nicht zu wecken, und drückte ihren Vater auf den Flur hinaus. Dann schloss sie leise die Tür.

»Wie spät ist es denn?«

»Halb zwölf, ich steh um fünf wieder auf. Und du liegst da herum, während drunt das ganze G'schirr steht und die Kuchl vollstinkt.«

»Sorry, bin eingeschlafen, weil ich auch über achtzehn Stunden auf den Beinen war.«

»Ah, geh, das bisserl Autofahren ist doch koa Arbeit.«

Kopfschüttelnd lief sie die Treppen hinunter in die Küche. Ihr Vater stapfte hinterher. Das Geschirr, das in der Spüle stand, war garantiert nicht nur von einem Tag. Suchend blickte sie sich um, fand aber das Gewünschte nicht. Na toll!

»Warum hast du keine Spülmaschine?«

»Wozu Geld ausgeben für das neumodische Zeug, wenn es mit der Hand geht. Und besser für das Geschirr ist es auch, hat die Hanni immer g'sagt.«

»Die Mama hat das doch nur gesagt, weil sie genau gewusst hat, wie du auf dem Geld sitzt.«

»Was weißt denn du schon davon.«

»Ja, eh nix«, murmelte sie, während sie die Spüle ausräumte, alles aufeinanderschichtete und heißes Wasser einließ.

»Trocknest du dann ab?«

Ihr Vater ließ die Spitze seines Zeigefingers an der Schläfe kreisen.

»Schau i so aus? Ich hab nachher im Stall genug zu tun.«

Er wankte aus der Tür. Nichts hatte sich geändert. Ihr Vater war ein Patriarch wie eh und je. Manchmal wünschte sie sich, ihre Mutter hätte sich das nicht so viele Jahre gefallen lassen. Aber Franziska würde den alten Kerl jetzt auch nicht mehr ändern können, das wäre verlorene Liebesmüh.

»Soll ich dir helfen, na?« Egon lehnte grinsend am Türrahmen. »Ich bin schon ausgeschlafen.« Kein Wunder, ihr Bruder legte sich ja schon um sechs Uhr abends hin.

Egon hatte sich nicht verändert, seit sie ihn zuletzt bei Mutters Beerdigung gesehen hatte. Sehr schlank wie eh und je war er, braun gebrannt von der Arbeit am Hof. Franziska ging auf ihn zu und umarmte ihn etwas ungeschickt. Dabei stießen sie fast mit den Köpfen zusammen.

»Nicht so stürmisch.« Er lachte. »So kenn ich dich gar nicht.«

Das stimmte. Sie hatte nie recht gewusst, wie sie mit Egon umgehen sollte. So verschieden waren sie.

Mit den Fingerspitzen fuhr sie an seiner rechten Schläfe entlang und holte ein Stück Stroh aus den dort noch dichten Locken hervor, die eigentlich braun waren, aber an dieser Stelle konnte Franziska schon erste Silberstreifen erkennen.

»Wirst schon weiß, Egon?«

»Wir werden alle älter, auch wenn wir nicht wollen.« Er seufzte und musterte ihren verbundenen Fuß. »Was hast denn da aufgeführt, na?«

»Verstaucht, auf der Weide bei der Hermi.«

»Was hast du denn dort gemacht, na?«

»Ein paar Schafe von ihr wurden gerissen.«

»Gleich ein paar? Na, das ist aber komisch.« Er nahm ein Geschirrtuch und einen der nassen Teller vom Abtropfboard. »Aber vielleicht stimmt's ja, was ich beim Neuwirt gehört hab.«

Franziska war ganz Ohr. »Was hast du denn gehört?«

»Helmut hat gemeint, er hat einen Wolf gesehen, und der Rudi hat angeblich auch einen gesehen. Na prack!«

»Einen Wolf?«

»Ja, ich hab auch blöd geschaut. Die Viecher sind doch ausgestorben bei uns. Na, das glaubt man.«

Franziska hatte allerdings gelesen, dass sich in vielen Gegenden Europas wieder Wölfe ansiedelten, wo jahrelang keine gelebt hatten.

»Ich finde das gar nicht so ungewöhnlich. Aber warum sollten die Hermis Schafe anfallen? Würden die nicht eher im Wald jagen?«

»Na ja, dem Helmut und dem Rudi glaubt niemand. Die zwei sind doch jeden Tag voll fett. Und seit der Rudi keine Arbeit mehr hat, sitzt er nur noch beim Neuwirt und sauft dort schon zum Frühstück sein erstes Bier.«

Franziska reichte ihrem Bruder eine frisch abgewaschene Schüssel. »Könnte trotzdem was dran sein. Der Bernhard Pichler hat auch so kryptisch dahergeredet, dass er einen Verdacht hat, was da passiert ist, aber erst damit rausrücken will, wenn er sich sicher ist, um die Leut nicht aufzuscheuchen.«

Hatte der Tierarzt etwa Wölfe gemeint? Das konnte für ordentlich Radau in der Gegend sorgen, und im Endeffekt bei vielen Menschen auch für Angst. Nicht auszudenken, was alles passieren konnte, wenn selbst ernannte Jäger durch die Wälder streiften und versuchten, auf eigene Faust die Wölfe zu erlegen. Bei solchen Aktionen konnte sich leicht das Projektil eines Gewehrs lösen und einen Menschen treffen, im schlimmsten Fall mit tödlichem Ausgang.

Waffen in den Händen von Unbefugten waren nie gut. Das konnte man sehen, wenn man über den großen Teich schaute, wie viele Unfälle dort mit Waffen in der Zivilbevölkerung passierten.

Für Außenstehende mussten sie und Egon wie ein eingespieltes Team an der Spüle wirken. Franziska wusch und spülte klar, überreichte Egon das Geschirr, der es trocknete und stapelte. Wenn ein Stapel fertig war, ordnete er es in den dazugehörigen Schrank ein. Nur sie beide wussten, dass das in ihrer Kindheit anders gewesen war. Egon stand vor allem Christian nahe, dem Ältesten der vier Geschwister, und eiferte ihm in vielem nach, während sich Franziska stets um das Nesthäkchen Michael kümmerte und mit ihm spielte. Selbstverständlich verteidigten Egon und Franziska ihre jeweiligen »Lieblingsgeschwister« und ergriffen Partei für sie, was dazu führte, dass sie sich sehr oft zankten. Nein, sie und Egon waren sich nie wirklich nah gewesen. Auch jetzt spürte Franziska die Distanz. Eine unsichtbare Mauer, die zwischen ihnen stand. Ob sie jemals bröckeln würde, wusste Franziska nicht. Wenn, dann war jetzt die Zeit dafür, jetzt, wo sie die einzigen beiden Geschwister am Hof waren. Nur dieses ewige »Na« von Egon nervte zunehmend.

Franziska seufzte. Egon öffnete den Mund, als wollte er etwas sagen, schloss ihn aber wieder und widmete sich dem Besteck. Was auch immer er hatte sagen wollen, blieb ungesagt. Zumindest heute.

8. Kapitel

Marion

Ich kann mich kaum an etwas erinnern, bevor ich in dieses Krankenhaus kam. Die letzten zwei Jahre liegen wie im Nebel. Ich weiß noch alles davor. Bis in die Kindheit kann ich mich erinnern, meine Jugend, mein erster Tanz, mein erster Kuss, mein erstes Mal, meine Hochzeit, mein erstes Kind. All diese Meilensteine sind klar in meinem Gedächtnis eingebrannt, aber nicht das, was passiert ist, bevor ich in dieses Krankenhaus kam. Manchmal liege ich hier und frage mich, ob ich es selbst verursacht habe. Die Ärzte sprechen von einem Unfall. Angeblich bin ich den Wasserfall hinabgestürzt. Aber das können sie nicht ernst meinen! Ich würde niemals den Pfad beim Wasserfall hinaufgehen! Diese glitschigen Stufen, der steile Weg, die Steine.

Wasser und Höhe, das hat mir immer schon Angst gemacht. Die Ärzte müssen sich irren, ich habe Höhenangst. Mein Mann weiß davon, meine Kinder wissen davon, meine Freundinnen ebenfalls. Hat niemand von ihnen die Ärzte darüber informiert?

An manchen Tagen schieben sich Erinnerungsfetzen in meinen Geist, die ich nicht einordnen kann: Angstgefühle. Jemand läuft neben mir, aber ich kann das Gesicht nicht sehen. Dann sehe ich mich auf einer Brücke stehen.

Verschwommen. Erinnerung oder Traum? Ich kann es nicht greifen.

In dieser Szenerie überkommt mich ein mulmiges Gefühl. Dann eine Hand auf meinem Rücken, die ganz plötzlich wieder weg ist. Während die Hand auf meinem Rücken liegt, bekomme ich Panik. Der Druck auf meinem Körper wirkt real, doch er ist nur in meinem Geist. Hier läuft irgendetwas falsch. Mein Herz klopft schnell. Ich schwitze. Andererseits weiß ich nicht, ob ich träume oder wache.

Der Übergang vom Wachen zum Schlafen ist fließend, und im Prinzip bin ich laut den Ärzten nicht einmal richtig wach. Ich versteh es nicht, denn ich bekomme alles mit, was rund um mich herum passiert.

Die Besucher, die Ärzte, die Krankenschwestern, wie sie mich waschen und pflegen, oder wenn sie mich über eine Magensonde mit Nahrung versorgen.

Ich höre den Gesprächen zu.

Wachkoma, der Name hat seine Berechtigung, ich liege geistig wach hier und bin trotzdem im Koma, unfähig, mich zu bewegen, unfähig, mich zu berühren, unfähig, jemand anderen zu berühren, unfähig, etwas zu sagen oder mich auf irgendeine Art und Weise bemerkbar zu machen.

Ich weiß nicht, wie lange das hier noch dauern wird, kann nur vermuten, wie lange ich überhaupt schon hier bin.

Zeit und Raum verschmelzen zu einer grauen Masse wie in einem Science-Fiction-Film.

Vieles weiß ich nicht, doch ich bin mir sicher, dass ich hier raus will. Mir ist klar, dass irgendetwas Schlimmes passiert sein muss. Etwas, womit ich nicht gerechnet habe, und jemand war dabei, den ich möglicherweise kenne.

9. Kapitel

Jonas schaufelte das Rührei in sich hinein, als hätte er tagelang nichts gegessen. Kinder! Immer hungrig.

»Kau das Frühstück wenigstens, bevor du es schluckst!«

Er nickte zwar, schlang aber weiter. Auch Amelia hatte ihren Hungerstreik beendet und aß vier Brote mit Butter und Käse. Das Ei ließ sie links liegen, aber das war Franziska gewohnt. Amelia war im Gegensatz zu Jonas kein Fleischtiger. Kohlenhydrate waren ihr Ding.

»Warum isst der Opa nicht mit uns?«

»Der Opa ist schon länger auf, arbeitet im Stall und hat sicher schon gefrühstückt.«

»Was macht er denn so früh im Stall?«

»Die Pferde füttern, Boxen sauber machen, Kühe melken und allerhand andere Dinge, das zeigt er dir sicher alles einmal. Aber dafür musst du früher aufstehen.«

»Das schaff ich. Für die Schule muss ich ja auch aufstehen.«

Die Schule würde bald wieder beginnen, und Franziska war etwas mulmig bei dem Gedanken, dass sich ihre Kinder an die neue Umgebung gewöhnen und neue Freunde finden mussten. Bei Jonas hatte sie weniger Bedenken, er fand schnell Anschluss, war sehr aufgeweckt, machte überall mit und redete auch mit Fremden rasch über alles Mögliche. Aber Amelia war schon im Kindergarten introvertiert gewesen und auf niemanden von selbst zugegangen. Es hatte Jahre gedauert, bis sie überhaupt mal eine Freundin hatte, die sie mit nach Hause brachte. Deshalb verstand Franziska auch, warum sie diesen Umzug nicht auf die leichte Schulter nahm und ihrer Mutter so böse war. Auf wen sollte sie es sonst sein?

Sie wusste ja nichts von Nicks Eskapaden und den ständigen Fehltritten mit seinen Arbeitskolleginnen. Für Amelia war ihr Vater der Beste und Franziska die Böse, die die Scheidung eingereicht hatte und dann auch noch mit Sack und Pack aus Wien weggezogen war. Eines musste sie Nick lassen, er hatte nie einen Krieg um die Obsorge geführt, sondern ihr das Sorgerecht überlassen. Nur so konnte sie auch wegziehen. Selbst bei einer gemeinsamen Obsorge wäre das nicht möglich gewesen. Denn der Vater musste dabei die Möglichkeit haben, seine Kinder regelmäßig zu sehen. So weit entfernt wäre das nicht gegeben gewesen.

Andererseits war er froh darüber, dass sie den Kindern nicht die wahren Gründe für die Scheidung erzählt hatte. Irgendwann, wenn sie älter wurden, würden sie darüber reden. Schließlich hatte Nick noch ein Kind von einer seiner Affären, was das Fass für Franziska schließlich zum Überlaufen gebracht hatte. Jonas und Amelia hatten einen Halbbruder. Irgendwann würden sie von ihm erfahren.

Nur nicht jetzt.

Amelia pickte die letzten Brösel mit ihrem Zeigefinger auf und lutschte sie ab. Dann stand sie auf und verschwand in ihrem Zimmer. Immerhin stellte sie ihren Teller vorher neben das Waschbecken.

Franziska zückte ihr Smartphone und rief das Foto auf, das sie gestern bei Heidrun gemacht hatte.

»Schau mal, Jonas, das hab ich gestern vergessen, dir zu zeigen.«

Er quietschte beim Anblick der Kätzchen. »Wann gehen wir hin?«, fragte er und zupfte aufgeregt an ihrem Rock. »Wann darf ich sie streicheln?«

»Bald«, antwortete Franziska.

Das Handy in ihrer Hand vibrierte. Nicks Nummer stand auf dem Display. Ein Videoanruf. Wenn man an den Teufel dachte. Seufzend hob sie ab. Gut sah er aus. Braun gebrannt, als käme er gerade aus der Karibik, das Hemd trug er um mehr Knöpfe als üblich offen. Die Kette an seinem Hals irritierte Franziska. Golden mit einem Anhänger. Zwei gegeneinanderschwimmende Fische in einem Kreis, sein Sternzeichen. Ein Geschenk? Früher hatte er nie Schmuck getragen.

»Hi Nick. Was gibt's?« Cool wollte sie klingen, aber es kam eher getragen über ihre Lippen. Kein Wunder.

»Wie geht es euch? Seid ihr gut angekommen?« Er musterte sie. »Du siehst müde aus.« Klar, dass er ihr das sofort unter die Nase reiben musste.

Franziska zog die Beine an und legte sich ein Polster auf den Bauch. Das würde länger dauern. Sie sah auf die Uhr. Es war noch Zeit. Als Antwort gähnte sie herzhaft.

»Habt ihr euch schon eingelebt? Ich dachte, du meldest dich, wenn ihr da seid?«

»Es war stressig, und ich hab mir gleich den Fuß verstaucht. Und mein Vater … nun, du kennst ihn ja. Jonas und Amelia streiten die ganze Zeit, und überhaupt wurde ich gleich am ersten Tag in der Arbeit eingespannt.«

Das war die Zusammenfassung in Kürze für ihren Ex-Mann.

»Hört sich aufregender an, als ich dachte. Sind die Kinder in der Nähe?«

»Amelia ist grad in ihrem Zimmer, aber Jonas ist hier.« Sie pausierte. »Magst du mit ihm reden?«

»Was denkst du denn, warum ich anrufe. Selbstverständlich will ich hören, wie es den Kindern geht.«

Seltsam. In Wien hatte er sich nur peripher um die Kinder gekümmert. Meist wenn Franziska krank war oder es keinen Babysitter gab, den man einspannen konnte. Beide waren ganztags im Kindergarten gewesen und ab der Volksschule nachmittags im Hort. Bei zwei Kriminalbeamten als Eltern ging es nicht anders. Die Karenz wollte Franziska gern teilen, aber Nick hatte sich geweigert, den Hausmann zu spielen. Der Papamonat war sein einziges Zugeständnis gewesen. Vermutlich, weil seine Kollegen den auch einhielten. Der Name Papamonat klang auch anders als Karenz.

Franziska reichte Jonas das Smartphone. »Dein Papa will mit dir reden.« Jonas nahm das Handy strahlend entgegen und plapperte gleich drauflos. Franziska schälte sich von der Couch, um Amelia zu holen.

Sie klopfte an. Keine Reaktion. Von drinnen hörte sie Amelia lachen. Offensichtlich telefonierte sie gerade mit einer ihrer Freundinnen.

»Amelia. Dein Papa würd gern mit dir reden.«

Nur Sekunden später wurde die Tür aufgerissen.

»Ist er hier?«

Sie blickte sich um. »Ist er unten?«

Franziska war gerührt. Die coole Fassade ihrer Tochter war abgebröckelt. Darunter kam das kleine Mädchen zum Vorschein, das seinen Papa über alles liebte. Sie sah so verletzlich aus.

»Nein, er ist nicht hier. Am Telefon.«

Die Gesichtszüge ihrer Tochter veränderten sich. Enttäuschung und Frustration.

»Kommst du mit runter, dann kannst du mit ihm reden.«

Sie verschränkte die Arme.

»Papa hat doch meine Handynummer. Warum soll ich dein Telefon benutzen?« Sie blies sich eine Haarsträhne aus der Stirn und knallte die Tür zu.

Autsch. Schon wieder. Franziska rieb sich die Stirn. Eine Migräne war im Anflug. Auch das noch. Hoffentlich würde sie erst am Abend richtig ausbrechen. Die Sache mit dem Fuß war schon Qual genug.

Franziska blieb noch einen Moment vor der Tür stehen. Sie hörte Amelia erzählen und lachen und wünschte sich nichts sehnlicher, als dass auch sie wieder zwanglos mit ihrer Tochter plaudern und lachen konnte. Irgendwann.

Als sie wieder im Wohnzimmer ankam, zählte Jonas gerade seine Dinosaurier auf. Dazu nahm er einen in die Hand und hielt ihn dicht vor das Handy, damit Nick ihn auch sehen konnte. Munter nannte er seinen Namen und was diesen Dinosaurier so alles ausmachte. Nick sagte ein paar anerkennende Worte und pfiff ab und zu. Jonas lachte dann.

Franziska setzte sich wieder und wartete ab. Als Jonas alle Dinos hergezeigt hatte, gab er ihr das Handy wieder zurück.

»Immer noch Dinos.« Nick grinste. So lange waren sie noch nicht aus Wien weg, warum sollte sich Jonas' Vorliebe so schnell ändern?

»Amelia sagt, du kennst ihre Handynummer.«

»Also wollte sie nicht mit dir herkommen?«

Franziska hob die Schultern.

»Ich ruf sie dann gleich an.«

»Wenn du durchkommst …«, versuchte Franziska abzulenken. »Wie geht's denn Fabian und Alissa? Und all den anderen? Habt ihr grad einen interessanten Fall?« Insgeheim musste sie sich eingestehen, dass sie ihre alte Crew beim LKA vermisste.

Nick druckste herum. »Dies und das …«

»Richtest du ihnen bitte Grüße aus.«

Er kratzte sich am Dreitagebart. Wie er den immer so akkurat hinbekam, wusste Franziska bis heute nicht.

»Ähm … ich hab gerade frei.«

»Halt dann, wenn du wieder im Dienst bist. Sind deine Eltern noch böse auf mich?«

»Ich ruf dann mal Amelia an.« Irrte sie sich, oder wich er ihren Kommentaren und Fragen aus? »Gute Besserung für deinen Fuß und viel Spaß bei den Dorfermittlungen.«

Sie winkte in die Kamera und war froh, als sein Gesicht wieder verschwand und sie in die Schwärze blickte. Mit Nick stimmte etwas nicht. Irgendetwas heckte er aus. Andererseits hatte sie früher schon Mühe gehabt, ihn zu durchschauen. Aber ihr Bauchgefühl trog sie selten. Nick konnte ihr nicht in die Augen schauen, als sie ihn nach den Kollegen fragte. Was war hier los? Ein Blick auf die Uhr zeigte ihr, dass sie sich ein anderes Mal darüber Gedanken machen musste. Die Arbeit rief. Nick auf die Schliche zu kommen hatte Zeit.

Rasch schlüpfte sie in die Schuhe und umarmte Jonas. »Der Opa ist eh da. Und der Egon kommt dann auch.«

Jonas drückte sein Gesicht an ihre Brust.

»Viel Spaß Mama beim Verbrecher-Fangen.«

Er grinste und lief wieder zu seinen Dinos.

10. Kapitel

Max saß bereits vor dem Rechner, in der rechten Hand ein Kipferl, das er vor jedem Bissen in den Kaffee tauchte. Diese Angewohnheit hatte er schon als Kind, bloß dass es sich damals um heiße Schokolade gehandelt hatte, mit der er das Gebäck vom Vortag aufweichte. Seine Mutter arbeitete in der Bäckerei von Resi und durfte immer das alte Gebäck mitnehmen. Auch wenn das Kipferl, das er heute in der Hand hielt, frisch war, ließ sich so eine Gewohnheit nicht einfach abschütteln. Franziska beobachtete ihn eine Weile still, bevor sie sich räuspernd auf den Drehstuhl neben ihn fläzte.

»Guten Morgen.«

»Kipferln saun hint in unserer Kuchl. Kaffee steht auf der Plotten«, antwortete er, ohne vom Bildschirm wegzusehen. Hatte sie sich die Verbundenheit auf der Weide bei Hermi nur eingebildet? »Filterkaffee. Ned des neimodische Kapselglump aus der Werbung, das du vielleicht g'wohnt bist.«

Franziska lächelte. »Ob du es glaubst oder nicht. Ich meide dieses Zeug wie der Teufel das Weihwasser.«

Er hob eine Augenbraue und sah sie an. »Aha. I haun denkt, alle Wiener trinken des zum Fruahsti.«

Wenn er müde oder genervt war, kam der Steirer in ihm so richtig durch. Was aktuell gerade der Grund dafür war, wusste sie nicht. Franziska hingegen hatte sich den Dialekt schon lange abgewöhnt, aber das hieß nicht, dass sie ihn nicht mehr konnte.

»Tjo, Überraschung! I bin koa Wienerin word'n«, sagte sie.

»Nau daunn, haber eini.« Mit dem Anflug eines Lächelns wandte sich Max wieder seiner Arbeit zu.

Die Kipferln rochen gut. Wenn sie das gewusst hätte, hätte sie auf das Frühstück zu Hause verzichtet. Aber außer einem Kaffee ging beim besten Willen nichts mehr in ihren Magen. Mit einer dampfenden Tasse ging sie zurück in das Wachzimmer und setzte sich zum ersten Mal an ihren neuen Schreibtisch. Bis auf den Computer und eine Pflanze, deren Blätter traurig hinunterhingen, war er leer. Franziska stellte ihr Kaffeehäferl auf den Wasserfleckkreis, der sich dunkel am Holz abzeichnete. Sie steckte den Zeigefinger in den Blumentopf. Kein Wunder, dass die Blätter hingen. Die Erde war komplett ausgetrocknet. Franziska blickte sich um. Am Fensterbrett standen ebenfalls ein paar Pflanzen, daneben eine Gießkanne aus Zinn. Sie stand auf und holte die Kanne. Damit ging sie in das WC nebenan, das dem Parteienverkehr zur Verfügung stand. Auch im Aufenthaltsraum und in den Mitarbeitertoiletten gab es ein Waschbecken, aber dieses hier lag am nächsten, und von da aus konnte sie auch hören, falls jemand ins Wachzimmer kam. Als das Wasser aus dem Hahn in die Kanne floss, dachte sie an die alten Blechkannen, die es immer noch am Friedhof in Schöder in verschiedenen Größen gab. Gut konnte sie sich noch erinnern, wie sie neben ihrer Mutter zum Grab ihrer Großeltern gegangen war. Mutter mit der großen Kanne, sie mit der kleinen, in die etwa ein

Liter Wasser passte, so wie bei dieser Version in ihrer Hand.

Als sie mit der Kanne wieder ins Zimmer ging, blickte Max auf. Seine Aufmerksamkeit nutzte sie, während sie die Pflanzen am Fensterbrett goss.

»Gibt es schon was Neues zum Schafsfall?«

»Der Bernhard hat noch nicht angerufen. Ich glaube, das dauert noch ein bisserl.«

Wie lieb er sich wieder bemühte, dialektfrei zu sprechen, obwohl sie ihm doch vorhin bewiesen hatte, dass sie sehr wohl des Steirischen mächtig war.

Sie ging zu ihrem Schreibtisch zurück und goss die einsame Pflanze ihres Vorgängers.

»Da hat der Günter die Trudl vergessen. Er wird froh sein, wenn sie noch lebt, wenn er sie abholt«, sagte Max.

»Die Pflanze hat einen Namen?«

»Der Günter ist ein bisschen emotional, was das angeht. Alles hat bei dem Namen. Sein Auto, sein Computer und eben auch der Ficus.«

Trudl also. Vermutlich von Gertrude. Franziska musste schmunzeln. Eine Kurzform von Gertrude war Gerti, die Pflanze bei E.T. hieß so. War der Chefinspektor vielleicht ein heimlicher Fan des Films? Dann würde sie den Ficus wieder aufpäppeln. Sie hoffte allerdings, dass Trudl wirklich abgeholt wurde, denn in der Vergangenheit waren Franziska alle Pflanzen eingegangen. Den grünen Daumen ihrer Mutter hatte sie wohl nicht vererbt bekommen. Franziska googelte, was so ein Ficus brauchte. Klang, als wäre er pflegeleichter, als sie dachte. Sie würde ihn schon über die Runden bringen, bis Günter Kranzl den Topf holte.

Ruhig war es hier. Im LKA in Wien war ständig etwas los gewesen. Nicht nur die Kollegen gingen ein und aus und sorgten für Stimmengewirr, auch sonst waren viele Menschen dort. Vor allem aber klingelte das Telefon in einer Tour.

In Murau blieb das Telefon still. Franziska hörte sogar das Atmen von Max und das Ticken der Wanduhr. Irgendwie machte sie das nervös. Seltsam. Wollte sie in der Steiermark nicht zur Ruhe kommen? Nach all der Aufregung in den letzten Monaten. Kaum zum Luftholen war sie gekommen, geschlafen hatte sie auch schlecht. Hier, in ihrer Heimat, hoffte sie, dass alles anders wurde. Nicht nur anders, sondern besser. Für sie – und für die Kinder. Sie hatten ebenfalls gelitten, auch wenn zumindest Amelia es nicht zugeben wollte. Jonas war anhänglicher denn je. Sie konnte es ihm nicht verübeln.

Schnell schüttelte sie die schweren Gedanken ab und startete ihren Rechner. Der Computer fuhr schneller hoch als ihr letzter beim LKA. Was für eine Überraschung, ein neuer Rechner mit aktuellstem Windows, Office und sonstigen Anwendungen, die sie so brauchte. Das PAD-NG-Programm war natürlich auch hier das wichtigste Tool, schließlich gab es dieses in den Bundesländern schon länger. Wien war zuletzt dran gewesen. Doch seit das neue Protokollierungssystem im Jahr 2018 eingeführt worden war, gab es immer wieder Probleme damit. Es lief nicht einwandfrei, stürzte manchmal ab und Ähnliches. Ständig wurde versprochen, dass die Fehler behoben würden. Doch die Probleme blieben. Franziska nannte das PAD scherzhaft *Titanic,* wie das vermeintlich unsinkbare Schiff. Auch das PAD-Programm war vor seiner Einführung ähnlich euphorisch angepriesen worden. Nun, was mit der Titanic passiert war, wusste man ja.

Mit einem Klick öffnete sie Outlook.

Gerade einmal dreizehn E-Mails ploppten im Postfach auf. Franziska lachte laut auf. Da würde ihr ja fast langweilig werden. Fünf Mails waren von ehemaligen Kollegen, die nachfragten, ob sie Wien schon vermisste. Natürlich nicht. Ein bisschen vielleicht. Ihre »Crew« ging ihr schon ab. Ihre besten Freundinnen fehlten ihr, aber hier in der Steiermark hatte sie auch Freundinnen. Sie musste sich nur wieder einleben und vor allem einen Weg finden, wie sie mit ihrem Vater zurechtkam. Aber das Schwierigste stand ihr noch bevor. Der Schulwechsel ihrer Kinder. Würden sie Freunde finden? Kämen sie in den neuen Klassen zurecht?

Vier Wochen noch, dann würde sie Antworten drauf erhalten.

»Hast du einen Drohbrief erhalten?«, fragte Max, der auf einmal hinter ihr auftauchte.

»Hast du einen geschrieben?«

»Sehr witzig. Ich frag nur, weil du seit zehn Minuten nur auf den Bildschirm starrst und ein bisserl entrückt wirkst.« Er beugte sich hinunter, sodass sie sein Aftershave riechen konnte.

»Ich war nur in Gedanken.«

Abrupt drehte sie sich auf dem Stuhl und erwischte Max am Ellenbogen.

Der stöhnte kurz auf und rieb sich den Arm. »Deine Gedanken sind aber arg schmerzhaft.« Lachend ging er zur Tür. »Ich mach mal eine Runde. Beine vertreten.«

Wohnte Max noch zu Hause bei seinen Eltern? War er Single oder vergeben? Hatte er vielleicht sogar Kinder?

Max war ihre erste große Liebe gewesen. Und sie seine. Als es mit Nick den Bach runterging, hatte sie sich oft gefragt, was gewesen wäre, wenn sie mit Max zusammengeblieben wäre. Aber in Schöder hatte sie sich erdrückt gefühlt, damals zumindest. Die weite Welt hatte sie sehen wollen. Ohne die ständigen Vorwürfe von zu Hause, die nach Michis Verschwinden immer lauter wurden. Hätte sie bloß besser auf ihn aufgepasst. Aber in den wenigen Minuten, als sie Max an einer der Schießbuden geküsst hatte, war Michi verschwunden. Einfach weg. Und wurde nie wieder gefunden. In der Zeitung stand das übliche »in einem unbeobachteten Moment …« Ihr Egoismus war schuld an Michis Verschwinden gewesen. Hätte sie Max doch nie geküsst …

Sie seufzte, rieb sich den rechten Oberarm und begutachtete ihr Tattoo. Ein Phönix. Es war ihr erstes gewesen. Dafür war sie extra mit der Bahn nach Graz gefahren, exakt an ihrem achtzehnten Geburtstag, weil sie da nicht mehr die Zustimmung ihrer Eltern gebraucht hatte, die sie garantiert nie erhalten hätte.

Sie liebte den Phönix, und gerade passte er wieder zu ihrem Leben. So wie Phönix aus der Asche stieg, erfand sich auch Franziska gerade wieder neu. Aber war das wirklich ein neues Leben? Oder kehrte sie vielmehr zurück zum Altvertrauten?

Es klingelte. Im ersten Moment war Franziska so überrascht, dass sie sich mit »Franziska Zach, Abteilung Leib und Leben, Wien Berggasse« meldete.

»Oh jegerle. Da bin i foisch.«

Die Stimme erkannte sie sofort, obwohl sie die Person erst einmal gesehen hatte.

»Bernhard Pichler?«

»Ja? Woher kennen Sie meinen Namen?« Den plötzlichen Wechsel vom Dialekt ins Hochdeutsche fand Franziska rührend.

»Ich bin es, Franziska. Wir haben uns gestern auf der Weide kennengelernt.« Stille. »Die Pferdefranzi«, schob sie hinterher.

»Ah, na dann hab ich was falsch verstanden gestern.« Er pausierte. »Heißt du nun Fürst oder Zach?«

»Sorry, ich war so in Gedanken, dass ich beim Abheben mein altes Sprücherl aufgesagt habe. Die Gewohnheit, weißt du?«

»Na, dann bin ich doch richtig.« Es rauschte. Offenbar war der Tierarzt gerade im Freien, und es ging ein ordentlicher Wind.

»Also, die meisten Ergebnisse kommen erst, aber eine Sache wollte ich euch noch sagen.«

»Spuck's aus.« Unter ihren Haaren begann es zu kribbeln. Dieses Kribbeln hatte sie auch gehabt, wenn es bei einem Mord neue Erkenntnisse aus der Gerichtsmedizin gab. Und das lag bestimmt nicht an der Gerichtsmedizinerin Janine.

»Die Schafe, die ich untersucht habe, haben kaum mehr Blut im Körper gehabt.« Das Kribbeln wurde stärker.

»Logisch, sie sind ja aufgeschlitzt worden.« Beziehungsweise gebissen, fügte sie im Geiste hinzu. Falls die Tiertheorie stimmte.

»Ja, aber dann hätte das ganze Blut auf der Wies'n sein müssen.«

»War es das nicht?« Es war am Vortag schon düster gewesen, und Grün und Rot konnte man da nicht mehr so gut auseinanderhalten. Blut war definitiv da, nur ob es genug war, wusste sie nicht.

»Ich bin grad noch mal raufgefahren, aber es ist definitiv nicht so viel, wie es sein sollte. Und in den Kadavern ist auch kaum mehr was.«

»Was bedeutet das?«

»Das weiß ich nicht genau. Ich hab so was noch nie erlebt.«

»Kann es versickert sein?«

»Es hat in den letzten Tagen lang und heftig geregnet, die Erde ist komplett aufgeweicht, da konnte nix mehr versickern, das Blut hätte sich verteilen müssen oder sich mit dem Schlamm verbinden.«

Der Bernhard war anscheinend über sein Studium zum Tierarzt hinaus recht intelligent. Er redete ja fast schon wie die Kollegen von der Tatortgruppe in Wien daher. Die hätten ihre Freude mit ihm.

»Hat es vielleicht ein Tier getrunken?«

»Nein, die Viecher täten eher das Fleisch als Ganzes fressen, nicht nur am Blut lecken, und genau das verwirrt mich auch. Kein einziges Schaf ist gefressen worden oder zumindest angegessen, sie wurden einfach nur getötet.«

»Und das Blut?«

»Es ist nur eine Theorie …« Sie hörte ihn keuchen. Anscheinend lief er gerade.

»Ich würde deine Meinung trotzdem gern hören.«

»Dass sie eingefangen, woanders getötet und dann wieder hergebracht wurden, schließ ich aus. Das wäre ein Riesenaufwand und das hätte die Hermi sicher mitbekommen.« Sie hörte eine Autotür knallen.

»Also muss das Blut weggebracht worden sein?«

»Das ist die einzige Möglichkeit, die mir einfällt.« Das Auto wurde gestartet.

»Aber warum?«, schrie Franziska gegen den Lärm an.

»Tja, das musst wohl du herausfinden.« Es rauschte wieder.

»Ich muss los, in Rabitzen kommt ein Fohlen, da muss ich gleich hin. Pfiat di.«

»Pfiat di.« Das hatte sie jahrelang nicht mehr gehört oder ausgesprochen. Fühlte sich fremd und gleichzeitig vertraut an. Ihr wurde warm ums Herz.

Sie stand auf und ging vor die Tür. Sonnenstrahlen kitzelten auf ihrer Haut. Der tagelange Regen hatte aufgehört. Franziska sog die feuchte Luft ein. Sie liebte die Zeit kurz nach einer Regenphase, noch schöner war es, wenn die Sonne sich auch endlich wieder zeigte. In zwei Tagen wäre es dann wieder warm genug, um mit Jonas und Amelia nach St. Peter ins Freibad zu fahren. Schwimmen gingen sie schließlich alle drei gern. Franziska nahm sich fest vor, anders als in Wien, an ihren freien Tagen nichts Berufliches dazwischenkommen zu lassen und Zeit für die Kinder zu haben. Gerade jetzt war das mehr denn je notwendig. Sie mussten wieder Sicherheit gewinnen und sich in ihrer neuen Heimat eingewöhnen. Da war es am besten, viel gemeinsam zu unternehmen und ihnen die schönen Seiten des Landlebens schmackhaft zu machen.

Sie schloss die Augen und reckte ihr Gesicht der Sonne entgegen. Ja, hier war es tatsächlich ruhiger als in Wien.

»Ist das deine Art zu arbeiten?«, riss sie auf einmal eine vertraute Stimme aus ihren Gedanken.

Sie ließ die Augen geschlossen. »Du warst ja auch spazieren.«

»Das nennt man *eine Runde drehen*.«

»Dann nenn ich das jetzt *über die letzten Ermittlungen nachdenken*.«

Max lachte und stellte sich neben sie. Ihre Schultern berührten sich. Franziska blinzelte und sah aus dem Augenwinkel, dass er ebenfalls das Gesicht in die Sonne hielt. Sie schloss ihre Augen wieder. Eine Zeit lang standen sie schweigend nebeneinander, bis sie unterbrochen wurden.

»Na, Ihren Job möcht ich haben!« Franziska riss die Augen auf. Vor ihr stand eine Frau, die sie noch nie gesehen hatte und die irgendwie deplatziert wirkte. Mit ihrem mondänen Hut, auf dem eine Feder flatterte, dem adrett hochgesteckten Haar und dem pinken Kostüm, an dessen Revers eine Brosche prangte, schien sie direkt aus dem Buckingham Palast zu kommen. Genau! Wie die Queen in jüngeren Jahren.

Eine Perlenkette um den Hals und Pumps in einem zarten Nude-Ton komplettierten das Ensemble. Auch Max wirkte irritiert, das erkannte sie an seiner hochgezogenen Augenbraue.

»Arbeitet im Gebäude noch jemand oder sind Sie die Einzigen, die man hier kontaktieren kann?«

Franziska und Max sahen sich kurz an, dann wieder zur Frau. Die Feder auf ihrem Hut wippte auf und ab.

»Wenn Sie mit jemand anderem reden möchten, dann müssen Sie warten, bis die Kollegen mit dem Funkwagen wieder da sind«, konterte Max.

»Oder Sie warten auf die Ablöse um 19 Uhr.« Beide grinsten. Franziska hatte es versucht, aber sie konnte sich den Kommentar nicht verkneifen, weil sie die Situation so absurd fand. Erst jetzt fiel ihr auf, dass sich die Tasche der Frau bewegte.

»Können wir jetzt hineingehen oder nicht?« Zu ihrer Tasche gewandt, folgte ein: »Psst, ja gleich zeigen wir den Herrschaften, was passiert ist.«

Max betätigte den Knopf. Die Schleusentür öffnete sich. Die Dame rauschte an ihnen vorbei und verschwand im Haus.

Franziska zuckte mit den Achseln.

Max deutete mit dem Arm zum Eingang. »Nach Ihnen, Mylady.« Beide grinsten sich an, bevor sie der aufgebrachten Dame nachgingen.

11. Kapitel

Marion

Jemand ist hier. Das Parfum hängt wie eine dunkle Wolke im Raum, schwer und süß. Nicht mein Geschmack. Die Person kommt näher, bleibt vor meinem Bett stehen. Ein Stuhl schabt über das Linoleum. Es quietscht, als sich die Person setzt. Zum Parfumgeruch gesellt sich der Gestank von Nikotin und Alkohol. Krampfhaft versuche ich, meine Augen so weit nach rechts zu bewegen, wie ich kann, um die Person zu sehen, aber alles, was ich erkenne, ist ein Kirschrot. Ein Pullover? Der Teil eines Schals? Oder einer Mütze? Ich weiß es nicht. Zu verschwommen ist die Sicht.

Irgendetwas klappert. Stricknadeln? Sitzt hier jemand an meinem Bett und strickt? Wer könnte das sein?

Mutter ist längst unter der Erde. Hermi vielleicht? Nutzt sie ihre Schafe nun nicht mehr nur zur Milchgewinnung, sondern verstrickt sie auch die Wolle? Aber Hermi trinkt nicht und geraucht hat sie nur, als sie jung und rebellisch war und mit ihrem Freund und dessen Motorradgang durch die Welt gedonnert ist.

Weit waren sie nicht gekommen, bis sie sich zerstritten und Hermi mit ihrem Rucksack wieder vor der Tür ihrer Eltern stand. Aber die reiselustige Hermi sollte noch einige

Male »ausfliegen«, bis sie, der Liebe wegen, der Steiermark für viele Jahre den Rücken zukehrte. Als auch diese Liebe zerbrach, die kinderlos geblieben war, war Hermi zurückgekehrt und hat ihr Käsebusiness gestartet.

Husten. Dann weiteres Klappern.

»Weißt du«, sagt eine weibliche Stimme, die mir bekannt vorkommt. »Ich glaub ja nicht, dass du mich nicht hörst.«

Eine doppelte Verneinung. Mein Lehrergehirn schüttelt sich. Imaginativ.

Klappern, husten. »Wenn deine Augen offen sind, sind auch deine Ohren offen. Das ist meine Meinung.« Seufzen. »Egal was die Weißkittel sagen, du bist da drin und drum wirst merken, wenn ich da bin.«

Wenn ich lachen könnte, würde ich es tun. Resi, von der Backstube, sitzt neben mir. Wie lieb von ihr. Die nächsten Minuten erzählt Resi von Hermis Schafen.

»Die ganze Weide voller Blut, Marion. Meiner Seel!« Klappern. »Sei froh, dass du das nicht gesehen hast. Gott sei Dank sind nicht alle Schafe tot. Die Hermi war tagsüber weg, auf dem Marktfest, ihren Kas verkaufen, und dann passiert so was.«

Das Klappern hört auf. Resi kramt in ihrer Tasche. Es klickt. Sie trinkt einen Schluck. Anscheinend hat sie ihren Flachmann mit dabei. Natürlich. Resi raucht und sauft, geht aber nie zum Arzt. Und ein Krankenhaus sieht sie nur von innen, wenn sie jemanden besucht. So wie jetzt.

»Den Rum brauch ich wieder, seit der alte Fürst mich rausgeschmissen hat. Das Geld hab ich dringend gebraucht. Weißt ja, dass die Bäckerei schlecht geht, weil alle in den Supermarkt nach Murau fahren. Dabei wissen s' gar ned, was da drin ist im Brot. Dürfen ja schon Mehlwürmer und Käferzeugs reing'mischt werden. Die EU, meiner Seel. Was die für Ideen haben. Dass ich so was noch erleben muss. Früher hamma die Maden aus dem Mehl gesiebt.«

Das Klappern und Resis rauchige Stimme, mit der sie weitere Anekdoten und Neuigkeiten aus der Nachbarschaft zum Besten gibt, entspannt mich.

»Aber die Gurken und Karotten müssen gerade sein, damit man sie verkaufen darf. Und die Semmeln alle gleich groß. Aber Maden geh'n. Maden geh'n. Meiner Seel.«

Ab und zu hört Resi zu stricken auf und legt ihre Hand auf meine. Ein wohliges Gefühl durchströmt mich ob dieser liebevollen Berührung. Nur wenige Sekunden jeweils, aber lang genug, um die Wärme ihrer Haut auf meiner zu spüren.

Kontaktaufnahme. Synapsen leiten sie weiter. Glücksgefühle im Gehirn. Serotonin und Oxytocinausschüttung. Ich atme ein, ich atme aus. Der Tag fühlt sich anders an. Resi sei Dank.

Ich weiß, dass es niemand sehen kann, aber ich lächle.

Zum ersten Mal seit Langem bin ich sicher, dass alles wieder gut wird.

»Ja, das ist fein, gell?«, sagt Resi, tätschelt meine Hand und lacht ihr kehliges Lachen. Das Klappern erstirbt. Stuhlschieben über Linoleum.

»Ich komm am Freitag wieder. Halt die Ohren steif.« Noch einmal liegt Resis Hand auf meiner, dann höre ich nur noch das Rascheln ihrer Plastiktasche. Das Quietschen ihrer Gummisohlen auf dem Linoleum. Und dann bin ich wieder allein.

Das Zischen der Atemgeräte die einzige Melodie. Die Bilder in meinem Kopf erzählen die Geschichten erneut, die ich heute zu hören bekommen habe. Mit einem Lächeln, von dem ich nicht weiß, ob man es auch auf meinem Gesicht sieht, schlafe ich ein.

12. Kapitel

Die Dame setzte sich auf einen der Stühle, als sie eintraten. Und zwar auf den Drehstuhl von Max, an seinem Schreibtisch anstatt auf einem der bereitgestellten Holzsessel für den Parteienverkehr. Ja, die Queen brauchte nun mal den besten Stuhl im ganzen Raum. Ehrensache.

»Nun gut, Frau …« Max brach ab und zog die Augenbraue hoch.

»Simone Ehrenfels«, beendete die Frau den Satz.

»Kann ich Ihnen einen Kaffee anbieten?«, fragte Max die Besucherin, die sofort bejahte.

»Nach der ganzen Aufregung auf jeden Fall!«

Ob Kaffee das Richtige war, bezweifelte Franziska.

Erst jetzt bemerkte sie, dass die Hände der Frau leicht zitterten. Ehrenfels. War das nicht ein alter steirischer Adelsname? Franziska rollte ihren eigenen Stuhl herüber, setzte sich neben die Frau und hielt ihr ein Stück Traubenzucker hin.

»Danke, das brauch ich jetzt.«

Während Simone Ehrenfels den Traubenzucker auswickelte und ihn sich in den Mund steckte, kam Max mit einem Holzbrett zurück, auf dem er drei Kaffee und drei Gläser mit Wasser balancierte. Vermutlich gab es kein Tablett, so musste das Jausenbrett herhalten. Der Geruch von Speck waberte aus dem Holz.

Aus der Tasche von Simone Ehrenfels kam ein Geräusch, das sich wie ein Bellen anhörte. »Ja, ist schon gut, Bella. Jetzt kannst du rauskommen.« Vorsichtig griff sie in die Tasche und beförderte einen Pomerianer-Welpen heraus. Sein weißes, flauschiges Fell ging an den Pfoten in ein Beige-Orange über.

Eine Pfote war einbandagiert. Und am linken Ohr waren rote Spritzer zu sehen.

»Was ist denn mit der Kleinen passiert?« Franziska deutete auf die verbundene Pfote. Max hatte in der Zwischenzeit noch einen mit Wasser befüllten Napf besorgt und platzierte ihn auf dem Tisch anstatt auf dem Boden.

Simone Ehrenfels hielt die Hündin an das Schüsselchen. »Na schau, Bella, jetzt ist alles gut.«

Max setzte sich dazu.

»Also«, begann Simone Ehrenfels. »Ich war grade unterwegs nach Tamsweg, um meine Mama im Spital zu besuchen, weil wir Grenzer ja oft dort hingebracht werden. Als die Bella mal dringend musste, fuhr ich rechts ran ans Murufer. Da weit und breit kein Mensch zu sehen war, habe ich mir gedacht, ich muss sie nicht anleinen. Die Bella ist ja ein braves Mädel und läuft nicht weit weg, sie kommt auch immer sofort auf mein Rufen zurück. Aber nicht heute.«

Sie nippte an der Kaffeetasse. Während Bella laut schlabbernd am Napf hing, fuhr ihr Frauchen fort.

»Ich habe mit meiner Tochter telefoniert und Bella nur ein paar Minuten aus den Augen gelassen. Als ich auflegte, war sie weg. Panisch bin ich das Murufer abgelaufen. Und da hörte ich sie winseln. Ich habe sie dann unter einem Busch gefunden. Sie hat gezittert und stark geblutet.«

»Haben Sie eine Ahnung, was passiert sein könnte?«

»Ich hab mich natürlich gleich umgeschaut und da hab ich ein Riesenviech in den Wald laufen sehen.« Sie bekräftigte diese Aussage mit einer weit ausholenden Geste, wie ein Fischer, der herzeigte, wie groß sein Fang war.

»Welches Tier das genau war, haben Sie nicht gesehen?«

»Na, so wie die Bella gezittert hat, war's wohl ein ordentliches Monster.« Simone Ehrenfels nahm den Hut von ihrem Kopf und strich gedankenverloren über die Feder.

Franziska beugte sich vor: »Sie wissen schon, dass es keine Monster gibt?«

»Wollen Sie mich veräppeln?« Sie schüttelte den Kopf. »Ich meinte nicht Monster im geläufigen Sinn. Dass es kein Yeti war, ist klar. Aber es war doch ein großes Raubtier.«

»Ein Luchs vielleicht?« Max kritzelte auf seinem Block herum. Aus dem Augenwinkel sah Franziska, dass er den Hund zeichnete. Sie verkniff sich ein Grinsen.

»Nein, keine Katze, eher so etwas wie ein Hund«, sagte die Frau. »Aber ein aggressiver. So etwas wie ein Dobermann vielleicht.«

Franziska dachte über das nach, was Egon erst gestern Abend beim Geschirrspülen erzählt hatte.

»Könnte es ein Wolf gewesen sein?«

Die Augen der Frau wurden größer. »Aber die gibt's doch schon lange nicht mehr bei uns.«

Sollte man meinen, aber Egon und seine Kumpels sagten etwas anderes.

Max hob den Kopf: »Vor einem Jahr gab es offenbar einige Wolfssichtungen in Kärnten. Und das ist ja nicht weit weg.«

»Wirklich?« Simone Ehrenfels sah sichtlich schockiert aus. »Na, dann muss ich mein Puppilein unbedingt genauer checken lassen. Was, wenn der Wolf die Tollwut hat?« Sie küsste ihren Hund auf die Stirn. »Gell, Bella.«

»Gut, wir machen jetzt ein paar Fotos von Bella und ihren Verletzungen, nehmen dann alles auf und erstatten Anzeige gegen unbekannt.«

»Ich kann doch keinen Wolf anzeigen«, sagte Simone Ehrenfels und blickte verwundert über den Schreibtisch.

»Falls es aber doch ein Hund war, dann geht das. Wir zeigen auch nicht den Hund an, sondern den Besitzer. Gerade bei Kampfhunden gibt es öfter solche Fälle, und wenn er keinen Beißkorb trug und nicht angeleint war, dann umso mehr.«

»Mein Puppilein hatte eben auch beides nicht.«

»Aber sie hat ja niemanden verletzt.«

Franziska nickte. »Lassen Sie uns einfach alles festhalten, und dann sehen wir, was passiert.«

Ein stechender Schmerz fuhr ihr ins Bein. Anscheinend waren ihre Gesichtszüge einen Moment lang entgleist.

Max räusperte sich. »Franzi, kannst du vielleicht hinten im Aufenthaltsraum mal nach der Akte schauen?« Er nickte nachdrücklich und fuhr fort. »Du weißt schon, was ich meine.« Ganz kurz streifte sein Blick ihren Fuß, und sie verstand, dass es ein dezenter Hinweis von ihm war, sich hinten auf die Couch zu legen. Akten gab es dort ja keine.

Sie war ihm äußerst dankbar dafür und nickte.

»Natürlich! Mach ich gleich!«

Ihr Fuß pochte mittlerweile ganz schön. Das Hochlagern würde guttun.

Sie humpelte an ihnen vorbei, nicht ohne die leeren Tassen wieder mitzunehmen.

Im Liegen dachte sie erst über die Schafe nach, dann über die Wölfe. Ihre Gedanken gingen nahtlos über zu ihrer Volksschullehrerin, die im Koma lag. Sie würde sie besuchen, aber vor allem sollte sie zum Ort des Unfalls gehen und ihn genauer untersuchen. Heidrun hatte gesagt, dass sie nicht an die Unfalltheorie glaubte, und wenn Franziska ehrlich war, kam ihr das alles auch seltsam vor. Warum sollte Marion Leitner den Weg beim Wasserfall hochgehen? Franziska konnte sich noch sehr genau daran erinnern, dass sie damals vor der ganzen Klasse erzählt hatte, dass sie noch nie diesen Weg gegangen war, weil sie Angst hatte. Und war nicht auch ein Elternteil von ihr einmal dort oben ausgerutscht und seitdem auf eine Gehhilfe angewiesen? Rührte die Angst von Marion Leitner auch daher? Was zum Teufel hatte sie beim Günster Wasserfall gemacht? Weshalb war sie überhaupt dort hingegangen? Es ergab tatsächlich keinen Sinn.

Von draußen hörte sie Simone Ehrenfels schluchzen, anscheinend war der erste Schock vorbei, und nun ließ sie ihren Gefühlen freien Lauf. Max redete beruhigend auf sie ein. Eine große Stärke von ihm, die sie früher vor Prüfungen immer geschätzt hatte. Er verstand es, ihre Zweifel, Ängste und Sorgen sofort aufzulösen. Das war eine Gabe, die nicht jeder hatte. Max war einfach sehr empathisch und konnte sich wunderbar auf sein Gegenüber einlassen, sodass man sich schnell wohlfühlte. Franziska dachte an die Zeit zurück, als sie zusammen waren. Eine Teenagerliebe, die aus einer Freundschaft entstanden war, einer tiefen Verbindung, wie sie Franziska nie zuvor erlebt hatte. Und auch danach nie mehr. Als die Beziehung zerbrach, war diese Freundschaft leider mit zerbrochen. Franziska hatte sich unzählige Male darüber geärgert, es nicht von Anfang an bei der Freundschaft belassen zu haben. Aber beide dachten wohl, wenn man sich in allem so gut verstand, dann müsste es auch die perfekte Beziehung werden. Aber nach Michis Verschwinden lagen sie sich öfter in den Haaren als je zuvor. Als Franziska nach einer ihrer zahlreichen Auseinandersetzungen Nick kennenlernte und mit ihm in der Tenne in Oberwölz die Nacht durchtanzte, bekam sie unbändige Sehnsucht, alles hinter sich zu lassen. Nick war auf Urlaub gewesen und fuhr bereits zwei Tage später wieder nach Wien zurück. Und Franziska mit ihm, ohne sich von Max zu verabschieden. Eine Woche später schrieb sie Max einen Brief, den Versuch einer Erklärung, auf den sie nie eine Antwort erhalten hatte. Bis heute hatten sie das nie geklärt. Aber in der Zwischenzeit war es obsolet, oder etwa nicht? Sie merkte, dass Max nicht damit abgeschlossen hatte und ihr dieses Aus der Beziehung, das gleichzeitig das Aus ihrer langjährigen Freundschaft war, noch immer nachtrug. Irgendwann würde sie mit ihm darüber reden müssen. Sie schuldete ihm eine Erklärung. Irgendeine. Denn im Grunde wusste sie noch nicht einmal, was damals eigentlich genau passiert war, warum sie so gehandelt hatte und nicht anders.

Tatsache war, dass es zwei Dinge gab, die sie in Wien am meisten vermisste: die Berge und Max.

Draußen polterte es. Ein Lachen folgte. Dann ein Bellen. Franziska bewegte ihren Fuß. Die Schwellung war ein bisschen abgeklungen.

Sie fuhr sich rasch durch die Haare und ging wieder ins Wachzimmer zurück. Drinnen standen zwei Beamte, die sie noch nicht kannte.

»Ah, das muss die Wienerin sein«, rief der Schnauzbärtige, als er sie durch die Tür hereinkommen sah, und lief auf sie zu.

»Gernot Mader, Frau Chefin.« Er reichte ihr die Hand.

»Bitte nur Franziska.« Sie lächelte. »Wir sind schließlich Kollegen.«

»Der Kurt flirtet schon mit dem Hund.« Gernot Mader lachte, sein Bauch wippte dabei auf und ab. Ein sympathischer und humorvoller Kerl. Mit ihm würde sie sicher gut auskommen, das spürte sie sofort. Bella fand sich in den Armen des anderen Polizisten, der sie ausgiebig kraulte und ihr etwas ins Maul steckte. Hatte er Hundeleckerli dabei?

»Hast du die immer bei dir?«, fragte Franziska und zeigte auf die Cracker.

»Ah na, die hat der Max bei mir vergessen.« Hinter Simone Ehrenfels schüttelte Max vehement den Kopf und rollte mit den Augen. Was sollte der denn mit Hundecrackern. Franziska lachte, als hätte der Beamte einen Witz gemacht.

»Ja, is eh a Schmäh.« Er stutzte. »Sagt man doch in Wien so, a Schmäh, oder?«

Franziska bejahte. Irrte sie sich oder atmete Max erleichtert auf? Sie sah wohl schon Gespenster. Dachte er, sie habe nur eine Sekunde lang geglaubt, dass Max Hundeleckerli brauchte? Was sollte er damit? Sie essen?

Der Beamte wischte seine Hand an der Hose ab und streckte sie Franziska hin. »Ich bin der Kurt.«

Fehlten nur noch zwei, die sie nicht kannte. Falls sie bei den Spinden richtig gezählt hatte.

»Frau Ehrenfels, wir rufen Sie dann an, wenn wir Genaueres wissen.« Max stand auf und begleitete Simone

Ehrenfels zur Tür. Diese schien aber nicht recht gehen zu wollen. Kein Wunder. Bella war noch bei Kurt und ließ sich von ihm verwöhnen. Franziska nahm ihm die Hündin ab und brachte sie Simone Ehrenfels. Außerdem den Hut, der noch auf dem Schreibtisch gelegen hatte. Kaum waren Hund und Frauchen draußen, rauschte Heidrun herein.

»Wieso bist du nicht zu Hause?« Sie stemmte die Hände in die Hüften und blickte Franziska vorwurfsvoll an.

Max nickte. »Das hab ich mich heute auch schon gefragt. Sie kann kaum gehen.«

»Ich wollte grade bei euch am Hof nach dir und dem Fuß schauen, da kommt mir der Egon entgegen und sagt, dass du arbeiten bist.«

»Das geht schon«, antwortete Franziska, aber es hörte sich nicht gerade überzeugt an.

Heidrun drückte sie auf einen Stuhl, kniete sich hin und zog ihr den Schuh aus. »Der sitzt viel zu fest. Ist ja alles angeschwollen.« Dann entfernte sie Socken und Verband.

Jetzt erschrak auch Franziska etwas. Ihr Fuß war komplett blau.

»Da hamma den Salat! Was hast du dir nur dabei gedacht?«, schimpfte Heidrun. »Und du schaust auch nicht, Max! Du hättest sie sofort wieder heimfahren sollen.«

Max zuckte mit den Achseln. »Als würde Franzi tun, was ich sag. Die hat doch ihren eigenen Kopf.«

Heidrun blickte sich um.

»Wo sind eigentlich die Krücken?«

Franziska seufzte. »Ich hab geglaubt, das wird schon. Bin ohne sie raus.«

»Und wie soll es werden, wenn du dem Fuß keine Schonung gönnst?« Heidrun zog sie hoch und bugsierte sie nach draußen. Dann schob sie sie auf den Beifahrersitz ihres Wagens.

»Ich kann selbst fahren.«

Max, der auf einmal neben dem Wagen stand, schüttelte den Kopf. »Das ist der Kupplungshaxen. Ich bring dir das Auto später zum Hof.«

Na toll! Sie wurde wie ein Kind behandelt. Andererseits hatten die beiden ja recht, denn das Pochen im Fuß war von Stunde zu Stunde schlimmer geworden.

»Wo bringst mich denn jetzt hin?« Sie waren nicht Richtung Hof unterwegs.

»Wir fahren zum Röntgen, zur Sicherheit.«

Auch das noch! Franziska hasste Spitäler. Zuletzt war sie im Spital gewesen, als ihre Mutter die letzte Chemo erhalten hatte. Damals hatte der Schmerz Franziska den Atem abgeschnürt und sie von innen aufgefressen. Und als ihre Mutter als letzten Wunsch sagte, man möge ihr den Michi bringen, da zerriss etwas in Franziska. Mutter starb mitten im Chemozyklus im Krankenhaus, in der Hand ein zerknittertes Gruppenfoto der Geschwister. Aus Zeiten, wo der Michi noch dabei war. Sie war zu schwach gewesen für eine weitere Chemo. Die Ärzte hatten sie darüber aufgeklärt. Aber Mutter wollte noch so lange wie möglich ihren Tod hinauszögern, bis es »der Michi nach Hause schafft«.

Diesen Geruch nach Desinfektionsmittel und Sterilität hielt Franziska kaum aus, und das Quietschen von Schuhen auf Linoleum erzeugte Gänsehaut. Weiße Mäntel ebenfalls.

»Muss das sein?«, fragte sie deshalb nach.

»Wenn er gebrochen ist, brauchst du einen Gips. So einfach ist das. Ich wäre keine gute Ärztin, wenn ich dich nicht durchleuchten ließ.«

Dem konnte Franziska schwer etwas entgegensetzen.

»Übrigens, die Hermi hat heute früh völlig aufgelöst bei mir angerufen.«

»Was ist denn jetzt schon wieder passiert?« Noch mehr tote Schafe?

»Sie hat einen Brief bekommen.« Heidrun blies eine Locke aus ihrem Gesicht, die sich immer wieder über ihr Auge verirrte. »Sie hat ihn mir vorgelesen, Franzi. Hab ihr geraten, die Polizei anzurufen.«

»Es ist kein Anruf gekommen.« Franziska überlegte. »Nur vom Bernhard, dem Tierarzt.«

»Vermutlich hat sie Angst.«

»Von wem ist der Brief denn?«

»Das weiß sie nicht. Er ist anonym, ohne Absender gekommen.«

»Und was steht so Schlimmes drin?«

»Darin steht, dass sie auf Diebesgut wohnt und dass sie die Nachfahrin von Mördern ist.«

»Puh, harter Tobak.« Franziska öffnete das Fenster. »Und ist da was dran?«

»Was soll denn da dran sein?« Heidrun drehte das Radio leiser. »Ich kenn die Hermi mein ganzes Leben und ihre Eltern auch. Der Hof ist weder gestohlen, noch hat jemand aus ihrer Familie jemanden umgebracht.«

»Und was will der Briefschreiber damit erreichen?«

»Ihr Angst einjagen und sie vertreiben, was sonst?«

»Wie war der Brief geschrieben?«

»Mit so Zeitungsbuchstaben wie aus einem Sonntagskrimi.«

Was für ein Klischee! Franziska hatte beim LKA nie mit solchen Briefen zu tun gehabt, mit ausgeschnittenen Buchstaben. In Zeiten von Computern!

»Kann das ein blöder Bubenscherz gewesen sein?«

»Das glaub ich nicht, der Briefschreiber hat nämlich geschrieben, dass noch Schlimmeres passieren wird, wenn sie den Hof und die Käserei nicht aufgibt.«

»Wer könnt denn ein Interesse daran haben? Du hast doch gesagt, es gibt keine direkte Konkurrenz zu ihrem Käse.«

»Du bist die Polizistin. Das musst du herausfinden.« Sie parkte den Wagen vor der Murauer Radiologie ein. »Am besten lässt du dir den Brief von der Hermi selbst zeigen, ich weiß auch nur das, was sie mir gesagt hat. Vielleicht steht ja noch mehr drin. Die Hermi war ja ganz hysterisch. Ich konnte sie nur mit Müh und Not beruhigen.«

»Der Schreck mit den Schafen ist sicher noch nicht verdaut. Könnte das zusammenhängen?«

»Keine Ahnung. Ich glaub ja immer noch, dass das mit der Leitnerin zusammenhängt.« Heidrun zog den Zündschlüssel. »Jetzt schauen wir erst mal, was mit deinem Haxen los ist.«

Vielleicht hing ja tatsächlich alles zusammen? Der Unfall von Marion Leitner, die toten Schafe und der Brief? Nur wie?

Humpelnd folgte sie Heidrun, die schon drinnen bei der Anmeldung stand.

13. Kapitel

Esther

Die Murmeln klackerten in ihrer Schürzentasche beim Laufen.

Heute traf sie sich mit Sophia, ihrer besten Freundin. Sie würden wieder Murmel spielen, damit vertrieben sie sich gerne am Nachmittag die Zeit. Sophia liebte die milchigen Murmeln, während sie selbst die Glasmurmeln besonders schön fand, die durchsichtigen, durch die man das Sonnenlicht einfangen konnte und durch die man die Sterne sehen konnte oder andere Menschen beobachten. Deshalb gab sie die milchigen Murmeln immer sofort Sophia.

Beide spielten mit zehn Murmeln, aber Esther hatte nur noch acht. Gestern hatte sie zwei an Sophia verloren. Sophia erhielt stets Nachschub, denn ihre Eltern besaßen viel Geld. Esthers Eltern hatten hingegen viele Kinder. Esther war die Zweitälteste und musste oft auf ihre jüngeren Geschwister aufpassen, deshalb freute sie sich stets, wenn etwas Zeit blieb, um sich mit Sophia zu treffen. Sophia war ein Einzelkind und beneidete Esther um ihre Geschwister. Oft klagte sie darüber, niemanden zum Spielen zu haben, während Esther ständig jemanden um sich hatte, das müsste doch schön sein.

Esthers Mama hatte gerade wieder ein Baby bekommen. Das schrie die ganze Nacht, und nein, das war überhaupt nicht schön. Esther konnte sich heute Vormittag in der Schule gar nicht richtig konzentrieren. Sophia hatte es gut, sie war ausgeschlafen, bei ihr war es ruhig. Ihre Eltern waren auch nicht immer zu Hause, manchmal musste Sophia ganz allein schlafen und wusste nicht, wann die Eltern wieder kamen. So etwas hatte Esther noch nie erlebt. Manchmal wäre sie auch gern allein, nur für sich, ohne dieses ganze Tohuwabohu. Allein die Zubereitung des Essens dauerte ewig. Wenn Esther mithalf, und das tat sie oft, musste sie penibel darauf achten, das richtige Geschirr zu verwenden. Das Geschirr im linken Kasten war für milchige Speisen, das Geschirr im rechten Kasten für fleischige Speisen, das durfte man nicht vermischen, auch nicht beim Abspülen. Die koschere Zubereitung der Lebensmittel war wichtig, ihre Eltern waren sehr religiös.

Bei Sophia zu Hause gab es nur ein Geschirr. Alles kam darauf zusammen, das Milchige, das Fleischige und das Gemüsige. So etwas hatte Esther noch nie erlebt, außerdem gab es bei Sophia auch Schweinefleisch. Bei Esther kam das nie auf den Tisch. Denn Schweinefleisch war nicht koscher. Manchmal fragte sich Esther, wieso es so viele Unterschiede gab zwischen ihrer Familie und der ihrer Freundin. Andererseits war das aber auch egal, wichtig war, dass sie Freundinnen waren.

Sophia und Esther. Esther und Sophia. Sie beide gab es nur zusammen. Am schlimmsten war es, wenn eine von ihnen krank war und deshalb nicht in die Schule kommen konnte. Sophia war es als Einzelkind zwar gewohnt, für sich zu sein, und konnte sich auch gut allein durchkämpfen, aber für Esther war es unangenehm ohne ihre Freundin. Sie tat sich schwer, neue Freundinnen zu finden. Für sie war es grundsätzlich nicht leicht, mit fremden Leuten zu sprechen. Nur mit Sophia war das von Anfang an anders gewesen. Als Sophia neu in die Klasse gekommen war, hatte sie sich einfach zu Esther gesetzt, die damals alleine saß. Sie war auch neu und hatte sich automatisch an einen leeren Tisch neben dem Fenster gesetzt.

Sophia hatte nicht mal gefragt, ob der Platz neben ihr frei wäre, sie hatte sich einfach zu ihr gesetzt und gesagt: »Hallo, ich bin Sophia und wie heißt du?«

Esther hatte ihren Namen geflüstert und war wieder verstummt. Daraufhin hatte Sophia gelächelt.

»Eigentlich müsstest du mir jetzt eine Frage stellen, aber wenn du das nicht so gerne magst, stelle ich dir noch ein paar Fragen. Es reicht, wenn du mit Ja oder Nein antwortest.«

Und so war es dann auch. Sophia erzählte und fragte, und Esther antwortete ab und zu. Und irgendwann, nach ein paar Tagen, stellte Esther die allererste Frage.

»Spielst du gerne mit Murmeln?«

14. Kapitel

Ein Schrei weckte Franziska. Draußen war es noch dunkel. Der Vorhang wehte vor dem Fenster, das sie gekippt hatte. Sie hatte sogar in Wien bei offenem Fenster geschlafen. Im ersten Moment dachte sie, dass es Jonas gewesen war. Sie horchte in die Dunkelheit. Wieder Schreie. Und diesmal erkannte sie den Unterschied zu Kindergeschrei. Es waren wohl Katzen, die sich da unten zankten. Ein Blick auf die Smartwatch zeigte ihr, dass es erst fünf Uhr früh war. In zwei Stunden begann ihr Dienst. Sie seufzte. Bis sie wieder eingeschlafen war, konnte es dauern, und sie musste spätestens um sechs Uhr aufstehen und sich fertig machen. Diese Schreie! Franziska schälte sich aus den Laken und schloss das Fenster. Da sah sie jemanden auf dem spärlich beleuchteten Weg entlanglaufen. Das konnte nur Vater oder Egon sein. Von der Zeit her passte es. Was Franziska jedoch verwirrte, war, dass die Person eine geduckte Haltung hatte und sich ständig umsah, als ob sie verfolgt würde. Seltsam.

Die Person verschwand hinter der Hausmauer. Franziskas Magen grummelte. Der Fuß pochte, und es kam ihr so vor, als wäre er geschwollener als am Vortag. Aber war das bei Prellungen und Stauchungen nicht normal, dass erst etwas später das volle Ausmaß der Verletzung zutage trat? Gottlob war tatsächlich nichts gebrochen, wie die Radiologie vor zwei Tagen bestätigt hatte. Heute konnte sie halbwegs auftreten und den Fuß auch in alle Richtungen bewegen, wenn auch mit Schmerzen. Kein Wunder, dass sie schon wach war.

Seit zwei Tagen hatte sie nicht gearbeitet, war vorwiegend herumgesessen oder gelegen, sehr zum Leidwesen ihres Vaters, der irgendetwas vom Krieg und Verletzungen im Feld erzählt hatte. Franziska hatte nur mit einem Ohr zugehört und sich auf das Kochen konzentriert. Sie setzte sich an die Bettkante und wickelte den Verband ab. Dann humpelte sie ins Badezimmer. Die Dusche war eine Wohltat. Auch wenn durch die Wärme der Fuß stärker pochte. Deshalb ließ sie zum Schluss kaltes Wasser über ihren Knöchel laufen.

Der Föhn lag in irgendeinem Koffer. Mist. In ihrem war er jedenfalls nicht. Vermutlich hatte Amelia ihn eingepackt. Egal. Rasch knotete sie ein Handtuch über die Haare zum Turban, schlüpfte in Jeans und Shirt und schlich nach unten in die Küche.

Noch bevor sie eintrat, hörte sie Geschirrklappern. Ihr Vater stand am Tisch und wischte Brotkrümel von der Plastiktischdecke. Er hatte offenbar gerade gefrühstückt. Und vor dieser ersten Mahlzeit des Tages ging Vater nirgendwohin. War es also Egon gewesen, den sie vom Fenster aus gesehen hatte?

»Das Stadtfräulein ist schon wach? Na, dann kannst glei mit mir zu die Küh' gehen, melken.« Er blickte auf ihren Fuß, den sie nur noch eincremte, aber nicht mehr faschte. »Schaut aus, als wäre alles wieder heil.« Als könne man das durch die Socken hindurch sehen.

»Ich hab meine eigene Arbeit.« Sie musste hier raus. Die Decke fiel ihr schon auf den Kopf, und das nach nur zwei Tagen. Was hatte sie sich bloß dabei gedacht, wieder hier einzuziehen?

»Bist dir wohl zu fein für den Stall.« Zwischen seinen Augenbrauen bildete sich eine steile Falte.

»Egon ist sicher schon draußen.« Ihr Bruder war eine Lerche, schon immer. Als Teenager hatte er damit alle in den Wahnsinn getrieben. Besonders am Wochenende, wenn die anderen ausschlafen wollten.

Ihr Vater winkte ab. »Der Egon ist in Baierdorf, die Därm beim Hans abholen, für die Würschtln.«

Franziska beutelte es. Im selben Moment fiel ihr ein, dass sie unbedingt noch einkaufen musste, damit sie ihre vegetarischen Sachen kochen konnte. Am Hof gab es ja vor allem Fleisch, Fleisch und noch mal Fleisch. Und dem hatte Franziska vor knapp acht Jahren abgeschworen. Kurz nach der Geburt von Jonas. Zuerst war die Obst- und Gemüsekost ein gutes Mittel gewesen, um rasch ein paar Babykilos zu verlieren. Später versuchte sie sich an Rezepten mit Tofu und Hülsenfrüchten und fand Gefallen an der fleischfreien Ernährung. Würde sie hier in Schöder, weit weg von veganen Feinkostläden und Frozen Yogurt, diesen Lifestyle beibehalten können? Zumindest Obst und Gemüse gab es in der Steiermark reichlich. Nur würde sie um den Schlachthof einen großen Bogen machen müssen. Auf Pferden ritt sie lieber. Essen würde sie die Tiere nie. Auch wenn Vaters Pferdeleberkäse bis nach Wien verkauft wurde. Fleisch musste sie nicht haben, aber zugegeben, ab und zu überkam sie ein Gusto auf Fisch. Dem gab sie dann auch nach. Achtete aber darauf, dass es heimischer Fisch aus Naturgewässern war. Anfangs hatte sie noch ein schlechtes Gewissen, aber niemand war perfekt. Deshalb versuchte sie auch nicht, andere von ihrer Lebensweise zu überzeugen. Leben und leben lassen war ihre Devise.

»Brot, Butter und Wurst ist noch am Tisch.« Ihr Vater zeigte auf das Bauernbüfett.

Franziska blickte sich um und öffnete einen Küchenschrank. Dann den nächsten. »Haben wir auch Marmelade?«

»Wer hätte die einkochen sollen, wo die Hanni doch tot ist und du nie da warst?«

Wieder diese Vorwürfe! Sie ließ sie unbeantwortet. Auf einen Streit vor dem Frühstück hatte sie wirklich keine Lust. Vater zuckte mit den Achseln. Aus dem Oberschrank nahm er ein Glas heraus und stellte es ihr auf die Arbeitsfläche.

»Da, an Honig kannst ham.«

»Danke.« Sie betrachtete das Glas. Waldhonig mochte sie am liebsten, gleich danach kam der Kleehonig. Honig war nur einer der Gründe, warum sie zwar vorwiegend Vegetarierin war, aber nicht vegan lebte. Dazu liebte sie auch Käse viel zu sehr. Das Wasser lief ihr im Mund zusammen, als sie sich zwei Scheiben vom Landbrot abschnitt. Außen knusprig, innen weich, wie sie es liebte. Das Brot hatte sie schon vermisst in Wien. Auch wenn man es in ausgewählten Bäckereien finden konnte, es schmeckte trotzdem nie wie zu Hause.

»Ich hab draußen jemanden gesehen, um fünf herum.« Sie strich den Honig auf die Brotscheibe. »Am Weg«, ergänzte sie, als ihr Vater nicht darauf reagierte. Sie biss ab. Himmlisch!

»Was meinst?« Ihr Vater blätterte in der Murtaler Zeitung.

Sie kaute und schluckte hinunter. »Na, wenn weder der Egon noch du im Stall wart, wer war es dann? Hast du noch wen eingestellt?«

»Niemand für so früh«, murmelte er, nach wie vor über die Zeitung gebeugt. »Das machen der Egon und ich allein. Also seit die Resi weg ist.«

»Wer benutzt den Weg sonst noch?«

»Das ist unser Privatweg, das weißt doch.« Er überlegte. »Vielleicht war's ein Angetrunkener aus dem Hirschen, der sich verirrt hat?«

»Betrunken hat er nicht gewirkt. Ging ganz gerade.« Die Landluft machte tatsächlich mehr Hunger. Franziska schnitt eine weitere Scheibe Brot ab und bestrich es. »Wann kommt der Egon wieder?«

»Später.« Ihr Vater grummelte. »Dann kommst halt du mit in den Stall.«

»Mpficher nicht«, presste sie mit vollem Mund hervor.

Ihr Vater verstand sie trotzdem.

»Kaunnst leicht keine Kuh mehr melken?«

»Ich hab einen Serienmörder und eine Scheidung überlebt, ich werd wohl eine Kuh melken können.« Sie zuckte mit den Achseln und grinste. »Ich will es nur nicht.«

»Wenn du da wohnen willst, dann wirst auch mithelfen. Die Hanni sei mir selig.« Er bekreuzigte sich theatralisch.

Franziska schluckte den letzten Bissen hinunter. »Meine Mutter war stolz auf mich.« Sie seufzte. Eine Welle der Sehnsucht wallte in ihr auf. Sie drückte die Gefühle weg.

»Ich muss in einer Stunde in der Arbeit sein. Weckst du nachher die Kinder und machst ihnen Frühstück, wenn ich jetzt die Kühe melke?«

»Na, so weit kimmt's no!« Ihr Vater warf das Geschirrtuch auf die Arbeitsfläche und stürmte ohne ein weiteres Wort zur Tür hinaus.

»Dachte ich es mir«, flüsterte Franziska in den leeren Raum hinein, dann genoss sie die Stille, trank den Kaffee aus, richtete Frühstück her und weckte ihre Kinder. In vier Wochen würde die Schule beginnen, es wurde Zeit, dass sie sich wieder an normale Aufstehzeiten gewöhnten. Gerade als sie die Treppen wieder hinunter humpelte, hörte sie einen ohrenbetäubenden Knall von draußen.

15. Kapitel

Esther

Der Knall erschütterte die ganze Siedlung. Esther war gerade in ihrem Zimmer und spielte mit der Puppe, die ihre Oma ihr genäht hatte. Sie hat ein aufgesticktes Gesicht und Knopfaugen. Aus echten Knöpfen einer alten Jacke. Ihre Puppe hieß auch Esther, weil sie ihr glich.

Als sie den Knall hörte, zuckte sie zusammen und drückte die kleine Esther an sich.

Durch das geöffnete Fenster hörte sie den Tumult draußen, Schreie, Stimmengewirr. Schnell lief sie hinaus. Ihre Geschwister und ihre Mama ebenso.

Auf der Straße angekommen, sah sie dann das ganze Dilemma. Das Büchergeschäft von Onkel Jakob! Alle Scheiben vor der Auslage waren kaputt. Aus dem Haus drang Rauch. Was war passiert? Onkel Jakob musste noch drinnen sein. Esthers Vater lief zusammen mit vier anderen Männern in das Geschäft hinein. Gemeinsam kamen sie mit Onkel Jakob wieder heraus, der am Kopf blutete. Auch noch zwei andere, die in dem Geschäft arbeiteten, kamen herausgestolpert. Über und über mit Staub bedeckt.

Esther fragte ihre Mutter, was passiert war. Doch die hatte keine Ahnung. Also wartete sie, bis ihr Vater wieder zurückkam. Der Rabbi kam nach einer Weile hinzu und begutachtete alles. Er lief hin und her, um die Menschenmenge zu beruhigen.

»Sie haben das Buchgeschäft ruiniert, dürfte eine kleine Granate gewesen sein oder irgendetwas Selbstgebautes.« Vater rieb sich das Gesicht. »Wir haben drinnen auch mehrere Steine gefunden, mit denen vermutlich das Auslagenglas eingeschlagen wurde.« Erst jetzt bemerkte Esther, dass ihr Vater etwas in der Hand hielt. »Um die Steine gewickelt, waren diese Zettel.«

Vater reichte einen von ihnen an Mama weiter.

Ihre Augen wurden glasig. »Ein Anschlag? Oder?«

»Jemand hat sie weglaufen sehen, sie waren nicht in Uniform, also vermutlich Zivilisten.«

Esther stellte sich zwischen Vater und Mutter und erhaschte einen Blick auf den Zettel. Darauf stand etwas, das sie nicht verstand. Es war eine Beleidigung über Onkel Jakob und das Geschäft. Sie wollte es gar nicht aussprechen. Am liebsten wäre ihr, sie hätte es gar nicht erst gelesen. Es war zu grausam! Das Geschäft war offenbar nur deshalb eingeschlagen und zerstört worden, weil Onkel Jakob Jude war.

»Was haben sie denn gegen Onkel Jakob? Was haben sie denn gegen uns, Mama?«, fragte Esther und zog den Rotz hoch. »Mama, warum ist es schlimm?«

Vater schüttelte den Kopf und sagte: »Manche Menschen brauchen einen Sündenbock, wenn etwas nicht richtig läuft.«

Esthers Mutter zerknitterte den Zettel. Tränen liefen ihr nun über die Wangen. Onkel Jakob war ihr Bruder. Sie wollte schon zu ihm und seiner Familie laufen, als Vater sie festhielt und leise auf sie und Esther einredete.

»Kommt mit rein, ich muss euch etwas geben.« Während die anderen Onkel Jakob halfen, seine Habseligkeiten zu retten und mit Brettern die Auslagen abzudecken, ging Esther mit ihrem Vater und ihrer Mutter wieder zurück ins Haus. Auch die Geschwister folgten ihnen. Nur die Großmutter und der Großvater blieben bei der Buchhandlung, um mitzuhelfen, Bücher zu schichten und abzustauben, denn sie hatte einst ihnen gehört, bevor sie sie Onkel Jakob weitergegeben hatten.

Drinnen legte Esthers Vater etwas auf den Tisch. Ein Bündel aus einer Art Papier. Grau.

»Hier sind die neuen Kennkarten für euch alle, ab sofort müssen wir die bei uns tragen, auch die Kinder. Die alten Ausweise sind nicht mehr gültig.«

Mutter nahm ihren entgegen und klappte ihn auf. Ihre Augen wurden wieder glasig.

»Aber das ist doch gar nicht mein Name!«

Ihr Vater seufzte und strich ihr sanft über die Schulter. »Es ist nur ein Name. Das ist nun so. Ein Erkennungszeichen. Eines von vielen, die sie sich einfallen haben lassen.«

Vater verteilte die Ausweise. Vorne, auf dem grauen Deckblatt, war ein großes J aufgestempelt. Auch in ihrem Ausweis stimmte etwas nicht. Dort stand zwar »Esther«, aber daneben noch ein anderer Name, »Sara«. Dabei war ihr zweiter Name doch Mirjam. Das musste eine Verwechslung sein. Wieso stand hier jetzt Sara? Das verstand sie nicht. Sie ging um ihren Vater herum und erhaschte einen Blick in die Papiere ihrer Eltern. Auch in Mamas Ausweis stand nach ihrem echten Namen als zweiter Name Sara, obwohl Esther genau wusste, dass ihr zweiter Name Ruth war. Papa hatte auf einmal Israel als Zweitnamen. Was sollte das? Sie schaute in alle Ausweise ihrer Geschwister. Alle Mädchen hießen nun Sara mit zweitem Namen und alle Buben Israel. Das ergab keinen Sinn.

»Wieso erhalten wir neue Namen, Papa?«, fragte Esther.

»Das dient nur zur Erkennung.«

»Als würde das hier nicht reichen!« Esthers Mutter zeigte auf das J am Ausweis.

»Bekommt Sophia auch einen neuen Ausweis?«

»Nur wir ...« Er brach ab und streichelte ihr sanft über den Kopf. »Bubale, sei nicht traurig.«

Er klappte den Ausweis zu, und Esther war plötzlich klar, was los war. Nur für Juden. Heute hatten sie das Büchergeschäft zerstört, vor einer Woche war es die Synagoge gewesen. Die Mauern waren beschmiert worden. Zwei Tage lang hatten alle zusammengeholfen und die Wände gereinigt. Doch schon einen Tag später standen wieder all diese Worte auf dem Gebäude.

Mama klappte ihren Ausweis zu, setzte sich auf den Sessel am Küchentisch und schluchzte in ihre Hände.

Auch Esthers Vater sah traurig aus. Schließlich griff er in seine Manteltasche und holte noch etwas heraus. Einen Haufen gelbe Stoffsterne legte er auf den Tisch.

»Die hier müssen wir jetzt auf Jacken und Mäntel aufnähen, ohne dürfen wir nicht mehr hinausgehen. Eine Anleitung habe ich auch bekommen, wie sie zu tragen sind.«

Esther hatte genug davon. Was passiert hier? Warum mussten sie sich kennzeichnen? Was war falsch an ihnen? Warum wollte jemand das Geschäft von ihrem Onkel kaputt machen? Es waren doch nur Bücher. Er hatte niemandem etwas getan. Sie verstand es nicht. Vater kümmerte sich um Mutter, umarmte sie und tröstete sie.

Esther ging in ihr Zimmer, drückte ihre kleine Puppe an die Brust, legte sich aufs Bett, zog die Beine an und griff mit ihrer Hand in ihre Tasche. Vertrautheit. Sophia.

Fest drückte sie die Murmeln in ihrer Hand zusammen und weinte sich in den Schlaf.

16. Kapitel

Jonas trampelte hinter ihr die Treppen runter.

»Was war das für ein Bumperer, Mama?«

»Ich hab keine Ahnung. Geh schon mal in die Küche, das Frühstück steht auf dem Tisch, ich geh derweil nachschauen.«

»Ist was mit dem Opa?«

»Iss einfach, Amelia kommt sicher auch gleich.«

Franziska fuhr ihm über den Haarschopf. Jonas nickte und ging auf Zehenspitzen in die Küche, als hätte er Angst, dass ihn jemand hören könnte.

»Angsthase«, hörte sie Amelia sagen. Sie stand mittlerweile auch auf dem Flur. Doch klang ihre Stimme weniger selbstbewusst als sonst.

»Geh zu Jonas, esst was. Ich bin gleich wieder da. Geht auf keinen Fall hinaus! Ist das klar?«

Amelia zuckte die Achseln. »Als wäre ich neugierig auf die Kühe und Bäume.« Sie trollte sich in die Küche.

Die Sonne war schon aufgegangen. Auf den Blättern der Bäume hingen Tautropfen. Franziska sog die Luft ein. Ja, in Wien roch es nach dem Regen anders. Regen auf Asphalt. Irgendwo hatte Franziska gelesen, dass es jetzt sogar ein Parfum gab, das diesen Geruch imitierte. Petrichor, der Duft von Regen.

»Gfrastsackel, elendiges!«, fluchte ihr Vater.

Das konnte ja heiter werden. Mit ihrem Vater war grundsätzlich schwer auszukommen. Aber wehe, wenn er wütend wurde. Da hörte das Gezeter dann gar nicht mehr auf.

Franziska betrat den Stall. Ihr Vater ruderte mit den Armen, schimpfte und kickte mit seinen Gummistiefeln Kuhfladen durchs Heu.

»So a Swöllschädl! Blochjodler!«

»Was ist denn, Vota? Was budelst di so auf?«

»A so a Miachn hat mein Stall angschmiert!« Er fuchtelte mit den Armen. »So a Sauerei! Wenn i den derwisch!«

Franziska ging weiter in den Stall hinein und schaute in die Richtung, in die ihr Vater seine fuchtelnden Arme bewegte.

Auf den Holzlatten der Stallverkleidung waren seltsame Zeichen aufgemalt oder gesprüht. So genau konnte sie das nicht erkennen. Doch die Farbe sah sie gut. Rot, das teilweise in einen dunklen Farbton überging. Franziska ging näher zur Wand. Es roch nicht nach Lack. Sie berührte eines der Zeichen mit den Fingerspitzen. Da, wo das Rot noch intensiver war, fühlte es sich feucht an, an den dunklen Stellen war die Fläche bereits trocken. Die Zeichen sagten ihr nichts. Vielleicht war es eine fremde Schrift? Oder ein Graffiticode? Franziska nahm ihr Handy heraus und schoss ein paar Fotos davon.

»Kennst du diese Zeichen?«, fragte sie ihren Vater.

»Was fragst mich da? Woher soll i denn wissen, was des Gfrastsackl mant?« Er fuhr sich mit beiden Händen durch die Haare. »Find eam! Frog eam!«

In der Ecke lag das Corpus Delicti, das den Knall vorher verursacht haben durfte. »Was hast denn mit dem Gewehr vorg'habt?«

»Na, g'schossn hab i.«

»Hast du denjenigen, der das gemacht hast, noch gesehen?«

»Nur von hint! Der hat so a Kapuzenjacken ang'habt, wie sie die jungen Leit heutzutage so tragen.«

»Welche Farbe?«

Er zuckte die Achseln. »Was Dunkles.«

»Und hast ihn erwischt?« Nicht auszudenken, wenn Vater jemanden angeschossen hätte.

Er schüttelte den Kopf und hob die Arme. »Er ist g'laufen wia a junges Reh, und ich seh ja schon so schlecht.«

Gott sei Dank. Franziska war froh. Könnte ja sein, dass es sich beim Graffitikünstler um einen Teenager handelte. In Wien hatte sie öfter damit zu tun gehabt.

Die Frage war nur, was bedeuteten die Zeichen und warum hatte sie jemand an die Stallwand gemalt? Da dachte sie, sie würde in Schöder eine ruhige Kugel schieben, und jetzt passierte fast täglich irgendetwas Seltsames hier.

»Gut, Papa, du kühlst dich jetzt ein bisschen ab, und ich werde schauen, was ich rausfinde.«

»Nix da, ich muss den Dreck wegputzen.«

Franziska hielt ihn von der Wand zurück. »Das muss so bleiben, vielleicht müssen wir das noch genauer untersuchen. Also wasch da nichts ab, bitte.«

Ihr Vater drehte sich um und ging auf den Eimer zu, der auf dem Stallboden lag. Offensichtlich hatte er ihn fallen lassen, als er hineinkam und die Arbeit des Randalierers gesehen hatte. Der Eimer war noch leer. Die Euter von Lara, Nena und Sunny noch prall gefüllt.

Sie klopfte ihrem Vater sanft auf die Schulter. »Schau, die Mädels warten schon auf deine Hände.«

»Die Armen haben das nicht verdient, dass jemand ihr Haus anschmiert.« Er hob den Eimer hoch und zog den Holzschemel zu Lara. Kurz blickte er noch einmal auf. »Los! Find den Rabauken! Jetzt kannst mal zeigen, ob du was drauf hast als Polizistin.«

Franziska konnte sich ein Lächeln nicht verkneifen. Doch ihr Vater war bereits mit seinem Melkschemel abgetaucht. Die Milch spritzte nur so in den Eimer.

Sie ging noch eine Runde um den Stall und suchte in der feuchten Erde nach Schuhabdrücken, die möglicherweise vom Täter stammten. Zwei konnte sie ausschließen, weil es ihre eigenen und die von ihrem Vater waren. Vaters Gummistiefelabdrücken war sie ja vorhin gefolgt. Ihre eigenen Schuhe hatten an der rechten Sohle einen Riss, der sich in der feuchten Erde deutlich abzeichnete. Als sie andere Schuhspuren fand, fotografierte sie alle sofort. Am besten wäre ein Gipsabdruck der unbekannten Spuren, bevor der Regen wieder einsetzte oder sich andere Schuhabdrücke darüberlegten. Sie dachte nach. Heidrun hatte doch sicher Gips in Hülle und Fülle. Rasch wählte sie ihre Nummer. Auf ihre Frage nach Gips wunderte sich ihre Freundin.

»Hast du dir jetzt doch noch etwas gebrochen?«

»Nein, keine Angst. Dem Fuß geht's besser, aber wir hatten hier eine Sachbeschädigung.«

»Jessas. Ist was gestohlen worden?«

»Nein, nur randaliert. Vandalismus an der Stallwand quasi.« Sie erzählte kurz vom Graffiti.

»Und wozu brauchst jetzt den Gips?«

»Das erklär ich dir, wenn du da bist.«

»Ich sperr die Praxis eh erst in einer Stunde auf. Brauchst du Gipsbandagen oder flüssigen Gips?«

»Das zweite, falls du das hast.«

»Ich bin eine alte Bastlerin, ich hab natürlich so was daheim, außerdem mach ich immer Gipsabdrücke von den Füßen und Händen der Säuglinge für die Babygalerie bei mir, von meinen Patientinnen.«

»Super, der geht bestimmt.« Franziska blickte in den Himmel. »Und schnell, bevor der nächste Regen kommt.«

»Ja, den haben sie für heute wieder angesagt. So ein Jammer, wo doch bald der Samson-Umzug ist, nicht dass der heuer ins Wasser fällt, wo wir doch so einen schönen neuen Samson haben. Meine Schwester hat sogar an der Tracht mitgenäht.«

Den Samson-Umzug hätte Franziska fast vergessen. Das würde Jonas sicher Spaß machen, und vielleicht fand Amelia den Umzug auch ganz interessant. Er gehörte zum Brauchtum von Murau einfach dazu und fand jedes Jahr Mitte August statt. Der Samson war eine große, fast hundert Kilogramm schwere Figur, die von einer einzigen Person getragen wurde. In den Pausen konnte sich der Träger kurz erholen, denn es gab immer vier Aufhabe-Assistenten, die den Samson dann abstützten. In der Steiermark nannte man diese auch mal liebevoll Haberer. Max war schon einmal Samson-Träger gewesen, als sie noch zusammen waren. Sogar ihr Vater hatte in jungen Jahren die Ehre gehabt. Es gehörte einfach dazu, den Samson einmal zu tragen. Selbstverständlich war das Ganze eine reine Männerbastion. Wie vieles am Land.

Heidrun versprach, den Gips schnell vorbeizubringen. Dann klickte es in der Leitung.

Franziska suchte ein paar Holzscheite, um die Abdrücke zu markieren, darüber legte sie ein paar Blätter zum Schutz, falls es nieseln sollte, bis Heidrun da war.

Dann ging sie wieder hinein und rief Max an, um ihm zu erklären, dass sie später kam. Als sie ihm von dem Graffiti erzählte, unterbrach er sie.

»Dunkelrot?«

Franziska war kurz irritiert, aber bejahte. »Ja, rot, woher weißt du das?«

»Weil vor zwanzig Minuten jemand hier war, dem seine Garagentür bemalt wurde. Ich bin grade dort und schau mir das an. Wart, ich schick dir die Bilder, die ich gerade gemacht hab.«

Er legte auf. Sekunden später piepte das Handy. Max hatte fünf Bilder geschickt. Die Graffitis glichen denen im Stall des Fürsthofs. Es war, soweit sie das erkennen konnte, auch dieselbe Farbe, aber anders als im Stall war alles dunkel.

Franziska rief ihn zurück. »Ist die Farbe trocken?«

»Ja, komplett trocken.«

»Der Tatzeitpunkt muss also vor halb sechs in der Früh gewesen sein, weil da war er schon bei uns. Vorausgesetzt, es handelt sich um denselben Täter.«

»Stimmt, könnte aber auch eine Sprayer-Gang sein, die sich aufgeteilt hat. Aber was bezwecken sie damit?«

»Keine Ahnung, ich weiß nicht, was die Zeichen bedeuten.«

»Obwohl, mit einer Sprayer-Gang haben wir in Murau noch nie zu tun gehabt. Also jedenfalls nicht, seitdem ich bei der Polizei bin«, überlegte Max.

Franziska wusste nicht einmal, wie lange das war. In der Polizeischule waren sie sich jedenfalls nie über den Weg gelaufen und auch später nicht, darum war sie auch so überrascht gewesen, ihn auf der Inspektion zu sehen.

»Die Farbe war bei uns noch feucht. Mein Vater hat ihn noch von hinten gesehen und ihm nachgeschossen. Er glaubt aber, dass er ihn nicht getroffen hat.« Eine kleine Chance, dass er ihn zumindest irgendwo gestreift hatte, war bei der Schrotflinte ihres Vaters aber durchaus vorhanden.

Sie hörte Max mit dem Betroffenen reden, dann wandte er sich wieder ihr zu. »Der Besitzer hat nichts gehört, hat geschlafen. Ich werde dann die Nachbarn befragen gehen.«

Das Los der schalldichten Fenster, die heutzutage fast jeder hatte. Früher, in Zeiten ohne Handy, Computer und Fernseher, mit undichten Holzrahmen und Fensterläden, wussten die Nachbarn stets über alles Bescheid und hörten jedes Knacken.

»Vielleicht holst du auch einen Malermeister, der uns Auskunft geben kann über die Farbe.« Franziska rieb ihre Fingerspitzen aneinander. »Nach Lack hat es nicht gerochen, ja nicht mal wie Farbe.«

»Ich glaube auch nicht, dass es Farbe ist.« Seine Stimme senkte sich, als ob er nicht wollte, dass der Garagenbesitzer ihn hörte.

Was meinte Max? Womit sollte denn sonst ein Graffiti gemacht worden sein?

»Es ist nicht einmal ein Graffiti«, zerblies er ihre Gedanken wie Rauch. »Wie Sprühfarbe riecht, weiß ich«, ergänzte er und fügte leiser hinzu, »und du auch.«

Sprayfarbe roch doch sehr intensiv. Das stimmte. Lebhafte Erinnerungen stiegen auf. Max vor ihr auf der Leiter, Farbspritzer auf seiner Haut, ein Blick zu ihr zurück, ein Zwinkern. Rasch blinzelte sie die Bilder der Vergangenheit weg.

»Was soll es denn sonst sein?« Noch während sie die Frage stellte, stieg ein mulmiges Gefühl in ihrem Bauch auf.

»Getrocknet sieht es fast aus wie Rost …« Er räusperte sich.

In ihrem Nacken kribbelte es. Sie dachte an die Klumpen, die die Farbe an einigen Stellen der Stallwand hinterlassen hatte. An die Tropfen, die während des Herunterrinnens zähflüssig geworden waren. An die Konsistenz der Farbe, die mittlerweile an ihren Fingerkuppen getrocknet war. Ungläubig schaute Franziska auf ihre Fingerspitzen.

»Es ist Blut«, flüsterten beide unisono.

17. Kapitel

Marion

Heute ist etwas Seltsames passiert. Und Resi hat es gesehen. Sie hat mir etwas erzählt, und in mir sind Emotionen aufgewallt. Gefühle, die ich schon lange nicht mehr gespürt habe. Ich wollte so gerne, dass Resi weiß, dass ich hier bin, dass ich zuhöre und dass ich verstehe. Auf einmal war ich so traurig, dass ich nicht mit ihr sprechen konnte, ihr nicht sagen und zeigen konnte, wie sehr sie mir fehlte. Wie froh ich bin, dass sie mich besuchen kommt und dass sie meine beste Freundin ist.

Dann habe ich es gespürt! Etwas ist aus meinem Auge geflossen, über meine Wange geronnen. Zuletzt ist es über meine Lippen in meinen Mund gelangt. Salziges Nass. Resi ist aufgesprungen und hat mir über die Wange gewischt, als wolle sie sich vergewissern, dass sie feucht ist. Sanft hat sie mir über den Arm gestrichen und gesagt:

»Ich verstehe dich, Marion! Ich würde auch weinen, wenn ich hier liegen müsste und niemandem sagen könnte, was passiert ist. Wenn ich mich nicht bewegen könnte. Aber ich sehe dich, und es wird alles gut. Davon bin ich überzeugt.«

Sie drückte meine Hand und hat den Arzt geholt. Als Nächstes habe ich gehört, wie sie mit ihm sprach, genau gesehen zu haben, wie ich weinte. Und dass ich hundertprozentig noch da drinnen wäre, in diesem Körper, der sich zwar nicht mehr bewegt, aber mein Geist, meine Seele und mein Herz wären noch hier und total wach.

Die Ärzte sind dann mit meinem Bett sofort zu Untersuchungen gefahren. Ich wurde erneut in Röhren geschoben, mir wurde Blut abgezapft. Ich habe alles gespürt, teilweise gesehen. Meine Augen sind meist offen tagsüber. Es war schön, einmal etwas anderes zu sehen als dieses Blau der Decke, das mir den Himmel vorgaukelt und mich glauben lässt, draußen zu sein. Sogar die Röhre war eine willkommene Abwechslung in der Eintönigkeit des Krankenhauses.

In der Röhre hörte ich den Takt des MRTs. Zuerst ein kurzes, schnelles Hämmern, dann ein langsames, dumpfes Pochen, gefolgt von einem stakkatoartigen Klopfen. Im Geiste fange ich ein Lied zu diesem Rhythmus ein. Einen abwechslungsreichen Vormittag hat mir Resi beschert.

Ich frage mich dennoch, wieso ich meinen Mann so selten hier sehe. Wo ist er? Resi, meine Kinder und andere Freundinnen kommen öfter zu Besuch als er. Und da ist noch die Stimme von einer Frau, die ich nicht kenne. Sie kommt öfter, sagt seltsame Dinge, die ich nicht verstehe. Dinge, die mir seltsam vertraut und manchmal wie ein Déjà-vu vorkommen, aber ich finde den Weg zu meinen Erinnerungen nicht mehr.

Ich habe den Weg verloren. Deshalb liege ich jetzt hier und versuche mich zu erinnern, wie ich hierherkam.

Wie aus bloßen Joggingrunden Angstrunden wurden. Und wer die Person ohne Gesicht neben mir ist.

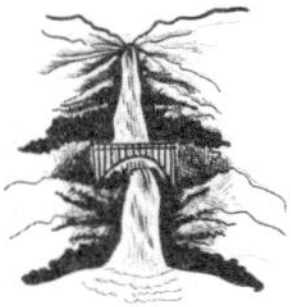

18. Kapitel

Sie beobachteten zusammen, wie der Gips aushärtete.

»Also das ist schon spannend«, sagte Heidi. Sie hatte sogar einen Schirm dabei, falls der Regen früher einsetzte als erwartet. Max war nicht weit vom Fürsthof entfernt gewesen und stand nun auch bei ihnen.

»Super, dass er hier durch den Matsch gelaufen ist«, sagte er und streckte sich. »Vor der Garage war ja nur Asphalt, da haben wir keine Schuh- oder Fußspuren gefunden.«

Eigenartig, wieder roch Max nach Hund, wo auch immer das herkam. Aber vielleicht spielte ihr ihre Nase auch einen Streich, schließlich roch es auf dem Land schnell nach Tieren. Und Heidrun könnte es auch sein. Die wurde hier sogar gerufen, wenn Not am Tier statt am Menschen war. Eine echte Hausärztin eben, für die ganze Familie. Vorsichtig beugte sich Franziska vor und roch an Heidruns Bluse.

»Und was machst du dann mit dem Abdruck?«, fragte die Ärztin. »Gehst du damit durch ganz Schöder und checkst alle Sneakers durch?« Sie kicherte.

»Ich weiß es noch nicht, aber schaden kann es nicht, das festzuhalten, selbst wenn wir die Spur dann nicht verwenden können.« Kein Hundegeruch an Heidrun, aber Katzenhaare.

»Macht ihr das in Wien öfter?« Max kratzte sich mit den Fingern der rechten Hand am linken Arm.

»Abdrücke?«

Falten bildeten sich auf seiner Stirn. »Dinge sicherstellen, die ihr dann nicht braucht.«

»Aber ja. Wir sacken so viel ein wie möglich, alles rund um den Tatort herum, jeden Tschickstummel und jedes Brösel auf dem Teppich.«

Jede Faser wurde eingetütet und abgelegt. Es war tatsächlich ein Riesenaufwand, der hier betrieben wurde. Im Endeffekt hoffte man, zumindest eine Sache zu finden, die Spuren aufwies, womit man dann weiter ermitteln und den Täter aufspüren konnte.

»Stell ich mir anstrengend vor.«

Mit der Schuhspitze kickte sie einen Kieselstein weg.

»War nicht meine Arbeit. Das ist die Sache der Tatortgruppe. Aber je mehr wir auswerten können, umso besser.«

Max guckte interessiert. Heidrun prüfte mit ihrem Zeigefinger den Gips.

»Schaut gut aus.« Sie stand auf und deutete auf die ausgehärtete Masse. »Das machst lieber du, ich weiß ja nicht, worauf ich da achten muss. Nicht, dass ich was zerstöre.«

Franziska hatte das selbst erst ein paarmal gemacht. Aber es war ein Kinderspiel. Wenn der Gips erst mal hart war, dann konnte fast nichts mehr passieren, außer dass man die fertige Form hinunterfallen ließ. Denn dann zerbrach sie. Das war ihr leider schon einmal passiert, als sie noch neu beim LKA war. Sie konnten den Abdruck nicht noch einmal nehmen. Ein schwerer Schlag für die Ermittlungen damals, denn sie alle hatten sich viel von dem Reifenabdruck erhofft. Später hatte sich tatsächlich herausgestellt, dass das Auto der Schlüssel zum Auffinden des Täters war.

Vorsichtig hob Franziska den Gipsabdruck aus der Erde und steckte ihn in einen Gefriergutbeutel, den sie in der Küche gefunden hatte. Das musste erst mal reichen. Die Erde rundherum ließ sie dran, denn es konnte sein, dass sich darin wertvolle Hinweise fanden auf Rückstände, die an den Schuhsohlen klebten.

»Wie geht's deinem Fuß?« Heidrun half ihr hoch.

»Wird schon«, presste sie zwischen den Zähnen hervor.

»Also kannst wieder arbeiten?«

Sie richtete sich auf und klopfte die Erde von der Hose.

»Siehst du doch.«

»Dein Vater hat ihn also gesehen?«

»Von hinten. Nichts Besonderes. Dunkler Kapuzenpulli.«

Max klatschte sich selbst auf den Oberschenkel. »Fast jeder Jugendliche in Österreich ist so angezogen.«

Sie grinste. »Wo sind die individuellen Zeiten hin?«

»Es gibt keine Subkultur mehr. Hat sich aufgelöst, quasi«, bestätigte Max.

»Wir waren die letzte rebellische Generation, oder?«

In ihrer Geldbörse hatte Franziska noch ein Bild von damals. Max mit grünem Irokesenschnitt und Nietenlederjacke und sie im Gothic-Look. Ja, sie waren auffällig gewesen. Besonders in Schöder. Ihr Vater hatte es nicht verstanden, dass sie mit Samtkleid, Netzstrumpfhosen, weiß gepudertem Gesicht und schwarz geschminkten Lippen herumlief. Und der Max war in seinen Augen ohnehin kein guter Umgang. Von so einem Punker konnte man doch nichts erwarten, schon gar nicht Verantwortung und Arbeitseifer, meinte er immer. Was ihr Vater jetzt eigentlich von Max dachte? Sie musste ihn unbedingt fragen. Vom Punker zum Polizisten. Das hätte er ihm sicher nicht zugetraut.

Franziska konnte sich noch gut daran erinnern, dass sie in schallendes Gelächter ausgebrochen war, als sie das Lied *Fürstenfeld* von STS zum ersten Mal gehört hatte.

Die Songtextzeile »Schwoarze Lipp'n, grüne Hoar. Do kannst ja Angst kriang wirklich woahr« könnte von ihrem Vater stammen.

Nick hatte das Foto von ihr und Max einmal gesehen und sie gefragt, warum es noch in ihrer Geldbörse steckte. Mit ihrer Antwort hatte er sich damals zufriedengegeben. Rückwirkend betrachtet, war es ein Witz, dass er überhaupt den Eifersüchtigen gespielt hatte. Wo er doch selbst ständig Affären am Laufen hatte, von denen Franziska leider keine Ahnung hatte. Deshalb quälte sie damals auch das schlechte Gewissen, und sie versteckte das Foto kurzerhand hinter einer Bonuskarte. Dort steckte es noch immer, fiel ihr ein. Ob Max das Foto auch noch besaß? Sie hatten extra zwei Abzüge machen lassen.

»Gut, dann fahren wir mal rüber zur Garage und befragen die Nachbarn.«

»Aber schon den Fuß noch ein bisserl.« Heidrun blickte betrübt.

»Ich werde drauf achten«, beschwichtigte Max sie.

»Gut, ich werde dann bei deinem Vater zur Sicherheit Blutdruck messen. Er hat sich sicher ordentlich aufgeregt. Und sein Herz ist nicht mehr das jüngste.«

Sie lief an ihnen vorbei in den Stall und winkte.

19. Kapitel

Der Typ, dem die Garage gehörte, hieß Jan Karrner. Er war kein Einheimischer, sondern ein sogenannter Zugereister. Und genau das schien für ihn auch der Grund für die Schmierereien zu sein. Denn er stand mit hochrotem Gesicht vor ihnen.

»Das ist nur, weil ich aus Deutschland bin. Nie wurde ich hier richtig akzeptiert.«

»Wieso denken Sie denn das?«, fragte Franziska nach, weil sie sich nicht vorstellen konnte, dass das der Grund war. Vor allem, da bei ihnen im Stall ja etwas Ähnliches auf der Mauer stand, aber davon wusste der Mann natürlich nichts und nahm das Werk des Randalierers persönlich.

»Sie wissen ja nicht, wie das ist. Als Urlauber war ich hier sehr gern gesehen, aber kaum baue ich ein Haus, werde ich argwöhnisch beobachtet.«

»Wer beobachtet Sie denn?« Max sah sich um.

»Die Nachbarn, der Bürgermeister, ja sogar der Pfaffe.«

»Pfarrer Georg?« Max schüttelte den Kopf. »Ach der hat doch sicher etwas Besseres zu tun, als Sie zu observieren.«

»Wenn Sie das Gefühl haben, beobachtet zu werden, warum waren Sie dann nicht bei der Polizei?«, hakte Franziska nach.

»Das war ich doch!« Seine Stirn legte sich in Falten. »Aber diese Helga Holzer hat nur gelächelt und gemeint, dass die Menschen am Land eben mehr aufeinander aufpassen und deshalb genau schauen, was jemand tut.«

Franziska konnte sich ein Lächeln nicht verkneifen. Sie war schließlich hier aufgewachsen, und es stimmte natürlich, dass in so einem kleinen Dorf jeder über jeden Bescheid wusste. Helga Holzer musste mittlerweile kurz vor der Pension sein. Tratsch sprach sich herum und war ein willkommener Gast in einem Ort, in dem kaum etwas passierte.

Jedenfalls war in einem kleinen Dorf ein alleinstehender Mann aus dem Nachbarland an sich schon eine Sensation. Es gab natürlich noch andere Zugereiste, oder Zuagroaste, wie man sie nannte. Aber die waren meist der Liebe wegen gekommen, wenn sie im Urlaub einen feschen Steirer oder eine fesche Steirerin kennengelernt hatten. Sogar eine Französin hatte es genau aus diesem Grund hierher verschlagen. Von der Meeresküste Marseilles ins Alpendorf.

Bei Franziska war es genau andersherum gewesen. Sie war der Liebe wegen weggegangen, aber diese Liebe war wohl nur ein Strohfeuer gewesen, zumindest aus seiner Sicht. Oder hätte Nick sie sonst so oft betrogen?

Max stupste sie von der Seite an. »Sie fühlen sich also bedroht«, sagte er laut und riss sie damit aus ihren Gedanken. Flüchtig berührte einer seiner Finger ihren Unterarm. Ein sanfter Schauer lief ihr über den Rücken.

»Also, wenn Sie sich bedroht fühlen, dann müssen Sie uns schon genau sagen, von wem und wodurch«, sagte Max.

»Hab ich alles schon der Inspektorin Holzer erzählt. Einfach alle hier in der Gasse schauen ständig aus den Fenstern, wenn ich mit dem Auto ankomme oder wenn ich wegfahre.«

Er wischte mit seiner rechten Hand über seine Stoppelglatze. »Dauernd beobachten sie mich, aber sprechen nicht mit mir.« Sein Blick huschte hin und her.

»Ich wohne ja auch in Schöder, aber ich habe Sie noch nie bei unseren Festen gesehen oder im Gasthaus.«

»Das ist nichts für mich. Ich fahr lieber nach Graz zu Konzerten oder schau daheim Netflix mit einer schönen Flasche Wein.«

»Na ja, da können Sie aber niemanden kennenlernen, und das ist ja wichtig, bevor man mit jemandem öfter spricht, muss man ihn kennenlernen.«

»Das tut nichts zu Sache, beobachtet werde ich, und nun …«, er zeigte auf die Garagentür, »haben sie auch noch das hier gemacht. Vermutlich will man mich vertreiben.«

»Wer sollte denn daran Interesse haben?«

»Die Gabriele natürlich! Die wollte dieses Grundstück auch haben, aber die Tante hat es mir vererbt.«

Er klopfte mit den Fäusten auf seine Brust wie ein Gorillamännchen.

»Wer ist denn diese Gabriele?«, hakte Franziska nach.

»Die Tochter. Aber sie hat sich nicht wirklich um ihre Mutter gekümmert.«

»Wissen Sie das genau?« Erbstreitereien kamen immer wieder vor. Franziska fand es auch seltsam, dass die eigene Tochter der Verstorbenen das Grundstück nicht zugesprochen bekam.

Er zuckte die Achseln.

»Wo finden wir Gabriele?«

Jan Karrner zeigte drei Häuser weiter.

»Dort. Sie hat vorher aus dem Fenster geguckt. Und ich habe genau gesehen, dass sie gelacht hat.«

Franziska kniff die Augen zusammen und sah zum Haus, aber sie konnte niemanden am Fenster stehen sehen. Es war auch viel zu weit weg, um Gesichter überhaupt erkennen zu können. Dieser Karrner hatte sich das bestimmt eingebildet.

»Also, wir haben uns alles notiert und werden jetzt die Nachbarn befragen, ob sie etwas gesehen haben. Bis wir Sie wieder kontaktieren, waschen Sie das Garagentor bitte nicht ab.« Franziska nickte nachdrücklich. Der Mann tat es ihr nach.

»Ich muss jetzt ohnehin zum Golfplatz.« Schwungvoll öffnete er das Garagentor und hüpfte in sein Cabriolet, ohne die Fahrertür zu öffnen. Beim Wegfahren röhrte der Motor laut auf, und der Besitzer winkte ihnen noch zu, bevor er um die Ecke bog. Max und Franziska sahen sich an und lachten laut.

»War das eben ein Lamborghini?«, fragte Franziska, weil sie nicht sicher war, ob sie richtig gesehen hatte. »Und grasgrün noch dazu!«

»Magst leicht keine Pferdestärken, Franzi?«, antwortete Max lachend.

»Klar liebe ich Pferdestärken, solange ein Pferd involviert ist.«

»Die Nachbarn schauen immer, wenn ich wegfahr oder heimkomm«, äffte Max den Deutschen nach. Bei dem Gefährt kein Wunder. Mit so einem Wagen zog man nicht nur Blicke auf sich, sondern meist auch Neid oder zumindest Unverständnis.

»Na ja, immerhin fällt der Wagen am Golfplatz nicht auf.«

Franziska prustete los. »Hoffentlich findet er ihn nach dem Spiel noch.«

Franziska boxte ihn in die Seite, als sie aus dem Augenwinkel sah, dass eine Frau aus dem Fenster gegenüber schaute.

»So reißen Sie sich gefälligst zusammen, Herr Abteilungsinspektor Jäger.«

»Sehr wohl, Chefin.«

»Wie heißt der Mann noch gleich?«

»Jan Karrner.«

Franziska notierte es sich. Gemeinsam gingen sie zum Haus, in dem besagte Gabriele lebte.

»Ich wusste gar nicht, dass der Karrner und die Gabi was miteinander zu schaffen haben.« Max kratzte sich am Kopf.

»Na ja, sieht eher so aus, als würden sie sich hassen und aus dem Weg gehen.«

»Ach. Darum wusste ich nichts davon.« Max lächelte sie von der Seite an.

Als sie näher kamen, sah Franziska, dass sie vom Haus gegenüber beobachtet wurden. Aber die alte Anni hatte das immer schon gemacht. Franziska wusste, dass sie gern in der Küche auf der Bank saß, bei ihrem Tee und der Stickarbeit, und aus dem Fenster sah. Ihre Ohren waren nicht mehr die besten, also tat sie sich schwer beim Fernsehen. Das Fenster war quasi ihr Fernseher. Deshalb war auch die Gardine halb offen, damit sie hinausschauen konnte, wann immer sie wollte. Franziska winkte ihr zu. Die Gesichtszüge von Anni hellten sich auf, und sie winkte mit ihrer Stickerei zurück.

Gabriele Schneider hatte sie anscheinend schon erwartet. Noch bevor sie klingelten, öffnete sie die Tür und winkte sie herein. Vielleicht stimmte es doch, und sie hatte bereits mehrmals aus dem Fenster gesehen. Karrner musste richtig gute Augen haben.

»Ich hab euch schon draußen gesehen und mir gedacht, dass ihr sicher zu mir wollt.«

»Warum dachten Sie das?«, fragte Franziska.

»Ihr wart ja beim Karrner, und ich wohn nebenan. Im Fernsehen fragen sie immer die Nachbarn zuerst aus, wenn was ist.«

In der Bauernstube war der Tisch mit Gmundner Keramik der Reihe *Grünflamm* gedeckt. Ein Gugelhupf stand in der Mitte der Szenerie neben einer Vase, in der eine einzige Rose steckte.

»Setzts euch hin« Sie wies auf die Eckbank im Bauernstil.

»Darf ich euch etwas anbieten? Kaffee oder Tee? Später kommt meine Mädelsrunde, aber es ist genug da.« Sie wies auf den Kuchen.

»Wir wollten Sie gar nicht lange stören«, sagte Franziska, der die Bewirtung unangenehm war. Sie war schließlich nicht zum Kaffeekränzchen bei einer Freundin, sondern bei der Befragung einer Anrainerin, die vielleicht Zeugin einer Straftat geworden war. Deshalb lehnte sie auch freundlich ab und gönnte sich nur ein Glas Wasser. Max schien das alles nicht zu stören, er griff beherzt nach dem Kuchen und schaufelte sich drei gehäufte Löffel Zucker in den Kaffee, den ihm Gabriele Schneider hinstellte. Manche Dinge änderten sich einfach nie. Er mochte den Kaffee also immer noch so picksüß. Sie schüttelte sich innerlich.

»Also«, begann Franziska, da Max genüsslich kaute. »Bei Ihrem Nachbarn wurde das Garagentor beschmiert. Deshalb sind wir hier. Haben Sie etwas gesehen?«

Gabriele Schneider nickte. »Ja, den Jan, wie er herumgeschrien und gefuchtelt hat, heute in der Früh, als er es gemerkt hat.« Sie nahm einen Schluck Kaffee. »Seine Garage ist ja sein Ein und Alles, weil da seine große Liebe drinsteht.«

»Ich meinte, haben Sie davor etwas gesehen?«

»Sie meinen, ob ich den gesehen habe, der das draufgeschmiert hat?«

Franziska zückte ihr Notizbuch. »Genau. Oder vielleicht ein Auto oder ein Motorrad, das hier geparkt hat. Oder sonst irgendetwas Merkwürdiges, das Ihnen aufgefallen ist.«

»Das Motorrad vom Fritz gegenüber ist das einzige hier in der Gasse. Autos waren nur die da, die ich kenn. Leider hab ich auch nichts gesehen oder gehört.«

»Wie gut kennst du den Herrn Karrner?« Da Max sie gut kannte und hier lebte, duzte er die Frau. Das war ganz normal. Auf seinem Teller lagen nur noch einzelne Brösel, die er mit dem Zeigefinger herumschob.

»Ich hab nichts mit ihm zu tun.« Sie verschränkte die Arme. »Und ich will auch nichts mit ihm zu tun haben. So ein Lump, wie der ist.«

»Ist er nicht Ihr Cousin?« Franziska wunderte sich. Schließlich hatte Karrner von seiner Tante gesprochen.

»Ach was! Ich hab ihn zum ersten Mal hier gesehen, als er angefangen hat, dieses Fertigteilhaus aufzustellen. Und das nennt er tatsächlich ›Bauen‹.« Sie rollte mit den Augen.

»Also war Ihre Mutter nicht seine Tante?«

»Ich weiß bis heute nicht, wo er auf einmal hergekommen ist und warum meine Mama ihm den Grund vermacht hat.«

Sie hob die Schultern. »Keine Ahnung, was sie da geritten hat.« Ihre Schultern senkten sich wieder. »Ich hab das Testament angefochten, der Freddy auch, aber wir konnten nichts ausrichten.«

Das wäre schon ein Motiv. Was, wenn sie das aus Rache gemacht hatte, oder dieser Freddy?

»Der Freddy ist …«

»Ihr Bruder«, vervollständigte Max Franziskas Satz. »Sie waren vier Geschwister. Die Zwillinge sind leider bei einem tragischen Unfall gestorben.«

Gabriele Schneider nickte. »Genau, das ist schon Jahre her, da waren wir noch alle Kinder.«

»Das tut mir leid.« Franziska überlegte.

»Sie und Freddy haben bisher aber auch nicht hier gewohnt, oder?« Franziska konnte sich an beide nicht erinnern, nur daran, dass Vroni Schneider immer wieder von ihnen erzählt hatte. Sie war ursprünglich von einem anderen Ort in der Steiermark zugereist und in das Haus ihrer Mutter eingezogen, als die alte Schneider starb. Die kannte Franziska gut. Denn sie hatte stets etwas Süßes für die Dorfkinder auf Lager, das sie oft einfach über den Zaun warf oder bei den Kleineren zwischen den Latten durchreichte. Franziska schaute auf den Tisch. Die Tochter war wohl ihrer Mutter nicht unähnlich. Denn neben dem Kuchen stand eine Etagere mit verschiedenen Pralinen, die wohl auch nur für Gäste waren, denn Gabriele Schneider war gertenschlank, genau wie ihre Mutter, die die Süßigkeiten selbst garantiert nie verspeist hatte.

»Wieso nennen Sie Herrn Karrner ›Lump‹?«

»Na, haben Sie sein Auto gesehen? Die Golfausrüstung? Und wie das bei ihm im Haus ausschaut, alles vom Feinsten! Aber er ist immer daheim. Woher hat er also das ganze Geld? Das würde ich mal überprüfen, wenn ich Sie wäre.«

»Was denken Sie denn, woher er das Geld hat?«

»Ich glaub, er ist ein Witwenschleicher.« Gabriele Schneider flüsterte das.

»Was meinen Sie damit?«

»Na, so ein Heiratsschwindler.«

»Wie kommen Sie drauf?«

»Das liegt doch auf der Hand, außerdem hab ich Beweise.«

Sie stand auf und verließ die Küche.

»Denkst du, sie hat die Garage beschmiert?«, fragte Franziska Max, als Gabriele Schneider außer Hörweite war.

»Möglich, aber warum sollt sie euren Stall auch beschmieren?«

»Ablenkungsmanöver?«

»Da könnte was dran sein.« Er leckte die Brösel vom Finger. »Aber ich würde mich da jetzt nicht festlegen. Die Gabi ist eigentlich ein ganz rechtschaffener Mensch und hilft, wo sie nur kann. Beim Rossmarkt oder als Beisitzerin bei den Wahlen oder in der Kirche zum Beispiel.«

Gabriele Schneider kam in die Küche zurück, ein Bündel Kuverts in der Hand.

»Bitte, das können Sie *sicherstellen*, wie es im Krimi immer so schön heißt.« Sie reichte Franziska das Bündel. »Da werden Ihnen die Augen schon aufgehen. Wer hier der Lump ist, der da auf Opfer tut. Vielleicht hat er die Garage selbst angeschmiert.«

»Was hätt er davon, Gabi?«, ergriff Max das Wort.

»Versicherungsbetrug, Aufmerksamkeitsheischen, was weiß ich. Narzissten machen doch solche Sachen.«

»Wie kommst du drauf, dass er ein Narzisst ist?«

»So wie er seinen Reichtum zur Schau stellt. Ich bitt dich.«

Franziska löste die Schnur, die um das Bündel gewickelt war, und öffnete das erste Kuvert.

Es war vergilbt, genauso wie das Blatt, das darin lag. Ein einfaches Papier, dünner, als sie es kannte. Wie die Flugpost, die ihre Mutter früher verschickt hatte, genauso dünnes Papier war das. Beschrieben war es mit Füllfeder. Franziska las.

Meine Liebste,

Tag und Nacht denke ich nur an dich. Meine Befehle vergesse ich beinahe zwischendurch, weil ich an den Geruch deines Haares denke oder an die Spiegelung des Kerzenlichts in deinen Augen. Ich halte die Stunden, die wir getrennt sind, kaum aus – und das Wissen, dass du in Gefahr bist, dass du mir jede Sekunde entrissen werden könntest.

Liebste, ich habe eine Möglichkeit gefunden, wie wir uns treffen können. Ich will dich nicht belügen. Natürlich ist es kein Restaurant, kein Theater oder ein Hotel mit weißer Bettwäsche. Es ist schmutzig und kalt, voller Ungeziefer, wie alles hier, aber es ist ein Ort für uns allein.

Warte bis zum Zapfenstreich und geh dann zurück zu den Latrinen. Sei vorsichtig. Dort werde ich dich abholen.

Kann es kaum erwarten, deine Lippen an den meinen zu spüren.

Für immer

J.K.

»Ein Liebesbrief?«

»Dutzende gibt es davon. Sie halten Sie in der Hand.«

»Und Sie meinen, diese Briefe sind von Herrn Karrner nebenan an Ihre Mutter gerichtet?«

Gabriele Schneider zeigte auf die Initialen, mit denen der Brief unterzeichnet war.

»Na, von wem sonst? J. K. Jan Karrner!«

»Na ja, aber dieser schmutzige Ort? Und warum durften sie sich nicht treffen? Deine Mutter war doch Witwe. Das ergibt keinen Sinn«, sagte Max. »Und Latrinen gibt es doch auch schon lange nicht mehr, oder war das ein Codewort für irgendwas.«

»Diese Briefe sind ja schon sehr alt«, ergänzte Franziska und untersuchte die Kuverts, aber auf keinem fand sich eine Briefmarke, geschweige denn ein Poststempel. Seltsam. Wie waren diese Briefe überhaupt an die Empfängerin überstellt worden?

Gabriele beugte sich vor und flüsterte. »Vielleicht ging das schon los, als Papa noch am Leben war.« Ihr Gesicht war voll des Ekels.

»Und warum hätten sie dann nach seinem Tod nicht offen eine Beziehung führen können?«

»Na, weil er selbst verheiratet war oder vielleicht sogar noch ist. Er haut ja oft wochenlang ab. Wer weiß, wohin der fährt.« Sie hielt die Hand neben den Mund, als würde sie ein Geheimnis ausplaudern. »Der Mann führt ein Doppelleben, bestimmt.«

»Sie meinen also, Ihre Mutter hat ihm das Grundstück vermacht, weil sie eine Affäre mit ihm hatte?«

»Warum denn sonst?« Sie schlug mit der flachen Hand auf den Tisch. »Warum denn sonst?«

»Und warum nennt er sie dann Tante?«

»Das müsst ihr herausfinden. Ich hab nämlich keine Ahnung. Die Briefe sind das Einzige, was ich gefunden habe.«

Da fiel Franziska etwas ein, das sie in Wien schon einmal erlebt hatte.

»Könnte es sein, dass Ihr Nachbar das Grundstück aufgrund einer Namensverwechslung vererbt bekommen hat?«

»Aber wem hätte sie es denn sonst vererben sollen? Ich kenn keinen Jan Karrner.«

Franziska zuckte die Achseln.

»War nur ein Gedanke. Vielleicht fällt Ihnen ja noch etwas ein.«

Franziska zückte einen Notizzettel und wollte schon die Telefonnummer draufschreiben, da winkte Gabriele Schneider ab und grinste Max an. »Ich weiß schon, wo ich anrufe, gell? Bin ja nicht erst seit gestern hier.«

»Gut, Gabi, dann gemma wieder. Wir haben noch ein paar Häuser vor uns.« Max stand auf. »Danke für den Kuchen.«

»Gern, Max, komm doch mal vorbei, wenn du nicht im Dienst bist«, gurrte sie. Der schnelle Stimmungswechsel verwirrte Franziska.

»Kann ich die Briefe mitnehmen?«

Gabriele Schneider bejahte. »Ich kann damit eh nix anfangen. Wenn's hilft.«

»Ich lass zumindest das Alter analysieren. Denn irgendwas sagt mir, dass diese Briefe älter sind, als Sie glauben.«

»Denken Sie, dass das noch vor meinem Papa war?«

»Sicher kann ich das nicht sagen, aber ich geb Ihnen Bescheid, wenn wir das analysiert haben. Was mir auf jeden Fall Kopfzerbrechen bereitet, ist, dass keine Marken drauf sind und keine Poststempel.« Franziska drehte ein Kuvert hin und her. »Schauen Sie, nicht mal ein Empfänger oder Absender steht auf dem Kuvert.«

»Darüber hab ich noch gar nicht nachgedacht, wenn ich ehrlich bin. Vielleicht hat sie die Marken runtergenommen und in ein Album geklebt? Oder verkauft?« Gabriele Schneider starrte auf das Kuvert.

»Das müsste man sehen, außerdem wird so abgestempelt, dass ein Teil außerhalb der Briefmarke ist, aber es ist auf keinem einzigen Kuvert etwas zu sehen. Nicht einmal ein kleiner Rückstand von Stempelfarbe.«

Max blickte ebenfalls auf die Briefe.

»Wie hat sie die Briefe dann erhalten?«

»Das muss persönlich übergeben worden sein. Also entweder hat er sie selbst in ein Postfach eingeworfen oder mittels Boten überbringen lassen.«

Franziska steckte das Briefbündel in die Tasche. »Womit ich mir die Frage stelle: Wer unternimmt heutzutage so einen Aufwand, in Zeiten von Computern und Smartphones und all den Möglichkeiten verschlüsselt miteinander zu kommunizieren?«

Alle drei sahen sich an und zuckten fast synchron mit den Achseln.

20. Kapitel

Marion

Das Klackern von hohen Absätzen reißt mich aus dem Schlaf, der Geruch von Opium wabert zu mir herüber, nicht der Drogen, sondern des Parfums. Und da ist ein Hauch Kirsche, vielleicht das Duschbad, das auch ich verwendet habe. Kann das sein oder spielt mir meine Nase einen Streich? Möglicherweise verarbeitet mein Gehirn Gerüche anders als früher. Die Ärzte reden bei der Visite darüber, ob bleibende Schäden zu erwarten sind.

Nein, möchte ich dann jedes Mal schreien! Ich bin völlig klar im Kopf. Ja, ich habe kleine Erinnerungslücken, aber ich kann sprechen! Garantiert! Denn ich kann meine Gedanken bündeln, ordnen und festhalten. Kann mir Geschichten erzählen zum Einschlafen. Kann mir Songs einprägen und mir in Gedanken vorsingen. Ganze Musikstücke! Wie sehr ich es vermisse, Musik zu hören. Ab und zu, wenn der Fernseher angeschaltet wird, um mich zu berieseln, gibt es vor der Werbung Musikstücke. Etwas Modernes, das ich nicht kenne, aber es ist trotzdem eine tolle Abwechslung.

Meine Musik ist es nicht. Beim Spazierengehen im Wald oder beim Joggen, falls ich das wirklich getan habe, wie es mir mein Geist vorspielt, habe ich sie gehört, meine eigene Playlist. Meine Freundinnen, meine Kinder, mein Mann – sie müssten doch wissen, dass ich so gerne Musik hören würde. Warum bringt mir niemand einen MP3-Player und Kopfhörer oder mein Smartphone? Warum kommen alle nur so kurz auf Besuch, bis auf Resi? Ich glaube, sie strickt ganze Pullover, wenn sie hier ist. Meine Kinder reden nur ein paar Floskeln und sind wieder weg. Meinen Mann habe ich hier erst zweimal gesehen – ja, ich weiß, das ist nur Theorie –, wobei er nicht viel gesagt, sondern nur meine Hand gehalten hat. Dreimal hat er geseufzt, dann hat er meine Hand wieder losgelassen und nicht mal Lebe wohl gesagt. Ich nehme an, er denkt, ich höre ihn nicht, und es ist egal, ob er etwas sagt.

Unsere Ehe war doch gut. Vermisst er mich denn nicht? Gesagt hat er es jedenfalls nicht.

Wie lebt er jetzt? Ob die Kinder mithelfen? Sie sind erwachsen und haben ihr eigenes Leben, ihre eigenen Familien und eigene Kinder. Was macht mein Mann den ganzen Tag? Er ist auch schon in Pension.

Seit er Rentner ist, haben wir viel unternommen, waren regelmäßig tanzen: Salsa und Tango. Nach Graz sind wir gefahren, haben Ausflüge gemacht oder sind ins Kino gegangen. Wir haben Museen angeguckt, sind viel herumgeflogen in Europa. Fast in jede Metropole.

Am Abend haben wir gemeinsam gekocht, wenn wir zu Hause waren. Es hat Spaß gemacht, in der Küche neben ihm Zucchini oder Karotten zu schnippeln, während er das Fleisch oder den Fisch zubereitete. Das war so eine Art Routine, mit der wir in den Abend starteten. Oft haben wir dann eine Flasche Wein geköpft, Musik angemacht und eine Runde Scrabble gespielt. Oder im Wohnzimmer noch ein bisschen getanzt, um den Abend ausklingen zu lassen. Wenn es warm draußen war, haben wir einen Spaziergang unternommen, den Sonnenuntergang bestaunt oder etwas später den Mond und die Sterne. Selbst nach so vielen Jahren Ehe konnten wir uns austauschen und miteinander reden.

Darum verstehe ich nicht, warum er mir überhaupt nichts erzählt hat, als er hier war. Fieberhaft überlege ich, ob ich früher diejenige war, die Gespräche gestartet hat. War ich die aktive Rednerin und er hat mir zugehört? Nein, es fällt mir schwer, das zu glauben. Ich habe eine andere Theorie.

Etwas hat meinen Mann verstummen lassen.

Etwas hat ihm die Luft zum Atmen genommen. Vielleicht braucht er die Zeit bei mir im Krankenhaus, um sich Ruhe zu gönnen, die er neben mir finden kann, denn ich rede nicht, singe nicht, weine nicht und lache nicht. Ich schlafe nicht einmal. Aber ich schnarche, denn in meinem Mund ist dieses Plastikteil, das mich wahnsinnig macht. Alles hier macht mich wahnsinnig! Ich werde hier noch verrückt. Ein aktiver Mensch wie ich, der nur herumliegen kann.

Das muss aufhören! Ich muss wach werden, so richtig wach!

Zuerst muss ich zusehen, wieder gesund zu werden, und dann kümmere ich mich darum, dass der Schock, den mein Mann anscheinend erlitten hat, behandelt wird. Offenbar kümmert sich ja niemand um ihn. Bei seinem nächsten Besuch kann ich ihm vielleicht auch irgendwie zeigen, dass ich noch hier bin, dass ich ihn höre, dass ich ihn spüre. So wie bei Resi.

Mein Körper ist ein Gefängnis für meinen Geist. Ich muss es schaffen, hier auszubrechen, ich weiß nur noch nicht wie. Ich habe einmal gelesen, dass die Macht der Gedanken große Dinge bewirken kann.

Also werde ich jetzt in meinen Gedanken meinen Ausbruch aus diesem Gefängnis manifestieren. Und ich hoffe, dass es schnell geht. Denn tief in mir ist ein unbestimmtes Gefühl, ich könnte in Gefahr sein.

21. Kapitel

Sie ließen den Polizeiwagen vor Gabriele Schneiders Haus stehen und klapperten die anderen Nachbarn zu Fuß ab. Einen nach dem anderen, doch niemand hatte etwas gesehen oder auch nur gehört. Keinem war in den letzten Tagen etwas Ungewöhnliches aufgefallen. Nun war nur noch ein Haus übrig, von dem sich Franziska einiges erhoffte. Nämlich das der alten Anni. Ob sie zufällig auf dem Bankerl in der Küche gesessen hatte, als das Garagentor von Jan Karrner beschmiert worden war?

Das würden sie nun herausfinden.

Anna Hofer war bereits im Vorgarten und goss ihre Blumen, als sie um die Ecke kamen. Franziska erinnerte sich in diesem Moment an die Pflanze ihres Vorgängers Günter Kranzl auf ihrem Schreibtisch, die sie nun schon seit zwei Tagen nicht mehr gegossen hatte.

»Max, sag mal, hast du die Trudl gegossen?«

»Selbstverständlich.«

Anna Hofer war ganz in ihr Tun versunken. Eine Weile standen sie am Gatter und riefen sie. Aber die Alte reagierte nicht.

»Ma, die hat sicher wieder ihre Hörgeräte rausgenommen«, sagte Max. »Sie findet sie unangenehm. Ihre Tochter hat mich schon zweimal angerufen, weil sie geglaubt hat, ihr könnt was passiert sein, weil sie nicht ans Telefon gegangen ist.« Er kratzte sich am Ohr. »War jedes Mal falscher Alarm.«

Das kam öfter vor, als man glaubte. Vor allem für Ältere war es manchmal schwer, sich plötzlich an ein Hörgerät zu gewöhnen. Oft arrangierten sich Hörgeschädigte, indem sie intuitiv das Lippenlesen lernten, um so das schlechte Hören zu kompensieren. Viele merkten erst, dass sie ein Problem hatten, wenn die Nachbarn sich häufiger darüber beschwerten, dass der Fernseher oder die Musik so laut liefen. Freunde zogen sich zurück, weil man nicht mehr mit dem Gegenüber kommunizieren konnte, weil es die Hälfte nicht verstand. Das verunsicherte die Hörgeschädigten dann, sodass sie sich ihrerseits weiter zurückzogen. Dadurch wurden aber die Ohren erst recht schlechter. Ein Teufelskreis.

Max hüpfte über das verschlossene, aber nur etwa einen Meter hohe verwitterte Gartentürchen und klopfte Anna Hofer sanft auf die Schulter. Die Alte zuckte zusammen und drehte sich um.

»Maxl!«, schrie sie im ersten Moment. »Jo mei! Schreck mi ned so!« Ihre Gesichtszüge wurden weicher. »Aber schön, dass du mich besuchst.«

Ihr Blick glitt an ihm vorbei zu Franziska, die noch draußen stand. Wäre ihr Fuß nicht verstaucht, wäre sie längst über das Gatter gesprungen, aber das war momentan beim besten Willen nicht drin. Anna Hofer trippelte heran, nestelte einen Schlüssel aus der Tasche ihrer Gartenschürze und öffnete das Tor.

»Bitt' schön, kummts mit eini.«

Franziska faltete zum Dank die Hände, da sie keine Hörgeräte in ihren Ohren entdecken konnte.

Die Alte sah Max an, der gerade wild gestikulierte.

»Gib bitte deine Hörgeräte rein.«

Die Alte wackelte mit dem Kopf. »Ja mei, ja ich lass euch schon hinein.« Sie trippelte zur Haustür und murmelte vor sich hin. »Immer in Eile, die jungen Leute heutzutage.«

Sie folgten ihr ins Haus. Franziska ließ hinter sich die Tür ins Schloss fallen.

Drinnen schien die Zeit stehen geblieben zu sein, irgendwann zwischen 1950 und 1970. Ein buntes Sammelsurium an Möbelstücken und Krimskrams empfing sie.

Von einer Siebzigerjahre-Fünffingerlampe bis hin zu einem Fünfzigerjahre-Sessel war hier alles vorhanden und ließ die Räume wie einen überfüllten Antiquitätenladen wirken. In einer der Vitrinen im Wohnzimmer standen zig Sammelfiguren dicht an dicht, teilweise aus Porzellan, teilweise aus Kristall. Die zweite Vitrine war mit Puppen jeglicher Art bestückt, und in der dritten Vitrine stand das feine Porzellan. Auf den Tischen und Kommoden lagen bestickte Deckchen. Sogar auf den Ablageflächen der Glasvitrinen. Auf den Sofas zig bestickte Polster. Klar, das Sticken war Anni Hofers liebste Freizeitbeschäftigung, wie jeder im Dorf wusste. Das war schon seit Jahrzehnten so. Damit hatte sie ihre Großfamilie ernährt, als ihr Ehemann bereits in jungen Jahren an Leukämie starb und der Familie nur wenig hinterließ. Mit sieben Kindern konnte Anna Hofer keiner anderen Tätigkeit auswärts nachgehen. Also stickte sie, und das konnte sie ausgezeichnet. Auch am Rossmarkt hatte sie stets einen Stand, wo sie ihre Arbeiten verkaufte. Vom Tischtuch bis hin zum Polster. Auch aufwendige große Wandteppiche gestaltete sie. Früher konnte sich Anna

Hofer vor Aufträgen kaum retten. Aus allen angrenzenden Dörfern und Städten bestellten die Leute Besticktes bei ihr. Doch in den letzten Jahren hatte sich die Mode geändert, und so blieb das meiste jetzt anscheinend in ihrem Haus. Ans Aufhören dachte sie nicht. Es war auf ihre alten Tage sicher eine der wenigen Freuden, die ihr noch blieben.

Mehrmals wies sie Max an, sich hinzusetzen, doch er blieb dicht vor ihr stehen und zeigte auf seine Ohren und dann auf sie. Dann wieder auf seine Ohren und bohrte mit dem kleinen Finger in eines hinein. Für einen Außenstehenden mochte das sehr seltsam erscheinen, aber Annis Gesicht hellte sich auf, als sie verstand.

Sie tastete ihr Kleid ab und holte schließlich zwei Hörgeräte hervor. Umständlich setzte sie eines nach dem anderen ein und drückte auf die Knöpfchen auf den Teilen, die hinter dem Ohr lagen.

»Hörst mich, Anni?«

»Ja mei, jetzt schrei doch nicht so«, kam es von der Alten.

Franziska musste grinsen. Klar kam ihr das jetzt laut vor, wenn sie vorher in der Stille gearbeitet hatte.

»Und setz dich endlich hin, da werde ich ja ganz wurlert.«

Max lachte und setzte sich zu Franziska auf die Couch im Siebzigerjahre-Look.

»Wollt's was trinken?«

Max und Franziska lehnten dankend ab, denn sie hatten schon genug in den anderen Häusern angeboten bekommen und keinen Bedarf mehr an Speis oder Trank. Die Alte setzte sich auf den Ohrensessel in Knallpink, der gegenüber der Couch stand.

»Na, dann, ich hab euch schon drüben bei der Gabi und dem Piefke gesehen.«

Max lehnte sich gemütlich an. »Dann kannst du dir sicher denken, warum wir hier sind.«

»Hat's was mit dem Geschmier auf der Garage vom Piefke zu tun?«

»Bingo. Bongo.« Max klatschte in die Hände. Bingo Bongo hatte Franziska schon lange nicht mehr gehört.

»Haben Sie vielleicht etwas gesehen?«, fragte Franziska.

»Ja mei, Franzi, was siezt mich denn?« Sie lächelte. »Du bist doch wie ein Enkerl für mich.«

Franziska konnte sich noch gut an ihre Kindheit erinnern. Anna Hofer hatte oft auf sie und ihre Brüder aufgepasst. Und hier hatte sie den besten Kaiserschmarrn ihres Lebens gegessen. Auch später noch schwärmte Franziska von Anna Hofers Kochkünsten. Selbst hatte sie unzählige Male versucht, diesen Schmarrn so hinzubekommen, aber es war ihr nie gelungen. Vielleicht konnte sie Anna Hofer fragen, ob sie ihr das Geheimnis verriet.

»Sorry, das Duzen bei Ermittlungen bin ich gar nicht gewohnt.«

»Na, und reden tust fast schon wie der Piefke gegenüber.« Sie lachte. Dabei wackelte der Kopf noch mehr. Max lachte mit.

»Sie wird sich schon wieder einleben, gell, Anni?«

»Ja mei, du warst immer ein Landkind und wirst immer eines bleiben, Franzi. Das mit der Stadt hätt ich dir damals schon ausreden wollen, aber du warst ja total geblendet von diesem Mann.«

»Ich war erdrückt vom Dorfleben und vom Hof … Und ich hab das Gefühl gehabt, dass ich nicht hierher pass.« Sie überlegte. »Ich dachte, ich passe besser nach Wien.«

»Ja mei, nur wegen der schwarzen Lippen und den spitzen Stiefeln?« Anna Hofer lächelte und zeigte auf Max. »Der hat einen grünen Irokesen gehabt und Nieten getragen, dass d' Angst kriegen konntest, aber er ist dageblieben, und richtig war's.«

Franziska stieß Max in die Seite und flüsterte. »Da kannst ja Angst kriegen, wirklich wahr.« Er grinste.

Anna Hofer lächelte. »Und ihr zwei, ihr zwei ... episch.« Sie rieb ihre Hände aneinander. »Habt ihr das Horoskop noch, das ich für euch erstellt hab?«

Das hatte Franziska ganz vergessen. Anna Hofer war auch die Dorfastrologin und Dorfhexe. Sie legte Karten, räucherte über die Weihnachtszeit die Häuser mit Salbei und anderen Kräutern aus, um böse Geister zu vertreiben, und pendelte auf Wunsch das Geschlecht des Babys von Schwangeren aus. Sie irrte sich selten.

Schon sehr früh hatte sie für Franziska und Max ein gemeinsames Kompatibilitäts-Horoskop errechnet, als sie noch lange kein Paar waren. Zumindest Franziska war damals auch noch viel zu jung für eine Beziehung. Dennoch hatte sie beiden jeweils einen Abzug zum Geburtstag geschenkt.

»Ich hab es noch.« Max räusperte sich. »Aber leider hast du dich damals geirrt. Zwilling und Skorpion passen nun einmal nicht zusammen.«

Anna Hofer lachte. »Ich irre mich selten, aber bei euch garantiert nicht. Aszendenten, Häuser, alles sehr wichtig. Ihr werdet schon sehen. Am Ende hab ich recht.«

Franziska rutschte auf der Couch hin und her.

»Also Anni, dann sag uns mal, ob du was gesehen hast, gestern Abend oder nachts oder heute zeitig in der Früh«, wechselte sie rasch das Thema.

»Also, in der Nacht hab ich nix gesehen, da schlaf ich nämlich.« Sie zog die Schürze aus. »Ja mei, aber ich leide unter der senilen Nestflucht, wie man so schön sagt.« Sorgfältig faltete sie die Gartenschürze zusammen und strich noch einmal darüber. »So ab halb fünf bin ich wach und kann nicht mehr einschlafen. Das ist halt jetzt so.« Noch einmal strich sie über die Schürze auf ihrem Schoß. »Seit der Hans nicht mehr da ist, geh ich halt auch schon um neun Uhr ins Bett. Was soll ich sonst tun. Nicht wahr?«

Ihre Augen wurden glasig. Anni und Hans waren kein gewöhnliches Ehepaar, sie waren eine Symbiose. Schon in jungen Jahren waren sie zusammen gewesen, hatten sich dann aus den Augen verloren, als Hans zum Studieren nach Wien ging, Anni aber blieb, um am Hof ihrer Eltern zu helfen. Beide hatten später anderweitig geheiratet und sich nach vielen Jahren zufällig wiedergesehen. Und die Gefühle waren immer noch da gewesen. Franziskas Vater hatte einmal gesagt, dass die beiden zwei Ehen ruiniert hätten. Aber Franziska hatte Hans und Anni oft miteinander erleben dürfen, zusammen hatten sie die Leuchtkraft einer Supernova besessen und alles rundherum mit ihrem Glück erwärmt. Damals hatte sie sich gewünscht, sie würde auch einmal so eine Verbundenheit spüren. Das war eine tiefe, echte Liebe zwischen den beiden gewesen, der weder die Zeit noch andere Partner etwas anhaben konnten. Sie mussten einfach schlussendlich zusammenkommen, und danach konnte sie nichts mehr trennen, außer der Tod.

Franziska wollte sie nicht hetzen und wartete geduldig, bis Anna Hofer weitererzählte.

»Da hab ich mir einen Tee gemacht und mich auf mein Bankerl gesetzt. Von da sieht man den Sonnenaufgang so schön. Wie der Hans gestorben ist, hat er gesagt: Schau dir jeden Tag den Sonnenaufgang an, und du wirst spüren, dass ich bei dir bin.« Sie seufzte. »Seit er tot ist, hab ich nur einmal den Sonnenaufgang verpasst, weil ich krank war.«

»Und?« Franziska war ganz fasziniert. »Spürst du ihn?«

Anna Hofers Gesicht hellte sich auf. »Ja mei, immer. Nicht nur beim Sonnenaufgang. Er ist um mich herum. Hüllt mich ein wie ein Wolkerl, wenn ich an ihn denk. Wie ein Wolkerl.«

Sie faltete die Schürze noch einmal zusammen und legte sie auf den Couchtisch. »Da sitz ich also mit meinem Häferl und der Stickerei, als ich jemanden draußen rumschleichen seh.«

»Wieso schleichen?«

»Na, der hat sich ständig umgeschaut und die Kapuze vom Pullover ganz tief ins Gesicht gezogen, dass ich ihn nicht erkannt hab.«

»Wie hat er sonst ausgesehen, also die Statur? Konntest du die erkennen?«

»Sehr schlank, ja mei, richtig dünn.« Sie überlegte. »Und groß war er auch nicht.«

»Und was hat er dann gemacht?«

»Er ist rumgeschlichen in der Siedlung, hat auf die Briefkästen geschaut. Dort stehen ja unsere Namen. Ich denke, er hat einen bestimmten Namen gesucht.«

»Und hat er dann eine Spraydose gezückt?«

Anna Hofer schüttelte den Kopf. »Als er beim Karrner drüben war, ist er eine Weile dagestanden und dann wieder weg.« Anna Hofer rieb ihre Hände. Die Arthritis war bereits zu sehen. Lange würde die Alte nicht mehr sticken können.

»Und was war dann?«

»Ein paar Minuten später ist er mit einem Melkkübel wiedergekommen, aber da hab ich dann ganz dringend aufs Klo müssen.«

Franziska hing an Anna Hofers Lippen.

»Wie ich wieder zurück war, war der Kerl weg, und das Garagentor war angeschmiert.«

»Warum hast du uns denn da nicht angerufen?«, fragte Max.

»Ehrlich?« Sie pausierte. »Mir ist der Karrner wirklich wurscht. Wir sind ihm nämlich auch wurscht. Der gehört nicht da her.«

»Na, so kenn ich dich gar nicht«, sagte Max.

»Ja, wie ich krank war, hab ich einmal den Karrner gefragt, ob er mir die Beete gießen könnt, weil meine Enkeltochter grad beim Entbinden war, drum hat mein Bub auch nicht helfen können. Weißt, was er gesagt hat?«

Franziska schüttelte den Kopf.

»Wenn ich das mit den Blumen nicht mehr allein schaff, soll ich ins Altersheim gehen und das Haus verkaufen.«

»Das hat er gesagt?« Was war das denn für ein gemeiner Mensch?

»So wahr mein Hansi dabei war! Ich würd nicht lügen. Weil mein Hansi schaut oba! Und ich komm dann nicht zu ihm in den Himmel, wenn ich lüg. Ja, mei, das würd ich niemals riskieren.«

Sie griff an ihren Hals und hielt den Anhänger ihrer Kette fest. Als sie ihn wieder losließ, erkannte Franziska ein Kreuz. Schlicht. Golden.

Da glaubte ihr Franziska aufs Wort, dass sie das ernst meinte.

»Warum macht er sich solche Feinde hier?« Franziska schüttelte den Kopf. »Dabei hat er vorher geklungen, als würde er es schade finden, keine Freunde im Dorf gefunden zu haben. Dass er nicht respektiert wird.«

»Das hat er wirklich selbst zu verantworten.«

So sah es aus. Wie seltsam manche Menschen doch waren und welche verkehrte Wahrnehmung sie hatten.

»Ich hab mich jedenfalls sehr amüsiert, als der Karrner aus dem Haus kam, mit seiner Golftasche, und das Geschmier auf seiner Garage gesehen hat.« Sie lachte. Es klang jugendlich, und kurz konnte man erkennen, wie sie als junge Frau gewesen sein musste. Franziska hätte sich garantiert mit ihr angefreundet.

»Wie ein Rumpelstilzchen ist er herumgesprungen. Und geschimpft hat er wie ein Rohrspatz.«

Verständlich. Immerhin wurde seine Garage beschmiert. Wer würde das mit einer stoischen Ruhe hinnehmen? Ihr Vater war ja schon im Stall komplett außer Rand und Band gewesen, und da sah man die Schmiererei von außen gar nicht. Jan Karrner war hingegen öffentlich gebrandmarkt worden, sodass es jeder im Dorf sehen konnte. Das war für einen Mann wie ihn, dem Äußerlichkeiten und Status sichtlich wichtig waren, ein Desaster.

»Dann hat er sofort bei mir angeklopft, ob ich was gesehen habe.«

»Und hast du ihm was erzählt?«, hakte Max nach.

»Ich hab so getan, als würde ich nichts hören.« Sie lachte erneut. »Dabei hab ich meine Hörgeräte drin gehabt, aber ich wollt mit dem Kerl gar nicht reden.« Sie betastete ihren Dutt. »Dann hab ich noch gehört, wie er gesagt hat: ›Diese derische Alte. Sonst schaut sie immer aus dem Fenster, aber wenn es einmal wichtig ist, hat sie nichts gesehen.‹«

Sie entfernte eine locker gewordene Haarnadel und steckte sie wieder fest.

»Ich war ganz verwundert, dass er das Wort *derisch* kennt. Vielleicht lebt er sich doch noch hier ein.« Ein Grinsen huschte über ihr Gesicht, das bis zu ihren Augen reichte. Richtig schelmisch sah sie nun aus. Leute wie Anni hatte Franziska in Wien sehr vermisst.

Ihr Handy vibrierte. Nachdem Max gerade mit Anni über den neuesten Tratsch sprach, schaute Franziska nach. Es war Heidrun über WhatsApp.

Wo bist du denn?

Wir sind bei der Sticker Anni.

Okay, habt ihr noch Befragungen danach?

Nein, das war es dann fürs Erste.

Es kam keine weitere Antwort mehr. Sie klappte das Smartphone zu und steckte es wieder ein.

»Kannst du mir noch sagen, aus welcher Richtung der Täter mit dem Kübel zurückgekommen ist?«, fragte sie Anna Hofer.

Diese stand auf, ging zum Fenster und holte schwungvoll mit den Armen aus, um ihr zu zeigen, woher er gekommen war.

»Ich schau mich draußen mal um, Max.«

»Sollte das nicht ich tun?« Er zeigte auf ihren Fuß.

»Geht schon ohne Krücken. Ich muss mich bewegen.«

Max sah nicht überzeugt aus, ging aber mit Anna nach hinten. Sie wollte ihm noch dringend etwas zeigen, das er sich anschauen sollte. Im Badezimmer war irgendetwas nicht richtig dicht. Ob Max da der Richtige war? Andererseits wusste sie gar nichts über seine handwerklichen Fähigkeiten, musste sie sich eingestehen.

Draußen ging Franziska den Weg ab und schaute dabei auf den Boden, suchte links und rechts, ob sie irgendetwas fand, das der Täter vielleicht hinterlassen hatte.

Ein paar Spritzer waren auf den Randsteinen zu sehen, wo der Eimer vermutlich übergeschwappt war. Franziska folgte den Spritzern und suchte weiter. In der nächsten Gasse fand sie eine Art Halbkreis am Boden, die Art Kreis, die auch entstand, wenn man Wassergläser auf Holz stellte. Nur war dieser Halbkreis rostrot. Bestimmt hatte er hier den Eimer abgestellt. Wäre nur interessant zu wissen, ob er ihn abgestellt hatte, weil er ihm zu schwer geworden war, oder ob … weitere Tropfen, denen Franziska folgte.

»Das gibt's doch nicht!«, rief Franziska aus, als sie das Haus umrundete und ihren Kopf hob.

22. Kapitel

Esther

An diesem Tag passierte etwas Seltsames. Wie immer hatten sie mit den Murmeln gespielt, aber dann kam ein Mann und sagte, sie sollten von der Straße gehen. Sie sollten *verschwinden*. Das waren seine Worte. Sie dürften hier nicht spielen und sollten das zu Hause machen. Das hatten sie noch nie erlebt. Der Mann trug eine Uniform, so eine hatten sie schon öfter gesehen, aber bisher waren Männer in diesen Uniformen nicht so böse gewesen. Sophia ging mit Esther nach Hause. Gemeinsam erzählten sie die Geschichte. Esthers Mutter begann zu weinen, und ihr Vater vergrub sein Gesicht in den Händen. Als sie nachfragten, was los sei, sagte er nur: »Alles wird gut, ganz bestimmt. Alles wird gut.«

Später, als Esther schlafen ging, hörte sie, wie ihre Mutter mit dem Vater sprach. »Sollen wir nicht doch in die Schweiz gehen wie Miriam und Jakob?«

»Es ist doch alles gut. Du musst dir um nichts Sorgen machen. Wir sind sicher. Ich arbeite doch schon lange für die. Und ich hab im Ersten Weltkrieg für das Land gekämpft.«

»Glaubst du, dass das Verdienstkreuz uns wirklich retten kann?«

»Wovor retten? Wir sind nicht in Gefahr.«

Esther wusste auch nicht, worüber man sich sorgen sollte. Über den Mann, der das Murmeln-Spielen verboten hatte? Dann spielten sie eben woanders, das war nicht so schlimm. Normalerweise sang Mama in der Küche beim Zubereiten der Speisen. Heute hatte sie nicht gesungen. Manchmal war Papa zu ihr gegangen und hatte mitgesungen, oder sie hatten in der Küche getanzt. Esther hatte gern zugesehen. Ihre Eltern ließen sich dann nicht stören, waren ganz in ihren Tanz versunken. Esthers Mutter sang gerne alte Lieder. Lieder, die sie von ihrer Mutter gelernt hatte.

Doch heute war die Stimmung getrübt gewesen. Wie gut, dass Sophia an diesem Abend bei ihr übernachtete und Esther nicht allein in ihrem Zimmer war. Sie hatten eine Matratze auf den Boden gelegt, auf der Sophia schlafen konnte, dazu bekam sie eine Decke. Sophia hatte schon öfter bei ihr geschlafen und umgekehrt. Esther schlief gern bei Sophia. Bei Esther war weniger Platz als bei ihrer Freundin. Bei Sophia konnte sie in einem richtigen Bett schlafen. Hier gab es nur eine Matratze am Boden, weil alle Betten bei ihnen bereits belegt waren. Ihr Vater musste früh aufstehen. Er hatte einen eigenen Laden. Mutter half ihm dabei, aber vorher bereitete sie Frühstück. Auf das freute sie sich jetzt schon. Mit einem Lächeln schlief sie ein. Alles würde gut werden.

23. Kapitel

Die Spuren führten in den Garten. Auf dem Gras fand sie noch mehrere rote Farbringe. Franziska blinzelte. Sie hatte keine Ahnung, wer hier zurzeit wohnte. Also ging sie näher heran, um das Schild zu begutachten. Aber da stand nichts. Das Klingelschild an der vorderen Haustür war ebenfalls leer. Franziska besah das Haus näher. Die Fassadenfarbe blätterte ab. Die Fensterscheiben waren mit milchigen Schlieren überzogen. Der Vorgarten war verwildert und ohne jede Struktur. Efeu rankte herum und war vermutlich der Grund dafür, dass das Mauerwerk bröckelte. Efeu konnte massive Schäden an Mauern anrichten. Vorsichtig zog Franziska am Gartentor. Es ging ohne Weiteres auf. Sie kämpfte sich durch das Dickicht bis zum Haus vor und rieb mit dem Hemdsärmel an einem der Fenster, um den Belag wegzubekommen. Dann sah sie hinein. Nichts. Sie ging von Fenster zu Fenster, konnte aber niemanden entdecken. Doch das musste nicht heißen, dass das Haus verlassen war. Auf der Hinterseite sah der Garten genauso aus wie vorne, bloß dass er größer war und inmitten des Gartens ein Pool stand, in dem zehn Zentimeter schlickiges Wasser stand. Ein übler Geruch stieg daraus auf. Franziska wusste, dass das Haus immer wieder lange Zeit leer gestanden hatte, auch als sie noch ein Kind gewesen war. Als Kinder hatten sie Angst vor dem Haus. Aber der Pool war nicht alt, sondern ein Aufbaupool aus dem Baumarkt.

Da war ein Loch in einem der Fenster. Gerade als sie durchschauen wollte, sprang sie etwas durch das Loch an und fauchte. Franziska erschrak im ersten Moment. Doch als sie das Tier abgebeutelt hatte, das sich an ihrem Polizeishirt festkrallte, erkannte sie eine Katze. Unterernährt. Das Fell verfilzt. Garantiert auch voller Flöhe. Das Tier sah zum Erbarmen aus. Doch als Franziska näher kommen wollte, um es hochzuheben, fauchte es erneut und lief davon.

Sie schoss schnell ein paar Fotos. Vielleicht wusste Max etwas über das Haus und seine Bewohner. Nachdem sie es weiter umrundet hatte und wieder am Ausgang ankam, kam Heidrun um die Ecke.

»Na, wieso bist du nie da, wo man glaubt, dass du bist?«

»Was machst du denn hier?«

»Ich war bei der Anni, aber der Max hat mir gesagt, dass du spazieren bist.« Sie musterte sie mit strengem Blick. »Spazieren. Mit deinem Fuß. Als ob das eine gute Idee wär. Und jetzt steigst du auch noch in fremde Häuser ein. Oder wie?«

»Ich bin nicht eingestiegen. Ich bin nur drum herum gegangen.«

»Und warum?«

»Schau einfach mal auf den Boden und auf das Gras.«

Heidrun tat es. »Herrschaftszeiten no moi! Da is ja alles voller Farb.«

»Schaut so aus. Deshalb hab ich mir das Haus näher angesehen, am Klingelschild steht ja nichts.«

Sie kletterte wieder über die Pflanzen im Vorgarten und klopfte sich ihre Hände an der Hose ab.

»Da wohnt auch keiner mehr.«

»Wie lang schon?« Franziska kratzte sich am Hals. Mist. Hatte die Katze etwa ein paar Flöhe bei ihr gelassen? Am liebsten würde sie sofort unter die Dusche hüpfen.

»Puh. Sicher schon mindestens acht Jahre nimmer.«

»Das war doch mal ein schönes Anwesen. Groß ist es. Superviel Garten, Birnbäume.« Sie kratzte sich erneut und dachte darüber nach, warum dieses Haus auch früher schon eine leicht düstere Ausstrahlung gehabt hatte. »Wieso ist danach niemand mehr eingezogen?«

Heidrun wirkte auf einmal sehr ernst. »Weil auf dem Haus ein Fluch liegt.« Sie flüsterte den Satz. Ihre Hand hielt sie dabei nahe an ihrem Hals. »Weißt du das nicht mehr?« Fast wie Anni vorhin, bloß hielt Heidrun dabei kein Goldkreuz in der Hand.

»Geh, Heidi, du bist Ärztin. Du glaubst doch nicht an so einen Mist, den man uns als Kinder erzählt hat, damit wir nichts Blödes anstellen.«

»Was hat das mit meinem Beruf zu tun? Ich hab Dinge gesehen, die würdest du nie im Leben glauben.«

»Aber ein verfluchtes Haus, geh bitte.« Franziska lachte und schüttelte den Kopf.

»Komm raus, wir fahren zum Wasserfall, und dann erzähl ich dir alles, was ich mit der Zeit über den Kasten rausgefunden habe. Mir hat das Haus ja nie eine Ruhe gelassen.« Franziska konnte sich dunkel erinnern, dass Heidi früher am meisten Angst vor dem Gemäuer gehabt hatte. Sie sah auf die Uhr.

»Ich muss erst dem Max Bescheid geben.«

»Dem hab ich schon gesagt, dass ich mit dir zum Wasserfall fahre, damit ich dir zeigen kann, warum ich nicht glaube, dass die Marion runtergefallen ist.« Sie nestelte an ihrer Strickjacke. »Abgesehen davon, dass sie nie im Leben von allein auf die Idee gekommen wäre, da hinaufzugehen.« Sie nahm Franziskas Hand und zog sie mit sich. »Der Max sagt, du kannst den Dienstwagen nehmen, danach musst du ihn halt wieder von der Anni abholen. Er repariert derweil ihr Klo oder so.«

»Dein Freund und Helfer. Der Polizeislogan. Max nimmt den ernst, gell?«

Heidrun grinste. »Max nimmt alles ernst. Er ist halt ein typisches Wasserzeichen. Das solltest du am besten wissen.«

Touché. Ihr Magen krampfte. Sie stiegen in den Polizeiwagen und fuhren los. Weit war der Günster Wasserfall nicht entfernt. Aber die Fahrzeit war lang genug für Heidrun, um ihre Gruselgeschichte über das verwunschene Haus loszuwerden.

»Also, du weißt ja, wie groß das Haus ist. Da haben einmal zwei Familien zusammengewohnt. Die einen im Oberstock, die anderen unten.«

Franziska biss die Zähne zusammen beim Kuppeln. Da schmerzte das Bein schon sehr. Allerdings durfte sie Heidrun nicht einfach das Steuer vom Funkwagen überlassen.

»Die Erwachsenen waren seit Jahren befreundet. Sind zusammen aufgewachsen, zur Schule gegangen. Das ganze Programm eben.«

Der Juckreiz wurde immer stärker und war mittlerweile am ganzen Oberkörper. Sie rieb ihren Rücken an der Lehne, um ihn zumindest dort zu lindern.

»Sie haben dann Kinder bekommen und irgendwann beschlossen, gemeinsam einen Grund zu kaufen und ein großes Haus zu bauen. Was natürlich sehr wirtschaftlich war. Denn gemeinsam konnten sie sich eben was Größeres leisten und gleichzeitig waren sie zusammen. Denn das waren sie ohnehin ständig.«

Heidrun brach ab. »Sag mal, warum kratzt du dich eigentlich ständig? Hast du Neurodermitis?«

Franziska verneinte und erzählte Heidrun vom Katzenüberfall.

»Jessas, dann müssen wir dich entflohen.« Sie lachte. »Ein Halsband wird bei dir nicht reichen.« Sie lachte erneut.

»Erzähl lieber mal die Geschichte weiter, wir sind gleich da.«

»Alles war prima, bis eines Tages die eine Familie *non grata* wurde, und die andere Familie sie denunzierte. Sie sind alle gestorben.« Heidrun pausierte. »Die Verräterfamilie lebte weiterhin im Haus, aber dann passierte etwas Seltsames. Einer nach dem anderen wurde krank oder verunfallte. Einer wurde sogar aus Versehen erschossen. Bis nur noch eine einzige Tochter übrig blieb. Die heiratete einen Südtiroler und ist einige Jahre später am Berg abgestürzt. Die ganze Familie war dahingerafft.«

»Das gibt's doch nicht.« Franziska klammerte sich am Lenkrad fest, als ein scharfer Schmerz in ihr Bein zog. »Und das war alles vor acht Jahren?«

»Wieso vor acht Jahren?« fragte Heidrun.

»Na, beim Haus hast du ja gesagt, dass seit acht Jahren niemand mehr dort lebt.«

»Ach so, nein. Die, die vor acht Jahren dort gelebt haben, haben sich gleich nach dem Einzug komplett zerstritten und sich scheiden lassen. Der Fluch eben.«

»Wann war das dann mit den beiden Familien?«

»Kannst du dir das nicht denken? Eine Familie denunziert die andere?« Heidrun seufzte.

In Franziskas Kopf standen tausend Fragezeichen. Wie bei einem Comic. Die Fragezeichen drehten sich um die eigene Achse, aber blieben.

»Oben wohnte die Familie Goldberg. Unten die Familie Schmidt. 1939 war der Schmidt der SS beigetreten, und danach waren die Goldbergs ein rotes Tuch. Sie haben sie verraten. Die Goldbergs wurden deportiert und nach Mauthausen gebracht, wo sie angeblich alle umkamen.«

»Und du glaubst, dass das Haus seitdem verflucht ist?«

»Jedes Mal, wenn dort jemand eingezogen ist, ist demjenigen etwas passiert. Pleiten, Unfälle, Scheidungen, Kindbettfieber, plötzlicher Kindstot, Autounfälle, Krankheiten.« Heidrun bekreuzigte sich. »Meine Großmutter hat angefangen, das zu dokumentieren, ich hab das dann von meiner Mutter übernommen. Ich hab Aufzeichnungen von allen, die seit damals im Haus gelebt haben.«

»Warum das denn? Was für eine Art Hobby habt ihr da eigentlich?«

Heidrun winkte ab. »Das ist jetzt nicht wichtig. Uns hat es eben sehr interessiert.«

Verheimlichte Heidrun ihr etwas? Franziska parkte den Wagen auf dem Feldparkplatz vor dem Streichelzoo, der am Fuße des Wasserfalls angelegt war. Es war viel los. Schließlich gab es auch eine Gaststätte, die die Wanderer bewirtete. Für Kinder war der Streichelzoo ein Ereignis.

»Wir sind da.« Franziska schnallte sich ab. Dabei fiel ihr erst jetzt auf, dass Heidrun längst ausgestiegen war. Sie umrundete den Wagen und hielt Franziska die Tür auf.

»So, und jetzt hakel dich bei mir ein. Damit du mir nicht hinfällst.«

Nachdem der Fuß bereits pochte, war Franziska über das Angebot mehr als dankbar. Der Weg war uneben, und oben standen dicke Baumwurzeln aus der Erde. Man konnte hier tatsächlich leicht stolpern, wenn man nicht aufpasste. Heidrun grüßte immer wieder Spaziergänger im Vorbeilaufen, und Franziska spürte zum ersten Mal schmerzlich, wie lange sie von hier fort gewesen war. Sie erkannte kaum jemanden. Nur ab und zu, wenn ein Name fiel, konnte sie die dazugehörige Person mit einem früheren Bild, das ihr im Gedächtnis geblieben war, in Verbindung bringen. Dann grüßte sie ebenfalls. Meistens erntete sie nur einen fragenden Blick. Die Leute konnten diese neue, etwas humpelnde Polizistin sichtlich nicht einordnen. Das würde noch ein langer Weg werden, bis sie sich hier wieder wie eine Einheimische fühlen würde. Als sie am Streichelzoo und der Menschenmenge dort vorbei waren, wurde der Untergrund schwieriger. Überall ragten Wurzeln aus der Erde, Steine und Geröll, Blätterwerk und matschige Stellen wechselten sich ab. Heidrun hielt sie fest am Arm, und sie stützte sich ihrerseits bei ihr ab. Am Fuß des Wasserfalls blieben sie stehen.

»So, und jetzt schau mal her«, sagte Heidrun. »Dort drüben haben sie die Marion gefunden.«

Franziska schoss mit ihrem Smartphone Fotos von der Stelle aus verschiedenen Blickwinkeln und Entfernungen. Auch wenn das bestimmt die Kollegen schon gemacht hatten, sicher war sicher.

»Und jetzt gemma auffi«, sagte Heidrun. »Halt dich ja fest, an mir und am Handlauf.«

Gemeinsam erklommen sie Stufe um Stufe der Holzstiegen, die an der Bergwand entlang angebracht waren. Da vom Wasserfall Gischt herüberwehte, waren diese immer nass und rutschig. Im Sommer schlickig, und im Winter konnte sich sogar Eis auf den Stufen bilden. Ein Schild warnte, dass das Betreten der Stiegen und Brücken auf eigene Gefahr erfolgte und es bei einem Unfall kein Recht auf Entschädigung gab. Eltern hafteten selbstverständlich für ihre Kinder.

Franziska konnte sich noch gut daran erinnern, dass sie als Kind Angst hatte und deshalb nie weit mit hinaufgegangen war. Vielen Kindern ging es so. Daher dachte sie darüber nach, ob die somatische Intelligenz, die Kinder in vielen Belangen noch besaßen, der Grund dafür war, dass sie die Gefahr hier einfach besser sahen als die Erwachsenen. Gerade kam ihnen eine ältere Frau entgegen, das Gesicht bleich, die Knie zittrig. Ihre Füße schob sie zaghaft nach vorne, ohne sie hochzuheben. Sie rutschte quasi hinunter. Der Mann, der hinter ihr ging, lachte laut und machte sich über sie lustig, anstatt sie zu stützen, oder ihr zumindest die Hand zu reichen, damit sie sich sicherer fühlte.

Zumindest das würde Nick tun, ihr Ex war kein durch und durch schlechter Mensch. Sonst hätte sie sich ja nicht in ihn verliebt. Beschützt und aufgehoben hatte sie sich stets bei ihm gefühlt, und beleidigt hatte er sie auch nie. Das Problem war nur, dass er auch andere Frauen zuvorkommend behandelte und sich daraus leider zu oft etwas entwickelt hatte. Für ihn waren die Frauen das Problem gewesen, die er einfach nicht abweisen konnte. Denn damit hatte er ein Problem. Er war der Typ Mann, der es jedem und jeder recht machen wollte, der *Everybody's darling* sein wollte.

Als sie auf halber Höhe angekommen waren, führte eine Brücke quer über den Wasserfall. Das konnte die einzige Stelle sein, an der Marion Leitner gefallen sein musste. Alle anderen Stellen würden sich nicht ausgehen, um überhaupt am Fuße des Wasserfalls aufzukommen.

Heidrun breitete die Arme aus. »Schau, wenn sie da ausgerutscht wäre, wäre sie auf dem Stein da unten aufgeschlagen.« Sie lief auf die andere Seite. »Und wenn sie da runtergefallen wäre, wäre sie im Bachbett gelandet und im Wasser getrieben.«

Franziska kniff die Augen zusammen. »Und auch hier passt es nicht.« Sie zeigte auf eine andere Stelle. Wie man es auch drehte, es passte einfach nicht mit der Fundstelle überein. Heidrun nahm ihren Rucksack und warf ihn in hohem Bogen hinunter. Er blieb an einem Ast hängen. »Schau mal. Auch wenn sie absichtlich gesprungen wäre, hätte das nicht gepasst.« Dass ein menschlicher Körper sich anders als ein Rucksack verhielt, war sicher auch Heidrun klar, aber Franziska konnte nicht umhin, ebenfalls Ungereimtheiten festzustellen. Beim Hinuntergehen versuchte sie darauf zu achten, ob sich noch ein anderer Punkt fand, der als Absturzstelle infrage kam, aber das war nicht der Fall.

»Hat man sie denn fotografiert beim Auffinden?«

»I wo. Die Leute von der Gaststätte haben sie gefunden und reingetragen, weil es so g'waschelt hat.« Sie rieb sich mit den Händen über die Oberarme, als wäre ihr kalt.

»Und dann haben sie erst die Rettung gerufen, weil sie sich nicht gerührt hat.«

»Keine Polizei?«

»Die ist erst später gekommen, als die Marion schon mit der Rettung weggebracht worden war. Alle sind ja zuerst von einem Unfall ausgegangen. Wer denkt denn hier gleich an ein Verbrechen?«

Sie waren schon fast unten angekommen, als sie eine Frau bei der Stelle sahen, die Heidrun ihr gezeigt hatte. Den Kopf gesenkt, ging sie im Gras herum und kickte immer wieder etwas weg.

Dann kniete sie sich hin und fuhr mit den Händen übers Gras.

»Kennst du die?«

»Schaut aus wie die Gruberin.«

»Die Gruberin?«

Sie gingen näher. Franziska räusperte sich und sprach die Frau an. »Suchen Sie etwas?«

Die Frau stand auf und lächelte. »Ich war gestern mit den Kleinen hier am Streichelzoo und hab meinen Ring verloren.« Sie zuckte mit den Achseln. »Ich bin mir nicht sicher, ob es hier war. Aber nach dem Ausflug war er weg.«

Sie kramte ein Sachet aus ihrer Handtasche, wie man es in guten Restaurants bekam, wenn man etwas mit den Fingern aß, riss es auf und rieb sich die Hände mit dem feuchten Tuch sauber. Dann reichte sie Franziska die Hand.

»Ich bin Elisabeth Gruber, und Sie sind eine neue Polizistin hier?«

»Franziska Fürst. Ich bin hier geboren und aufgewachsen und vor Kurzem wieder zurückgekehrt.«

»Man kehrt ja immer wieder dorthin zurück, wo das Schicksal einen haben will, nicht wahr?«

Sosehr sich Franziska wünschte zu wissen, was das Schicksal für sie bereithielt, so sehr hoffte sie auch, dass sie das Richtige getan hatte.

»Trifft das auf Sie auch zu?«, fragte sie Elisabeth Gruber.

»Ich hoffe es. Ich war früher schon mal glücklich in Schöder und hoffe, es wieder zu werden.« Sie blinzelte. »Bald, hoffentlich.«

Small Talk war Franziska ein Gräuel, und mit einem schmerzenden Fuß, der an diesem Tag weit über seine Belastungsgrenze gekommen war, erst recht. Außerdem würde Max schon bei Anni auf sie warten.

Mit einem Blick auf die Uhr zog sie sich aus der Affäre. »Wir müssen dann weiter. War schön, Sie kennenzulernen.«

»Ganz meinerseits.« Im Weggehen hörten sie Elisabeth Gruber noch ausrufen. »Hach, da ist er ja.«

Anscheinend hatte sie den Ring gefunden.

Kaum waren sie im Auto, läutete Franziskas Handy.

»Das ist bestimmt der Max. Sag ihm, wir sind schon unterwegs.« Sie warf Heidrun ihr Handy hin. Diese hob ab, während Franziska den Wagen startete.

»Bernhard?«, säuselte Heidrun ins Telefon. War sie am Ende in ihren Kollegen verliebt, falls sie einen Tierarzt überhaupt als Kollegen sah? Franziska musste schmunzeln, als sie Heidrun beim Plaudern zuhörte. Sie versuchte, den dumpfen Schmerz im Fuß zu ignorieren, wenn sie auf die Kupplung trat, und dachte über den Fall Marion Leitner nach. Was war hier vorgegangen? Sie hoffte, dass die Lehrerin bald aus dem Koma erwachte, um ihre Version der Geschichte zu erzählen. Aber wer könnte ein Interesse daran gehabt haben, die Lehrerin umzubringen? Ein ehemaliger Schüler? Eine Kollegin? Bevor sie eine umfangreiche Befragung startete, musste sie sicher sein, dass es kein Unfall gewesen war. Aber wie konnte sie das absichern? Sollte sie auf Verdacht das LKA rufen? Am Ende lachten sie die Kollegen dann aus, wenn es falscher Alarm war.

»Der Bernhard hat Neuigkeiten für euch«, riss Heidrun sie aus ihren Gedanken. »Soll ich auf laut stellen?«

Franziska nickte.

»Hallo, Bernhard. Hast du schon Ergebnisse?«

»Die DNA-Ergebnisse sind da, Frau Pferdefranzi.« Sein Lachen schallte durch das Auto.

»Super. Und war es ein Wolf?«

»Nein, war es definitiv nicht.« Er seufzte. »Es war ein Hund.«

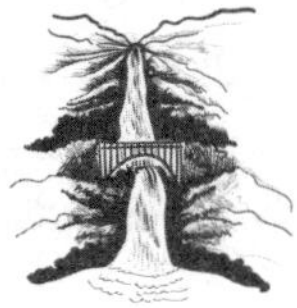

24. Kapitel

Marion

Sie ist schon wieder hier! Diese Frau. Sie behauptet, mein Mann würde nicht mehr vorbeikommen, weil er jetzt ihr gehört. Wer zum Teufel ist diese Frau? Vielleicht ist sie im falschen Zimmer, vielleicht ist sie blind. Nie beugt sie sich über mich, sodass ich sie sehen kann. Ich höre stets nur das Klackern ihrer Absätze und ihre Stimme.

Ihr Lachen klingt falsch in meinen Ohren. Jedes Mal, wenn sie hier ist, habe ich das Gefühl, davonlaufen zu wollen. Mein Körper ist in Alarmbereitschaft. Kampf- und Fluchtmodus. Jedes Mal, wenn sie hier ist, fühle ich eine Beklemmung auf meiner Brust, dabei kenne ich sie doch gar nicht. Es gibt Menschen, die man vom ersten Moment an unsympathisch findet, vielleicht ist sie so ein Mensch für mich. Es gibt auch Menschen, bei denen sich alles in einem sträubt, ohne zu wissen, wieso das so ist. Möglicherweise ist das eine Art Trigger, möglicherweise triggert die Stimme dieser Frau mich, und weil ich Erinnerungslücken habe, habe ich keine Ahnung, wieso. Gestern hat sie hier im Raum mit dem Arzt gesprochen und wollte von ihm wissen, wie es mir geht und wie groß die Chancen sind, dass ich wieder aufwache. Der Arzt meinte, die Chancen wären sehr gering. Ich wollte schon schreien: Nein, ich manifestiere mein Glück, ich manifestiere meinen Ausbruch, ich visualisiere mein Aufwachen!

In meinem Kopf schreie ich den ganzen Tag, ich rufe den Leuten zu: Ich bin hier! Ich bin's, Marion! Könnt ihr mich hören, könnt ihr mich sehen? Sprecht mit mir, berührt mich, zwickt mich, tut irgendetwas!

Damit ich endlich aufwache, aber ich schreie nur in meinem Gehirn. Aus meinem Mund kommt nur dieses Zischen beim Ausatmen.

Und dann bemerke ich etwas, das sich verändert hat. Es ist nicht mehr der Geruch nach Opium, der in der Luft hängt, sondern der Geruch nach Chanel No. 5.

Sie hat ihr Parfum geändert und trägt jetzt meinen Duft.

25. Kapitel

»Welche Art Hund, Bernhard? Konnte man das auch feststellen?«

»Anhand der Bissspuren auf jeden Fall eine große Gattung, ich persönlich tippe auf einen Kampfhund.«

»Du meinst also ein abgerichteter Hund?«

»Na ja, das kann ich nicht so genau sagen, ob er abgerichtet wurde, aber es ist eher selten, dass Hunde von allein so aggressiv vorgehen.«

»Könnte es ein Streuner sein, der hungrig geworden ist?«

»Wie schon erwähnt, mit Fressen hatte das nichts zu tun. Das war eher ein gezieltes Abschlachten.«

»Also hat jemand einen Hund dazu gebracht, Hermines Schafen das anzutun?«

»Das musst du herausfinden, gell?« Es rauschte in der Leitung.

»Hast du eine Liste deiner … sagt man da auch Patienten?«

»Natürlich.« Erneutes Rauschen. Wieso war dieser Tierarzt ständig unterwegs? Konnte er das nächste Mal nicht von der Praxis aus anrufen?

»Waren da Hunde dabei, die infrage kommen würden?«

»Sicher. Wir sind am Land. Für große Hunde hat hier jeder genug Platz.«

»Kannst du mir bitte die Namen der Halter zusammenschreiben?«

»Ich darf das nicht. Auch für mich gilt die Schweigepflicht und außerdem der Datenschutz.«

»Na, dann schau ich, dass ich einen Beschluss dafür bekomme.« Franziska fiel etwas ein. »Es kann sein, dass der Hund in Murau über einen kleineren Hund hergefallen ist. Möglicherweise hat er ja die Tollwut.«

»Würde mich sehr wundern. Solche Hunde sind doch nie allein unterwegs. Die werden von den Herrln und Frauerln doch gut gehütet.«

»Ich will es einfach ausschließen, nicht dass wir demnächst ein verletztes Kind haben oder Schlimmeres.«

Franziska konnte sich noch gut an einen Fall in Wien erinnern, bei dem ein Kleinkind fast die Hälfte seines Gesichts verlor durch den Biss eines Kampfhundes. Es sah grausam aus, und das Kind schrammte knapp am Tod vorbei. Entstellt würde es sein Leben lang sein, auch mit Haut- und Gewebetransplantationen würde das Mädchen immer äußere Narben behalten. Von dem Trauma ganz zu schweigen. Die Eltern hatten den Hundehalter angezeigt, und vor Gericht wurde das Einschläfern des Hunds beschlossen. Franziska war damals bei der Verhandlung dabei gewesen. Der Hundehalter hatte nach der Verurteilung nur mit den Achseln gezuckt, gegrinst und gesagt, dass er sich einfach einen neuen holen wird. Den stechenden, durchdringenden Blick des Mannes, der augenscheinlich keine Gewissensbisse kannte, würde sie nie vergessen. Vier Jahre später war derselbe Mann in der Innenstadt Amok gelaufen und hatte mehrere Menschen angeschossen.

Es bestätigte nur wieder, dass eigentlich nicht der Hund schuld gewesen war an dem Vorfall, sondern der Halter, der weder Beißkorb noch Leine verwendet und den Hund gezielt zur Kampfmaschine abgerichtet hatte. In der Wohnung des Amokläufers hatten sie furchtbare Sachen gefunden, die Franziska jetzt lieber verdrängte.

»Übrigens, die anderen Schafe wurden betäubt. Hat der Toxintest gezeigt. Ich war ja noch einmal droben und hab einem Schaf Blut abgenommen. Es hatte Ketamin im Blut. Die anderen daher sicher auch.«

Wurde Ketamin nicht von Tierärzten verwendet? Sie sprach es nicht laut aus, weil sie Bernhard nicht brüskieren wollte.

Stattdessen bedankte sie sich, bat Bernhard um einen Rückruf, falls ihm noch etwas einfiele, und fuhr weiter.

»Gern. Aber das war es dann, glaube ich, von mir.« Es rauschte erneut in der Leitung. »Mich wundert, dass du dich da kümmerst, weil solche Sachen ja eher zivilrechtliche Angelegenheiten sind und keine polizeilichen.«

»Wir vermuten einen Zusammenhang«, rief Heidrun.

Schallendes Gelächter kam aus dem Smartphone.

»Ermittelst du jetzt auch, Heidi? Hängst deine Praxis an den Nagel?«

Heidrun lachte mit. »Natürlich nicht. Aber die Hermi ist mit der Marion verwandt, das weißt du doch.«

»Mit der Leitnerin, die im Koma liegt«, ergänzte Franziska.

»Ich weiß schon«, sagte Bernhard. »Und ihr glaubt, das gehört zusammen? Der Unfall von der Leitner und die Schafe von der Hermi?«

»Und das Geschmier auf mittlerweile zwei Wänden«, fügte Franziska hinzu.

»Was für ein Geschmier?«

Richtig, Bernhard wusste noch gar nichts davon. »Jemand hat unsere Stallwand und ein Garagentor angemalt. Max und ich vermuten, dass die Farbe keine Farbe ist, sondern Blut.«

Bernhard schaltete sofort. »Das Blut von den Schafen!«

»Ich lass es noch analysieren, aber wir sind ziemlich sicher, dass das keine Zufälle sind, sondern alles miteinander zu tun hat.« Sie überlegte. Wie die Liebesbriefe bei Gabriele Schneider dazu passten, konnte sie derzeit nicht sagen. »Vielleicht nicht alles, aber einiges hat Zusammenhänge, die man nicht unterschätzen sollte.«

Selbst wenn nur zwei bis drei Komponenten zusammenspielten, war es gut, in alle Richtungen zu ermitteln. Tote Tiere waren tatsächlich kein Fall für die Polizei, aber da es sich bei der Besitzerin um die Verwandte einer Person handelte, die im Koma lag und eventuell einem Anschlag zum Opfer gefallen war, musste Franziska tiefer stochern und durfte nichts außer Acht lassen.

»Gruselig. Was hat er denn gemalt?«

»Wir werden aus den Zeichnungen nicht schlau. Keine Ahnung. Striche, Bögen, irgendwas, das wie die Form von Augen aussieht. Und eine Art Sessel. Nichts davon ergibt Sinn.«

Beim LKA hatten sie eigene Leute, die sich mit Codes, Geheimschriften und Ähnlichem beschäftigten, aber hier am Land musste sie erst schauen, wie sie herausfinden konnte, was die Zeichnungen bedeuteten. Natürlich war die erste Anlaufstelle das Internet. Gleich nach der Rückkehr ins Wachzimmer würde sie loslegen.

Sie lenkte den Wagen vor Anna Hofers Haus. Sie und Max standen bereits im Vorgarten. Die Alte hatte eine Strickjacke an und hielt sie vorne mit beiden Händen zusammen. Frisch war es in der Zwischenzeit geworden. Die Luft roch wieder nach Regen. Wolken brauten sich über dem Dorf zusammen.

Franziska stieg aus. »Sag mal, Anni, hast du vielleicht zwei kleine Gefrierbeutel für mich? Und ein kleines Küchenmesser?«

»Ja mei, ich frag dich jetzt nicht, was du damit vorhast, aber ich hol es gleich.«

»Aber ich frag dich.« Max steckte die Hände in die Hosentaschen und zwinkerte ihr zu. »Ich bin ja nur ein kleiner Alpinist und Dorfpolizist.«

»Stell dein Licht nicht unter den Scheffel. Das hast du schon früher gemacht.«

Er zuckte die Achseln. »Wenn man zwei Ehrenrunden gedreht hat, glaubt man irgendwann, dass man blöd ist.«

»Durchfallen ist kein Beweis für Dummheit, genauso wenig wie eine Matura ein Beweis für Intelligenz ist.«

»Jetzt weiß ich wieder, warum ich dir damals verfallen bin.«

»So«, unterbrach Anna Hofer und zwängte sich an Max vorbei. »Bring es mir aber wieder. Das ist mein bestes Apfelmesser.«

»Du kriegst es sogar gleich wieder.«

Franziska nahm den Gefrierbeutel und das Messer und ging auf die andere Straßenseite. Max schlenderte hinter ihr her.

Sie reichte Max den Beutel. »Halt das bitte drunter. Ich werde etwas Farbe vom Garagentor kratzen für die Analyse.«

»So etwas hab ich bisher nur im Fernsehen gesehen.« Er zwinkerte ihr wieder zu.

»Nicht quatschen! Festhalten!«, wies sie ihn an und begann an einem der Zeichen zu kratzen. Brösel für Brösel fiel in den Gefrierbeutel. Als genug im Beutel war, nahm sie ihn Max aus der Hand, verschloss ihn und zückte einen Kugelschreiber. Darauf schrieb sie »Garagentor Jan Karrner«. Später würde sie einen Code über die Beschriftung kleben, bevor sie die Probe verschickte.

Sie hielt sich an der Schulter von Max fest und entlastete ihren Fuß. Er umarmte sie und hielt sie ebenfalls fest.

»Festhalten! Hast du ja gesagt.«

Eine Weile standen sie so da, bis Franziska weiterlief, nicht ohne sich weiterhin abzustützen.

»Und wohin gemma jetzt?«, fragte Max. »Zu dir oder zu mir.«

Sie ignorierte seine Anspielung. »Ums Eck, zum verfluchten Haus.«

Seine Stirn legte sich in Falten.

»Während du das Klo repariert hast, hab ich dort jede Menge rote Spritzer gefunden. Ich denke, wir sollten uns das Haus näher anschauen.«

Max kratzte sich am Hals. »Sind schon wieder Gelsen unterwegs.«

Franziska sah keine Gelsen. Vermutlich waren ein paar Katzenflöhe auf ihn übergesprungen. Da sie ihn als Stütze nicht verlieren wollte, hielt sie den Mund. Da der Juckreiz aber auch auf ihrem Oberarm stärker wurde, kratzte sie sich doch.

»Hat sie dich auch gestochen?«

Franziska brummte irgendwas und wechselte rasch das Thema. »Schau, da, überall rote Spuren.«

»Heftig.«

Auch hier nahm sie Proben, wobei ein paar Grashalme und Erdreste mit in dem Sack landeten. Sei es drum. Das konnte die Analysemannschaft dann ja auseinanderkratzen. Wenn sie das überhaupt mussten.

»Wir sollten das Haus durchsuchen. Brauchen wir dafür einen Durchsuchungsbeschluss?«

»Aber da wohnt ja seit Ewigkeiten niemand mehr.« Max' Blick wanderte über die Mauer in den Vorgarten.

»Außer einer Katze.«

»Hast du daher die Kratzer am Hals?«

Sie nickte und juckte sich erneut am Oberarm.

»Moment. Eine verwahrloste Katze?« Er nahm ihren Arm und inspizierte ihn. »Was für ein Käs!«

»Was ist denn?«

Er zeigte auf kleine rote Punkte, die an ihrem Oberarm sichtbar waren und vermutlich auch an ihrem Hals und am restlichen Oberkörper.

»Das sind keine Gelsen gewesen, das sind Flöhe.«

»Ach?« Sich ahnungslos zu stellen, war hier sicher der bessere Weg. »Woher weißt du das?«

»Nicht wichtig, aber jetzt müssen wir nicht nur uns entflohen, sondern auch den Wagen. Und die Heidi wird wohl auch nicht davonkommen. Aber die ist das schon gewohnt.«

Die Freuden des Landlebens.

»Auch wenn hier gerade niemand wohnt, irgendjemandem muss das Haus ja gehören. Das sollten wir herausfinden.«

Max nickte. »Vielleicht gehört es ja einer Bank.«

Das war möglich.

Mit den Beuteln gingen sie wieder zurück, gaben Anna Hofer das Messer und verabschiedeten sich von ihr.

Heidi schlief auf der Rückbank des Wagens. Franziska wollte Max schon anbieten zu fahren, obwohl ihr Fuß dringend eine Pause brauchte. Doch Max hielt ihr bereits die Beifahrertür auf. Dann schnallte er Heidrun an. Sanft, ohne sie zu wecken, und setzte sich ans Steuer.

Dann fuhren sie zuerst zu Heidis Praxis, wo Max sie vorsichtig weckte. Sie bedankte sich schläfrig und gab ihnen noch etwas gegen die Flöhe mit.

»Ich werde morgen den Streuner suchen. Der ist sicher wieder ins Haus rein, aus Gewohnheit. Den hol ich zu mir und pflege ihn mal ein bisserl.«

Nachdem sie sich von der Ärztin verabschiedet hatten, fuhren sie schweigend zur Wache. Leise Musik trällerte aus dem Radio. Max konzentrierte sich auf die Straße und summte hie und da mit. Diese angenehme Ruhe nutzte Franziska, um sich ein bisschen auszuruhen und über alles nachzudenken.

Im Wachzimmer tütete sie zuerst die Blutsäckchen und anschließend drei der Briefe von Gabriele Schneider ein, versah alles mit den üblichen Codes und steckte die Beweismittel in dafür vorgesehene Kuverts. Alles zusammen schickte sie via Express mit der Aufschrift »Dringend« ins Analysezentrum und hoffte, dass die Ergebnisse bald kommen würden.

Danach bestellten Max und sie einige Leute aufs Revier zur Befragung. Nachbarn von Hermine, die aber allesamt nichts gesehen und gehört haben wollten. Wie konnte das sein? Hatte der Hund gar nicht gebellt? Oder gehörte Hundegebell einfach zum Landleben dazu und deshalb beachtete man es nicht?

»Da denkt man, am Land wissen alle, was der Nachbar macht, und dann ist es gar nicht so.« Franziska seufzte.

»Ich glaube, da hören die Leute in Wien in den Gemeindebauten mehr.«

»Das liegt wohl an die dünnen Wänd dort«, feixte Max.

»So arg ist das gar nicht, zumindest nicht in jedem Haus.« Das kam immer darauf an, wann die Gebäude errichtet worden waren. Es gab welche mit guten dicken Ziegeln, die super isoliert waren, und andere, die billig und zweckmäßig waren, mit Rigipswänden und dergleichen. Die Geräusche der Stadt hatten Franziska auf jeden Fall nie gestört. Sie mochte es sogar, nicht isoliert zu wohnen. So ganz allein, im Wald oder auf dem Berg, das konnte sie sich nicht vorstellen. Sie brauchte Menschen um sich herum. Nach dem, was der Serientäter ihr angetan hatte, erst recht. Sicherlich schlief sie deshalb auch so schlecht. In Wien war sie nach der Sache zum Polizeipsychologen gegangen. Hatte ihr schon gutgetan, aber so einfach aus dem Gedächtnis löschen konnte auch er ihre Erlebnisse nicht.

»Mich kriegen keine zehn Pferde in die Großstadt, na, nicht einmal hundert.« Max biss in ein Schinken-Käse-Weckerl, das er aus dem Kühlschrank geholt hatte. Der Salat hing schon letschert und braun aus den Brötchenhälften. Anspruchsvoll war er nie gewesen. Nick würde das Weckerl nicht mehr anrühren. Gut, er würde gar kein Weckerl essen, weil er auf dem Ketotrip war. So wenig Kohlenhydrate wie möglich.

»Ich weiß, Max. Du brauchst deine Berg und den Wald.«

Er musterte sie. »Du doch auch, eigentlich, oder warum bist du sonst wieder da?«

»Weil das Leben sich nicht an Pläne hält und manchmal seltsame Wege geht.« Sie wollte Max nichts über ihre verkorkste Ehe erzählen. Zumindest noch nicht.

Max stocherte nicht nach, sondern warf ihr eine Packung Chips hin. »Ich weiß ja, dass du keinen letscherten Salat magst. Aber was anderes haben wir grad nicht da.«

Was wusste er eigentlich nicht mehr? Sein Gedächtnis war unglaublich. Dankbar riss sie die Tüte auf und stopfte sich eine Handvoll Chips in den Mund.

»Ich hab gehört, du hast dich für den Alpinistenkurs beworben.« Er biss erneut von seinem Weckerl ab und kaute.

Franziska schluckte hinunter. »Hab ich, ich warte noch auf eine Antwort.«

»Soweit ich weiß, fällt der Kurs heuer aus. Sie haben momentan genug Kollegen.«

»Was du nicht sagst.« Sie grinste. »Oder willst du nicht, dass ich auch dabei bin?«

Er hob die Schultern und senkte sie wieder. »Es war immer dein Traum.«

Das stimmte. Niemals hätte sie Max hier erwartet. In ihrem Traumjob. Sie fand es immer noch ungewöhnlich, mit ihm zusammenzuarbeiten.

»Er hat die Trudl vergessen, oder?«, lenkte sie ab und zeigte auf den Ficus.

»Sein ganzes Haus ist voller Pflanzen, der vermisst sie wahrscheinlich gar nicht.«

Franziska fragte sich, ob alle Pflanzen des ehemaligen Polizeichefs Namen hatten. Wie er sich die wohl alle merken konnte?

»Wo lebst du jetzt eigentlich, Max?« Es wurde Zeit, das Gespräch auf ihn zu lenken.

»Ich wohn in einem kleinen Haus unterhalb der Hauptstraße. In der Nähe der Volksschule«

»Und deine Eltern wohnen noch beim Sölkpass?«

Er nickte. »Wie eh und je. Und die Silke ist oben eingezogen mit ihrer Familie.« Silke war seine ältere Schwester. Mit ihr hatte er sich immer gut verstanden, im Gegensatz zu seinem Bruder. Aber den mochte Franziska auch nie.

»Der Gerhard ist jetzt im Gemeinderat.« Als hätte er ihre Gedanken gelesen.

»Das passt doch. Er hat immer alles besser gewusst und große Reden gehalten.« Noch ein paar Chips wanderten in Franziskas Mund.

»Tja, gelogen hat er schon mit fünf Jahren ständig.« Max lachte. »*Der Max hat die Schokokekse gegessen, Mama!* Dabei hat er in den Mundwinkeln, am Kinn und sogar auf der Nase alles voller Schokolade gehabt.«

Franziska musste so laut lachen, dass die Chipsbrösel nach allen Seiten aus ihrem Mund fielen.

In diese Szenerie platzten plötzlich zwei Frauen. Eine davon erkannte Franziska sofort wieder. Es war Elisabeth Gruber, die sie vorher beim Wasserfall gesehen hatte. Die andere kannte Franziska schon seit Kindesbeinen. Es war die Backstuben-Resi.

»Na, ihr habt es aber lustig«, sagte Resi.

»Was führt euch hierher?«

»Eure Kollegen haben gesagt, dass alle Freundinnen von der Marion vorbeikommen sollen. Da sind wir.«

Dass Resi die beste Freundin von Marion war, wusste Franziska, aber diese Elisabeth Gruber hatte sie heute zum ersten Mal gesehen.

»Setzt euch bitte.« Max schlüpfte schnell nach hinten, um Wasser und Gläser für die Gäste zu holen. Währenddessen nahm Franziska die Personalien auf, das war ein normaler Vorgang. Das musste sie auch machen, wenn sie die Leute persönlich gut kannte. Resi war schnell abgefertigt, danach kam Elisabeth Gruber dran.

»Seit wann wohnen Sie in Schöder?«

»Ich habe schon einmal fünf Jahre hier gelebt, in meinen Zwanzigern. Dann war ich im Ausland und bin vor einem Jahr wieder hergezogen.«

»Und wo waren Sie da?«

»In Berlin, München, Nürnberg, Prag … Ich bin viel herumgekommen. Wenn man jung ist, will man die Welt sehen. In Israel hab ich auch ein Jahr gelebt.« Sie legte die Fingerkuppen aneinander. »Ich hab überall gearbeitet, was ich so bekommen hab.«

»Und wie lange kennen Sie nun Marion Leitner schon?«

»Wir haben uns früher schon mal gesehen, aber daran konnte sie sich nicht erinnern, also kennen wir uns jetzt in etwa seit einem Jahr.«

»Und da zählen Sie schon zu den besten Freundinnen von ihr?«

»Die machen viel gemeinsam«, mischte sich Resi nun ein. »Dank Elisabeth hat die Marion wieder ihre Figur zurück.«

Elisabeth Gruber errötete. »Wir gehen fünfmal die Woche miteinander laufen, und wenn das nicht geht, dann machen wir Pilates. Wir sind auch zusammen in einem Zumba-Kurs.«

»Und samstags ist Party angesagt«, ergänzte Resi, die mittlerweile ihr Strickzeug herausgenommen hatte, als wäre das hier ein Kaffeekränzchen. »Entweder in einer schönen Cocktailbar oder wir machen Karaoke.«

Es fiel Franziska schwer, sich die introvertierte Lehrerin bei so einem Programm vorzustellen. Party? Karaoke?

Sport? Sprachen sie hier wirklich von *der* Marion Leitner, die sie kannte? Sie schien eine völlig andere Person zu sein. Günter Kranzl hatte recht. Marion Leitner hatte sich augenscheinlich sehr verändert. Hatte sie tatsächlich auch ihre Höhenangst überwunden? Sie würde mit Heidrun darüber reden.

»Die Marion wird schon wieder aufwachen.« Die Stricknadeln klapperten aufeinander. »Ganz bestimmt.« Resi nickte nachdrücklich mit dem Kopf. Elisabeth Gruber blinzelte seltsam, öffnete den Mund, schloss ihn aber Sekunden später wieder, ohne etwas zu sagen. Was hatte sie loswerden wollen?

»Denkst du das, Resi?«

»Ich war bei ihr, mehrmals, im Krankenhaus.« Ihre Hände machten ungerührt weiter mit dem Stricken. »Und einmal, ob ihr es glaubt oder nicht, hab ich deutlich gesehen, dass sie gelächelt hat, als ich ihr was Lustiges erzählt hab.« Mit einer Stricknadel tippte sie sich an den Kopf. »Die ist da noch drin. Egal was die Ärzte sagen. Die Marion ist noch da.«

»Das war bestimmt nur ein Reflex«, sagte Elisabeth Gruber. »So etwas kommt ja immer wieder vor. Das weiß man doch.«

»Das war bestimmt kein Reflex!« Resi legte das Strickzeug in den Schoß. »Ich kenn die Marion schließlich länger und ich sag dir, sie hat mich genau verstanden!«

Mit gespitzten Lippen rollte Elisabeth Gruber die Augen. »Nur weil sie einmal mit dem Mundwinkel zuckt? Das könntest du dir auch eingebildet haben.«

»Das vielleicht, aber wie erklärst du dir dann die Träne, die über ihre Wange rollte, als ich ihr von Hermis Schafen erzählt hab?«

Elisabeth Grubers Augen wurden größer. Sie knetete ihre Finger. »Hast du das den Ärzten gesagt?«

Resi nahm ihr Strickzeug wieder auf. »Sicher, was denkst du denn? Sie haben sie gleich für Gehirnscans mitgenommen.«

Die Finger von Elisabeth Gruber knackten unangenehm. Sie schien es gar nicht zu bemerken, dass sie sie immer fester zusammenkrampfte. Was zur Hölle war hier los? Ein leiser Verdacht regte sich in Franziska.

»Möchten Sie nicht, dass Marion Leitner wieder aufwacht?«, fragte sie an Elisabeth Gruber gewandt.

Resi ließ das Strickzeug auf ihren Schoß zurückfallen und sah Elisabeth Gruber an. Diese knackte noch einmal mit den Fingerknöcheln. Ihre Augen wanderten hin und her, als suche sie die Antwort im Zimmer. Dann sah sie auf die Tischplatte und sagte leise: »Wäre das nicht besser, als lebenslang schwer behindert zu sein? Und pflegebedürftig?«

Resi legte ihre Hand auf den Oberschenkel von Elisabeth Gruber. »Pflegebedürftig ist sie jetzt auch, aber die Chance, dass sie nach dem Aufwachen wieder alles lernt, ist groß. Ihr Mann und ihre Kinder werden ihr schon helfen, und wir Freundinnen natürlich auch.«

Irgendwas an Elisabeth Grubers Art, ihrem Blick, ihrer Art zu antworten, irritierte Franziska. Sie konnte es nicht einordnen, aber es kam ihr so vor, als würde sie wirklich wollen, dass Marion Leitner in diesem Zustand blieb. Oder war es wirklich nur die Sorge, dass es ihr nach dem Aufwachen noch schlimmer ging.

Das Telefon klingelte. Max hob ab und hörte zu.

»Tatsächlich?« Dann gab er ihr den Hörer weiter. Heidrun war dran. »Ich hab eben mit dem Martin Leitner,

Marions Sohn, telefoniert. Die Ärzte haben eine erhöhte Hirnaktivität festgestellt bei Marion. Sie reagiert auf äußere Reize und Bilder.«

»Warte mal, Marions Freundinnen sind hier, die interessiert das sicher auch. Wiederhole das mal.« Franziska stellte auf Lautsprecher, und Heidrun wiederholte, was sie ihr vorher erzählt hatte.

»Und was bedeutet das?«, fragte Franziska und sah, wie Resi ihr Strickzeug an die Brust drückte, während sich das Blinzeln von Elisabeth Gruber verstärkte, genau wie das Knacken ihrer Knöchel.

»Das bedeutet, dass Marion möglicherweise bald richtig aufwacht.«

Während Resi einen Jubelschrei losließ und ihr Strickzeug fallen ließ, renkte sich Elisabeth Gruber den Daumen aus und schrie ebenfalls. Allerdings vor Schmerzen.

26. Kapitel

Esther

Als sie in der Früh aufwachten und in die Küche hinausgingen, war nichts vorbereitet. Man konnte nicht sehen, warum. Esther überlegte, ob Mutter vielleicht krank war, weil sie doch gestern geweint hatte. Vielleicht hatte sie Schmerzen. Also ging Esther zum Brotkasten, holte einen runden Laib heraus und schnitt ein paar Scheiben für sich und Sophia ab. Nach dem Frühstück machten sie sich noch Pausenbrote für die Schule. Als sie fertig waren, waren die Eltern noch immer nicht zu sehen. Auch das Baby war nicht da. Vielleicht war es ja krank. Auf dem Tisch stand eine kleine Schüssel, in der drei Murmeln lagen. Esther hatte sie gestern beim Spielen an Sophia verloren.

Im Hinausgehen sagte Sophia: »Die schenke ich dir, ich mag ja die milchigen lieber, und das sind durchsichtige Murmeln.«

Esther griff in die Schale und nahm die Glaskugeln in die Hand. Sie fühlten sich leicht an, leichter als je zuvor. Sie steckte die Murmeln zu den anderen in ihre Schürzentasche. Jetzt hatte sie plötzlich elf Murmeln, der Tag hatte gut begonnen.

Elf, so wie ihre Familie. Mutter, Vater, Großmutter, Großvater und sieben Kinder.

27. Kapitel

»Jessas! Elisabeth!« Resi sah auf den seltsam abstehenden Daumen ihrer Freundin. »Was machst du denn für Sachen. Ich hab schon tausend Mal gesagt, lass dieses Geknacke!«

Elisabeth Gruber sah auf ihre Hand und sagte nichts. War das der Schock? Ihr Gesicht war auf einmal ganz bleich geworden, und die Augen waren glasig.

Resi steckte ihr Strickzeug ein und stand auf. »Brauchst du noch was von uns, Franzi?«

»Ich bin eigentlich noch nicht fertig. Ich wollt euch noch was Dringendes fragen.«

»Aber schnö, weil ich glaub, die Elisabeth fällt sonst vom Stuhl.«

»Ich wollte dich fragen, Resi, was Marion beim Wasserfall gewollt haben könnte?«

»Da bin ich genauso überfragt wie ihr. Die Marion hat den Wasserfall nicht leiden können. Angst hat sie dort gehabt.« Resi stopfte ein Taschentuch in ihre Tasche. »Höhenangst hatte sie schon seit der Kindheit. Du weißt ja, was damals passiert ist. Der Christoph sitzt seitdem im Rollstuhl, das hat die Marion wohl geprägt.«

»Genau. Sie wollte ja am Wandertag auch nie dort hingehen. Wir haben dann die andere Lehrerin aus der Parallelklasse mitgehabt.«

»Weißt du was von einer Psychotherapie?«

Resi überlegte. »Ja, da geht sie hin, um das mit dem Christoph zu verarbeiten.«

»Meinst du, die Therapie könnte so gut angeschlagen haben, dass die Angst vor dem Wasserfall verflogen ist?«

»An das hab ich noch gar nicht gedacht«, antwortete Resi.

Elisabeth Gruber sagte nichts, sondern hielt mit einer Hand die andere fest.

»Wissen Sie was darüber?«, sprach Franziska sie an.

Kopfschütteln folgte. »Ich war viel mit ihr laufen und wandern, sie hat nie gesagt, dass sie ein Problem mit dem Wasserfall hat.« Sie zuckte mit den Achseln. »Aber wir waren miteinander auch nie dort.«

»Dann hoffen wir, dass die Ärzte recht behalten und Marion Leitner bald aufwacht«, sagte Max. »Dann kann sie uns selbst erzählen, was eigentlich passiert ist.«

»Na, da bin ich aber gespannt!« Resi zog ihre Strickjacke an und klopfte Elisabeth Gruber auf die Schulter. »Komm, ich bring dich ins Spital. Das muss sicher eingegipst werden.«

»Wo wart ihr eigentlich, als der … Unfall passiert ist?«

»Was weiß ich«, antwortete Resi. »Wir sind ja nicht zusammengewachsen.«

Elisabeth Gruber zuckte nur mit den Achseln.

»Fragen Sie doch ihren Alois, oder die Kinder, was die Marion an einem Sonntag beim Wasserfall wollte. Nicht einmal in der Kirche war sie vorher.«

»Geht sie sonst in die Messe?«

»Wenn sie nicht grad krank oder im Urlaub ist, ja.«

Resi musste es wissen, denn sie war sehr religiös und eigentlich bei jeder Sonntagsmesse anwesend. Genau wie

Franziskas Mutter. Ihr Vater hingegen fand, dass er das Gesülze, wie er es nannte, nicht brauchte, um über die Runden zu kommen.

»Hatte sie vielleicht eine geheime Affäre?« Das konnte sich Franziska zwar nicht vorstellen, aber wann kannte man einen Menschen wirklich gut? Sie war selbst aus allen Wolken gefallen, als sie zum ersten Mal von Nicks Fremdgeherei erfuhr. Da war Amelia zehn Jahre alt und Jonas noch im Kindergarten. Eine Katastrophe! Das ganze Ausmaß seiner Untreue war ihr im ersten Moment gar nicht bewusst gewesen. Er hatte ihr mehrmals versichert, dass es sich nur um einen Ausrutscher gehandelt hatte. Hätte sie gewusst, dass er sie nach Strich und Faden belogen hatte, wäre sie keine weiteren vier Jahre bei ihm geblieben. Verlorene Jahre, wie sie sie nannte. Sie hatte wirklich gedacht, sie könnten ihre Ehe retten, aber dazu hätte Nick seine Taten reflektieren und bereuen müssen, anstatt einfach so weiterzumachen wie vorher.

»Die Marion? Eine Affäre?« Resi schüttelte den Kopf. »Das glaubst du doch selbst nicht.«

»Ich kenn sie nur von früher und habe sie ewig nicht gesehen.«

»Aber ich bin ihre beste Freundin und ich wüsste so etwas.«

Elisabeth Gruber stimmte zu. »Sie hat der Resi wirklich alles erzählt.«

Woher Elisabeth Gruber das wusste? Erzählte Resi alle Geheimnisse über Marion Leitner weiter? Egal. Sie würde mit Alois Leitner reden müssen. Vielleicht wusste er als Ehemann mehr, als er wissen wollte. Franziska hatte schließlich auch jahrelang ein komisches Gefühl im Bauch gehabt, wenn Nick anrief und sagte, dass er länger arbeiten musste oder mit Polizeikollegen noch etwas trinken ging. Er sprach dabei stets im generischen Maskulinum, nur deshalb war Franziska davon ausgegangen, dass es sich hier um eine Männerrunde handelte, die den Arbeitstag gemütlich ausklingen ließ.

»Gut. Wenn euch noch etwas einfällt oder ihr euch an jemanden erinnert, mit dem sie vielleicht zum Wasserfall wollte, dann gebt mir bitte Bescheid.«

Resi winkte ab, als gäbe es nichts weiter. Elisabeth Gruber ließ sich von ihr hinausschleifen. Resi redete in einer Tour auf sie ein, was Elisabeth Gruber in keiner Weise kommentierte.

»Also die Reaktionen auf die Neuigkeit, dass Marion Leitner vielleicht aufwacht, waren schon sehr gespalten.« Max kniete sich vor Franziska hin und zog ihr den Schuh aus. Dann legte er ein Coolpack auf ihren schmerzenden Fuß. Sie hatte weder etwas gesagt noch danach verlangt. Es tat unglaublich gut.

»Ja, aber anscheinend knackt Elisabeth Gruber öfter mit den Knöcheln.«

»Und ab einem gewissen Alter brechen ja die Sachen auch leichter, nicht wahr?«

Franziska lächelte. »Ich hoffe, ich komme noch lange nicht in dieses gewisse Alter. Mein Fuß ist immerhin nur verstaucht.«

»Gott sei Dank! Sonst könntest erst im September wieder arbeiten.«

»Da fällt mir ein, ich hab Jonas versprochen, dass wir zum Samson-Umzug gehen.«

»Der ist ja schon morgen.«

»Kommst du mit?«

Max grinste. »Muss ich wohl, ich bin einer der Haberer.«

»Schon wieder?«

Er lachte.

»Gut trainierte Burschen brauchen sie da halt.«

Franziska betrachtete seine Arme. Warum fiel ihr erst jetzt auf, wie muskulös er geworden war? Nicht zu viel, sondern genau so, wie es ihr gefiel. Stark, ohne bullig zu sein.

Aber für solche Sachen hatte sie jetzt keine Zeit. Sie musste sich um Amelia und Jonas kümmern und versuchen, sich am Hof ordentlich einzurichten. Sie würde das obere Stockwerk komplett neu streichen und einrichten. Damit sie sich alle wirklich wohlfühlten und zu Hause. Natürlich würde das bei den Kindern nicht von heute auf morgen geschehen. Aber sie war zuversichtlich, dass sie sich einleben würden. Alles, was dafür nötig war, waren neue Freundschaften, die sie hoffentlich bald schlossen.

Max sah auf die Uhr und sprang auf. »Ich hab Arwen ganz vergessen. Sorry, ich muss los.«

Wer war Arwen? Seine Freundin? War das nicht der Name der Elbenfrau in *Der Herr der Ringe*? Eltern gaben ihren Kindern heutzutage immer seltsamere Namen. Wobei, Arwen klang schöner als Chantal oder Kevin.

»Die Ablöse kommt gleich, lass dich vom Kurt heimfahren.« Er war schon an der Tür, da sah er noch einmal zurück. »Sorry. Wir sehen uns dann beim Samson-Umzug.«

Perplex sah ihm Franziska nach. Noch während sie über seine Worte nachdachte, platzten schon Kurt und Gernot herein.

Im Schlepptau hatten sie einen Mann, der eine Army-Uniform trug. Sein Bart war weiß und reichte ihm bis zur Brust. Das Hemd der Uniform spannte über seinem Bauch, vielleicht fehlte daher ein Knopf.

»Den haben wir bei der Hermi drüben rumschleichen gesehen.«

»Ich bin nur spazieren gegangen«, wehrte sich der Mann.

»Wollt ihr jetzt jeden mitnehmen, der spazieren geht?«, fragte Franziska.

»Nein, nicht jeden. Aber der Bernhard hat gesagt, dass ein Kampfhund die Schafe von der Hermi auf dem Gewissen hat. Und jetzt rate mal, Franzi ...«

»Er hat einen Kampfhund«, erwiderte sie.

»Nicht nur einen.«

28. Kapitel

Marion

»Weißt du …«, sagt die Frau, die meinen Duft trägt, was mich mehr irritiert als die Worte, die sie spricht. »Dein Mann und ich verstehen uns gut, eigentlich kann ich gar nicht mehr *dein* Mann sagen, denn es ist jetzt meiner.«

Sie lacht. Wie schön wäre es, ihr eine zu klatschen. Krampfhaft versuche ich meinen Arm zu bewegen. Nichts.

»Stell dir vor, mein Essen schmeckt ihm. Obwohl er das sicher noch nie so gegessen hat, denn meine Zubereitungsweise ist eine andere als deine. Du weißt sicher, was ich meine. Glaub mir, es ist besser, wenn du hierbleibst. Am besten für immer! Sonst verletzt du dich nur selbst. Vermutlich werden sie dich in irgendein Heim überstellen oder dir irgendwann die Geräte abschalten.«

Ihre Stimme klingt wie ein kratziger Besen in meinem Kopf. Die Metapher hinkt, als Lehrerin sollte ich etwas Besseres finden. Aber ich denke immer nur an einen kratzigen Besen. Vielleicht, weil ich Besen mit Hexen assoziiere.

Wovon spricht sie da? Mein Loisl würde doch niemals mit einer anderen … oder doch? Ihr Lachen schallt erneut durch den Raum.

»Marion. Marion. Hast du tatsächlich gedacht, du wärst unersetzlich? Hast du das? Weißt du noch, wie alles begann? Als ich mir damals den Knöchel verstaucht habe und du mir geholfen hast? Jetzt kann ich dir ein Geheimnis verraten.«

Ich fühle ihren Atem an meinem Ohr.

»Mein Knöchel war überhaupt nie verstaucht«, flüstert sie. »Ich hatte nie Hilfe nötig. Was damals passiert ist, war Teil meines Plans. Ein Plan, den ich über die Jahre hinweg geschmiedet habe. Ein Plan, der unfehlbar ist. Siehst du doch.«

Mein Ohr wird heiß. Unangenehm. Sie flüstert weiter, als würde jemand anderer im Raum zuhören.

»Da liegst du nun – und mein Plan geht auf. Und wie mein Plan weitergeht, wirst du nie erleben. Du starrst in die falschen Wolken und in den falschen Himmel. Ich weiß genau, dass du mich hörst. Ich bin nicht wie die anderen. Ich spüre es, du hörst meine Stimme und du weißt, wer ich bin. Und deshalb muss klar sein, dass du hier drinnen bleiben wirst.«

Sie tippt mir an die Stirn: Einmal. Zweimal. Dreimal.

»Genau hier drin musst du bleiben, Marion. Du kannst nicht mehr zurück, denn wenn du zurückkommst, wird nichts mehr da sein von deinem alten Leben. Niemand wartet auf dich, es ist besser, du bleibst hier drin, mit all deinen alten Erinnerungen an dein altes Leben. Den schönen Erinnerungen. Du hattest deine Zeit, du hattest deine Chance, du hattest deinen Spaß. Jetzt bin ich dran, Marion. Jetzt bin ich dran.«

Ich weiß nicht, wovon sie spricht. Was soll das bedeuten, sie wäre dran? Ist es eine alte Schulfreundin von mir, die auch in Alois verliebt ist und jetzt glaubt, sie wäre dran? Hatten wir uns irgendwas ausgemacht? Nein, die alten Erinnerungen sind alle da! Ihre Stimme kommt nirgends vor. Sie muss eine neue Erinnerung sein, eine von jenen, die mein Gehirn in eine Schublade gesteckt und verschlossen hat. Es muss jemand sein, der erst vor Kurzem in mein Leben trat. Sie hat sich in mein Leben eingeschlichen.

Zugegeben, ich kann mich nicht erinnern, in meinem Leben jemals so viel Angst gehabt zu haben wie jetzt. Ich will nicht hier drin bleiben in meiner Gedankenwelt, nicht in diesem Bett, nicht in diesem bewegungslosen Körper. Und ganz bestimmt will ich dieser Frau nicht mein Leben überlassen.

In meinem Haus, in meinem Bett, bei meinem Mann!

»Schönes Wochenende, wir sehen uns – oder besser: wir hören uns!«

Nein! Bloß nicht! Ich hoffe, sie bleibt mir vom Leib! Irgendetwas an ihrer Art zu sprechen sagt mir, dass sie gefährlich ist, sehr gefährlich. Und obwohl ich hier liege und mich nicht bewegen kann, glaube ich, dass sie mich nach wie vor für eine Bedrohung hält.

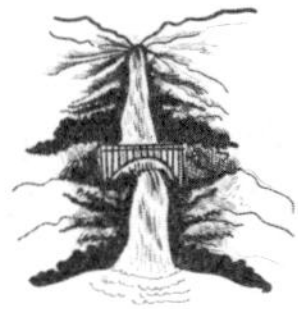

29. Kapitel

»Alle drei Hunde haben wir draußen an die Fahrradständer angebunden.« Gernot Mader zeigte vor die Tür. »Die Leine haben wir erst ausborgen müssen, denn der nette Herr da hat sie weder an der Leine geführt, noch tragen die Viecher einen Beißkorb.«

»Meine Burschen beißen niemanden.« Der Mann versuchte sich aus dem Griff der Kollegen zu befreien.

»Das können Sie ja der Hermi erzählen.«

»Ich weiß nicht einmal, wen Sie meinen.« Der Mann schüttelte sich. »Ich bin nur auf Urlaub da.«

»Dann setzen Sie sich bitte einmal.«

Widerwillig setzte er sich auf den Stuhl gegenüber von Franziskas Schreibtisch.

»Wie heißen Sie?«

»Ronny Mayer«, antwortete der Mann und verdrehte die Augen. »Wieso werde ich jetzt verhört?«

»Das ist kein Verhör, sondern eine Befragung.«

»Und warum?«

»Es gab in den letzten Tagen mehrere Fälle, die mit Hunden wie Ihren in Verbindung stehen könnten.«

»Wie gesagt, ich bin auf Urlaub da, wegen dem Samson-Umzug und dem Rossmarkt.« Er schüttelte seinen Arm. »Einen Tag vor dem Murcapulco bin ich angekommen.«

Ein Fragezeichen ploppte in Franziskas Kopf auf, und Gernot Mader schien ihr ihre Ratlosigkeit förmlich anzusehen.

»Der Murcapulco ist so etwas wie in Acapulco, nur über der Mur. Die Leute springen von der alten Murauer Bahnhofsbrücke runter in den Fluss.«

»Es ist ein Wettbewerb«, ergänzte Kurt. »Kommt super an, vor allem bei den Jungen.«

Murau war immer für eine Überraschung gut. Franziska war schon gespannt, was es sonst alles Neues gab.

»Gut, Sie sind da also auch gesprungen?«

»Schau ich so aus?« Er zeigte auf seine Körpermitte. »Ich täte mich maximal verletzen. Sport ist nichts für mich.« Er schüttelte den Kopf. »Ich hab nur zugeschaut.«

»Kommen Sie öfter nach Murau?«

»Aber ja, ist schon mein viertes Jahr. So etwas haben wir ja nicht bei uns.«

»Was meinen Sie?«

»Na, die Berge, das Grün, die Kühe. Davon haben wir in Hamburg ja nichts.«

»Dafür haben Sie das Meer in der Nähe, oder?«

»Das nutzt sich ja ab, wenn man es zu oft sieht. Wie bei allen Sachen.«

Da war vermutlich was dran. Wenn man immer nur Schnitzel zu essen bekam, dann wünschte man sich auch mal einen Kaiserschmarrn. Oder Sushi. Als sie darüber nachdachte, begann ihr Magen lautstark zu grummeln.

Gernot lachte. »Na, Chefin, Sie sollten mal Esspause machen.«

Gleich nach der Befragung.

»Sie kommen also aus Hamburg. Und wie wohnen Sie dort?«

»Ich hab eine Wohnung in der Stadt, gleich neben dem Elbufer.«

»Und die Hunde haben in der Wohnung Platz?«

»Ich hab hundert Quadratmeter und wie gesagt, das Elbufer. Da kann ich mit den Hunden prima spazieren gehen. Die haben viel Auslauf, glauben Sie mir.«

»Gab es irgendwann einen Vorfall mit den Hunden in Hamburg?«

»Nein, und am Ufer sind wirklich viele Menschen. Und auch Kinder, aber meine Racker sind brav.«

»Ich bin mir aber sicher, dass sie auch in Hamburg Beißkorb und Leine tragen müssen.«

»Na ja, auf so engem Raum versteh ich das auch, aber hier ist ja nichts los. Warum sollen meine Racker da nicht laufen dürfen, wie es ihnen gefällt?«

»Weil auch hier Menschen und vor allem auch viele Tiere leben.«

»Es war nie was. Die ganzen vier Jahre, die ich hier mit ihnen Urlaub mache und auch sonst nirgendwo. Was glauben Sie, warum ich nicht weit wegfliege? Weil ich meinen Rackern das nicht antun will. Da sitzen sie dann in einer Box im Frachtraum und haben Angst. Sediert oder nicht. Ich brauche keine Malediven. Mir reicht die Steiermark.«

»Schön. Also dann nehmen wir mal Ihre Personalien auf.«

Der Mann gab ihr seine Daten, und Franziska notierte alles.

»Gut, dann sagen Sie mir bitte, wo Sie vorigen Freitag waren.«

Ronny Mayer überlegte eine Weile. Dann hellte sich sein Gesicht auf.

»Da hab ich ein Date gehabt!« Er klang sehr fröhlich. »Das erste Date seit acht Jahren. Stellen Sie sich vor. Und dann mit einer Frau, die sich für Kampfhunde interessiert und sogar auch einen hat.«

»Wie ist der Name der Frau?«

»Martha.« Er strahlte weiter. »Ich hoffe, ich seh sie beim Samson-Umzug wieder oder beim Rossmarkt. Sie hat jedenfalls gesagt, dass sie da sein wird.«

»Einen Nachnamen wissen Sie nicht?«

»Leider nein. Aber Sie müssten sie kennen, weil sie ja hier wohnt.«

Franziska zuckte mit den Achseln. Auch Gernot und Kurt sahen ratlos aus.

»Gut, wir werden einfach ins Melderegister schauen.« Franziska überlegte. »Vielleicht beschreiben Sie mir noch, wie sie aussieht und wie alt sie ist.«

»Puh, das Alter kann ich nur grob schätzen, darüber haben wir gar nicht geredet. Aber so zwischen vierzig und fünfzig wird sie sein.«

Franziska notierte es und wunderte sich, was die beiden beim Date überhaupt voneinander erfahren hatten.

»Und wie groß war sie?«

Der Deutsche stand auf und zeigte mit seiner flachen Hand an seinen Hals. »So in etwa einen Kopf kleiner als ich.« Er lachte. »Grad richtig.«

»Haarfarbe, Augenfarbe, Statur?«

»Dunkelbraun, beides. Und richtig schön schlank, wie ich die Mädchen mag. Gell?«

Franziska mochte die Art, wie er über Frauen sprach, nicht. Aber darum ging es gerade nicht, also verkniff sie sich einen Kommentar.

»Irgendwelche besonderen Merkmale?«

»Sie hat eine Brille getragen. Stand *ihr* aber gut.« Wieder so eine Aussage, mit der sie nichts anfangen konnte. Als wären Brillen ansonsten hässlich.

»Wo haben Sie sich kennengelernt?«

»Beim Gasthaus Wedam, unten beim Günster Wasserfall.«

Das war interessant. Schon wieder der Wasserfall. Aber der war auch eine typische Touristenattraktion, immerhin war er der höchste Wasserfall der Steiermark mit seinen 65 Metern Fallhöhe.

»Sie saß dort ganz allein und einsam. Ich hab mich mit den Hunden ein paar Tische entfernt hingesetzt, und sie guckte immer wieder rüber. Dann hab ich ihr ein Bier bestellt und ihr zugezwinkert. Wie man das halt so macht. Dann kam sie rüber.« Er lächelte. »Wir haben kurz geplaudert, aber dann musste sie bald gehen, weil sie dringend noch eine Freundin treffen wollte.«

»Wissen Sie zufällig welche Freundin?«

»Lassen Sie mich überlegen … ich bin schlecht mit Namen … eine Judith vielleicht? Oder Margit? Keine Ahnung. Tut mir leid.«

»Haben Sie Ihre Hunde jemals vermisst? Also sind sie mal ausgebüxt?«

»Nie!« Er hob die Hand und verschränkte Zeigefinger und Mittelfinger. »Ich schwöre.«

»Und Ihre Hunde haben nie andere Tiere verletzt, Schafe oder kleinere Hunde?«

»Sagte ich doch schon.«

»Ich will nur noch einmal sichergehen. Haben Sie Ihre Hunde auf andere Tiere abgerichtet?«

»Weder auf Tiere noch auf Menschen. Ich mag einfach große Hunde.«

»Ohne Ihnen nahetreten zu wollen, aber was hat es mit Ihrer Uniform auf sich?«

»Die ist noch von früher. Da hab ich Armeeuniformen gesammelt. Das ist halt so ein Ding von mir. Ich bin kein Skin Head oder irgend so etwas.«

Franziska glaubte ihm. In ihrer Zeit beim LKA hatte sie viele Methoden kennengelernt, um festzustellen, ob jemand log oder nicht. Der Deutsche mochte ihr nicht sympathisch sein, aber er wirkte nicht wie ein Verbrecher oder ein bösartiger Mensch. Natürlich konnte sie sich irren. Aber vorerst hatte sie genug gehört.

»Gut, dann nehmen Sie Ihre Hunde und gehen nach Hause.«

»In die Pension, ja. Ich bleib ja noch zwei Wochen.«

»Schreiben Sie mir noch auf, wo ich Sie in den nächsten Tagen erreichen kann, bitte.«

Sie legte ihm ein Blatt Papier hin, auf dem er seine Kontaktdaten in Schöder und seine Adresse in Hamburg notierte.

»Vielen Dank! Falls wir noch etwas brauchen, melden wir uns. Und Sie melden sich bitte, wenn Ihnen noch etwas Konkretes einfällt.«

Ronny Mayer nickte und stand auf.

»Und bitte leinen Sie die Hunde an, auch wenn Sie der Meinung sind, dass sie niemandem gefährlich werden können. Und wenn Sie auf den Rossmarkt gehen, dann bitte auch mit Maulkorb.«

Wieder ein Nicken. Dann marschierte Ronny Mayer zur Tür. Auf halbem Weg stockte er und blieb stehen. Dann hob er den Arm mit ausgestrecktem Zeigefinger, wie Wickie aus der Fernsehserie, und drehte sich um. Seine Augen glänzten.

»Mir ist wieder eingefallen, wie die Freundin heißt, mit der sich meine Martha treffen wollte.«

Er klatschte in die Hände, als hätte er eine gute Performance hingelegt. Alle drei starrten Ronny Mayer an. Es war auf einmal so still im Raum, dass man den Atemzug hören konnte, den Ronny Mayer tat, bevor er sprichwörtlich die Katze aus dem Sack ließ.

»Sie hieß Marion.«

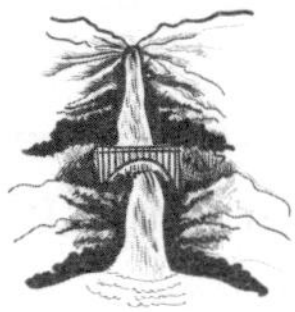

30. Kapitel

Esther

Esthers Mami packte. Verschiedene Koffer und Kisten standen in allen Zimmern. Sie hatte keine Ahnung, was los war. Doch Mami sagte, dass sie umziehen mussten. Wohin denn und wieso? Mami erklärte ihr, dass jetzt alle, die so lebten wie sie, in bestimmte Häuser ziehen müssten, in einem separaten Viertel in der Stadt. Was bedeutete das? Leute, die so lebten wie sie? Und warum sollten alle im selben Viertel wohnen? Esther konnte das nicht verstehen. Es gefiel ihr hier. In dieser Siedlung hatte sie Freunde und Spielkameraden. Tanten und Onkel wohnten auch hier. Da kannte sie sich aus, wusste den Weg in die Schule und wo sie einkaufen konnte. Ihre beste Freundin wohnte gleich in der Nähe. Sie fragte Mami, ob Sophias Familie auch umziehen würde.

Mami schüttelte den Kopf und ließ den Pullover sinken, den sie gerade falten wollte, dann nahm sie ihre Hand.

»Nein, Esther. Sophias Familie bleibt in ihrem Haus. Wir müssen ausziehen, auch Oma und Opa, deine Tante Miriam, Onkel Jakob, Isaaks Familie, mit ihren Kindern, und ein paar andere Familien, die so wie wir leben.«

Esthers Mutter zählte noch ein paar Familien auf, die sie kannte. Alle hatten eines gemeinsam. Sie überlegte.

»Meinst du jüdische Familien?«

Ihre Mutter nickte.

»Wieso müssen wir umziehen?«, fragte Esther. »Hat das etwas mit dem Mann zu tun, der nicht wollte, dass wir Murmeln spielen? Sind Sophia und ich schuld daran?«

Tränen liefen über Esthers Wangen. Mit dem Ärmel ihrer Bluse wischte sie darüber.

»Das wurde von der Regierung so beschlossen.« Ihre Mutter reichte ihr ein Taschentuch. Der vorher betrübte Blick wich einem Lächeln. »Schau, Esther! Vielleicht ist es auch besser so!«

Ihre Mutter machte ihr etwas vor. Das Lächeln erreichte ihre Augen nicht. Bestimmt wollte sie Esther nur aufmuntern.

»Du findest sicher viele neue Freunde, mit denen du Murmeln spielen kannst, und das ganze Viertel feiert dieselben Feste.«

»Aber ich will nicht von hier weg! Ich will hierbleiben!«

»Du wirst dich schneller daran gewöhnen, als du denkst. Du siehst doch, dass wir hier zu wenig Platz haben. Und jetzt ist auch noch der kleine Noah da.« Sie blickte auf das Baby in der Wiege. »Uns wurde versprochen, dass wir in dem anderen Haus mehr Platz haben. Außerdem sind da viele Menschen, die uns vielleicht helfen können, und gemeinsam geht alles leichter.«

Hier hatten sie doch auch genug Menschen, die ihnen halfen. Esther begriff nicht, was in diesem anderen Viertel besser sein sollte.

»Deine Geschwister und du, ihr müsst alle zusammen in zwei Zimmern schlafen, und dort hast du vielleicht sogar dein eigenes Zimmer. Willst du nicht dein eigenes Zimmer?«

Esthers Mutter sah zufrieden aus, und widmete sich wieder ihrem Pullover. Esther verstummte. Was sollte sie auch entgegenhalten? Ein eigenes Zimmer zu haben, so wie ihre beste Freundin, wäre natürlich schön. Das sagte sie aber nicht, denn ihr Bauch rebellierte. Esther fühlte sich nicht gut, augenblicklich wurde ihr richtig übel, denn Mutter sagte beiläufig: »Alles werden wir nicht mitnehmen können. Wir sollen so viel wie möglich hierlassen, wurde uns gesagt, denn Möbel gibt es dort. Und alles andere, was wir brauchen, wird uns nachgebracht.«

»Aber ich will alles mitnehmen, alles, was mir gehört.« So viel war es nicht, es ging ihr ums Prinzip. Alles würde sich ändern. Es ergab keinen Sinn. Warum durften sie nicht mehr mitnehmen, wenn sie doch dort so viel mehr Zimmer zur Verfügung hatten? Irgendetwas stimmte hier ganz und gar nicht. Mutter stellte ihr einen Koffer und eine Kiste hin.

»Du darfst so viel mitnehmen, wie hier hineinpasst.«

Esther blickte auf den kleinen Koffer und die Holzkiste, mit der sie sonst das Gemüse einkauften. Alles verschwamm vor ihren Augen. Ihre Mutter umarmte sie.

»Wir müssen uns alle ein bisschen einschränken, aber das wird schon gehen.«

Fieberhaft überlegte sie, wie sie das Unglück noch abwenden könnte. Sollte sie zum Rabbi gehen? Vielleicht könnte er mit ihren Eltern reden, und sie könnten hierbleiben. Oder noch besser, er besprach diese Sache mit der Regierung. Es musste Ausnahmen geben. Dann tauchte eine andere Frage in Esthers Kopf auf.

»Ist es nur vorübergehend? Dürfen wir dann wieder zurückgehen in unser Haus?«

Ihre Mutter schüttelte den Kopf: »Das kann ich dir nicht sagen, ich weiß es einfach nicht. Ich weiß nicht, ob eine andere Familie dann hier einziehen wird.«

Andere würden hier einziehen? Ein anderes Kind in ihrem Bett schlafen, auf ihrem Stuhl sitzen und an ihrem Schreibtisch Hausübungen machen? Eine andere Mami würde in der Küche stehen und kochen? Vielleicht sogar das Milchige und Fleischige zusammen? Das konnte sich Esther nicht vorstellen. Wie weit würde dieses andere Haus weg sein von ihrer Freundin? Würden sie sich trotzdem noch regelmäßig zum Murmelnspielen treffen können? Dürfte Sophia in dem anderen Haus auch bei ihr übernachten? Hätte sie dort vielleicht sogar ein eigenes Bett?

Esther lief in ihr Zimmer. Ganz hinten im Eck gab es ein loses Brett im Boden. Sie hebelte es hoch und blies den Staub weg. Dort hinein legte sie die drei Minimurmeln, die sie von Sophia geschenkt bekommen hatte.

Sie stellte sich vor, wie es sein würde, wenn sie hierher zurückkam und diese drei Murmeln wieder herausholen durfte. Die drei Murmeln symbolisierten ihre Freundschaft, symbolisierten alles hier: Spaß und Freude am Spiel. Ihr Zuhause. Die drei Murmeln, die gerade zu viel sind zum Spielen. Vielleicht würde aber auch das nächste Kind, das hier übernachtete, sie zufällig finden und die Murmeln hüten wie einen Schatz, genau wie sie.

Wie Esther und Sophia.

31. Kapitel

»Wie bitte?« Franziska stand auf und folgte ihm hinaus vor die Tür. »Wissen Sie zufällig den Nachnamen?«

Der Deutsche leinte seine Hunde ab. »Nein, ich weiß ja nicht einmal den Nachnamen von Martha.«

»Aber Martha kommt zum Samson-Umzug. Ist das richtig?«

»Hat sie zumindest gesagt.«

Franziska würde auch da sein. Das war gut.

Sie verabschiedete sich erneut und ging wieder hinein.

»Kurt, kannst du mich heimbringen?« Sie zeigte auf den Fuß, der so angeschwollen war, dass sie ihn auf keinen Fall mehr in den Schuh hineinzwängen wollte.

So schnell konnte sie gar nicht schauen, da hatte Kurt sie hochgehoben und trug sie zum Funkwagen. Gernot kam mit ihrer Tasche und dem losen Schuh, der noch unter ihrem Schreibtisch gelegen hatte, nach.

»Na, Chefin, wollen wir Blaulicht anmachen?« Kurt lachte.

»Immerhin bist du verletzt.« Er zwinkerte ihr zu.

»Warum nicht?«, sagte Franziska. »Aber morgen wird die *Kleine Zeitung* anrufen und fragen, was schon wieder los war bei uns.«

»Na, *verletzte Polizistin* ist doch immer für eine Schlagzeile gut.«

Beide lachten, Kurt stellte das Blaulicht und das Radio an.

Mit dieser Lärmkulisse wurde sie nach Hause kutschiert. Am Hof angekommen, war aber an Ausruhen nicht zu denken. Jonas warf sich gleich mit seinem ganzen Gewicht auf sie, als sie auf der Couch lag, und begann sie zu kitzeln. Das machte er immer, wenn eigentlich er gekitzelt werden wollte. Weil sie das wusste, kitzelte sie gleich zurück. Jonas ließ von ihr ab und quietschte fröhlich.

»Mah, der ist voll das Baby.« Amelia war aufgetaucht, in einem Ohr ein Earpod. Das andere Ohr war frei, anscheinend hatte sie den zweiten Kopfhörer wieder einmal in ihrem Chaos verloren. Das kam vor. Es war bereits ihr drittes Set. Ein teurer Spaß. Franziska hatte schon angedroht, würde sie die Earpods erneut verlieren, gäbe es nur noch stinknormale Kabelkopfhörer, die mussten reichen. Sie verstand ohnehin nicht, was an den anderen so viel besser war. Sie hatte es einmal ausprobiert, aber immer Angst gehabt, dass ihr die Dinger aus den Ohren fielen. Besonders beim Sport waren sie völlig unpraktisch.

»Mama!« Ui, dieser Tonfall. So lieb. Sie wollte garantiert etwas von ihr.

»Ja, Mäuschen?«

»Ich hab schon wieder ein Earpod verloren. Oder er ist noch in Wien.«

Hatte sie es doch gewusst. Wenn Amelia etwas brauchte, dann wurde sie immer sehr lieb und höflich. Ihre Stimme bekam dann einen eigenen Singsang-Ton, den Franziska mittlerweile sehr gut kannte. Vermutlich würde sie gleich nach neuen Earpods fragen.

»Mama, ich brauch neue Kopfhörer.«

»Ja, ich hab dir schon gesagt, die nächsten sind wieder die günstigen Kabelkopfhörer.«

»Aber …«

»Pass doch besser auf deine Sachen auf. Du kriegst keine neuen Earpods mehr.«

»Ich will ja gar keine Earpods mehr.«

Ach, war das Kind nun auch draufgekommen, dass diese Dinger nichts taugten?

»Ich will so Kopfhörer, die man über die Ohren stülpt, wie die DJs sie haben.« Zu früh gefreut. Es handelte sich nur um einen neuen Technikspleen.

»Du bist aber kein DJ, oder besser gesagt, keine DJane.«

»Aber alle in der Schule haben die jetzt.«

»Denk dran, dass du im September in eine neue Schule gehst, und ich glaub kaum, dass in Murau alle diese Kopfhörer haben.«

»Weil die Landeier fünf Jahre hinterher sind. Das weiß doch jeder.« Sie blies ihre Backen auf.

»Super, dann kannst du auch noch fünf Jahre auf deine Kopfhörer warten.« Franziska überlegte. »Warte, ach, da bist du ja dann schon erwachsen und kannst sie dir selbst kaufen.«

»Wie denn? Ich werde doch studieren!«

»Wenn du den ganzen Sommer weiterhin nur am Handy rumhängst, wird das nichts werden. Denk dran, dass du dein Jahr mit einem Fünfer abgeschlossen hast. Du bist nur wegen der Klausel aufgestiegen. Aber das Defizit schleppst du jetzt mit in die nächste Klasse.«

»Ich will gar nicht mehr in die Schule, ist doch sinnlos. Wenn ich hier am Land ohnehin vergammeln muss.«

»Wenn du achtzehn bist und die Matura hast, kannst du gern in die Stadt zum Studieren fahren.«

»Wenn ich bis dahin nicht vor Langeweile gestorben bin.«

»Kitzeln«, meckerte Jonas auf der Couch. Franziska widmete sich wieder dem ausgiebigen Kitzeln, bis Jonas genug hatte.

Dann nahm er seine Schachtel mit den Dinos vom Couchtisch und begab sich auf den Boden, um seine Dinofarm wieder einmal aufzubauen.

Kaum hatte er drei Dinos auf den Teppich gesetzt, kickte Amelia einen Dino mit ihrem Fuß durch das Zimmer.

»Er kriegt tausend Dinos, und ich krieg nicht mal die Kopfhörer.«

Das war natürlich die verzerrte Wahrnehmung eines Teenagers. Hier konnte sie mit Gegenargumenten nichts erreichen. So sah ihr Pubertier nun einmal die Welt.

Amelia fühlte sich dauernd benachteiligt und mochte es nicht, wenn sie nicht als das Zentrum der Welt gesehen wurde. Als Erstgeborene hatte sie von Anfang an damit zu kämpfen gehabt, vom Thron gestoßen zu werden. Als Jonas kam, war das nicht wie in den Filmen, wo sich das Geschwisterchen rührend um das Kleine sorgte, es herzte und umarmte. Amelia hatte Jonas von Anfang an eine ausgeprägte Ablehnung entgegengebracht. Als Franziska mit ihm aus dem Krankenhaus kam, hatte sie ihn weder sehen noch in den Arm nehmen wollen. Die ganze erste Woche ignorierte sie, dass es ein neues Baby in der Familie gab. Stattdessen meldete sie sich immer genau dann, wenn Franziska gerade mit Jonas beschäftigt war. Sei es Stillen oder Wickeln. Just in diesen Augenblicken gab es dann plötzlich etwas Wichtiges für Amelia zu tun. Entweder suchte sie irgendetwas, oder sie hatte ihr Kleidchen bekleckert oder Bauchweh oder benötigte

Hilfe bei den Hausaufgaben. Was auch immer, es sollte Franziska von Jonas ablenken, das war nach einer Weile klar. Also machte sie mit Nick aus, dass er sich intensiver um Amelia kümmerte, solange sie Jonas stillte. Danach könnten sie sich abwechseln.

Doch Amelia kam eines Tages zu ihr ins Zimmer und sagte: »Jetzt ist der Papa dran mit Schreihals Stillen.«

Sie und Nick hatten sofort einen Lachanfall bekommen, worauf Amelia schmollend in ihr Zimmer lief und bis zum Abendessen nicht mehr herauskam.

Das war zwar nur eine halbe Stunde, aber für eine Siebenjährige war das eine halbe Ewigkeit. Später versuchte sie den Kleinen von ihrem Busen wegzudrücken. Auch wenn sie sich intensiv um Amelia kümmerte, wenn Jonas schlief oder mit Nick spazieren war, schien es nie zu reichen. Sie wollte die Aufmerksamkeit der Eltern nicht teilen.

Hie und da kam das jetzt noch raus, obwohl Amelia weder mit Franziska kuscheln noch spielen wollte, das war ja uncool, und Erwachsene waren ohnehin peinlich.

Franziska hatte allerdings den Verdacht, dass Amelia im Grunde ihres Herzens sehr gern mehr mit ihrer Mutter unternehmen würde, aber es nicht zugeben wollte, um eben kein Kind mehr zu sein. Diese Abgrenzung war auch ein Schritt ins Erwachsenenleben. Das hatte sie oft schon gelesen.

Deshalb versuchte Franziska, es nicht zu persönlich zu nehmen, wenn Amelia mal garstig zu ihr war. Die Pubertät war eben eine schwierige Zeit, nicht nur für Eltern.

Franziska wurde unsanft aus ihren Gedanken gerissen, als Vater und Egon hereingestapft kamen.

»Na, das Fräulein liegt mal wieder auf der Couch«, sagte ihr Vater und klatschte in die Hände. »Ich nehm an, es ist nichts gekocht.«

»Ich bin gerade erst heimgekommen. Ich war im Dienst.«

»Ah ja.« Ihr Vater zeigte auf Jonas und Amelia. »Und die Kinder verhungern derweil. A schöne Mutter bist du.«

Jetzt ging das wieder los. Franziska stutzte.

»Die Kinder haben noch nichts gegessen?«

Amelia und Jonas nickten. Wenigstens waren sie sich einmal einig. Ein Knurren, das eindeutig aus dem Magen von Jonas kam, bestätigte das.

»Wenn du nichts kochst«, sagte ihr Vater. »Andere Mütter kochen am Abend etwas vor, damit die Familie am nächsten Tag was zu essen hat.«

»Ja, die haben auch kein hauseigenes Gasthaus nebenan.« Franziska setzte sich auf. »Warum hast du denn nix mitgenommen?«

»Jetzt bin ich wieder schuld, wenn deine Kinder vom Fleisch fallen, eh klar?« Ihr Vater fuhr sich durch die Haare. »Ich bin zu alt für so einen Blödsinn. Du kannst da wohnen, aber ich hab genug zu tun, ich kann mich nicht auch noch um deine Bälger kümmern.«

»Das sind ja nur deine Enkelkinder.« Sie schnaubte. Ihr Vater schnalzte mit der Zunge und verließ den Raum.

»Na, ich schau mal, was ich find«, sagte Egon. »Bleib liegen. Dein Fuß schaut grausig aus.«

Ihr Blick wanderte zu ihrem Fuß. Ja, der war angeschwollen und rot. Nachdem sie aber erst wieder in zwei Tagen Dienst hatte, würde er sich schon wieder regenerieren. Morgen stand erst mal der Samson-Umzug an, zu dem sie auf jeden Fall mit Jonas gehen wollte, und sie hoffte, dass auch Amelia mitkam. Normalerweise waren viele Kinder und Jugendliche dabei, vielleicht lernten Amelia und Jonas ja schon ihre neuen Schulkollegen kennen.

Egon kam ins Wohnzimmer zurück mit einem Waschlappen, in den er ein paar Eiswürfel gesteckt hatte.

»Für deinen Fuß«, sagte er. »Und ich hab euch was aufgewärmt. Steht am Herd. Na schön, ich muss dann wieder weg.«

»Danke Egon.«

»Ach übrigens«, sagte Egon auf dem Weg nach draußen. »Gestern hat ein Jäger einen Wolf geschossen. Dem sein Maul und Teile vom Fell waren rot vor Blut, das sicher nicht vom Wolf selbst war. Ich dachte, du willst das vielleicht wissen.«

Tatsächlich? Also gab es doch Wölfe in der Steiermark. Sie fand das spannend. Aber sie wusste mittlerweile, dass kein Wolf die Schafe gerissen hatte. Für ihre Ermittlungen in Sachen Marion Leitner hatte diese Wolfssache also keine Relevanz. Aber der Wolf könnte der Übeltäter sein, der die kleine Bella gebissen hatte. Das war auf jeden Fall möglich.

»Danke Egon!« Die Tür fiel ins Schloss.

Franziska ging in die Küche, wo Amelia und Jonas bereits das Essen regelrecht hinunterschlangen. Augenblicklich fühlte sie sich wie eine Rabenmutter. Das konnte nicht so weitergehen. Jemand musste sich ordentlich um die Kinder kümmern, wenn sie arbeitete. Vorkochen würde nicht immer möglich sein, sie würde es aber versuchen.

Mit dem Schöpflöffel schaufelte sie Bohneneintopf in einen Teller, schnappte sich eine Scheibe Brot und setzte sich zu den Kindern.

»Morgen ist der Samson-Umzug«, sagte sie kauend.

»Aha«, kam es von Amelia.

»Ist das ein Anzug für das Samsung von dir?«, fragte Jonas.

Franziska lachte und verstrubbelte sein Haar. »Nein, das hat nichts mit dem Handy zu tun. Der Samson ist eine Figur aus der Bibel.«

Amelia rollte mit den Augen. »Ja, so ein oller Typ, der wegen einer doofen Tussi seine Haare verliert und plötzlich nix mehr kann und im Knast landet.«

Wow, Franziska hätte es wohl anders ausgedrückt, aber anscheinend hatte Amelia im Religionsunterricht aufgepasst.

»Hat der Onkel Egon auch wegen einer doofen Tussi seine Haare verloren?« Der Mund von Jonas war knallrot verschmiert.

Amelia und Franziska lachten gleichzeitig.

»Nein, der Onkel Egon war nie verheiratet.«

»Vielleicht mag er Männer lieber«, sagte Jonas, wackelte mit den Füßen unter dem Tisch und biss von seiner Semmel ab. Daran hatte Franziska nie gedacht. Wäre das möglich? Wieso wusste sie so wenig von Egon? Klar, weil sie vorwiegend mit dem Michi zusammen gewesen war, mit Heidrun und ihren Freundinnen. Und mit Max. Egon war ein Mysterium für sie. Das musste sich ändern.

»Keine Ahnung, Jonas.«

Franziska spießte eine Bohne auf. Irgendwie hatte sie keinen Hunger, obwohl sie ewig nichts gegessen hatte. Der ganze Stress drückte ihr wohl auf den Magen. Sie musste sich zwingen, denn so konnte sie keine Schmerzmittel nehmen, und die brauchte sie tagsüber noch. Der

Umzug morgen würde anstrengend werden. Da musste sie sich wappnen.

»Also auf jeden Fall gehen wir da hin«, sagte Franziska. »Das wird ein Spaß.«

»Was soll das für ein Spaß sein?« Amelia blickte nicht einmal von ihrem Smartphone auf.

»Der Samson wird durch Murau getragen. Und es gibt Musik und Tanz und sogar ein Ringelspiel und ein paar Buden.«

»Gibt es Zuckerwatte?« Jonas wischte mit einem Semmelstück den Teller sauber.

»Das weiß ich nicht sicher, aber vielleicht Schaumbecher.«

»Dann bin ich dabei.« Er grinste.

»Muss ich da hin?« War ja klar, dass Amelia nicht gerade in Begeisterungsstürme ausbrechen würde.

»Schau es dir einfach an, wenn es langweilig wird, können wir nach Hause fahren.« Ein Löffel noch und der Eintopf war Geschichte. Spaß hatte sie am Essen nicht.

»Gibt's in Murau ein Geschäft, wo man Kopfhörer kaufen kann? Ich hab noch das Geld vom Geburtstag von der Oma übrig.«

»Ich weiß nicht, ob das morgen offen hat.«

»Lahm«, sagte Amelia.

»Aber ich fahr dich dann gern an einem anderen Tag noch mal nach Murau.«

»Deal. Dann schau ich mir den dummen Kerl halt an.«

»Ist die Tussi auch dabei?«, erkundigte sich Jonas.

Franziska reichte ihm eine Serviette.

»Wisch dir mal deinen Mund ab.«

»Die *Tussi* heißt Delila und ist längst tot.«

»Warum lebt der Samson dann noch?«

»Boah, Digga, bist du dir sicher, dass du nicht adoptiert wurdest?« Amelia stand auf und trug ihren Teller zur Spüle. »Oder ich bin adoptiert.« Mit dem Handy in der Hand wollte sie schon zur Küchentür raus.

»Morgen um neun Uhr fahren wir los«, rief ihr Franziska hinterher.

»Darf ich meine Dinos mitnehmen?«, fragte Jonas.

»Ohne Dinos!«, schrie Amelia von draußen.

Jonas zuckte mit den Achseln. »Denen würde es in der Stadt eh nicht gefallen.«

»Weißt du, der Samson, den sie morgen durch die Gegend tragen, ist so groß wie ein Dinosaurier.«

»Echt? Wie ein T-Rex?« Jonas machte große Augen.

»Mindestens.«

Dann steckte er sich den letzten Rest seiner Semmel in den Mund. Als er fast fertig gekaut hatte, fiel ihm etwas ein. »Gehen wir dann auch endlich die Katzenbabys anschauen?«

»Das können wir sicher bald machen. Heidi kommt ja auch morgen zum Umzug, wie fast alle hier.«

»Cool.«

Wenigstens einer, der sich auf den Ausflug freute. Franziska hingegen hoffte, diese Martha morgen beim Umzug zu sehen. Sie musste unbedingt in Erfahrung bringen, ob es sich bei der Freundin namens Marion tatsächlich um Marion Leitner handelte. Dann kämen sie vielleicht der Antwort, was beim Wasserfall wirklich passiert war, näher.

Ihr Handy vibrierte. Es war ein alter Kollege vom LKA, dem sie ihre Fotos und Diagramme geschickt hatte, die sie von der Unfallstelle aufgenommen hatte.

»Jonas«, sagte sie. »Bitte geh doch in dein Zimmer, ich komm gleich nach.«

Jonas trollte sich, ließ aber seinen Teller auf dem Küchentisch stehen. Mit einer Hand balancierte sie den Teller zur Spüle, mit der anderen nahm sie das Gespräch an.

»Servus, Franziska.« Es war ungewohnt, dass jemand wieder ihren vollen Namen sagte, was aber in Wien Usus war. Sogar ihr Ex-Mann hatte sie Franziska genannt, wenn er nicht gerade *Schatzi* gesagt hatte.

»Grüß dich, Lukas. Was gibt's?«

»Ich hab dein Zeug ausgewertet.«

»Du warst aber schnell.« Schwungvoll öffnete sie mit einer Hand den Geschirrspüler und steckte die Teller hinein.

»Na ja, lag gerade nichts anderes an.«

»Und zu welchem Schluss kommst du?«

»Nach all deinen Fotos und den Diagrammen, die ich noch einmal nachgestellt habe, sowie den ärztlichen Unterlagen, die mir das Krankenhaus zukommen hat lassen, kann ich dir sagen, dass ein Sturz vom Wasserfall unwahrscheinlich ist bis unmöglich. Außerdem passen die Verletzungen nicht dazu.«

Es raschelte in der Leitung. »Ich hab mit unserem Gerichtsmediziner gequatscht. Wenn sie von ganz oben heruntergebrettert wäre, würde sie ganz anders ausschauen. Sie wäre mehrfach aufgeschlagen und weiter gefallen. Marion Leitner hat aber nur eine große Kopfwunde und einen Oberschenkelhalsbruch, den man sich in ihrem Alter leicht zuziehen kann. Zudem steht in den Unterlagen, dass Marion Leitner an beginnender Osteoporose litt. Also ich kenn Fälle, da reicht ein Ausrutschen im Badezimmer für derartige Verletzungen.«

Ausrutschen, das war das Stichwort. Wenn Franziska an die glitschigen Stiegen dachte, war das durchaus denkbar und passierte wahrscheinlich sogar öfter. Hatte jemand ihr Ausrutschen ausgenutzt, um sie noch stärker zu verletzen?

»Die Kopfwunde wird nicht näher beschrieben, aber da müsstest du mit den Ärzten vor Ort reden. Die können dir sicher sagen, ob es eine dumpfe Wunde ist oder von einem spitzen Gegenstand, oder wie auch immer.«

Da hatte er recht. In Franziskas Kopf formte sich immer mehr der Verdacht, dass Heidruns Bauchgefühl richtig gewesen war.

»Also forsch weiter. Könnte sich um einen Totschlagversuch handeln.« Es raschelte wieder. »Mehr kann ich nicht sagen.«

»Danke, Lukas.«

Sie verabschiedeten sich, und Franziska legte auf, bevor sie noch in Versuchung kam, ihn nach Nick zu fragen.

Totschlag im Affekt, vielleicht nach einem Streit. Oder doch ein gezielter Mordversuch?

»Ich werde das rausfinden, Marion«, flüsterte sie in die Spüle und drehte das Wasser auf. »Oder du wachst so rasch wie möglich auf und erzählst uns alles.«

32. Kapitel

Sie wühlten sich durch die Menschenmenge. Jonas konnte bestimmt kaum etwas sehen außer Rücken, Hintern und Beine.

Franziska hielt nach Heidrun Ausschau, aber es war fast unmöglich, hier irgendjemanden zu finden. Sie hätten sich einen fixen Treffpunkt ausmachen sollen. Das hier war unfassbar. Nicht nur Einheimische waren hier, sondern auch jede Menge Touristen, die den Samson und seine Begleiter bewunderten. Die Figur wurde heuer vom jüngsten Sohn des Wirts am Hauptplatz getragen. Der neue Samson war etwas leichter als früher, aber genauso imposant anzusehen. Von Weitem konnte sie auch den Haarschopf von Max ausmachen, der als einer von vier Aufhabe-Assistenten neben dem Samson herging. In den Pausen wurde der Samson abgesetzt und von den Begleitern gestützt. Amelia moserte. »Was ist daran so toll, dass so viele Leute hier sind? Ist ja nicht so, als wäre Harry Styles hier.«

»Dann wären aber nicht so viele alte Leute da«, sagte Jonas. Wie wahr. Amelia seufzte. »Digga, was weißt denn du schon darüber?«

Amelia hörte Harry Styles rauf und runter, gab es aber nicht zu und tat so, als würde sie ausschließlich Deutsch-Rap oder Punk hören.

»Was ist das überhaupt für eine Musik?«, kommentierte sie die obligatorische Blaskapelle, die beim Umzug mitging. »Das hält ja keiner aus. Ich brauch dringend Kopfhörer, damit ich meine Spotify-List hören kann.«

»Heute hat kein Geschäft offen, siehst du doch.«

»Zuckerwatte!«, schrie Jonas auf einmal und zeigte auf ein Mädchen, das neben ihnen ging und eine rosa Wolke auf einem Holzstab vor sich hertrug. Das Mädchen war in etwa in Jonas' Alter, zwinkerte ihm zu und hielt ihm die Wolke hin.

»Magst was?«

»Darf ich, Mama?«

Sie nickte Jonas aufmunternd zu, und das Mädchen ließ ihn ein Stück von der Zuckerwatte nehmen.

Während Franziska beobachtete, wie die beiden ins Gespräch kamen, hörte sie Heidruns Stimme.

»Franziiiii! Hier bin ich!!!« Ein Winken acht Köpfe von ihr entfernt. Heidrun schob sich blitzschnell durch die Menge. Es sah fast so aus, als würde Moses das Meer teilen. Alle wichen ihr aus und grüßten sie. Klar, die Einheimischen kannten Frau Doktor Stadler, genau wie Heidis Vater davor. Die Stadlers waren eine Medizinerdynastie, und die Praxis blieb seit Jahrzehnten in Familienbesitz.

»Da bist du ja!« Heidrun gab ihr ein Wangenbussi.

»Der Max schaut schon müde aus. Ich glaub, der hat gestern nicht wirklich geschlafen.« Sie lachte.

»Er hat doch gar keinen Nachtdienst gehabt«, antwortete Franziska, und ihr fiel ein, dass er sogar früher nach Hause gegangen war.

»Na, der hat es wohl irgendwo krachen lassen, wie man so schön sagt.« Heidrun lachte wieder. »Hoffentlich lasst er den Samson nicht fallen.«

»Sind eh noch drei andere da. Wird schon nix passieren.«

Während Franziska das sagte, merkte sie, dass sie neugierig war, was Max gestern getrieben hatte und wo er überhaupt hingegangen war, mitten im Dienst.

»Ma liab, der Jonas hat schon eine Freundin gefunden«, flüsterte Heidrun Franziska ins Ohr.

»Liegt an der Zuckerwatte.«

»Liebe geht ja durch den Magen, gell?«

Heidrun zeigte rechts vom Samson auf einen Gastgarten.

»Na, der Kerl da drüben ist auch irgendwie aus der Zeit gefallen.«

Franziska folgte ihrem Blick. Da saß eindeutig der Deutsche von gestern in einem Tarnanzug. Zwar in einer anderen Farbschattierung, aber ähnlich wie am Vortag. Die drei Hunde saßen zu seinen Füßen und hatten tatsächlich einen Maulkorb umgebunden und waren angeleint.

»Den hatten wir gestern im Wachzimmer. Meine Kollegen haben ihn mitgenommen, weil er Kampfhunde hat.«

»Ja, aber die sind harmlos und der Kerl auch.«

»Kennst du ihn?«

»Ja, der macht schon länger bei uns Urlaub und war auch schon bei mir in der Praxis. Der arme Kerl hat eine chronische Krankheit, ich glaube die Hunde geben ihm irgendwie Sicherheit.«

Franziska sah zu Ronny Mayer hinüber, der komplett verloren wirkte und sich ständig umsah. Nachdem er nicht weit weg war, nahm sie Jonas an der Hand und kämpfte sich hinüber. Amelia und Heidrun würden schon klarkommen. Als sie zurücksah, fand sie beide ins Gespräch vertieft. Jonas zog in die Gegenrichtung.

»Ich will bei Saskia bleiben.«

»Ich muss nur kurz mit dem Mann da reden.«

»Der hat aber urgroße Hunde, will lieber bei Saskia bleiben.«

Franziska seufzte.

Aus der Ferne sah sie, dass sich nun eine braunhaarige Frau zu Mayer setzte. War das Martha? Sie versuchte weiterzugehen, wurde aber von der Menschenmenge zurückgehalten. Und von Jonas, der sie in die andere Richtung zog.

»Mama! Ich mag nicht zum Hundemann, ich will zu Saskia zurück.«

»Okay, ich bring dich zurück, aber du musst bei Tante Heidi bleiben und Amelia. Ist das klar?«

»Sonnenklar!« Das war sein Lieblingswort. Seit sie in der Steiermark waren, hatte sie das nicht mehr von ihm gehört. Franziska lächelte und ging gemeinsam mit ihm zurück.

Heidrun versprach ihr, gut auf ihn aufzupassen. Sie machten einen Treffpunkt aus, sollten sie sich später im Trubel nicht so einfach wiederfinden, und Franziska wühlte sich erneut durch die Menschenmenge.

Sie verfluchte es ein bisschen, dass sie kaum jemanden kannte und ihr deshalb auch niemand so beherzt auswich wie bei Heidrun.

Als sie endlich am Gastgarten ankam, saß Ronny Mayer wieder allein mit seinen Hunden am Tisch und schaute in sein Bier.

»Herr Mayer?«

Er sprang auf und rückte einen Stuhl heran.

»Frau Inspektor, wie schön, leisten Sie mir Gesellschaft?«

Franziska blickte sich um. Aber sie konnte die Frau von vorhin nirgendwo entdecken.

»Wo ist denn Ihr Date?«

»Sie wollte sich ein Cola holen, aber ich bin mir nicht sicher, ob sie wiederkommt.«

»Wieso denken Sie das? Haben Sie sich gestritten?«

»Ich weiß auch nicht, was heute mit ihr los war.« Er schüttelte den Kopf. »Sie war abwesend und hat mir nicht einmal richtig zugehört.« Er tätschelte einem der Hunde den Kopf. »Sogar die Hunde sind ihr auf die Nerven gegangen. Dabei dachte ich, sie mag Hunde. Sie hat doch auch einen.«

»Haben Sie ihren Hund denn schon einmal gesehen?«

»Nein, wie gesagt, ich hab sie erst einmal getroffen.« Er senkte seine Stimme. »Keine Ahnung, was ich für ein Pech mit den Frauen habe.« Er sah auf die Uhr.

»Ich glaub nicht, dass man so lange für ein Cola braucht.«

»Vielleicht ist sie ja noch auf die Toilette.«

»Selbst dann. Ich glaub nicht mehr daran.« Sein Blick fiel in die Menschenmenge, und die Pupillen seiner Augen weiteten sich auf einmal.

»Da ist sie ja! Und sie hat nicht nur ein Cola, sondern sogar zwei mit.« Franziska folgte seinem Blick und versuchte die Frau zu entdecken, aber sie sah nur die gleichen Menschen wie eine Minute zuvor.

»Was ist denn jetzt los?« Er sprang auf und schrie: »Martha! Was ist los? Komm zurück! Martha!«

Er lief mit erhobenen Händen ein Stück auf die Menschenmenge zu und schrie noch ein weiteres Mal. »Martha!«

Dann ging er rückwärts, bis er wieder am Tisch war, und zuckte mit den Achseln. Dann nahm er seine Army-

Kappe ab und fuhr sich durch das Haar, das in verschwitzten Strähnen herunterhing.

»Ich versteh das nicht.«

Franziska war auch ratlos. Diese Frau könnte eine wichtige Zeugin sein. Falls sie tatsächlich eine Freundin von Marion war. Jetzt hatte sie wieder keine neuen Anhaltspunkte. Es war zum Verzweifeln. Sie redete noch kurz mit Ronny Mayer, weil er ihr leidtat.

»Und geben Sie nicht auf. Sehen Sie sich um, es gibt heute jede Menge Frauen, die vielleicht gerade auf Sie warten.«

Welcher Typ Frau auf einen Typen wie Ronny Mayer stand, wusste sie zwar nicht, aber man sagte ja, dass auf jeden Topf ein Deckel passte. Auch wenn bei Franziska in der Küche stets auch deckellose Behältnisse zu finden waren. Für manche Gefäße gab es eben doch keinen Deckel. Dafür passten manche Deckel auf mehrere Töpfe.

Als sie sich mit Heidrun und ihren Kindern am vereinbarten Treffpunkt einfand, war Jonas noch immer mit Saskia zusammen und kicherte mit ihr um die Wette. Sie spielten anscheinend *Ich seh was, was du nicht siehst* und lachten sich dabei scheckig.

Anscheinend hatte Heidrun noch mehr Zuckerwatte spendiert, denn alle vier trugen nun eine rosa Wolke vor sich her, sogar Amelia. Und hier gab es noch eine weitere Überraschung. Amelia plauderte mit zwei Mädchen, die neben ihr im Umzug gingen. Was war das für eine gute Idee gewesen, hier mitzugehen. Franziska blickte ausnahmslos in glückliche Gesichter. Heidrun hielt ihr ihre Zuckerwolke hin.

»Nimm mal was davon. Tut dir sicher gut.«

Mit spitzen Fingern zupfte sich Franziska etwas von der Watte ab und steckte sie in den Mund. Erdbeergeschmack löste sich auf ihrer Zunge auf. Das weckte schöne Erinnerungen an ihre Kindheit, von Zeltfesten und dem ersten Tanz, dem ersten Kuss und mehr.

»Weißt du, du hast ganz knapp Elisabeth Gruber verpasst.«

»Die war auch da?«

»Ja, und ganz seltsam. Hat ihre Getränke getragen und dann auf einmal fallen lassen und ist davongelaufen.«

»Komisch. Na ja, so Feierlichkeiten sind nicht für jeden was. Das Date von Ronny Mayer hat ihn auch sitzen lassen.«

»Dann konntest du die Frau gar nicht befragen?«

»Leider nein, und der Mayer kennt den vollen Namen von seiner Martha noch immer nicht.«

»Traurig, der Arme.«

Manche Menschen hatten eben weniger Glück als andere, wobei sich Franziska nicht sicher war, ob nicht alles vorherbestimmt war. Oder ob man selbst auch etwas Schuld an seinem Glück oder eben auch Unglück trug. Sie selbst hätte schon früher die Augen aufmachen sollen, dann wären ihr auch die ersten Warnzeichen nicht entgangen. Dann hätte sie Nick vielleicht gar nicht erst geheiratet und wäre möglicherweise zu Max zurückgekehrt. Trotzdem wollte sie die Zeit nicht zurückdrehen, denn sonst wäre auch ihre Gegenwart mit Sicherheit eine andere. Sie blickte auf den lachenden Jonas und die schwatzende Amelia. Sie mochte sich gar nicht vorstellen, wie ihr Leben ohne die beiden aussehen würde. Nein, die Vergangenheit war passiert, und nicht alles daran war schlecht. Aus der Vergangenheit konnte man lernen.

Lächelnd fuhr sie Jonas durchs Haar und küsste ihn auf den Schopf.

»Du bist peinlich, Mama!«

Ein Kichern von Saskia folgte. »Meine Mama macht das auch immer.« Jonas kicherte mit, und die Mutter von Saskia zwinkerte ihr lächelnd zu.

Heidrun hielt ihr die Zuckerwatte hin, die zur Hälfte aufgegessen war. Franziska nahm sie dankend an.

So gingen sie den ganzen Weg, den der Umzug nahm, mit und hatten Spaß. Nur Max machte ihr Sorgen, denn er sah mit jedem Wechsel bleicher aus und wankte immer wieder.

»Mit dem Max stimmt wirklich was nicht, Heidi.«

»Der muss abgelöst werden, bevor er umfällt.«

»Gibt's denn Ersatzbeiwagerl?«

»Ist mir wurst. Als seine Ärztin hol ich ihn da jetzt weg.«

»Das wird ihn aber nicht freuen.«

»Seinen Stolz muss er dann runterschlucken, besser, als er bricht vor allen Leuten zusammen.«

Während sie die letzten Worte sagte, ging ein Aufschrei durch die Menge, und Franziska sah Max nicht mehr neben dem Samson.

»Scheiße!«, schrie Heidrun und rannte nach vorn.

33. Kapitel

Marion

Ich ringe nach Atem! Ich bekomme keine Luft!

Was stimmt hier nicht? Ich sehe den Himmel nicht mehr, nicht mal die Fakewolken. Es ist dunkel, es muss Nacht sein, oder warum sehe ich nichts mehr? Die Luft lässt sich so schwer in meine Lunge ziehen. Als müsste ich sie durch einen ganz dünnen Strohhalm einsaugen. So war das noch nie. Die Maschine muss kaputt sein. Schwindel erfasst mich. Das Bett scheint sich zu drehen. Krampfhaft atme ich schneller. Ich versuche es zumindest. Aber ich habe keine Kontrolle über meinen Körper, weil mein Gehirn keine Kontrolle über meinen Körper hat. Was passiert hier?

Ich reiße meine Augen auf! Es klappt! Es ist doch nicht Nacht, es dämmert, und jetzt sehe ich sie! Zum ersten Mal, seit ich hier im Krankenhaus liege. Chanel No. 5 steigt mir in die Nase. Wie ein Troll sitzt sie auf meinem Bauch und lacht mir ins Gesicht.

»Du willst tatsächlich aufwachen! Ich habe doch gesagt, du sollst hier drinnen bleiben! Wer nicht hören will, muss fühlen, nicht wahr? Du wirst mir nicht alles wegnehmen, so wie man meinen Großeltern alles genommen hat. Deine Familie wird meiner Familie das nicht mehr antun! Hast du gehört?«

Ein Speichelfaden läuft aus ihrem Mund und landet auf meiner Wange. Ekel erfasst mich. Sieht sie es mir an?

»Du kommst hier nicht mehr raus, dafür werde ich jetzt sorgen. Es tut mir leid, Marion. In einem anderen Leben hätten wir Freundinnen sein können, echte Freundinnen, nicht vorgespielte. Aber in diesem Leben sind wir keine Freundinnen! In diesem Leben gehörst du zu einer Familie, die meiner Familie alles genommen hat. Und deshalb nehme ich mir jetzt alles von dir: dein Haus, deinen Garten, deine Kinder und deinen Mann!«

Sie lacht und beugt sich noch tiefer hinunter, sodass ich die kleinen Haare über ihrer Oberlippe sehen kann.

»Und stell dir vor: auch deinen Job! Ich habe ihn sofort bekommen.«

Was? Ist sie auch Lehrerin? Ich habe doch nur noch zwei Jahre bis zur Rente. Wovon soll ich leben, wenn ich aus dem Krankenhaus rauskomme? Das Atmen wird noch schwerer. Die Erkenntnis trifft mich wie ein Schlag. Ich werde gar nicht mehr hier rauskommen.

»Ich lebe jetzt dein Leben. Und deshalb bleibst du hier und lebst dieses Leben in deinem Kopf, in deinen Gedanken, in deinen Erinnerungen.«

Ich starre die Frau an und erkenne sie immer noch nicht. Ihre Augen wirken auf mich wie die Augen eines verrückten Golems, wie die Augen eines gefährlichen Menschen. Gleichzeitig kommen mir ihre Augen so vertraut vor.

Diese Vertrautheit, die mir nun den Atem abschnürt. In ihrer Hand hält sie einen Schlauch. Und ich begreife, dass es mein Beatmungsschlauch ist, der nicht mehr in meinem Hals steckt. Panische Gewissheit. Ich bin tot. Bald.

Gefährliche Vertrautheit … Sind es nicht immer die Menschen, die uns nahe sind, die uns am meisten schaden und verletzen können? Sind nicht die Menschen, die wir mögen oder sogar lieben, die, die uns zerstören können, eben weil sie uns so gut kennen? Ist sie so ein Mensch? Während ich darüber nachdenke, werde ich immer schlapper. Mein Körper gibt auf. Ich kann mich nicht dagegen wehren. Ihr Gesicht verschwimmt vor meinen Augen, ihr Lachen hallt durch meinen Geist, wie ein Echo aus einer anderen Welt. Bilder meiner Kinder blitzen auf, Passagen aus meinem Leben. Mein Leben zieht an mir vorbei. Es ist tatsächlich so, wie man es in Filmen sieht. Meine Lider werden schwer. Ein Atemzug und dann …

Ich kann mich nicht wehren, ich spüre …

34. Kapitel

Als Franziska beim Samson ankam, kniete Heidrun schon bei Max und untersuchte ihn.

»Er atmet, Puls schwach, kalter Schweiß auf der Haut.«

Heidrun redete bereits in ihr Handy. Vermutlich kommunizierte sie mit der Rettung. Franziska wusste nicht, was sie tun sollte. Also kniete sie sich einfach daneben und half Heidi mit der Umlagerung von Max.

»Was machst du denn für Sachen, Max.« Sie wusste nicht, ob er sie hörte. Sanft hielt sie seine Hand. »Das wird schon wieder«, sagte sie mehr zu sich selbst als zu ihm. Ihr ehemals bester Freund lag hier hilflos inmitten der Menschenmenge auf dem Asphalt, und sie hatte keine Ahnung, warum. Max war doch sportlich und superfit. Wie konnte er einfach so umfallen? Immerhin war er nicht einmal der Samson-Träger, sondern nur einer der vier Stützhelfer.

Aus der Ferne hörte sie schon das Martinshorn. Während Heidi ständig Atmung und Puls kontrollierte, zählte Franziska die Sekunden, bis die Rettung eintraf. Dann sprang sie auf und schrie der Menschenmenge zu, sie möge für die Sanitäter Platz machen. Das geschah schneller, als sie dachte.

Die Sanitäter hatten gleich alles dabei und schlossen Max an eine Infusion.

»Was ist passiert?«, fragte der Notarzt.

»Wir wissen es nicht«, antwortete Heidrun. »Er ist immer bleicher geworden und hat gewankt, und dann ist er umgefallen.«

»Aber er ist nicht der Samson-Träger«, sagte der Arzt und blickte auf die Figur, die stramm dastand. »Hat er genug getrunken? Es ist heiß heute.«

»Ich hab keine Ahnung.« Heidrun zuckte mit den Achseln.

Einer der anderen Männer, mit denen Max den Samson gestützt hatte, trat hervor. »Doch, vorhin hat er ein Cola getrunken, das ihm eine Frau im Vorbeigehen in die Hand gedrückt hat.«

»Wer hat ihm das Cola gegeben?«, fragte Franziska.

Er kratzte sich am Kopf. »Vielleicht eine neue Kellnerin vom Gasthof. Ich kenn sie jedenfalls nicht.«

Vielleicht kannte Max sie aber, denn warum sollte er ein Getränk von einer ihm fremden Person annehmen. Als Polizist musste er sich vor so etwas hüten. Wobei man das nicht immer am Schirm hat, vor allem in seinem eigenen geschützten Bereich, wo eigentlich jeder jeden kannte.

»Nimmt er Drogen?«, fragte der jüngste der Sanitäter.

»Der Max? Er ist Polizist!« Franziska wollte ihm innerlich eine Ohrfeige verpassen für seine dreiste Anschuldigung.

»Wir kriegen ihn hier nicht wach, wir müssen ihn mitnehmen ins Krankenhaus und rasch auf Substanzen untersuchen.« Der Junge hob die Schultern. »Auch wenn er Polizist ist und Sie meinen ihn zu kennen.«

»Wenn er Drogen im Blut hat, dann sicher nur, weil ihm wer was untergemischt hat.«

»Warum sollte das jemand tun?«, fragte nun Heidrun.

»Was weiß ich? Ich bin grad erst wieder hierhergezogen. Ich weiß nicht, mit wem sich der Max die letzten Jahre so angelegt hat.«

»Und Sie wissen wohl auch nicht, was er die letzten Jahre gemacht hat.« Wieder der junge Sanitäter. »Sind sich aber sicher, dass er keine Substanzen einnimmt.« Er zischte durch die Zähne.

»Er trinkt nicht mal Bier, obwohl er der Sohn vom Brauereichef ist.« Franziska wusste allerdings nicht, ob das noch der Wahrheit entsprach. Auf einmal war sie ganz verunsichert, ob sie Max überhaupt noch kannte. Oder ob sie nur den Max kannte, mit dem sie so viele Erinnerungen teilte.

Die Sanitäter legten Max auf die Bahre, trugen ihn durch den schmalen Weg, den die Menschen frei gelassen hatten, zum Ambulanzwagen und luden ihn ein.

»Einer kann mitfahren.« Der Arzt sah Franziska an.

»Fahr nur«, sagte Heidrun. »Ich nehm deine Kinder mit zu mir und pass auf sie auf.«

Das ließ sich Franziska nicht zweimal sagen! Rasch stieg sie in den Ambulanzwagen.

»Schau, ob dir der eine die Frau beschreiben kann, und schick mir die Infos per Nachricht, bitte«, konnte sie noch sagen, bevor der Sanitäter die Türen schloss.

Mit Blaulicht fuhren sie dann auf die Stolzalpe, eines von drei Spitälern, die zusammen das LKH Murtal bildeten. Die anderen beiden waren in Knittelfeld und Judenburg, das war aber momentan zu weit weg. Ob er dann noch einmal verlegt wurde, würde sich zeigen. Manchmal wurden Patienten auch ins benachbarte Bundesland gebracht, weil das nahe der Grenze war und somit eigentlich näher als Judenburg.

In der Notfallambulanz wartete Franziska gefühlt endlos darauf, dass ihr die Ärzte sagten, was mit Max los war. Auch in der Ambulanz auf dem Weg ins Spital hatte er sich nicht gerührt.

Franziska machte sich große Sorgen. In der Zwischenzeit hatte sie Kurt angerufen, dass er unbedingt die anderen Samson-Assistenten befragen sollte, vor allem nach der Frau mit dem Cola. Vielleicht kannte sie ja jemand mit Namen, und man konnte sie befragen. Schließlich musste das Cola nicht einmal schuld an Max' Zustand sein. Franziska wusste nichts. Hatte Heidrun nicht gemeint, dass Max ausgesehen hatte, als hätte er eine lange Nacht gehabt? Und das war gleich zu Beginn gewesen. Da war von einer Colafrau noch weit und breit nichts zu sehen gewesen. Vielleicht war er tatsächlich dehydriert, und das Cola war zu spät gekommen?

Kurt simste ihr gerade, dass es sich um eine braunhaarige Frau gehandelt hatte. Schlank. Und keiner wusste, wie sie hieß. Nur einem kam sie bekannt vor, aber auch dieser wusste den Namen nicht. Na toll! Die Beschreibung passte auf viele in Murau und Umgebung. Und die Touristen musste man auch mit einrechnen. Aber gut, Touristen würden nicht mit Getränken herumlaufen und sie irgendwem in die Hand drücken, oder doch?

Der Arzt kam aus einem der Zimmer. Franziska sprang auf.

»Sie können sich wieder setzen. Der Herr Jäger wird noch etwas länger schlafen.« Der Arzt sah müde aus.

»Oh Gott.« Franziska hielt sich die Hand vor den Mund. »Er ist doch nicht etwa …« Sie konnte es nicht aussprechen.

»Tot?«, finalisierte der Arzt für sie. »Nein, er hat laut Blutbefund nur eine starke Dosis Benzodiazepine intus.

Nicht besorgniserregend hoch. Deshalb pumpen wir den Magen nicht aus. Wir haben seine Vitalfunktionen im Blick.«

»Was für Mittel waren es?«

»Welche, die vor allem in Psychiatrien gegen Angstzustände und Psychosen verwendet werden, weil sie das zentrale Nervensystem dämpfen, die aber nicht mehr einfach so verschrieben werden dürfen, wegen der großen Abhängigkeits- und Suizidgefahr. Starke Schlafmittel werden heutzutage nur in kleinen Packungen ausgegeben. Natürlich gibt es einen Schwarzmarkt. Das muss man dazusagen.«

»Max hat sie sicher nicht freiwillig genommen, wenn er genau wusste, dass er beim Samson-Umzug fit sein muss.«

»Das können Sie ihn dann fragen, wenn er aufwacht. In geschätzt fünf bis sieben Stunden.«

Franziska sah auf die Uhr. Der Arzt sah sie mitfühlend an. »In seinem Zimmer gibt's noch eine Liege, da können Sie gern warten, bis er aufwacht. Aber holen Sie sich vorher was zu essen und trinken aus der Kantine, die schließt bald.«

Franziska bedankte sich beim Arzt. Und obwohl sie keinen Hunger verspürte, nahm sie seinen Ratschlag an und holte sich Sandwiches und eine Flasche Wasser. Außerdem einen Kaffee, damit sie wach war, wenn Max aufwachte.

Ihr Telefon vibrierte, nachdem sie gezahlt hatte. Heidrun war dran.

»Gibt es was Neues?« Im Hintergrund hörte sie die Stimme von Jonas. »Mama! Die Katzenbabys sind supersüß!«

»Max schläft noch. Aber der Arzt hat gesagt, sein Leben ist nicht auf der Kippe.«

»Super. Das sind ja gute Nachrichten. Kommst du heim?«

»Ich möchte hierbleiben, bis er aufwacht.«

»Alles klar, dann schlafen deine Kids heute bei mir.«

Im Hintergrund hörte sie Jonas jubeln.

»Danke! Sag mal, Heidi«, Franziska senkte ihre Stimme und stellte die Sachen kurz auf einem der Tische der Kantine ab. »Weißt du, ob Max Probleme hat?«

»Was meinst du?«

»Du hast doch gesagt, er hat eine lange Nacht gehabt. Was hast du damit gemeint?«

»Nichts Bestimmtes.«

»Heidi, Max hatte Schlafmittel intus.« Franziska seufzte und setzte sich an die Tischkante. »Ich weiß gar nichts mehr über ihn.«

»Du warst auch lange weg.« Sie hörte Schritte und das Zuschlagen einer Tür. »Ich bin raus, damit wir in Ruhe reden können.«

»Sag mir, Heidi, was weißt du?«

»Einiges, aber ich musste Max versprechen, dass ich meinen Mund halte, aber eines kann ich dir sagen. Drogen oder Medikamente nimmt er keine. Okay?«

Was für eine Erleichterung. Franziska atmete aus. »Dann hat ihn wirklich diese Frau vergiftet? Oder ruhigstellen wollen?«

»Oder es war gar nicht für ihn gedacht?«

Franziska überlegte. Dann fiel ihr der Moment mit Ronny Mayer ein, der erzählt hatte, dass sein Date mit Getränken auf dem Weg war und plötzlich kehrtgemacht hatte. Was, wenn diese Martha vorhatte, Ronny Mayer das Mittel zu verpassen? Und Max nur ein Zufallsopfer war?

»Ich hab dir doch erzählt, dass diese Elisabeth Gruber auch da war, beim Umzug.«

»Ja, und?«

»Sie hatte zwei Colas in der Hand, als ich sie zuletzt gesehen hab.«

»Aber warum sollte sie Max so etwas antun?«

»Das weiß ich nicht, ich hab mich nur gewundert, wieso sie so verschreckt geschaut hat.« Heidrun lachte. »Aber das kann auch am Samson gelegen haben.«

Franziska lachte ebenfalls. »Es gibt sogar Menschen, die vor Schmetterlingen Angst haben, also warum nicht Angst vor einem zwei Meter großen Mann aus Pappmachee haben?«

»Gut, dann halt Wache und gib Bescheid, wenn es Neuigkeiten gibt. Und später schöne Grüße an Max, wenn er aufwacht.«

Im Hintergrund stritten sich Amelia und Jonas bereits wieder ausgiebig. Wann würde das nur aufhören?

»Du hörst es, ich muss mal dazwischengehen.«

Es knackte in der Leitung. Franziska steckte das Handy wieder ein und nahm ihre Abendration vom Tisch. Als sie sich umblickte, fiel ihr auf, dass die Putzfrau die einzige Person war, die sich außer ihr noch im Raum aufhielt. Der Arzt hatte recht gehabt. Sie hatte es gerade noch geschafft, sich für die Nacht einzudecken.

Mit ihren Schätzen ging sie die fast leeren Gänge zurück. Ihre Schuhsohlen quietschten auf dem Linoleum. Es erinnerte sie an den Turnsaal in der Volksschule. Und an die Besuche bei ihrer Mutter auf der Krebsstation. Rasch schüttelte sie die aufkeimende Gänsehaut ab.

Das Zimmer von Max war abgedunkelt. Die Schwester war gerade da und kontrollierte seine Werte. Dürfte die

Abendvisite sein. Dann legte sie Franziska ein Handtuch, eine Einwegzahnbürste, ein Kissen und eine Wolldecke auf den Tisch am Fenster und verschwand wieder nach einem leisen Gruß. Franziska aß das Sandwich, legte sich auf die Liege, deckte sich zu und stöpselte ihre Kopfhörer an das Smartphone, um ihr Hörbuch weiterzuhören, das sie vor zwei Wochen begonnen hatte. Eine historische Liebesgeschichte zu Napoleons Zeiten. Das war es, was sie auch bei grausigsten Fällen in ihrer LKA-Zeit immer gut abgelenkt hatte. Beziehungsweise aufgebaut und gleichzeitig entspannt.

Der Sprecher lullte sie mit seiner Märchenonkelstimme ein. Sie schloss die Augen und driftete in eine andere Zeit und eine andere Welt hinüber.

35. Kapitel

Esther

Sie saßen gerade im Klassenzimmer, als sie von draußen Tumult hörten. Was war schon wieder los? Eine Frau schrie auf der Straße, lang gezogen und hoch. Dann hörten sie jemanden weinen. Esther konnte sich nicht mehr konzentrieren, nicht auf den Test, der vor ihr lag, nicht auf die Fragen und schon gar nicht auf die Antworten. Esther zuckte zusammen, als sie den nächsten Schrei hörte. Stimmengewirr folgte. Mehrere Schreie und gerufene Namen.

Die Lehrerin schloss das Fenster, blieb aber davor stehen und blickte hinaus. Ihren Gesichtsausdruck konnte Esther nicht richtig deuten, es sah so aus, als würde die Lehrerin versuchen, etwas zu unterdrücken, möglichst neutral zu schauen. Damit die Kinder nicht sehen konnten, was sie dachte.

Esther schaute wieder auf das Blatt vor ihr. Die Buchstaben verschwammen vor ihren Augen. Das Weinen von draußen hatte sie schmerzlich an etwas erinnert. Das dürfte der letzte Test sein, den sie in dieser Schule machen würde. Die nächsten Tests würde sie vermutlich in ihrem neuen Zuhause haben. Wenn es dort überhaupt eine Schule gab, genau wusste das Mami nicht.

Noch mehr Geschrei von draußen, gedämpft zwar nun durch das Glas der Fensterscheiben, doch sie konnten es vernehmen. »Nein! Bitte! Tut es nicht! Nein!«, hörte Esther und konnte in den verschiedenen Stimmen, die hier flehten, den Schmerz spüren.

Schlagartig hörten alle Kinder auf zu schreiben. Spürten es die anderen auch? Diese Hoffnungslosigkeit, diesen Schmerz, diese Qual und Trauer? Alle blickten zu den Fenstern, aber aus dem zweiten Stock konnten sie im Sitzen natürlich nicht auf die Straße sehen.

Der Gesichtsausdruck der Lehrerin war nun klar zu deuten. Es war blankes Entsetzen. Ihre Augen waren glasig. Ihre Hände zitterten, obwohl es im Klassenzimmer warm war.

Was war da draußen los? Esther konnte einfach nicht mehr still auf ihrem Platz sitzen und sprang auf. Sophia tat es ihr gleich. Beide liefen ans nächstgelegene Fenster. Die anderen Kinder folgten und spähten hinaus. Esther beugte sich über den Fenstersims. Sophia umarmte Esther und drückte sich ebenfalls nach vorne. Unten war eine Traube von Menschen, die von Soldaten zurückgehalten wurden.

An der Mauer des Hauses gegenüber standen sechs Personen, alle mit dem Gesicht zur Wand. Die Männer, die an der Wand standen, hatten ihre Hände über dem Hinterkopf gefaltet, die Stirn lag an der Wand. Was hatten sie getan, dass sie dort so stehen mussten?

In der Menschenmenge waren mehrere Frauen, die weinten und teilweise die Namen der Männer schrien, worauf der jeweils Gerufene zusammenzuckte. Was passierte hier? Ein Teil der Männer in Uniform hielt die Menge zurück, sechs weitere Soldaten standen in einem etwa fünf Meter großen Abstand zu den Männern an der Wand und hielten Gewehre in der Hand.

Die Lehrerin versuchte die Kinder von den Fenstern wegzuziehen. »Geht hier weg! Schaut euch das nicht an. Setzt euch wieder hin. Ihr seid zu jung, um …« Sie brach ab und fing zu schluchzen an.

Sie waren nicht zu jung. Esther war immerhin schon zehn Jahre alt, sie verstand schon sehr viel von dem, was hier vor sich ging. Die Frauen weinten jetzt schon um ihre Männer.

Eine davon kannte Esther, und auch ihren Mann. Sie lebten in derselben Siedlung.

Die Frauen weinten und schrien, einige krallten sich an den Soldaten fest und versuchten, sie in ein Gespräch zu verwickeln und umzustimmen. Doch die Soldaten kannten kein Mitleid. Die Frau aus Esthers Siedlung wurde von dem Soldaten, vor dem sie flehend kniete, geschlagen und von einem anderen weggezerrt.

Dann bekamen die Männer mit den Gewehren ihren Befehl. Auf einmal wurde es schlagartig still auf der Straße. Nur hie und da war ein Schluchzen zu vernehmen.

Die Soldaten machten die Gewehre schussbereit.

Bevor die Lehrerin die Fenster schließen konnte, ging ein Gewehr nach dem anderen los. Peng! Peng! Peng! Peng! Peng! Peng!

36. Kapitel

Franziska erwachte vom Geräusch eines Kugelhagels aus dem Kopfhörer. Dazwischen vernahm sie eine Stimme, die nicht die des Märchenonkels aus dem Hörbuch war. Franziska gähnte und drehte am Lautstärkeregler des Smartphones, bis es verstummte. Doch die Stimme hörte sie immer noch klar und deutlich.

»Franzi?«

Max war aufgewacht. Rasch warf sie die Decke von sich und eilte zu ihm.

»Mensch, Max! Wie geht es dir?« Große Erleichterung machte sich in ihr breit.

»Mein Kopf dröhnt, und ich hab Durst.«

Franziska lief zum Tisch und wollte ihm schon ein Cola einschenken, als sie darüber nachdachte, dass sie gar nicht wusste, ob er das schon trinken durfte. Wasser. Mit Wasser konnte man nichts falsch machen, oder? Am Waschbecken standen Plastikbecher, und sie ließ kaltes Wasser in einen von ihnen laufen. Damit ging sie wieder zum Bett von Max zurück.

Dankend trank er ihn in einem Zug aus. Er schaute auf die Liege und die zerknüllte Decke.

»Du hast hier geschlafen?«

Sie nickte und blickte auf die Uhr. Schon sieben. Er hatte länger geschlafen, als der Arzt gedacht hatte. Sie öffnete die Jalousien. Ein Blick aus dem Fenster zeigte ihr, dass die Sonne bereits aufgegangen war.

»So schlimm war es? Was ist überhaupt passiert?«

»Du bist einfach umgefallen, zuerst wussten wir nicht, ob du nur dehydriert bist, aber du bist nicht aufgewacht. Hier haben sie dein Blut untersucht. Du warst voller Schlafmittel.«

Er wirkte überrascht. »Wieso das denn?«

»Du hast nichts genommen?«

»Warum sollte ich mich vor dem Umzug zudröhnen?« Er lachte. »Es reichte vollkommen, kaum geschlafen zu haben.«

»Ja, Heidi hat auch gleich zu Beginn gemeint, du siehst müde aus.«

»War ich auch, aber ich hatte gottlob nichts getrunken, sonst hätte ich ja abgesagt. Gibt ja Ersatz. Außerdem kennst du mich doch. Ich trinke so gut wie nie Alkohol.« Also war es noch immer so. Max hatte sich in dieser Hinsicht nicht verändert.

»Jedenfalls hat das so schlimm ausgesehen. Wie du da gelegen hast und wir nicht wussten, was los ist.«

»Ach, gib's zu, du hast dich schon gefreut, mich bei den Alpinisten zu ersetzen.« Er lächelte schwach.

Franziska boxte ihn leicht auf den Oberarm.

»Du Dolm, du! Nie hab ich an so was gedacht, nur gehofft, dass alles gut ausgeht.«

Sein Lächeln wurde breiter. »Ist es, denk ich, ich lebe noch. Sofern wir nicht in einer irren Simulation feststecken.« Er grinste sie an und blickte sich um. »Haben die Ärzte eine Idee, warum ich das Zeug im Blut hatte?«

»Die Ärzte nicht, aber Heidi und ich.«

»Lass hören.«

»Einer der anderen Stützkräfte meinte, kurz vor deinem Zusammenbruch hätte dir eine Frau ein Cola in die Hand gedrückt. Und das hast du angeblich sofort ausgetrunken.«

Er griff sich an die Stirn. »Stimmt! Jetzt fällt es mir wieder ein. Es war ja furchtbar heiß, und ich hab mir nichts dabei gedacht. Müde war ich auch.«

»Kanntest du die Person, von der du das Glas entgegengenommen hast?«

»Nein. Sie hatte Ähnlichkeit mit Elisabeth Gruber, die mit Resi auf unserem Wachzimmer war. Aber es war definitiv eine andere Frau.«

»Bist du dir sicher?«

Vielleicht war es ja diese Martha von Ronny Mayer gewesen? Aber warum hatte sie ein Getränk mit Schlafmitteln versetzt und es dann Max gegeben? Das ergab doch gar keinen Sinn.

»Ja, ganz sicher. Ich hab mich noch bedanken wollen, aber da war sie schon dahin. Ich dachte, es ist eine Saisonkraft vom Wirt.« Er kratzte sich an der Einstichstelle seiner Infusionsnadel. »Wenn ich jetzt so rückwirkend darüber nachdenke, war das schon seltsam.«

»Ich verstehe es auch nicht.«

Max zuckte die Achseln. »Das muss ein Missverständnis gewesen sein.«

»Du meinst, dass sie jemand anderem die Schlafmittel geben wollte?«

»Oder vielleicht hat sie das Getränk ja selbst von jemandem bekommen, und der hat das Zeug hineingetan.«

»Dass die Tabletten aus Versehen hineingefallen sind, schließe ich aus. Denn der Arzt hat vorher deutlich gesagt, dass es eine hohe Dosis war. Es waren ja keine K.-o.-Tropfen.«

»Die Dosis war jedenfalls nicht hoch genug, um mich oder jemand anderen zu killen.«

»Genau.« Franziska überlegte. »Also solltest du oder jemand anderer nur eine Zeit lang ruhiggestellt werden.«

»Dann müssen wir nur noch herausfinden, wer, von wem und warum.«

Franziska seufzte. »Superleicht, bei Tausenden Menschen beim Umzug.«

»Seit wann so sarkastisch unterwegs? Habt ihr beim LKA nie nach der Nadel im Heuhaufen suchen müssen?«

»Ich weiß nicht einmal, wie das alles miteinander zusammenhängt oder ob das alles eine Kette von Zufällen ist.«

»Es gibt keine Zufälle, weißt du nicht mehr? Ist das nicht das Spannende an der Polizeiarbeit, die Zusammenhänge herauszufinden?«

Eine Weile sagte niemand etwas, dann ging die Tür auf, und die Krankenschwestern kamen mit dem Frühstückswagen herein.

Ein anderer Arzt als der vom Vorabend trat ebenfalls ein und wies Franziska an, den Raum zu verlassen. Sie stand draußen am Gang und wartete, wieder zu Max gelassen zu werden. Währenddessen dachte sie an die Vergangenheit zurück.

Anfang der Neunzigerjahre war in ihrem Heimatdorf mächtig was los und alle Schöderer waren sehr aufgeregt gewesen. Denn da hatte man eine Serie namens *Die Leute von Sankt Benedikt* gedreht. Dafür wurde vom Filmteam sogar das Gasthaus Hirschenwirt auf dem Hauptplatz aufgemöbelt, renoviert und neu gestrichen. Viele aus dem Dorf waren als Statisten im Einsatz gewesen, und noch heute zeugte ein »Filmpfad«, der von Schauplatz zu Schauplatz führte und mit Täfelchen gekennzeichnet war, von diesem außergewöhnlichen Ereignis.

Franziska war damals noch zu klein gewesen, aber Max hatte alles miterlebt, und als sie älter wurde, hatte er ihr davon erzählt und ihr die Folgen gezeigt, in denen er zu sehen war, gleich mehrmals.

»Da schau, da bin ich!«, hatte er gerufen, und Franziska hatte ihre Augen zusammengekniffen und versucht, im Bruchteil einer Sekunde Max auszumachen. Bis sich ihre Augen fokussiert hatten, war aber meist schon die nächste Filmsequenz zu sehen, und Max ließ enttäuscht die Arme sinken. »Du musst schneller schauen, ich spul zurück, und dann schau genau auf diesen Punkt«, sagte er dann und deutete auf dem Glas des Fernsehers an die entsprechende Stelle.

Franziska lächelte beim Gedanken daran, als die Tür zum Krankenzimmer aufging. Der Arzt rauschte heraus und lief grußlos den Gang zum nächsten Zimmer entlang. Die Schwestern schoben den Visitenwagen hinterher, dicht gefolgt vom Essenswagen der Pflegehelferin.

Kaum war Franziska wieder im Zimmer und sah Max beim Essen seines Brots zu, da klingelten ihr Handy und das von Max gleichzeitig. Sie dachte, es wäre Heidrun, aber es war eine ihr unbekannte Nummer.

»Hallo, bist du es Franzi?«

Es war Resis Stimme.

»Ja, ich bin bei Max im Krankenhaus, was ist denn los?«

»Jessas, der Max ist auch im Krankenhaus? Was ist denn passiert?«

»Wissen wir noch nicht genau.« Franziska hatte gelernt, dass man vor anderen so wenig wie möglich preisgab, solange man keine genauen Informationen hatte.

»Gute Besserung!« Resi schnaufte in den Hörer. »Aber du musst schnell kommen.«

»Wohin denn?«

»Ins Krankenhaus Knittelfeld.« Resi fing nun zu schluchzen an. »Die Marion wäre heute früh fast gestorben.«

»Es wurde doch gesagt, sie würde bald wieder aufwachen.«

»Ja, so war es auch, aber heute früh war dann Alarm. Und die Marion musste wiederbelebt werden.«

Franziska wusste trotzdem nicht, warum sie jetzt ins Krankenhaus fahren sollte. Bis Resi die Bombe platzen ließ.

»Der Arzt sagt, jemand hat die Apparate manipuliert. Du Franzi, ich glaub, die Heidi und du, ihr habt recht. Das war kein Unfall. Jemand will …« Ein lautes Schluchzen. »Ihren Tod.«

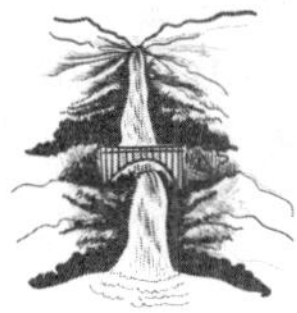

37. Kapitel

Marion

Als ich ins Leben zurückgeholt werde, fühle ich mich seltsamerweise besser als vorher. Ich bin in einem tiefen Schlaf, von dem ich aber unbewusst weiß, dass ich diesmal wieder aufwachen werde. Es fühlt sich anders an als damals im Wachkoma. Ich fühl mich friedlich und zuversichtlich. Vielleicht liegt es daran, was ich gesehen habe, als ich dachte, ich müsste sterben. Vermutlich war ich tatsächlich schon tot, bis sie mich zurückgeholt haben.

So genau kann ich das nicht sagen. Da war kein Licht. Ich habe niemanden aus meiner Vergangenheit gesehen. Aber da war eine Wärme, eine Wärme, die ich nie zuvor verspürt habe. Und vollkommenes Glücksgefühl. Keine Schmerzen mehr und keine Tränen. Geborgenheit.

Keine Ahnung, ob das ein Vorgeschmack auf das Jenseits war, auf das Paradies, das sich jeder von uns wünscht.

Momentan schlafe ich und träume viel. Mein Gehirn versucht, sich zu erinnern. Der Nebel lichtet sich, und ich habe eine dunkle Ahnung, was mich hierhergeführt hat, eine dunkle Ahnung, was passiert sein könnte.

Worauf ich mir hingegen keinen Reim machen kann, ist, warum es passiert ist.

Und dieses Warum lässt mir keine Ruhe, nicht im Schlaf und nicht einmal im Traum. Immer wieder ploppt die Frage auf: Warum?

38. Kapitel

Franziska und Max hörten fast zur gleichen Zeit mit Telefonieren auf.

»Das Krankenhaus Knittelfeld hat angerufen, Franzi.«

»Wegen Marion Leitner …«, sagte sie und steckte das Handy in ihre Hosentasche.

»Woher weißt du das?«

Franziska setzte sich zu Max aufs Bett. »Die Resi hat angerufen. Sie hat das anscheinend mitbekommen.«

Es wurde Zeit, das LKA Steiermark einzuschalten. Anscheinend hatte es einen zweiten Mordversuch auf Marion Leitner gegeben. Einen zweiten deshalb, weil durch den Mordversuch im Krankenhaus die Wahrscheinlichkeit sehr hoch war, dass auch der vermeintliche Unfall am Wasserfall ein Mordversuch gewesen war. Jemand wollte Marion Leitner aus dem Verkehr ziehen. Bevor sie aufwachte und sich möglicherweise an alles erinnern konnte, was beim Wasserfall passiert war.

Und wenn das der Fall war, dann musste das LKA zu den Ermittlungen hinzugezogen werden. Noch von der Stolzalpe aus rief Franziska beim LKA an und beorderte die Kollegen ins Krankenhaus Knittelfeld. Dann gab sie Heidrun und Max Bescheid und fuhr beim Wachzimmer vorbei, um Gernot zur Unterstützung mitzunehmen.

Das LKA würde vermutlich zeitgleich mit ihnen eintreffen, da Knittelfeld von Graz und Murau in etwa fünfzig bis sechzig Minuten entfernt war, je nach Verkehrslage. Franziska fand es spannend, einmal auf der anderen Seite zu stehen. Jetzt war sie die Polizistin und nicht mehr die Ermittlerin. Auch wenn sie natürlich im Vorfeld schon einiges in die Wege geleitet hatte, würde das LKA ab sofort tiefer einsteigen und Franziska vielleicht gar nicht mehr alles mitteilen, was sie herausfanden. Sie konnte sich noch gut an Fälle erinnern, die sie fürs LKA übernommen hatte. Manchmal wurden Informationen zurückgehalten, ein anderes Mal nicht. Das kam immer auf den jeweiligen Fall an und wie man dabei vorging.

Einen allgemeingültigen Fahrplan für LKA-Ermittlungen gab es nicht. Jede Ermittlung war individuell und musste sorgfältig geplant werden.

Sie hoffte, dass es mit dem Team, das ihr jetzt zur Seite gestellt würde, eine angenehme Zusammenarbeit geben würde.

Während Gernot das Radio aufdrehte und jeden einzelnen Song mitsang, versuchte Franziska im Geiste, noch einmal alle bisherigen Fäden zusammenzubinden. Aber es gab Punkte, die scheinbar nirgendwo dazugehörten. Und vielleicht taten sie das auch nicht.

Gernots Gesang und die Musik störten sie nicht. Sie hing beim Fahren gern ihren eigenen Gedanken nach und war froh, keinen Small Talk halten zu müssen. Vor allem nach der nicht ganz so angenehmen Nacht im Spital, nach der ihr die Müdigkeit noch in den Knochen steckte. Im Krankenhaus Knittelfeld würde sie sich erst mal einen Kaffee aus dem Automaten holen.

Immer wieder kaute sie die Ereignisse der letzten Tage durch. Ronny Mayer und sein Date Martha, das nicht mehr aufgetaucht war. Elisabeth Gruber. Das Cola, in dem Schlafmittel waren. Die Zeichnungen aus Blut, die toten Schafe bei Hermine, die Liebesbriefe, die vielleicht von Jan Karrner stammten und an die Mutter von Gabriele Schneider gerichtet waren, die kleine Bella mit den Wunden von einem anderen Hund, oder vielleicht von einem Wolf. Und natürlich Marion Leitner und ihr angeblicher Sturz vom Günster Wasserfall. Gab es hier Verbindungen oder waren das alles lose Enden, die nirgendwo hinführten?

Mittlerweile pfiff Gernot mit, anscheinend hatte er genug vom Singen. Franziska grinste, als sie ein Grummeln aus seinem Bauch vernahm.

»Sollen wir beim Mac vorbeifahren?«, fragte Gernot.

»Zu einem Veggie-Burger sag ich nicht Nein. Ich brauch auch dringend einen Kaffee.« Sie sah auf die Uhr. Der kurze Stopp würde nicht ins Gewicht fallen. Vielleicht waren die LKAler auch noch gar nicht aus Graz losgefahren. Manchmal war ja nicht sofort jemand verfügbar, oder sie waren noch bei einem anderen Einsatz.

Als sie wenige Minuten später beim Krankenhausparkplatz einparkten und mit den Kaffeebechern in der Hand ausstiegen, war weit und breit nichts vom LKA zu sehen. Na bitte. Sie hatten es noch vor dem LKA geschafft.

Franziska fragte den Portier nach der Station von Marion Leitner.

Als sie dort ankamen, blieb Franziska wie angewurzelt stehen und ließ den Kaffeebecher fallen.

»Mensch, Franzi!«, rief Gernot und hob den Kaffeebecher auf. »Bist ja immer noch müde.«

Franziska glaubte eine Fata Morgana zu sehen. Sie rieb sich die geschlossenen Augen und öffnete sie wieder. Da stand er: Dreitagebart. Sonnenbrille. Mit der rechten Hand fuhr er sich durch sein zurückgegeltes Haar. In seinem schwarzen Dreiteiler mit roter Krawatte sah er eher wie ein Mafioso aus, nicht wie ein Kriminalbeamter. Oder wie Lucifer aus der Serie, die sie immer so gerne gemeinsam geschaut hatten. Er sah wenig überrascht aus. Was zum Teufel tat Nick hier?

»Na, komm jetzt«, sagte Gernot und zog sie am Ärmel des Uniformhemds. »Das LKA ist schon da.«

Unübersehbar. Aber wieso das LKA aus Wien?

»War ja klar, dass du dir zuerst was Ungesundes einwerfen musst, bevor es ans Arbeiten geht.« Nick zeigte auf den Rest des Burgers in ihrer Hand. Die alte Leier wieder. Wie gut, dass sie schon geschieden waren. Sonst würde sie heute noch die Scheidung einreichen.

»Was tust du hier?«

»Ihr habt doch das LKA angefordert, sag du es mir.«

»Das LKA schon, aber das aus Graz. Falls du es nicht bemerkt hast, wir sind in der Steiermark. Das ist das Bundesland, in das du nie wolltest. Zu viel Wald hier.«

Er breitete die Arme aus. »Genau dieses LKA ist hier.«

Im ersten Augenblick wusste sie nicht, was sie sagen sollte. »Du … hast dein … geliebtes Wien … verlassen?« Es war mehr ein Stammeln als ein Reden.

»Ich wollte näher bei den Kindern sein.« Er zuckte mit den Achseln. »Also hab ich mich versetzen lassen.«

»Dass ist nicht lache.« Sie stemmte die Arme in die Hüften. »In Wien warst du sogar in derselben Wohnung und hast nichts mit den Kindern gemacht.«

»Aber gesehen hab ich sie öfter, als das in Zukunft der Fall sein wird. Von Graz ist es nicht so weit, und ich kann vorbeischauen, wenn ich freihabe. Oder die Kinder können zu mir kommen. Ich hab eine tolle Wohnung in der Petersgasse mit einem Extrazimmer für die Kinder.«

»Was für ein Blödsinn!« Ihr fehlten die Worte.

»Es ist schön zu sehen, wie sehr du dich freust.« Er zeigte auf die Frau neben ihm, die Franziska erst jetzt richtig wahrnahm. »Das ist meine neue Partnerin Imke Strauss.«

Eine Hand streckte sich ihr entgegen. Franziska ignorierte sie.

»Wieder Manieren wie frisch vom Bauernhof«, kommentierte Nick. Er schnupperte. »Gerochen hast du auch schon mal besser.«

»Ich hab im Krankenhaus geschlafen und war heute noch nicht zu Hause.« Automatisch versuchte sie ihr Haar mit den Handflächen zu glätten. Sie sah bestimmt unsicher aus. Verdammt. Genauso wollte sie ihm nicht gegenübertreten.

»Na, bravo. Ich frag lieber nicht, weshalb du im Krankenhaus warst.«

»Solltest du aber.« Wäre es ihm etwa egal, wenn sie selbst im Krankenhaus gelegen hätte? »Denn es hat vermutlich mit dem Fall hier zu tun.«

»Im anderen Krankenhaus war auch eine Frau im Koma?«

Franziska blinzelte. »Nein, der Max hat ein Cola getrunken, das mit Schlafmitteln versetzt war.«

Nicks Gesichtszüge entgleisten. Sie hatte das M-Wort gesagt. Während ihrer Ehe durfte sie Max nicht erwähnen, ohne dass er einen emotionalen Ausbruch hatte.

»Und was hat seine Schlafmittelsucht mit dem Fall Leitner zu tun?« Seine Stimme klang ruppig. Max triggerte ihn also immer noch.

»Er hat das nicht mit Absicht getrunken. Jemand hat es ihm gegeben, beim Samson-Umzug, und dann ist er umgekippt.«

»Wer's glaubt! Und du hast die ganze Nacht bei ihm im Krankenhaus verbracht?«

Franziska biss sich auf die Lippen und schwieg. Diese Frage hatte sie doch schon im Vorfeld beantwortet.

»Und die Kinder?«, wollte Nick wissen.

»Waren bei Heidi.« Sie wusste genau, wie sich das für ihn anhörte.

»Na, toll. Die Arbeit war dir schon immer wichtiger als die Familie, aber dass dieser Max wichtiger ist als deine Kinder, sagt viel aus.« Er lockerte seine Krawatte und öffnete die ersten beiden Knöpfe seines Hemds. Die neue Kette, die sie schon beim Videoanruf gesehen hatte, kam zum Vorschein.

So wie sie Nick kannte, brodelte er innerlich mehr, als man von außen sah. Nur aufgrund der Umstände beherrschte er sich, oder versuchte es zumindest.

»Klar, Max ist superwichtig! Dieser Punker hat die Drogen sicher selbst eingeworfen. Vermutlich von seinen vielen Reisen mitgebracht.«

Richtig. Nick wusste noch gar nicht, dass Max einen anderen Weg eingeschlagen hatte als gedacht.

»Max ist jetzt Alpinist.«

Nicks Augen wurden groß. »Die nehmen jetzt auch Leute mit Irokesenschnitt? Wird immer schlimmer bei der Polizei.«

Franziska seufzte.

»Mensch, Nick. Können wir bitte einfach nur den Fall angehen?«

»Gut, dann gehen wir mal rein, der Doktor wartet schon auf uns.«

Imke Strauss ging voraus. Nicks Hand ruhte kurz auf ihrem Rücken. Rasch ließ er sie fallen, als er sah, dass Franziska diese Geste bemerkt hatte. Also hatte er schon ein neues Opfer im Visier. Oder lief bereits etwas zwischen ihm und seiner Partnerin? Wäre ja nicht das erste Mal. Gernot und Franziska folgten den beiden. Nick ließ es zu. Er musste es nicht tun, wie sie wusste.

Drinnen erwarteten sie bereits ein Arzt, zwei Krankenschwestern und eine Frau ohne Kittel, vermutlich jemand aus der Verwaltung oder die Anwältin des Krankenhauses. Denn hier musste auch ermittelt werden, warum überhaupt jemand die Chance gehabt hatte, Marion Leitner das anzutun.

»Also«, begann der Arzt. »Passiert ist es während der Besuchszeit. Da ist es normal, dass Menschen in die Zimmer gehen, ein stetes Kommen und Gehen, das wir nicht gesondert kontrollieren.«

»Ich nehme an, die Besucher müssen sich auch nirgendwo eintragen.« Nick saß dem Arzt gegenüber und notierte sich alles in seinem simplen Notizbuch. Wie immer.

»Das ist richtig«, bestätigte der Arzt.

Auf Franziska wirkte die ganze Situation komplett irreal. Nick und sie wieder gemeinsam bei Ermittlungen. Damit hatte sie im Leben nicht gerechnet. Das Universum hatte einen eigenartigen Humor.

»Was ist nun genau passiert?«, fragte Nick.

»Zuerst war uns nicht klar, was los war. Frau Leitner hat heute morgen nicht mehr geatmet und Herzschlag war auch keiner mehr. Wir dachten an ein Herz-Kreislauf-Versagen, wie es oft vorkommt bei Komapatienten. Vor allem beim Wachkoma sterben die meisten Patienten innerhalb der ersten sechs Monate durch Organversagen oder Infektionen, aber es kann auch plötzlich passieren. Bei Marion Leitner waren wir uns aber bis jetzt auch noch nicht sicher, ob sie nicht in einem minimalen Bewusstseinszustand ist oder eben in einem echten Wachkoma. Das ist bei Kopfverletzungen oft der Fall. Wir haben sie dann gleich wiederbelebt, obwohl wir uns mit ihrer Vorgeschichte nicht so große Hoffnungen gemacht haben. Aber es hat geklappt. Erst als sie stabil war, haben wir uns ihren Platz genauer angesehen.«

»Und zu welchem Schluss kamen Sie dabei?«

»Unsere Oberschwester hat gemerkt, dass die Schläuche durchlöchert waren«, erzählte der Arzt weiter. »Da wussten wir, dass hier nicht alles mit rechten Dingen zugeht, und dann haben wir die Polizei gerufen.«

»Und jetzt sind wir hier und würden gern alles sehen. Ich hoffe, Sie haben nichts verändert oder in den Müll geworfen«, sagte Nick.

»Selbstverständlich nicht«, mischte sich die Krankenschwester ein, und der Arzt nickte bestätigend.

»Die Tatortgruppe werden wir gleich anfordern. Sie werden alles sichern und Abdrücke nehmen, Spuren suchen.« Er sagte das zu Imke Strauss, die sofort aufstand und zum Telefonieren in den hinteren Teil des Raums ging. »Außerdem brauchen wir Vergleichsabdrücke von allen spitalsinternen Personen, die zum Zimmer von Marion Leitner Zugang haben. Zudem auch von Externen, die ab und zu kommen, wie Physiotherapeuten und Ähnliches.«

»Sollen wir alle zusammentrommeln?«

»Geben Sie uns zumindest eine Liste mit allen Namen, wir klappern die dann ab. Wir müssen ohnehin alle einzeln befragen. Und so kann der Krankenhausbetrieb normal weitergehen.«

Der Arzt flüsterte der zweiten Krankenschwester etwas zu, die aus dem Raum ging.

»Was sind nun die Auswirkungen auf Frau Leitner«, fragte Nick weiter.

»Das können wir noch nicht genau sagen, außer dass ich mir mittlerweile sicher bin, dass sie in einem minimalen Bewusstseinszustand ist. Die Erholung ist unvorhersehbar, aber besser als beim Wachkoma. Falls sie ihr Bewusstsein komplett wiedererlangt, wissen wir nicht, ob sie noch alle ihre Fähigkeiten besitzen wird. Das ist im Moment einfach nicht absehbar.«

»Wird sie sprechen können?«

Der Arzt schüttelte den Kopf. »Das kann ich Ihnen nicht sagen.«

»Kontaktieren Sie uns auf jeden Fall, wenn sie aufwacht, selbst wenn sie nicht sprechen kann. Vielleicht finden wir trotzdem Wege, mir ihr zu kommunizieren. Zur Not durch gezielte Fragen, die man mit Ja oder Nein beantworten kann, mittels Blinzeln. Das habe ich schon einmal gemacht …« Er brach ab und sah zu Franziska. Sie konnte sich sofort an den Fall erinnern, den sie schlussendlich auch gemeinsam gelöst hatten.

»Wer kam denn generell in den letzten Wochen zu Frau Leitner auf Besuch?«, ergriff Franziska rasch das Wort, um die Erinnerungen wegzuwischen. Der Arzt überließ der Krankenschwester die Antwort.

»Bis auf die Dame, die immer in ihrem Zimmer strickt, ihr Mann. Der war aber erst ein oder zwei Mal hier. Ihre

Kinder hab ich auch ab und zu gesehen, dann Frau Doktor Stadler und ihre persönliche Psychotherapeutin, eine Martha Kindler.« Die Krankenschwester pausierte.

»Selbstverständlich kommen auch hauseigene Physiotherapeuten und Seelsorger in die Krankenzimmer.«

Franziska notierte sich alles. »Die müssen wir dann auch befragen, wie mein Kollege vom LKA schon sagte. Auch wenn wir natürlich hoffen, dass es niemand vom Personal war.«

Aber so etwas kam eben auch vor. Es könnte sogar die auskunftsfreudige Krankenschwester selbst sein. Gerade im Beruf der Krankenpflege gab es schon den einen oder anderen Todesengel zu verzeichnen. Auch in Österreich. Deshalb würden sie auch das Personal penibel durchchecken. Man konnte nie wissen.

Ein Name erregte Franziskas Aufmerksamkeit sofort.

»Haben Sie vorher eine Martha erwähnt?«

»Ja, diese Psychologin, die hier öfter vorbeischaut. Anscheinend war die Patientin bei ihr schon länger in Behandlung.«

Das machte Franziska stutzig. Wüsste Heidrun nicht davon, und hätte sie es ihr nicht erzählt? Oder fiel das auch unter die ärztliche Schweigepflicht? Obwohl – für polizeiliche Ermittlungen durfte diese auch ausgesetzt werden.

»Wissen Sie zufällig, weshalb sie in psychotherapeutischer Behandlung war?«

»Da bin ich überfragt. Es geht uns hier ja auch nichts an.« Er blätterte in den Unterlagen. »Es ist keine Diagnose notiert.«

»Aber Sie wissen doch, dass es anscheinend einen Sturz vom Wasserfall gab. Da muss man doch auch an Suizid denken.« Das war Nick. Und Franziska musste zugeben, dass es eine berechtigte Frage war. Warum waren Heidrun und sie nicht auf diese Möglichkeit gekommen? Wollte Marion Leitner sich umbringen? Konnte das ein Grund gewesen sein, dass sie zum ersten Mal in ihrem Leben ihrer Höhenangst getrotzt hatte?

»Vielleicht die Ärzte.« Die Krankenschwester sah zum Arzt, der mit den Achseln zuckte.

»Natürlich haben wir daran gedacht. Aber uns fehlt, wie man so schön bei euch sagt, das Motiv.«

»Man braucht kein Motiv für Suizid.« Nick ergriff wieder das Wort. »Depressionen, Burn-out. Oft wissen die Betroffenen doch gar nicht, dass sie das haben, bis etwas passiert.«

»Das stimmt, es braucht oft keinen offensichtlichen Grund, aber einfach so aus heiterem Himmel bringt sich auch niemand um«, sagte Franziska. »Und wir haben im Umfeld recherchiert. Es gab keine Geldprobleme oder sonstige große Baustellen innerhalb der Familie.« Sie knabberte an der Haut neben den Fingernägeln. »Es müsste etwas Geheimes sein.«

Nick räusperte sich. »Wie lange war denn die Patientin in der Regel allein im Krankenzimmer?«

»Na ja, das kann man nicht genau sagen«, antwortete die Krankenschwester. »Aber natürlich haben wir alle viel zu tun und können nicht ständig dort sein. Sie war an die Maschinen angeschlossen, die uns jederzeit informiert haben, wenn etwas nicht stimmt.«

»Also sind die Patienten stundenlang allein?« Nick ließ nicht locker. Das war seine Art. »Jeder Beliebige könnte also hereinkommen und Patienten ermorden.« Er schüttelte den Kopf. »Und wir haben nicht einmal Aufzeichnungen darüber, wer hier aus und ein geht.«

»Gibt es so etwas in irgendeinem Krankenhaus in Österreich?« Das war diese neue Partnerin von Nick.

Die Krankenschwester schüttelte den Kopf. »Leider nein, nicht dass ich wüsste.«

»Na, bitte«, sagte der Arzt. »Wie soll man so etwas auch realisieren? Es gibt ohnehin zu wenig Personal. Für solch einen administrativen Aufwand müssten wir zusätzliches Personal einstellen. Das macht doch keiner.«

»In einer Privatklinik vielleicht«, ergänzte die mutmaßliche Verwalterin, die sich bisher nicht zu Wort gemeldet hatte, aber sehr aktiv mitschrieb. »Die haben ja auch mehr Mittel und müssen auf prominente Personen achten, dass die in Ruhe gelassen werden.«

Das klang sinnvoll. Bislang hatte sich Franziska über solche Dinge keine Gedanken gemacht. Die Sicherheitsbestimmungen in Krankenhäusern waren tatsächlich lax. Obwohl es schon Tötungsdelikte gegeben hatte, wurde nicht an bessere Sicherheitsmaßnahmen gedacht. Eine Besucherliste dürfte doch kein großer Aufwand sein. In Pflege- und Altersheimen wurde das auch so gehandhabt. In Zeiten von Corona waren die Maßnahmen dann noch stärker gewesen, und Franziska erinnerte sich, dass Kranke, die Spitäler aufgesucht hatten, in dieser Zeit, alle zum selben Eingang geleitet und sehr wohl mit Namen notiert wurden. Sogenanntes Tracking. Selbst in den kleinsten Gasthäusern gab es QR-Codes auf den Tischen, über die man sich registrieren musste. Das würde doch auch weiterhin funktionieren, wenn man alle Besucher auf diese Weise registrieren würde. Kein zusätzlicher Aufwand, nur eine Person am Eingang vielleicht.

»Gut. Da können wir nun auch nichts mehr dagegen tun«, sagte Franziska. »Wir müssen mit dem arbeiten, was wir haben. Fakt ist, dass wir das ganze Personal von dieser Station befragen müssen sowie die Kranken in den Zimmern auf dem Gang. Möglicherweise ist ja irgendeinem Patienten etwas aufgefallen.«

»Die Personen, die Sie gerade genannt haben, selbstverständlich auch.« Nick las noch einmal in seinem Notizbuch.

»Die meisten davon kenn ich«, ergänzte Franziska. »Bis auf Martha Kindler. Haben Sie da vielleicht irgendeine Telefonnummer?«

»Es gibt ein Verzeichnis aller Psychotherapeuten in der Steiermark, da könnten wir nachschauen.« Der Arzt kratzte sich am Kopf. »Sie ist jedenfalls keine von unseren hauseigenen Therapeuten, die wir in Krisensituationen holen. Auch keine Seelsorgerin. Die kennen wir hier ja alle.«

Franziska nickte. »Gut zu wissen. Natürlich könnte es sein, dass noch jemand anderes bei Marion Leitner war, der nicht auf der Liste steht. Man kann sich während der Besuchszeiten ja gut unter die Menge schieben. Ich nehme an, dass es auf dem Gang dann geradezu wuselt.«

»Nicht mehr so wie früher. Die Besucherzahlen haben seit Corona generell abgenommen. Viele wollen sich so wenig wie möglich in Gesundheitseinrichtungen aufhalten. Die Gefahr, sich mit irgendetwas anzustecken, ist groß. Mit ein Grund, warum wir Krankenhäuser mit den Jahren dazu übergegangen sind, die Patienten nicht zu lange stationär zu betreuen. Jeder Tag ist ein Risiko, sich mit Krankenhauskeimen anzustecken.«

Die Krankenschwester nickte. »In den ersten Tagen liegt das Risiko bei 20 Prozent, aber schon nach zehn Tagen bei mehr als 35 Prozent. Wussten Sie, dass sich in

Deutschland etwa eine halbe Million Menschen pro Jahr mit Krankenhauskeimen anstecken und sogar etwa fünfzehntausend an den Folgen sterben? Auf Intensivstationen ist es vor allem der Staphylococcus aureus, der sich in den letzten Jahren auch außerhalb der Spitäler verbreitet hat.«

Gruselig. Franziska blickte sich um. Fast jedem im Raum entglitten die Gesichtszüge. Man konnte sehen, dass sich jeder wünschte, so bald als möglich hier rauszukommen.

»Also je länger man im Spital liegt, umso eher bekommt man noch Krankheiten dazu? Und die Chance zu sterben wird auch höher, nicht geringer?«, fasste Nick zusammen. »Das sind ja keine guten Aussichten für Langzeitpatienten.«

Der Arzt zuckte die Achseln.

»Die meisten haben ja keine Wahl. Niemand ist freiwillig im Krankenhaus.«

»Dann lassen Sie uns auf Marion Leitner zurückkommen.« Franziska brachte das Gespräch wieder auf das eigentliche Thema. »Wie sehen Sie die Verletzungen von Frau Leitner? Könnten wir bitte einen Einblick in die Kartei bekommen?«

»Ich brauch dafür die Schweigepflichtentbindung, dann gern.«

Die Partnerin von Nick stand auf und drückte ihr Smartphone ans Ohr. »Darum kümmere ich mich sofort!« Sie ging aus dem Raum und kam drei Minuten später wieder herein und verlangte die Mailadresse vom Krankenhaus, an die man die Schweigepflichtentbindung schicken konnte.

Danach konnte der Arzt die Patientenkartei aushändigen, in der alles vermerkt war seit der Einlieferung.

Natürlich fehlte ein wichtiger Punkt. Nämlich die Auffindung. Weil von einem Unfall ausgegangen worden war, hatte man hier keine Aufzeichnungen gemacht. Fotos gab es auch keine, auf denen man Marion Leitner beim Wasserfall liegen sah. Deshalb konnten sie nur mutmaßen, wo sie wirklich gelegen hatte, und sich auf Zeugenaussagen stützen.

»Na ja, es gibt schon eine Verletzung, die uns stutzig gemacht hat.« Der Arzt beugte sich über den Tisch, öffnete die Mappe und blätterte darin. Dann zeigte er auf einen Eintrag.

»Diese Kopfverletzung ist so massiv und passt nicht zu den anderen eher leichteren Prellungen.«

»Wie meinen Sie das?«

»Na ja, wenn sie aus sehr großer Höhe gefallen wäre, dann wäre mehr als eine Verletzung so schwerwiegend. Aber Marion Leitner hat nur einen Bruch am Oberschenkelhals. Und so etwas ziehen sich Frauen in ihrem Alter und älter laufend zu. Da reicht ein ganz normaler Sturz aus. Aber diese Kopfverletzung wirkt auf mich, als hätte sie einen spitzen, harten Gegenstand mit voller Wucht auf den Kopf bekommen.«

»Kann das nicht durch den Aufprall passiert sein?«

»Ich schließe nichts aus, aber wenn ich ausrutsche und irgendwo hinunterfalle, ist der Schwerpunkt in der Regel nicht der Kopf.« Er pausierte. »Und selbst wenn es ein Suizidversuch war … In der Regel springen Selbstmörder mit den Füßen voraus einfach los und machen keinen Köpfler.«

»Herr Doktor …« Franziska blickte auf das Schild am Mantel. Markus Riemer stand darauf. »Herr Doktor Riemer, was genau versuchen Sie uns hier zu sagen?«

Er räusperte sich. »Ich bin der Meinung, dass Marion Leitners Kopf mit voller Wucht irgendwo aufgeprallt ist oder …« Er brach ab, und Nick vollendete den Satz für ihn.

»Oder es hat sie jemand ausgeknockt.«

39. Kapitel

Esther

Sophia war heute hier und sah, wie sie alle zusammen Challah buken, das traditionelle jüdische Zopfbrot. Und das dünne ungesäuerte Matzebrot. Sie feierten zum letzten Mal Pessach in der alten Wohnung. Esther hatte Sophia auch das Versteck mit den Murmeln gezeigt und ihr gesagt, sie könne sich jederzeit die Murmeln holen, wenn sie sie bräuchte. Daraufhin hatte sie nur gemeint, dass das doch die falschen Murmeln wären. Sie mochte ja nur die milchigen, also hatte Esther noch eine milchige Murmel hineingelegt und sich eine von den durchsichtigen Glasmurmeln herausgenommen, die mit den blauen Punkten.

Sophia verstand auch nicht, warum sie hier wegmussten. Sie meinte, Esthers Familie hätte ja einfach eine größere Wohnung hier nehmen können, denn es würden jetzt immer mehr Wohnungen leer stehen. Viele Familien würden ausziehen und wurden in großen Lastkraftwagen weggebracht. Sie verstanden beide nicht, was hier vor sich ging. Sophias Eltern meinten nur, dass alles seine Richtigkeit hatte und dass man vertrauen musste, dass die Regierung schon wüsste, was sie täte.

Diese Leute, die Regierung, Esther war sich nicht sicher, ob die wirklich wussten, was sie taten. Jedenfalls wusste Esther nicht, ob sie Sophia jemals wiedersehen würde. Ob sie jemals wieder in ihr Murmelhaus gehen durfte, um unter das Brett zu sehen.

Esthers Mama hatte schon gesagt, dass das neue Haus ziemlich weit entfernt war von der jetzigen Wohnung. Und dass es einen Zaun gäbe und ein Tor. Dass möglicherweise Personen, die nicht dort wohnten, auch nicht hineindürften. Sophia einzuladen würde vielleicht nicht gehen, aber Esther hoffte, dass sie vielleicht zu Sophia kommen könnte. So wie die letzten Jahre.

Sie standen alle in der Küche, lachten, sangen und buken. Alle gemeinsam. Auch Sophia durfte ausnahmsweise mitmachen und mitfeiern. Schließlich war es das letzte Mal.

40. Kapitel

Jemand hatte Marion Leitner mit einem harten Gegenstand auf den Kopf geschlagen. Darauf lief es anscheinend hinaus. Aber wer? Und warum? Und wo? War es überhaupt beim Wasserfall gewesen, oder war das nur ein Ablenkungsmanöver? Wurde Marion Leitner dort nur abgelegt, um einen Unfall vorzutäuschen? Und wie lange hatte die Lehrerin dort schon gelegen, bis sie jemand gefunden hatte? Der Fall bekam eindeutig eine eigene Wendung, eine Wendung, mit der Heidrun von Anfang an gerechnet hatte. Marion Leitner hatte einen Mordversuch hinter sich. Nein. Sogar zwei. Da war sich Franziska mittlerweile sicher. Es konnte kein Zufall gewesen sein, dass sie hier im Krankenhaus noch einmal ausgeschaltet werden sollte.

Sie hatten das LKA berechtigterweise gerufen. Gemeinsam mit Nick, Imke Strauss und Gernot standen sie nun am Parkplatz. In den letzten Stunden hatten sie das Krankenhauspersonal und die Mitpatienten befragt, aber nichts weiter herausgefunden. Franziska gähnte.

Jetzt warteten sie auf die Kollegen, die ab sofort Marion Leitner bewachen sollten. Denn man musste davon ausgehen, dass ein erneuter Mordversuch anstand, falls der Täter oder die Täterin erfahren würde, dass das Opfer überlebt hat. Franziska hatte sogar mit Nick zusammen überlegt, ob sie eine Pressemitteilung rausgeben sollten, dass Marion Leitner verstorben war, wie sie es mal in einem Krimi gesehen hatten. Aber so funktionierte es in Österreich nicht.

Wenn Marion Leitner endlich wieder ansprechbar wäre, würde es hoffentlich leichter werden. Sie hoffte inständig, dass die Lehrerin Licht ins Dunkel bringen konnte, vorausgesetzt, sie war überhaupt in der Lage zu sprechen, wenn sie aufwachte. Ansonsten würden sie und Nick es mit Blinzeln oder einem speziellen Computer mit Buchstabenboard versuchen. Immerhin lag sie nach dem erneuten Mordversuch nicht mehr im Wachkoma. Und die Ärzte hatten ihnen gesagt, dass die Chance nun größer war, dass sie sich wieder erholte.

Die Hirnstrommessung stimmte auch zuversichtlich. Zudem hatte es vorher schon direkte Reaktionen gegeben. Franziska glaubte Resi. Es war bestimmt keine Einbildung gewesen. Und sie brauchten diese Hoffnung auch für die Ermittlungen.

»Was habt ihr denn sonst zu diesem Fall herausgefunden?«, fragte Nick.

»Möglicherweise hängen andere Fälle, die wir gerade bearbeiten, damit zusammen. Aber da warten wir noch auf Auswertungen.«

Nick fingerte eine Zigarette aus einer zerknitterten Packung und hielt sie Imke hin, die ebenfalls eine Zigarette herausnahm, als wäre es das Selbstverständlichste auf der Welt. Charmant, wie er stets war, gab er zuerst ihr Feuer und zündete sich danach selbst die Zigarette an. Imke Strauss hielt dabei ihre Hand sanft an seinem Handrücken. Er zwinkerte ihr zu. Vertrautheit. Aus ihrer Sicht vielleicht sogar Liebe. Aber ob Nick tatsächlich zu wahrer Liebe fähig war, darüber war sich Franziska auch nach all den Jahren mit ihm nicht sicher.

Gernot setzte sich in den Wagen und telefonierte. Es sah nach Streitgespräch aus. Vielleicht mit seiner Frau? Max hatte etwas fallen lassen, dass die beiden gerade eine Krise durchmachten.

Franziska fühlte sich wie das fünfte Rad am Wagen. Nick zog am Glimmstängel und blies den Rauch von ihr weg.

»Immer noch am Gesundheitstrip, nehm ich an.« Er grinste. »Das genieße ich jetzt schon. In meiner Wohnung zu rauchen, ohne auf den Balkon gehen zu müssen. Und davor ein Steak, medium-rare, und ein Glaserl Rotwein.«

Es schüttelte Franziska innerlich, nicht weil ihr grauste, sondern weil er vor dieser Imke derart übertrieb. Sie hatte nie etwas zu seinen Ess- oder Trinkgewohnheiten gesagt. Immerhin war sie früher auch kein Kind von Traurigkeit gewesen, was den Alkohol anging. Als sie sich kennenlernten, hatten sie ständig übers Wochenende Party gemacht, waren auf Raves gewesen und Rock-am-Ring-Events. Auch über das Rauchen hatte sie hinweggesehen. Zugegeben, geschmeckt hatte es ihr nie, wenn er sie küsste. Geändert hatte sich das erst, als sie mit Amelia schwanger wurde. Ab diesem Zeitpunkt hatte sie ihn gebeten, am Balkon zu rauchen oder eben im Freien. Imke lachte.

»Na ja, manchmal weiß man erst hinterher, wozu was gut war, gell, Nicky?«

Nicky? Imkes breites Grinsen zeigte ihr, dass die beiden längst das Bett miteinander teilten. Eines überraschte Franziska dann aber doch. Sie fühlte nichts dabei, wenn sie daran dachte. Sie wollte mit Imke um nichts auf der Welt tauschen. Mit Nick war sie durch. So was von. Der Kinder wegen gab es natürlich keinen totalen Kontaktabbruch, und das war auch nicht notwendig. So viele Fehler Nick auch gemacht hatte, er war nie gewalttätig gewesen. Sollte es ein Treue-Gen geben, dann hatte es Nick einfach nicht in seiner DNA verankert. Punkt. Dafür viel Selbstbewusstsein, das schon an Selbstverliebtheit grenzte.

»Ja, da hat deine Partnerin recht.« Franziska nickte. »Mir geht's jetzt auch besser, ohne die Tabakwolken täglich einatmen zu müssen.«

Sie war sich ihres säuerlichen Untertons sehr wohl bewusst. Nick schnippte den Stummel in den Gully, neben dem sie standen. Musste das sein? Imke tat es ihm gleich und lachte wieder. Spiegeleffekt. Sie wollte gemocht werden.

»Also, ich könnte nie mit einem Nichtraucher zusammen sein. Es reicht schon, dass wir in keinem Lokal mehr rauchen dürfen. Wenn mir da auch noch daheim jemand Vorschriften macht, dann hau ich den sofort hinaus.«

Franziska zuckte die Achseln. »Ist ja Ihr Leben, das Sie hier verkürzen, wenn Sie allein zu Hause rauchen.«

»Genau!« Imke Strauss rief das derart triumphierend aus, als wäre es toll, sich die Lunge schwarz zu rauchen. Franziska hatte in einer Ausstellung gesehen, was Tabakrauch dem Organ antat. Hätte sie je geraucht, hätte sie nach dieser Ausstellung sicher aufgehört. Bei wem da keine Alarmglocken schrillten, den verstand sie einfach nicht.

Zwei Kollegen fuhren vor. Franziska winkte ihnen zu. Sie tauschten sich kurz über Marion Leitner aus, dann verschwanden die Kollegen, um die Lehrerin auf der Intensivstation zu bewachen.

Gernot rief aus dem Auto. »Ich muss heim. Die Christine dreht jetzt total durch.«

»Nimm dir den Rest des Tages frei«, rief Franziska zurück. »Ich setz dich zu Hause ab und trag es später am Wachzimmer ein.«

»Wir kommen mit«, sagte Nick und drückte den Rücken durch.

»Ich möchte mir alles genau ansehen, was ihr schon habt.«

Natürlich! Zum ersten Mal lernte sie, wie es sich anfühlte, wenn das LKA zu einem Fall dazukam, den die regionale Polizei schon abzuarbeiten begonnen hatte. Sie hätte damals wirklich ab und zu einfühlsamer sein sollen.

»Fahrt gern hinter uns her.«

Nick ging zu seinem Wagen und lachte. »Danke, aber ich hab ein Navi und kenn deinen Fahrstil, dabei schlaf ich ein.«

Frechheit! Außerdem fuhr Gernot. Aber das wusste ihr Ex-Mann nicht. Andererseits musste sie sich nicht rechtfertigen, weder für ihren Fahrstil noch für die Tatsache, dass sie ein Kollege fuhr.

Im Einsteigen sagte Nick noch: »Bis später! Oder bis morgen.« Dann röhrte der Motor auf, und die Reifen quietschten. Im Vorbeifahren sah sie Imke Strauss lachen. Wie die Kinder!

Gernot tätschelte ihre Schulter. »Lass dich nicht ärgern. Mit dem LKA werden wir schon fertig.« Der hatte auch gar nichts begriffen!

Franziska seufzte. »Spätestens, wenn die fertig mit uns sind.«

41. Kapitel

Marion

Ich bin jetzt wach! Ich hab es geschafft. Es fühlt sich unwirklich an. Ich bin wieder da! Aber auf die Euphorie folgte die Ernüchterung.

Ich kann nicht sprechen. In meinem Geist ist alles da, ich weiß genau, was ich sagen will, lege mir die Sätze zurecht. Doch sobald ich den Mund öffne und versuche, sie herauszupressen, kommt nichts als ein paar leidende Geräusche, Lallfetzen und Seufzer.

Was ich sagen will, wird nicht gehört, denn ich kann es nicht übermitteln. Meine Lippen, meine Zunge, nichts davon macht mit. Es ist grausam!

Auch meine Hände kann ich noch nicht richtig bewegen, deshalb auch nicht schreiben. Momentan gibt es keine Möglichkeit, mich mitzuteilen, obwohl ich wach bin. Vollkommen da bin!

Gern würde ich mit den Ärzten sprechen, möchte so viel fragen. Die Polizei kommt auch bald her, haben sie gesagt. Aber was soll ich ihnen erzählen? Außer nicken oder den Kopf schütteln kann ich nur blinzeln. Ob das reicht? Hat Stephen Hawking nicht sogar mit dieser Methode ein ganzes Buch geschrieben? Oder sogar mehrere?

Seufzen und weinen kann ich auch.

Am liebsten würde ich den ganzen Tag weinen wie ein Säugling. Denn wie ein Baby fühle ich mich. Die Windel erinnert mich ständig daran. Zumindest dahingehend kann ich mich bemerkbar machen: schreien und rufen, das wie ein lautes Lallen klingt, wenn ich etwas brauche. Nur ist es für das Pflegepersonal oft sehr schwer herauszufinden, was ich denn nun brauche. Trinken? Essen? Oder eine neue Windel?

Und was, wenn es nichts von alledem ist?

Erst gestern hat sich meine Decke unangenehm unter meinen Rücken zusammengekrumpelt. Mit der Zeit schmerzte es, doch ich konnte niemandem sagen, was los war.

Also wackelte ich herum, um von diesem Knödel herunterzurollen, aber es gelang mir nicht. Es war die Hölle! Die Schwestern haben erst heute Morgen bemerkt, dass ich die ganze Nacht auf diesem Wulst gelegen habe, als sie mich gewaschen und das Bett neu bezogen haben.

Sie haben sich entschuldigt. Anscheinend habe ich einen Abdruck und bin blau.

Was den Knödel verursacht hat, sagte man mir nicht.

Vielleicht wurde etwas unter mir vergessen, eine Kanüle, vielleicht eine Spritze oder dieses Ding, in das man hineinbrechen kann. Obwohl, das ist aus Pappe, das würde ich bestimmt zerdrücken. Andererseits habe ich sehr viel abgenommen.

Nicht auszudenken, was andere Menschen in Pflegeheimen mitmachen. Andererseits ist in der ganzen Zeit, als ich im Wachkoma lag, nichts dergleichen passiert.

Da hatte ich wohl Glück. Aber jetzt, da ich wieder im Leben zurück bin, kann ich das Leben nicht leben wie gedacht. Dabei muss ich schnell meinen Mann und mein Leben wieder zurückholen.

Aber zuerst muss ich alles neu lernen.

Das Einzige, was sich geändert hat, ist, dass meine Erinnerungen nach und nach zurückkommen. Und das ist nicht unbedingt angenehm, denn dass es überhaupt so weit gekommen ist, ist ganz allein meine Schuld.

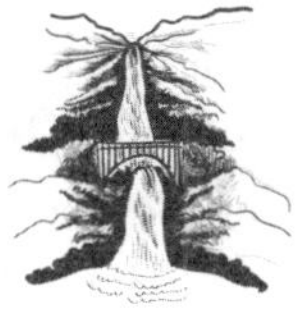

42. Kapitel

Esther

Der Sederabend war diesmal besonders. Sie waren gerade beim Abendgottesdienst in einem Ersatzraum gewesen. Leider war die Synagoge im Herbst zerstört worden. Der Gottesdienst war trotzdem schön.

Esther war aufgeregt. Weil der kleine Noah noch nicht sprechen konnte, durfte sie wieder die Ma Nischtana abhalten. Das waren die vier Fragen, die immer das jüngste Tischmitglied stellen durfte. Sophia durfte heute auch vorbeikommen, zuschauen und mitessen. Sie hatte auch beim großen Hausputz mitgeholfen, der die letzten Tage abgehalten worden war, und beim Backen der Matzen.

Esther hatte ihr auch erklärt, warum die Gläser drei Tage gewässert wurden, das Geschirr gekaschert wurde und sie ein eigenes Besteck nur für Pessach hatten.

Sophia war zum ersten Mal dabei, und Esther konnte es kaum erwarten, die Ma Nischtana abzuhhalten. Weil sie sich ja dann bald nicht mehr so oft sehen konnten, war Esther froh, dass ihre beste Freundin hier war. Esther liebte dieses Fest und freute sich das ganze Jahr darauf. Wenn sie alle beieinandersaßen und aßen.

Dieses Pessach-Fest war trauriger, weil es das letzte war, das sie hier in ihrer Siedlung feierten.

Wie das nächste Fest aussah, wussten sie nicht. Sie wussten auch nicht, ob sie zum Jiskor überhaupt noch hier waren. Obwohl viele von hier mitkamen und in den für sie gedachten Teil der Stadt zogen.

Wer wusste schon, ob die traditionellen Feste in Zukunft verboten würden. Isaaks Tochter wollte gerne heiraten. Gerne hätten sie das hier in der Siedlung gemacht, das war auch schon alles geplant gewesen.

Aber das Leben hielt sich nicht an Pläne, wie Esthers Mami immer sagte. Das Leben lag in Gottes Hand.

Jetzt mussten sie sich dem beugen, was die Regierung für sie vorgesehen hatte. Esther glaubte nicht, dass Gott etwas damit zu tun hatte. Das konnte gar nicht sein. Der würde doch nicht wollen, dass Sophia und Esther und all ihre Freunde und Verwandten traurig waren.

Heute wollte sie nicht daran denken, was nachher passieren würde. Heute wollte sie nicht daran denken, dass sie ihr Zuhause aufgeben mussten. Heute wollte sie nicht daran denken, dass sie sich von ihrer Freundin verabschieden musste, ohne zu wissen, ob sie sie je wiedersehen würde. Heute würde Esther nicht daran denken, dass sie viele, die hier lebten, verlassen mussten, und auch all die Plätze, an die sie sich immer erinnern würde: vor allem an die Schule, wo sie ihre beste Freundin kennengelernt hatte. Dort, wo sie Sophia zum ersten Mal gefragt hatte, ob sie mit ihr Murmeln spielen möchte.

All das bewahrte sie für alle Zeit im Herzen, für immer.

Esther blickte über den Tisch, in lauter fröhliche Gesichter, nur wenn sie genau hinsah, konnte sie die Angst in den Augen der anderen erkennen, nur ganz leicht, aber sie bemühten sich alle um einen fröhlichen Gesichtsausdruck. Alle wollten dieses eine Fest zu einer schönen Erinnerung machen.

Die Augen von Sophia strahlten als einzige wirklich, ohne Angst. Sie war die einzige Person, die nicht richtig begriff, wie sich die Welt aller anderen hier im Raum verändern würde. Die Einzige, die nicht richtig verstand, wie sich die Welt da draußen verändert hatte.

Esther kniff die Augen zusammen und versuchte einmal durch die Augen von Sophia zu sehen, einmal in ihre Haut zu schlüpfen. Sie lächelte Sophia an, die zurücklächelte. Dann biss sie herzhaft ins Matzen, schloss die Augen und genoss den Geschmack.

Ach, wenn es doch nur ein Wünsche-Brot gäbe. Ein Wünsche-Brot, wo man sich mit jedem Bissen etwas wünschen könnte. Sie wüsste genau, was sie sich dann wünschen würde: nie von hier wegzumüssen, hier bleiben zu dürfen. Und je nachdem, wie viele Wünsche sie hätte, würde sie sich das auch für alle Menschen hier im Raum wünschen, für alle Menschen in diesem Haus und für alle Menschen hier in dieser Siedlung, ja überhaupt für alle Menschen auf dieser Welt, dass sie dort sein durften, wo sie sein wollten, dass sie dort sein durften, wo sie zu Hause waren. Und dass es nirgendwo Soldaten gab, die andere Menschen erschossen. Frieden überall. Und Liebe zwischen allen Menschen. Ja! Das würde sie sich wünschen.

Esther öffnete die Augen wieder und beschloss, für einen Abend so zu tun, als wären gerade alle Wünsche vom Wünsche-Brot erfüllt worden, als wäre alles in Ordnung. Nur einen Abend lang unbeschwert mit Sophia zusammen sein und feiern. Einen Abend lang Freude und Fröhlichkeit. Esther biss noch einmal vom Brot ab und lachte.

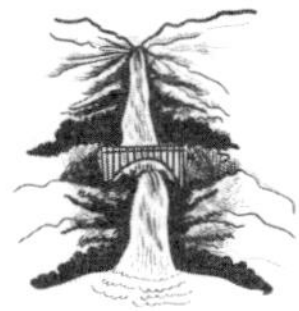

43. Kapitel

Zwei Tage lang hatte sie Max nicht gesehen und auch nichts von ihm gehört. Jetzt stand er vor der Tür des Fürsthofs mit einem Packen Zettel und drei Büchern in der Hand. Er sah erholt und gesund aus.

»Ich hab es herausgefunden!«

Er wedelte mit dem Papierberg in seiner Rechten und blickte nach oben. »Darf ich rein? Es regnet.«

»Ich weiß.« Franziska trat zur Seite. Max schlüpfte herein und machte sich gleich dran, die Schuhe auszuziehen. Seine Regenjacke hängte er fein säuberlich an der Garderobe auf. Gut erzogen. Sie musste innerlich lächeln, als sie an sein Teenager-Ich dachte. Nichts erinnerte mehr daran, dass Max einmal ein Punker mit grünem Irokesenschnitt gewesen war.

Kaum zu glauben, dass er beinahe spießig geworden war. Wobei sie nichts über sein aktuelles Privatleben wusste. Aber fragen traute sie sich auch nicht. Irgendwann würde er es ihr schon selbst erzählen, oder sie würde es über andere Wege erfahren. Wenn sie lang genug bliebe. Und diesmal wollte sie bleiben, wenn es ging, für immer.

Während Max seine Utensilien auf dem Esstisch ausbreitete, verschwand Franziska noch einmal ins Wohnzimmer, wo sie gerade dabei gewesen war, ihre Mails zu checken. Die letzten Tage mit Nick und Imke, die ständig auf der Dienststelle herumkrebsten, hatten ihr viel Geduld und Energie abverlangt. Aber mit jeder Stunde, die verging, wurde ihr klar, dass die Scheidung richtig gewesen war. Sie klappte den Laptop wieder auf und blickte auf den Bildschirm.

»... nehmen Ihre Bewerbung zur Kenntnis und in Evidenz. Mit Bedauern müssen wir Ihnen leider absagen. Im Moment sind keine Ausbildungen für Alpinisten vorgesehen. Wir melden uns bei Ihnen, sollten neue Alpinisten benötigt und Kurse angeboten ...« Bla, bla, bla.

Max hatte recht gehabt. Es gab keine Ausbildung zurzeit. Mit Schwung klappte sie den Laptop zu, ohne ihn zuvor hinunterzufahren. Egal. Nur ein Break.

Die Mail konnte sie später zu Ende lesen und beantworten.

Betrübt ging sie in die Küche. Max hatte seine Zettel auf dem Tisch ausgebreitet.

»Schau!« Er zeigte auf die aufgezeichneten Symbole, die auf den Fürst-Stall und die beiden anderen Gebäude geschmiert worden waren. Sie sahen aus wie Hieroglyphen. Franziska setze sich und betrachtete sie.

»Hier sind alle Teile einzeln aufgezeichnet, wie wir sie auch vorgefunden haben.« Max schob ihr das Blatt hin. Er hatte fein säuberlich zu jedem Symbol dazugeschrieben, wo es gefunden worden war und wann.

»Ich habe Bücher gewälzt und nichts gefunden zu den einzelnen Teilen. Und dann hab ich mir gedacht, dass es wie bei einem Escape-Room-Game sein könnte, dass man daraus etwas Neues machen muss, um das Rätsel zu lösen und weiterzukommen.« Er strahlte regelrecht.

Max hatte schon als Teenager jede Form von Rätseln geliebt. Sie hatten sogar einen eigenen Code erfunden, um sich geheime Nachrichten zu schreiben. Oft hatten sie sich auch den Spaß gemacht, in alltäglichen Dingen nach versteckten Botschaften zu suchen. Natürlich waren sie dabei meist auf nichts gestoßen. Max liebte es, zu forschen und tiefer zu graben. Er gab nie auf, bis er am Ziel war.

»Also hab ich versucht, die einzelnen Komponenten zu verbinden, und ich habe tatsächlich was gefunden.« Er zeigte auf zwei Gebilde, die wie kurze Us aussahen.

»Hier! Diese zwei halben Ovale kann man zu einem ganzen zusammensetzen, dann ergeben sie ein O oder eine Null.« Er kreiste weitere Symbole ein. »Das hier sind einzelne Blütenblätter, hier ist immer ein längeres und ein kürzeres zusammen. Die Form hat mich sofort an eine bestimmte Pflanze erinnert, auch durch diese Kreise hier unten. Sie wächst nur in den Bergen, und selbst dort sehe ich sie in den letzten Jahren immer seltener.« Er lächelte sie an. »Ich hab dir mal eine gebracht, weißt du noch?«

Sie dachte an die Blume, die sie in ihrem Lieblingsbuch gepresst hatte, damit sie nicht verdarb. »Ein Edelweiß?«

Max nickte mehrfach, und Franziska hatte den Eindruck, dass seine Augen glänzten. »Schön, dass du dich erinnerst.«

Wortlos sprang Franziska auf und lief die Treppen hinauf in ihr Zimmer. Das Buch stand am Nachtkästchen. Dort hatte es auch in Wien gestanden. Mit dem Buch in der Hand lief sie wieder nach unten, legte es auf den Tisch und schlug es auf. Sanft strich Max über die Seite und blieb mit dem Finger am Blütenstiel des Edelweißes stehen. »Du hast es noch?«

»Selbstverständlich.« Sie lächelte ihn an. »Ich habe alles noch, was du mir je geschenkt hast.«

Er hob eine Augenbraue, als er aufblickte und sie betrachtete. Ihre Blicke trafen sich. Kurz sah sie ihn als Jungen in Lederhose, mit aufgeschundenen Knien, der ihr stolz das Blümlein überbrachte und ihr einen Kuss auf die Wange drückte. »Jetzt können wir heiraten«, hatte er gesagt und gelacht. »Wenn du das Edelweiß nicht vorher verlierst.«

Nur ein Jahr später war die Lederhose Geschichte und aus dem blond gelockten Buben ein Punker geworden.

Sie hatte das Edelweiß nie verloren, es gehütet wie einen Schatz, in ihrem Lieblingsbuch, aber trotzdem jemand anderen geheiratet.

Max klappte das Buch zu und machte große Augen. »Das hab auch ich dir geschenkt. Zum Geburtstag.«

Franziska nahm das Buch wieder hoch und fuhr mit ihrem Zeigefinger die Zeichnung auf dem Schutzumschlag nach. Ein Auge in einem Ring, um den etwas in goldenen Lettern stand, das nur Fans entziffern und übersetzen konnten. Elbische Runen. »Ja. Zum vierzehnten Geburtstag.«

»Wie passend, dass du das Edelweiß darin aufbewahrt hast.« Fest drückte sie das Buch an sich, damit das Edelweiß nicht herausfiel, aber auch nicht das Foto von Max und ihr beim Rossmarkt. Der Tag, an dem sie sich zum ersten Mal richtig geküsst hatten. Sie legte das Buch auf die Kredenz und wandte sich dem Blätterwald zu, der auf dem Esstisch lag.

Max räusperte sich und wandte sich wieder dem Papierberg zu. »Aus diesen Zeichnungen konnte ich einen Baum bilden, und eine Rose ist auch noch dabei.«

Franziska schaute sich seine Zeichnungen an, konnte sich aber keinen Reim darauf machen.

»Okay, wir haben eine Rose, ein Edelweiß, einen Baum und ein O oder eine Null.«

»Und eine Fünf, wenn wir diesen stilisierten Sessel mit dem Rest, der bleibt, verbinden.«

Noch immer hatte Franziska keine Ahnung, was Max hier herausgefunden haben könnte.

»Bei O5 hat es bei mir seltsam geklingelt.« Er zeigte auf seine Schläfe. Bei Franziska klingelte gar nichts im Hirn, dafür aber in ihrer Hosentasche. Eine Tiroler Nummer.

»Sekunde. Ich glaub, das Labor ruft an.«

»Stell doch auf Lautsprecher.«

Franziska nickte und hob ab. Es war tatsächlich das Labor.

»Wir haben eure Sachen analysiert.« Eine weibliche Stimme. »Das war sehr interessant, kann ich euch sagen.«

Franziska setzte sich, kramte einen Stift aus der Tischlade und drehte einen der Zettel von Max um.

»Schieß los.«

»Also, zuerst die roten Farbpartikel von den Wänden, die ihr geschickt habt. Das ist keine Wandfarbe, nicht mal irgendeine Farbe, sondern Blut. Und zwar von einem Schaf.«

Max nickte. »Wie erwartet.«

»Aber die Briefe waren besonders interessant.« Darauf war auch Franziska gespannt.

»Das Papier und die Kuverts sind für die Luftpost geeignet, weil sie sehr dünn sind. Das habt ihr sicher bemerkt. Wir haben nicht nur zerdrückte Läuse und Flöhe in zwei Briefen gefunden.« Sie pausierte. »Sondern auch noch andere Spuren.«

Franziska kratzte sich automatisch wieder am Hals, wo vor wenigen Tagen noch tatsächlich Flöhe ihr Unwesen getrieben hatten.

»Jedenfalls ist das Papier um 1935 bis 1945 hergestellt worden. Aber noch was ist interessant ...«

Franziska unterbrach. »1935? Bis 45? Hast du das gerade gesagt?«

»Genau. Und wir haben auf allen Briefen Bleispuren gefunden und andere Rückstände, die auf Waffengebrauch schließen lassen.«

Fieberhaft überlegte Franziska, was es damit auf sich haben konnte. Hatte das jetzt noch etwas mit den Fällen hier in Schöder zu tun, oder waren es einfach alte Liebesbriefe von Gabriele Schneiders Mutter? Immerhin konnte man nun einwandfrei ausschließen, dass der Nachbar Jan Karrner diese Briefe verfasst hatte. Der hatte nämlich in den Dreißiger- und Vierzigerjahren bestimmt noch nicht gelebt.

»Was willst du uns damit sagen?«

»Die Briefe könnten ein Zeitzeugnis aus dem Zweiten Weltkrieg sein. Wir haben sie auch gelesen und einen Schriftexperten hinzugezogen. Anhand der Buchstabenzeichnung und der Wortwahl geht auch er davon aus, dass wir recht haben. Und noch etwas: Lies die Briefe mal. Wir denken, dass deshalb keine Stempel und Marken drauf sind, weil sie persönlich überbracht oder weitergereicht wurden. Es könnte sich um eine geheime Liebe handeln, die sich in einem Konzentrationslager abspielte.«

Ein Seitenblick zu Max. Der fuhr sich gerade mit beiden Händen gleichzeitig durch sein Haar. »Dann bin ich mit meinen Recherchen doch am richtigen Dampfer!«

Er drehte den Zettel wieder um, den sie vor sich liegen hatte.

»Edelweiß, O5, Baum, Rose«, sagte er laut. »Klingelt es da jetzt auch bei dir?«

»O ja«, sagte die Stimme aus dem Smartphone. »Das passt zu den Briefen.«

Wussten jetzt alle Bescheid? Konnte jeder dieses Rätsel lösen? Hatte man irgendetwas davon in der Schule gelernt?

Ein Räuspern. »Die Baumgruppe, die Weiße Rose, die Edelweißgruppe und O5.« Max sagte die Worte betont langsam, mit Pausen dazwischen, und sah ihr dabei in die Augen.

»Alles Widerstandsgruppierungen ...«, flüsterte Franziska.

»Genau.«

»Dann haben wir es hier mit zwei Fällen zu tun?«

Max zuckte die Achseln. »Vielleicht. Vielleicht sollten wir aber auch in der Vergangenheit von Marion Leitner nachforschen.«

»Du meinst, bei ihren Vorfahren.«

»Ich weiß ja nicht, um welchen Fall es genau geht«, sagte die Frau aus dem Labor. »Aber ich kann mir nicht vorstellen, dass es ein Zufall ist, dass sowohl die Briefe als auch die Zeichen, von denen ihr sprecht, auf dieselbe Zeit verweisen. Und das Blut. Nur zur Info. Es ist von einem Schaf, nicht von einem Schwein.«

»Weil Schweine nicht koscher sind? Oder wie meinst du das?«

»Ich sage nur, es könnte sein, dass alles eine Bedeutung hat, ihr müsst das Puzzle nur richtig zusammensetzen.« Sie pausierte. »Üblicherweise muss im Judentum Blut mit Sand bedeckt werden, außer beim Schaf und Rind, das wird nämlich auch zum Altar gebracht. Ansonsten wird immer auf Sand geschlachtet, außer es ist nicht anders möglich, dann braucht man ein Tuch, wo man das Blut auffängt.«

»Woher weißt du das denn?«

»Hat mir jemand in Israel erzählt. Ich interessiere mich sehr für verschieden Religionen, Bräuche und Kulturen. Und reise sehr viel.«

Nachdem sie sich bedankt und verabschiedet hatten, hielt Franziska alles noch schnell per Notizen fest.

»Warum hat man euren Stall beschmiert?«

Franziska schüttelte den Kopf. »Ich hab keinen blassen Schimmer.«

Jemand polterte zur Tür herein. Es war ihr Vater mit Egon im Schlepptau. Max deutete mit dem Kopf hinüber.

»Wird Zeit, dass wir deinen Alten genauer befragen.«

44. Kapitel

Marion

Ich lerne sprechen, ich lerne meine Hände wieder zu bewegen und meine Beine zu benutzen. Jeden Tag kommen dreimal Physiotherapeuten, die mich bewegen. Noch im Bett, aber meine Muskeln werden wiedererweckt.

Damit ich bald alles wieder selbstständig machen kann. Mittlerweile kann ich deutlich genug Ja und Nein sagen, aber meine Zunge macht immer noch nicht alles mit. Lahm und lasch liegt sie in meinem Mund. Meine Lippen pressen sich nicht fest genug aufeinander, um M oder P zu sagen, aber die Therapeuten und Therapeutinnen sind zuversichtlich, dass es bald wird.

Heute habe ich außerdem zum ersten Mal eine Psychologin hier gehabt. Sie klingt nett. Zuerst habe ich mir gedacht, sie käme mir bekannt vor, aber ich war noch nie beim Psychologen, deshalb kann das gar nicht sein. Oder ich habe es vergessen, wie so vieles. Außerdem hat sie mir gesagt, dass sie aus Deutschland kommt. Also keine Steirerin. Die Psychologin trägt eine Brille und trägt ihr dunkles Haar zu einem Dutt. Sie hat stets ein Kostüm in verschiedenen Farben an, das Einzige, was mich irritiert, ist dieser Kirschgeruch, aber das Duschbad gibt's in jeder Drogerie. Die Psychologin nennt sich

Martha und fragt mich, wie es mir geht. Ich nicke nur und lächle.

Die Psychologin redet über verschiedene Sachen mit mir. Sie will wissen, ob ich mich an den Tag beim Wasserfall erinnern kann, und fragt, ob ich mich umbringen wollte, weil mein Mann eine Affäre hat. Oder ob es andere Gründe gäbe.

Wieso kommt mir nichts davon bekannt vor? Mein Mann und eine Affäre? Sicher nicht. Meine Erinnerungen sind verschwommen, aber es kann nicht sein, dass mein Mann schon seit einem Jahr eine Affäre hat.

Wer seine Geliebte sein soll, kann mir die Psychologin nicht sagen. Schweigepflicht. Sie meinte aber, ich werde mich schon irgendwann erinnern und wissen, dass es so ist. Ich kann mich nicht einmal erinnern, die Psychologin kontaktiert zu haben. Sie kommt manchmal mit Musik, üblicherweise genau die Musik, die ich mag: Achtziger- und Neunzigerjahre.

Sie weiß genau, dass ich sowieso nichts sagen kann. Meist stellt sie mir geschlossene Fragen, die man nur mit Ja oder Nein beantworten kann, und das funktioniert.

Momentan ist diese Therapie ein Monolog. Wie mir das helfen soll, weiß ich nicht. Die Ärzte sind zuversichtlich. Sie haben gesagt, dass ich bald in eine Reha-Einrichtung überstellt werden kann, denn meine Werte sind stabil. Die Psychologin meint, dass sie auch dorthinkommen wird. Ist mir eigentlich egal. Ich brauche keine Psychologin und ich bin auch ganz sicher, dass mein Mann keine Affäre hat! Ich weiß nicht, was hier gespielt wird, aber ich habe das Gefühl, immer noch nicht in Sicherheit zu sein.

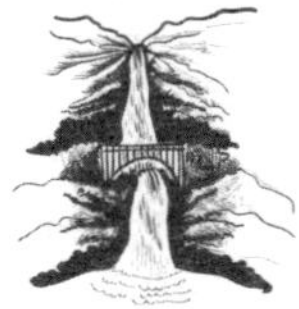

45. Kapitel

»Was wollt ihr von mir wissen?« Franziskas Vater war nicht erfreut über eine Befragung.

»Die Schmiererei im Stall. Max hat das Rätsel geknackt, und wir sind nicht die Einzigen, die betroffen sind.«

»Wer denn noch?«

»Das Garagentor von Jan Karrner. Kennst du ihn?«

Er winkte ab. »Nur flüchtig, das ist doch dieser Piefke mit seinem Sportwagen. Also wie der sich aufpudelt, solche Leute mag ich nicht. Mit dem habe ich noch nie ein Wort gewechselt.« Wie konnte man jemanden nicht mögen, wenn man noch nie mit ihm gesprochen hatte?

»Jedenfalls waren dieselben Zeichen, die an unsere Stallwand geschmiert wurden, auch auf Karrners Garagentor. Und die Spuren führten weiter zu diesem leer stehenden Haus. Kennst du das?«

»Ja, da wohnt doch seit Jahren niemand mehr.« Er klatschte in beide Hände. »Kennst du auch die Geschichte dahinter? Es gibt einen Fluch. Reiner Aberglaube! Aber die Hanni war sicher, dass es ein Fluch ist. Die Heidi kann dir garantiert mehr darüber erzählen.«

»Wieso kann mir da die Heidi mehr erzählen?«

»Na ja, die Heidi hat doch alles recherchiert und ihre Mutter auch. Die wissen alles über das Haus, denk ich.«

Diese Familie, die damals nicht gerade nette Nachbarn von nebenan waren. Obwohl sie Freunde waren. Ja, das hatte ihr Heidi erzählt.

»Aber Vater, wie steckst denn du da mit drinnen? Ich meine, warum wurde denn bei uns der Stall angeschmiert?«

Ihr Vater ließ den Kopf hängen und kratzte sich am Unterarm.

»Ich glaube, das ist kein guter Zeitpunkt, um darüber zu reden.«

Max mischte sich ein.

»Wenn das nicht der ideale Zeitpunkt ist, wann dann? Wir haben hier zwei Mordversuche an einer unbescholtenen Lehrerin, wo wir noch nicht genau wissen, wie das alles zusammenhängt. Wir haben Vandalismus, Sachbeschädigung und außerdem noch Hermis gerissene Schafe.«

»Was haben denn Hermis gerissene Schafe damit zu tun?«

»Vater, jetzt musst stark sein, denn die Schmierereien im Stall wurden mit Schafsblut gemacht. Wir wissen nicht genau, ob es von den Schafen der Hermi ist, aber das ist eine aufgelegte Sache, dass es diese Schafe sind.«

»Das hat er mit Blut gezeichnet«, wiederholte Max. »Wieso, Herr Fürst?« Max sprach ihren Vater nach all den Jahren noch immer per Sie an. Der wiederum duzte ihn.

»Frag mich was Leichteres, ich bin mit den Gepflogenheiten nicht vertraut, die sich dieses Gfrastsackl ausdenkt. Wie weit seid ihr schon mit den Ermittlungen?«

»Du bist ein Teil davon, Vater, dieselben Symbole im Stall wie auf der Garage hat der Max hier eingezeichnet und zusammengeschustert. Das sind alles Widerstandsgruppierungen aus der Zeit des Zweiten Weltkriegs. Weißt du irgendwas davon?«

»Mein Vater hat schon im Ersten Weltkrieg für das Vaterland gekämpft und später wieder, natürlich war ich dann auch bei der Hitlerjugend, wir haben das damals alles nicht durchschaut. Das war ganz anders, als ihr glaubt. Wir haben nicht gewusst, was da los war, jedenfalls nicht von Anfang an.« Ihr Vater kratzte sich am Unterarm, die Haut wurde schon rot. »Das alles ist so schwierig, ich habe gern Sport gemacht, und mein Vater war stolz auf mich, das war's. Ich wollte niemandem wehtun und ich habe auch nie jemanden umgebracht. Kameraden haben einmal einen von der Swing-Jugend verprügelt, aber ich schwöre, ich hab nicht mitgetreten, ich bin nur dabeigestanden.«

»Und du hast nur zugeschaut? Und dem armen Kerl nicht geholfen?«

»Dann hätten sie mich doch auch verprügelt …« Er pausierte. »Oder Schlimmeres.«

»Du bist im Visier von diesem Täter, denk nach, warum? Und wenn dir was einfällt, dann sag es uns bitte. Jeder kleine Hinweis kann wichtig sein, jeder Fehler. Vermutlich hängt das alles irgendwie zusammen, wir wissen nur noch nicht, wie.«

Könnte es sein, dass es genau darum ging? Dass er weggesehen hatte, als ein Unschuldiger verprügelt wurde? Ein Junge, dessen einziger Fehler es war, bestimmte Musik zu lieben, die von den Nationalsozialisten verboten worden war?

»Ja, ja, ich werde nachdenken, auf der Couch!«

Max besah seine Zettelwirtschaft.

»Ich rufe jetzt mal im Wachzimmer an, ich habe nämlich Gernot auf die Marion Leitner angesetzt, dass er mal schaut, ob er irgendwas in ihrer Vergangenheit oder bei ihrer Familie findet, was uns weiterhelfen kann.« Er ging hinaus.

Da vibrierte plötzlich Franziskas Handy. Es war Nick.

»Wir waren heute aktiv und haben was herausgefunden zum Fall Leitner.«

»Dann schieß los«, sagte Franziska gespannt.

»Die Leitner hat eine sehr bewegte Vergangenheit, beziehungsweise ihre Vorfahren. Die waren recht aktive Mitglieder in der NSDAP. Wir haben aber nichts Bestimmtes zu Marion Leitner selbst gefunden. Sie ist total unbescholten. Aber sehr interessant sind die Namen Martha Kindler und Elisabeth Gruber. Wir konnten niemanden finden, dessen Lebenslauf mit dem von Elisabeth Gruber übereinstimmt. Gut möglich, dass sie bei euch völlig falsche Angaben gemacht hat. Zumindest scheint diese ›Elisabeth Gruber‹ nicht zu existieren. Wir müssen hier tiefer forschen. Leider ist Elisabeth Gruber ein weitverbreiteter Name. Das wird also eine Weile dauern. Diese Psychotherapeutin haben wir gefunden. Martha Kindler ist tatsächlich eine Österreicherin, die nach Deutschland ausgewandert ist und jetzt wieder hier lebt. Warum, weiß man nicht. Diese Martha Kindler ist irgendwie auch so ein unbeschriebenes Blatt. Keine Vorstrafen. Unverheiratet und kinderlos. Weißt du, was überhaupt seltsam ist? Dass man keinerlei Verwandte von ihr findet. Der Name Martha Kindler taucht hingegen Ende der Neunziger in Deutschland, Wien und auch in der Steiermark auf, so rund ums Millennium. Aber ich finde keine Geburtsurkunde von ihr. Und auch keine Unterlagen des Spitals, in dem sie angeblich geboren wurde. Das ist also alles etwas komisch, das solltet ihr euch anschauen. Und zu Elisabeth Gruber werden wir weiter forschen.«

Franziska überlegte. »Könnte es sein, dass es ein Alias-Name ist?«

»Daran haben wir auch schon gedacht. Das überprüfen wir. Aber Franziska, da ist noch dieses abbruchreife Haus, wo auch Spuren gefunden wurden. Das war mal im Besitz einer Familie Bauer.«

»Welche Bauers?« In der Gegend gab es mehrere Familien mit diesem Namen.

»Eine hiesige Familie, die nach verschiedenen Ereignissen nach Deutschland ausgewandert ist und nicht mehr wiederkam. Die Einzige, die noch da ist, ist eine gewisse Vroni Bauer. Sie ist schon recht alt und lebt auf einem heruntergekommenen Hof in der Gegend.«

»Ach, die kenn ich.« Franziska erinnerte sich auch daran, wo der Hof stand. »Aber warum sind alle anderen weg?«

»Ein Teil ist verstorben, weg sind nur diejenigen, die in dem Haus gewohnt haben. Der Sohn von Vroni Bauer und die fünf Kinder.«

»Hat die auch der Fluch vertrieben?«

»Kann gut sein. Vielleicht haben sie aber auch was anderes ausgefressen.« Er pfiff durch das Telefon. Im Prinzip hatte er recht.

»Wie hängt das mit unseren Vandalismus-Fällen zusammen? Wir müssen unbedingt das Haus von innen anschauen. Waren die Bauers die letzten Inhaber?«

»Ja, wir haben rausgefunden, dass es immer noch in deren Besitz ist. Es ist alles Vroni Bauer überschrieben worden. Ich schicke dir noch alles über WhatsApp, was wir haben.«

»Ich schick dir auch was, denn die Zeichen auf den Mauern sind von früheren Widerstandsbewegungen. Schau bitte, dass wir eine Berechtigung zur Durchsuchung erhalten, dann geh ich damit zu Vroni Bauer, die kann uns dann reinlassen. Sie zu befragen wäre sicher auch nicht schlecht.«

»Wir?« Er pausierte. »Na gut, dann machen wir das gemeinsam. Aber die Tatortgruppe fordere ich dann auf jeden Fall auch an. Wenn du die Spuren bis zur Hintertür verfolgen konntest, dann finden wir drinnen garantiert etwas.«

»Darauf bin ich schon gespannt. Und wage es ja nicht, uns außen vor zu lassen.«

»Wen meinst du jetzt mit *uns*? Den Punker nehmen wir nicht mit.« War ja klar, dass es um Max ging.

»Wie oft soll ich das noch sagen, er ist kein Punker mehr.«

»Das glaub ich erst, wenn ich es sehe.« Typisch Nick.

»Wirst du bald, er ist nämlich schon wieder aus dem Krankenhaus entlassen worden.«

Stille als Antwort. Franziska wusste nicht so recht, wie sie das Gespräch mit Nick positiv beenden sollte. Also machte sie ihm ein Angebot, um das Thema zu wechseln.

»Wenn du Lust hast, kannst du heute Abend zum Essen kommen, dann kannst du Amelia und Jonas mal wieder sehen, aber bitte ohne Imke Strauss.«

Nick lachte. »Eifersüchtig? Natürlich nehme ich sie nicht mit zu meinen Kindern, was denkst du denn? Außer der Max ist auch da. Quid pro quo, gell?«

Nick hatte den Kindern noch nie eine seiner Affären vorgestellt, das war ja auch der Grund, warum Amelia nicht wusste, warum die Ehe zerbrochen war. Franziska klemmte das Smartphone zwischen Kinn und Schulter ein und zog sich die Schuhe an. Sie wusste, wen sie jetzt unbedingt sprechen musste.

Plötzlich riss jemand die Haustür auf. Statt Max stolperte Heidrun herein. Wenn man vom Teufel sprach.

»Mensch, Franzi! Gut, dass du da bist. Du weißt nicht, was ich gerade gesehen habe!«

»Gut, dass du da bist. Ich wollte dich gerade anrufen.«

46. Kapitel

Marion

Meine Kehle ist wie zugeschnürt. Mein Nachthemd klebt wie ein nasser Sack an mir. Stoßweise atme ich. Ich japse nach Luft. Gerade eben ist mir alles wieder eingefallen. Es kam so plötzlich wie eine riesige Welle. Unerwartet und gefährlich. Wie ein Tsunami schwappten die Erinnerungen über mich.

Jetzt sitze ich hier im Bett und kann kaum atmen. Ich habe mich allein im Bett aufgerichtet und kann mich gar nicht darüber freuen.

Panik! Der Schweiß rinnt in Bächen meinen Rücken hinunter.

Ich weiß wieder alles, was passiert ist. Jedes einzelne Detail. Die Erinnerungen der letzten zwei Jahre sind wieder da. Besonders an das letzte Jahr. Das, was ich wie im Zeitraffer vor mir gesehen habe, macht mir Angst.

Wie gefährlich ich gelebt habe, wird mir erst jetzt klar. Und dass ich mir den Feind selbst nach Hause geholt habe. Der Feind, der sich als Freund getarnt hat.

Zum ersten Mal weiß ich, was die Floskel *ein Wolf im Schafspelz* zu bedeuten hat. Zum ersten Mal wurde ich von so einem Wolf getäuscht, in meinem Fall war der Wolf eine Wölfin.

Sie hat sich als Freundin ausgegeben, sich in mein Leben hineingedrängt. Sie hat es verändert und umgestürzt, um sich mein Leben anzueignen.

Ich bin nicht vom Wasserfall gestürzt, war auch nie oben.

Ich wurde von hinten niedergeschlagen. Die Erinnerung an den plötzlichen Schmerz am Hinterkopf, bevor ich zusammenbrach, ist da.

Sie hat versucht, mich zu ermorden. Wo ist ein Sack zum Hineinatmen? Ich hyperventiliere und kann nicht damit aufhören! Ich kann nicht damit aufhören! Und weil ich damit nicht aufhören kann, fange ich an um mich zu schlagen. Schreiend drücke ich die Klingel an meinem Krankenbett.

47. Kapitel

Heidrun schlüpfte aus ihren Schuhen und umarmte Franziska.

»Stell dir vor, ich war eben beim Friseur …« Das war nicht gerade das, was Franziska hören wollte.

»… und wen sehe ich? Diese Elisabeth Gruber! Und was macht sie?« Was will man beim Friseur groß tun? Franziska gähnte.

»Sie hat sich die Haare schneiden oder färben lassen?«

»Stell dir vor, sie hat beides gemacht!« Langweilig. Heidrun beugte sich näher zu Franziska. »Die Bombe kommt noch.« Na wunderbar. Wurde auch Zeit.

»Sie hat sich exakt dieselbe Frisur schneiden lassen wie die Marion Leitner, mit derselben Haarfarbe!«

»Draußen laufen viele Leute mit derselben Frisur herum.« Franziska war von dieser Neuigkeit wenig beeindruckt. Heidrun sah beinahe beleidigt aus.

»Es geht noch weiter. Die Gruberin hatte der Marion ihr Gewand an! Ich schwör's dir!« Das war immer noch nicht aufregend genug, aber Franziska hörte neugieriger zu.

»Dann wurde es noch schlimmer. Ich bin ihr nachgefahren …«

Was war bloß mit ihrer Freundin los?

»Wieso denn das?«

»Weil ich sehen wollte, wo sie hinfährt, immerhin ist da irgendwas faul bei der Frau!«

Da musste ihr Franziska insgeheim zustimmen. Elisabeth Gruber verbarg etwas. Zu diesem Schluss war sie selbst schon gekommen.

»Was ist dann passiert?«

»Du kommst nie drauf, wo sie hingefahren ist!« Heidrun pausierte und sah Franziska an, die es ihrerseits vorzog zu schweigen. Heidrun würde ohnehin gleich mit der Antwort herausrücken.

»Sie hat den Wagen vor dem Haus der Leitners abgestellt.« Heidrun lachte. »Der Alois kam rausgepRescht aus dem Haus, so schnell hab ich den noch nie laufen sehen. Er hat ihr sofort mit den Tüten geholfen, anscheinend war sie vor dem Friseur noch einkaufen.«

»Vielleicht hilft sie dem Alois, weil die Marion gerade im Krankenhaus ist.«

Heidrun stemmte die Arme in die Hüften und schob ihr Kinn vor.

»Aha. Und wie erklärst du dir das? Bevor er ihr die Tüten hineingetragen hat, hat er sie umarmt und geküsst. So richtig geküsst. Das war kein Bussi, das kannst mir glauben!«

»Wie bitte? Elisabeth Gruber und Alois Leitner?«

»Ich war genauso baff wie du jetzt. Der Alois hat eine Affäre mit der Gruberin, während die arme Marion im Spital liegt und sich innerlich die Augen ausheult. Wie lange das schon geht, weiß ich nicht, aber wennst ein Motiv suchst, vielleicht war es ja sogar der Alois, weil er mit der Gruberin zusammen sein will!«

»Bitte goar schen! Das ist ja Wahnsinn, Heidi!« Das musste sie gleich Max und Nick erzählen. Aber vorher musste sie noch etwas anderes klären. Mit dem Zeigefinger tippte sie Heidrun an die Brust.

»Mit dir muss ich auch noch ein Hühnchen rupfen!« Die Falten auf ihrer Stirn wurden tiefer. »Vater hat gesagt, dass du alles über das Haus weißt, wo ich mir die Flöh geholt habe.«

Heidrun guckte auf ihre Fußspitzen und sagte nicht mehr viel. »Das ist ein dunkles Kapitel der Familie einer Freundin meiner Mama, die leider nicht mehr lebt. Es tut mir leid. Aber da wollte ich mich nicht zu weit vorlehnen, solange es nicht so pressiert hat. Ich wollte niemanden brüskieren. Die arme Vroni kann da ja auch nichts dafür, was da alles passiert ist, und der gehört jetzt das Haus.«

Das glaubte ihr Franziska. Sie hatte mit Vaters Beichte auch schwer zu kämpfen.

»Du hast die ganze Zeit gewusst, wem das Haus gerade gehört. Es wäre wichtig für die Ermittlungen gewesen, wenn du mir das gleich gesagt hättest.«

Kleinlaut stimmte ihre Freundin zu.

»Ja, wenn du noch irgendwas wissen willst, habe ich Unterlagen und Aufzeichnungen. Ich kann dir alles geben zum Ermitteln.«

»Nana, bravo! Dann rüber damit«, sagte Max, der wieder zurückgekommen war und still in der Tür stehend zugehört hatte. »Dann zeige ich dir auch gleich was.« Heidrun und Max gingen in die Küche und redeten miteinander über die Widerstandsbewegungen.

Franziska grübelte. Diese Elisabeth Gruber war jetzt mit Alois Leitner zusammen. Das war sehr verdächtig und schrie nach einer Befragung. Sie mussten unbedingt dorthin, denn ein Verdacht lag nun glasklar vor ihnen:

Alois Leitner hatte versucht, seine Frau umzubringen. Oder zumindest ruhigzustellen. Natürlich gab es noch die Chance, dass Elisabeth Gruber die Täterin war. Oder hatten sie es gemeinsam getan? Wollten sie Marion zusammen aus dem Weg schaffen, damit die Bühne frei war, um ihrer Affäre Raum zu geben?

Rasch lief Franziska zu Amelia und Jonas hinauf und erklärte ihnen, dass Nick später vorbeikommen würde und sie selbst noch einmal mit Max und Heidrun wegmusste. Nick würde sich später um sie kümmern. Beide freuten sich, besonders Amelia fing gleich an sich zu schminken.

Dann ging Franziska wieder in die Küche zurück, wo Max noch immer mit Heidrun ins Gespräch vertieft war und mit ihr das letzte Symbol zusammensetzte. Es war ein relativ unbekanntes Symbol, aber Heidrun sagte, dass es ebenfalls für eine kleinere Widerstandsgruppe stand, die nur nicht so bekannt geworden war. Diese Gruppierung hatte versucht, der Familie aus dem Doppelhaus zu helfen, was leider schiefging. Heidrun wusste nicht, ob irgendjemand von der jüdischen Familie überlebt hatte.

»Es gab damals so viele Familien, die deportiert wurden, die auseinandergerissen wurden. Kinder, die nach Theresienfeld geschafft wurden, die von ihren Vätern und Brüdern getrennt wurden, denn meistens wurden Mütter und Mädchen miteinander weggebracht und die Väter mit den bereits volljährigen Burschen. Viele Familien wurden getrennt, viele haben sich nie wiedergesehen. Eine grausame Zeit.«

»Man kann sich das heutzutage gar nicht mehr vorstellen. Auch wenn man Filme und Dokumentationen darüber gesehen hat.«

»Wenn man das nicht selbst erlebt hat, steckt man nicht drin und kann nur versuchen, es nachzuempfinden.« Heidi nickte. Ein plötzlicher Kälteschauder ergriff Franziska. Mit den Händen rieb sie sich über ihre Oberarme. Sie konnte die Gänsehaut spüren. Eine Weile standen sie schweigend da, bis Franziska die unangenehme Stille brach.

»Ich fahre jetzt mit dem Max rüber zu den Leitners und werde mit dem Alois und seiner Neuen ein Wörtchen reden.«

»Tut das, ich bleibe bei den Kindern, bis ihr wiederkommt.«

»Bleib einfach hier, bis Nick kommt. Der hat sich versetzen lassen und ist jetzt beim LKA in Graz. Ich hoffe nicht, dass noch mehr solche heftigen Fälle auftauchen. Aber falls doch, werde ich Nick öfter sehen, wenn das LKA miteinbezogen wird. Aber da kann man jetzt nichts ändern.«

»Warum hat er das gemacht? Ich dachte, er ist so verliebt in sein Wien, dass er nie dort wegwollte.«

»Graz ist auch eine Großstadt, nicht wahr? Und wenn du mich fragst, ist Graz die wesentlich schönere Stadt.«

Davon war Franziska sehr überzeugt, Graz war die schönste Stadt von ganz Österreich! Auf jeden Fall! An der Tür verabschiedeten sie sich.

»Der Gernot hat gerade angerufen, dass wir ins Haus der Bauers dürfen«, sagte Max draußen.

»Wollten wir nicht gerade zu den Leitners?«

»Ich denke, es wäre wichtiger, sich das Haus anzusehen und mit Vroni zu reden, als den Alois mit seiner Fremdgeherei zu konfrontieren.«

»Nicht wenn der Alois seine Frau auf dem Gewissen hat.«

»Lass uns das trotzdem zuerst abhaken. Der Alois wirkt jedenfalls nicht so, als müsste er jeden Moment auffliegen. Nach den Erzählungen von Heidi dürfte er sehr relaxt sein.«

Franziska stimmte zu. Auch wenn es möglicherweise nach ihrem Eintreffen und der Befragung nicht mehr so locker bei den Leitners sein würde.

48. Kapitel

»Da musst du rechts rauf«, sagte Max.

»Ich weiß noch, wo die Vroni wohnt, glaub mir.«

»Ich wollte nur rechtzeitig was sagen, bevor wir links fahren und dann eine Zeit lang nicht umdrehen können.«

Sie nickte. »Auch das weiß ich noch.«

Ein Grinsen flog über sein Gesicht, das sie deutlich im Augenwinkel erkennen konnte. »*… feelings to the bone. Don't want to leave you …*«, erklang Pat Benatar aus dem Radio. Das war ihr Song gewesen. Damals. Max drehte am Lautstärkeregler. »*We belong to the light, we belong to the thunder …*«, schallte es jetzt durch das Auto.

Franziska musste sich zusammenreißen, nicht lautstark mitzusingen. Und Max musterte sie, als würde er genau darauf warten. Gott sei Dank fuhren sie gerade durch das Gatter des Dreikanthofs der Familie Bauer. Mit dem Ausschalten des Motors erstarb auch Pat Benatars Stimme abrupt.

Vroni fanden sie im Stall. Ein paar Schweine und Hühner hatte sie behalten. Das meiste Vieh hatte sie verkauft. Keines ihrer Kinder war in Schöder geblieben und ihr Mann längst verstorben. Auch fand sich bisher kein Käufer für den Hof. Das alles hatte ihr Heidi noch in der Küche erzählt, und Franziska war schockiert über den Zustand des Hofs und seiner Umgebung. Sie hatte alles ganz anders in Erinnerung.

Vroni in einem fast leeren Stall bei ihren letzten Schweinen zu sehen war traurig. Ihr Gesicht hellte sich auf, als sie Franziska hereinkommen sah.

»Mei Franzi, dass du di wieder moi anschauen losst.«

Mit zittrigen Fingern zog sie ihre Strickjacke zusammen, die an ihr hing, als wäre sie fünf Nummern zu groß. Abgemagert war Vroni.

»Griaß di Vroni.« Franziska umarmte die alte Frau. »Es tut mir leid, dass wir dich stören, aber wir hätten ein paar Fragen an dich.«

»Ah seids ihr beruflich hier?«

»Leider, Vroni.« Franziska räusperte sich. »Aber ich komm gern in den nächsten Tagen mal privat bei dir zum Plaudern vorbei.«

»Mei, das wär fein.« Sie leerte einen Kübel mit Kartoffelschalen in den Sautrog. Dann stellte sie ihn ab und nahm Franziskas Hände. »Schön bist du, Kind.« Sie tätschelte ihre Hände. »Na dann kommts mit in die Stub'n.«

Drinnen roch es wie eh und je. Ein bisschen nach Grammelschmalz und Most. Dazu kam der Geruch nach Holz und Rauch. Vroni heizte und kochte noch mit einem alten Ofen. Sie stellte einen Teekessel auf die Heizplatte. Dann rieb sie ihre Hände aneinander.

»So, was wollts ihr nun wissen?«

»Es geht um das Haus, das in der Gasse bei der Sticker Anni.«

»Mei, ich will das schon so lang verkaufen, aber keiner nimmt's.« Sie schüttelte den Kopf. »Wir haben den Preis jetzt schon viermal geändert.«

Der Kessel pfiff. Vroni nahm ihn und schenkte das Wasser in eine Teekanne. Sie bot auch ihnen etwas an, aber beide lehnten dankend ab.

»Der Fluch, gell?«

»Viele wissen doch gar nichts davon, aber es ist halt schon sehr heruntergekommen. Man müsste viel Geld reinstecken, und die Zeiten sind hart, die Leut überlegen sich dreimal, ob sie was kaufen oder nicht. Meinen Hof will ja auch keiner.«

Da konnte sie recht haben. Die Inflation machte vor niemandem halt, und Immobilien waren Luxus. Und den konnten sich die meisten Menschen nicht mehr leisten. Der Mittelstand wurde auch immer ärmer.

»Wir würden gern ins Haus schauen. Hast du einen Schlüssel und wärst du so lieb, mitzufahren und uns reinzulassen?«

»Aber sicher.« Sie nickte. »Darf ich den Tee noch austrinken?«

»Selbstverständlich. Vielleicht kannst du uns in der Zwischenzeit noch mehr erzählen. Du wohnst ja in der Nähe der alten Leitners.«

»Mei, früher hab ich auf die Marion aufgepasst. Kindergarten hat's ja damals nicht gegeben. Ja, mei. So lange kenn ich die alle schon.«

»Dann weißt du, dass die Marion im Krankenhaus ist.«

»Freilich. Tragisch das Ganze. Ich muss aber sagen, dass sich die Marion im letzten Jahr schon sehr verändert hat. Mich ist sie überhaupt nicht mehr besuchen gekommen.«

»Kam sie denn sonst vorbei?«

»Freilich. Immer am Samstag und am Sonntag hat sie mich abgeholt für den Kirchgang und mich danach wieder heimgebracht. Manchmal hat sie mir auch mit die Viecherln geholfen.« Sie dachte nach. »Und dann … auf einmal … nix mehr.«

»In die Kirche ist sie auch nicht mehr gegangen?«

Vroni Bauer schüttelte den Kopf. »Nicht, seit sie mit der Trutschn aus Deutschland herumlauft.«

»Du meinst Elisabeth Gruber?«

»Hat mir von Anfang an nicht getaugt. Hab es auch der Marion gesagt, dass die nichts Gutes im Schilde führt. Ich riech so was!« Sie lachte. »Na, und jetzt hat die den Alois ganz schön unterm Pantoffel, seit die Marion im Krankenhaus ist. Das geht aber schon länger.«

»Wie meinst du das? Haben die beiden schon vorher eine Affäre angefangen?«

»Solange es der Marion noch gut ging, hätte der Alois sie nie verlassen, aber ja, ich hab die Deutsche und ihn hinterm Wirtshaus in eindeutiger Umarmung gesehen.« Sie zog die Strickjacke enger an sich und schlürfte ihren Tee.

»Wie eindeutig?«

»Muss ich das ausführen? Sie haben sich nicht nur umarmt …«

»Und da war die Marion noch nicht im Krankenhaus?«

Vroni Bauer stellte ihr Teehäferl in die Abwasch. »Das ist schon über ein halbes Jahr her.«

Das war interessant. Wenn die beiden nicht das beste Motiv hatten, wer dann? Aber gleich Mord? Das traute sie dem Alois nicht zu.

»Vroni, traust du dem Alois einen Mord zu?«

»Wenn du mich das vor einem Jahr gefragt hättest, hätte ich sicher zu hundert Prozent Nein gesagt. Aber seit er der Deutschen verfallen ist, leg ich meine Hand nimmer ins Feuer für ihn.« Sie schlüpfte aus ihren Pantoffeln und zog Schnürschuhe an. »Die arme Marion. Wenn sie heimkommt, dann wird sie was erleben …«

Die Haare auf Franziskas Armen stellten sich auf. Augenblicklich wünschte sie sich, sie hätte auch eine dieser Strickjacken parat. Vroni Bauer öffnete eine Schublade und holte einen Schlüsselbund hervor. »Na dann fahr ma runter.«

Wenige Minuten später schloss ihnen Vroni Bauer die Tür zum Haus auf, in das die Blutspuren geführt hatten. Franziska und Max hatten gottlob Taschenlampen dabei, denn der Lichtschalter ließ sich zwar betätigen, aber es war kein Strom im Haus. Sie wiesen Vroni an, vor dem Haus stehen zu bleiben oder sich wieder ins Auto zu setzen. Sie wussten ja nicht, was sie erwartete. Im Vorgarten stand eine Holzbank, auf die setzte sich die alte Frau.

Vorsichtig schlichen sie durchs Wohnzimmer. Verstaubte Möbel, modriger Geruch. Eine Maus suchte Schutz vor dem Lichtstrahl von Franziskas Taschenlampe. Im hinteren Bereich des Wohnzimmers, wo die Tür zum Garten hinaus war, waren Spuren auf dem Boden. Franziska folgte ihnen. Sie führten in das Badezimmer.

»Max!«, rief sie »Du kannst gleich Nick und die Spurensicherung anrufen.«

Der zweite Lichtschein von Max erleuchtete das Badezimmer. In der Wanne standen drei Eimer, teilweise fand sich noch gestocktes Blut in ihnen.

»Der Täter hat das hier drinnen gebunkert.«

»Dann schauen wir mal, was wir noch so finden«, antwortete Max.

Das verlassene Haus wurde vom Täter also als Versteck genutzt. Im Oberstock angekommen, hörte Franziska ein seltsames Geräusch. »Hörst du das auch?«, flüsterte sie.

Max nickte. »Ich kenn das Geräusch.«

Er schlich dicht an der Mauer entlang bis zur letzten Tür am Flur. In geduckter Haltung mit der Waffe im Anschlag drückte Max die Klinke hinunter und stieß die Tür auf. Franziska folgte ihm und zog ebenfalls ihre Waffe. Das Geräusch wurde lauter. Es kam eindeutig aus dem Zimmer. Sie schlichen geduckt hinein, umrundeten das Doppelbett, das mitten im Zimmer stand und in dem augenscheinlich jemand gelegen hatte. Hinter dem Bett lag die Quelle des Geräusches.

»Keine Angst, Kleiner«, sagte Max und steckte die Waffe weg. Der Hund rührte sich nicht, winselte leise weiter.

Aus seiner Hosentasche zog Max einen Hundekeks und warf ihn ihm hin. Sofort schnappte der Hund danach.

»Der ist total hungrig«, sagte Max. »Schau ihn dir an, und sicher dehydriert.« Franziska kam näher.

»Das ist wohl der Hund, der die Schafe gebissen hat. Was ist das für eine Rasse?«

»Ein Rottweiler … Jemand hat ihn offenbar extra aushungern lassen.« Max schüttelte den Kopf. In seinen Augen schimmerten Tränen. »Wir nehmen ihn mit. Ist mir egal, wem er gehört. Derjenige hat gar kein Recht, ein Tier zu besitzen, wenn er so damit umgeht.«

Franziska nickte.

»Mei! Was ist denn hier los?« Vroni stand auf einmal im Zimmer.

»Du solltest doch draußen warten.« Franziska seufzte. Vroni leuchtete mit ihrem Schlüsselbund. Anscheinend hatte sie eine kleine Taschenlampe daran befestigt. Sehr praktisch! Vroni ging zum Bett. Irgendetwas fesselte ihre Aufmerksamkeit. Sie beugte sich über das Bett und griff mit ihrer rechten Hand zwischen den Bereich der beiden Kopfpolster.

»Das darf doch nicht wahr sein!«, rief sie aus und holte eine Kette hervor, die sie an ihre Brust drückte.

»Was ist denn los, Vroni.«

Tränen liefen über Vroni Bauers Wangen. Sie wankte und setzte sich auf das Bett. Franziska setzte sich zu ihr, während Max den Rottweiler mit Wasser versorgte und ihn von der Kette befreite, mit der er angebunden war.

»Was ist denn los, Vroni?«

Die Alte reichte ihr die Kette. Silber, mit einem Engelsanhänger, auf dem etwas eingraviert war. Der Anhänger ließ sich öffnen wie ein Medaillon. Drinnen waren zwei Bilder. Eines zeigte Vroni und ihren verstorbenen Mann, das andere zeigte ein Baby.

»Kathi«, flüsterte Vroni. »Das gehört meiner Kathi.«

»Wieso ist die Kette hier?« Vroni zeigte auf ein Bündel Kleider auf dem Boden vor dem Bett. »Anscheinend schläft sie hier.«

»Warum schläft deine Tochter hier und nicht bei dir am Hof?«

»Wir sind zerstritten.« Vroni wiegte den Kopf hin und her. »Kathi war schon als Kind zornig und grantig. Später hat sie sich immer was gesucht, wogegen sie rebellieren kann oder wofür sie einstehen kann. Und das lautstark und notfalls mit Gewalt.«

»Was meinst du damit?«

»Na ja, mit vierzehn hat sie sich mit ein paar Aktivisten in einer Legebatterie anketten lassen zum Beispiel. Aber ich glaube, es lag ihr gar nichts an den Hühnern. Tiere waren für sie grundsätzlich nichts, woran ihr Herz hing. Ich habe immer das Gefühl gehabt, dass sie niemanden mochte. Ihr hat was gefehlt.«

»Empathie meinst du?« Franziska gab ihr die Kette zurück. Vroni rieb über das Medaillon.

»Sie war kühl, und die einzige Emotion war Wut, die sie oft hatte. Geweint hat sie auch nur aus Wut. Bei der Beerdigung meiner Mutter hat sie gelacht und Kekse dabei gegessen. Sie war da erst neun Jahre alt, aber schon da hatte sie keinerlei Einfühlungsvermögen.«

»Seit wann seid ihr zerstritten?«

Vroni Bauer überlegte und steckte die Kette in die Tasche ihrer Strickjacke.

»Das ist über zwanzig Jahre her. Damals ist sie so einer Gruppierung beigetreten, die haben kriminelle Sachen gemacht, ich wollte damit nichts zu tun haben. Dann hat sie gesagt, dass die mehr Zuhause sind als wir, und ist mit ihrem Motorrad davongefahren. Hab sie nie wieder gesehen.«

Das war traurig. Franziska reichte der Bäuerin ein Taschentuch. Diese schnäuzte sich lautstark und steckte das Taschentuch in die andere Tasche ihrer Strickjacke.

»Und du weißt nicht, wo die Kathi jetzt ist?« Franziska legte ihre Hand auf Vronis Unterarm. Diese schüttelte den Kopf.

»Hast du vielleicht ein aktuelleres Foto von ihr?«

Vroni Bauer nickte. »Eines von vor fünfzehn Jahren, das mein Mann gemacht hat, als er sie zufällig am Rossmarkt gesehen hat.« Sie stand vom Bett auf. »Dafür müsst ihr aber noch einmal mit mir auf den Hof kommen.«

Franziska hörte Max mit Bernhard telefonieren, der den Hund abholen und durchchecken sollte.

»Vroni, geh doch schon mal raus und setz dich in den Wagen. Wir kommen gleich, sobald die anderen hier sind, um zu übernehmen.« Wortlos ging Vroni hinaus.

Sogleich rief Franziska Nick an und erzählte ihm alles. Er würde mit der Tatortgruppe das Haus ordentlich untersuchen. In der Zwischenzeit würden sie und Max Vroni nach Hause begleiten, damit sie ihnen ein Foto von Katharina Bauer zur Fahndung mitgeben konnte.

Bernhard war schneller da als die anderen und grüßte kurz in den Raum. Die Haare ungekämmt. Das Hemd verknittert, das nur teilweise in der Hose ohne Gürtel steckte. Als Franziska an ihm herunterschaute, fiel ihr Blick auf seine Hausschuhe. Er war anscheinend einfach schnell aus seinem Haus gestürzt. Das war echte Tierliebe. Da hatte mal einer tatsächlich den richtigen Beruf ergriffen. Sofort kümmerte er sich rührend um den Rottweiler und trug ihn nach einer raschen Untersuchung vor Ort zu seinem Pick-up.

Nachdem Max und Franziska alle Räumlichkeiten oben fotografiert hatten, gingen sie hinunter, um auch dort alles zu dokumentieren. Da stürmte auch schon die Tatortgruppe in ihren Overalls herein. Sie trugen große Lampen. Nonchalant ging Nick ihnen hinterher. Imke Strauss folgte. Beide trugen bereits Handschuhe und leuchteten mit ihren Taschenlampen in die Szenerie. Die Maus flitzte wieder hin und her, oder war es eine andere Maus als zuvor?

»Super! Fast wie in Wien hier«, sagte Nick, als er eintrat. »Weißt du noch, die Punkerhütten im zehnten Hieb?«

»Ich kann mich nicht nur an die erinnern.« In Wien gab es mehrere besetzte und verwahrloste Häuser, die von kriminellen Banden genutzt wurden. »Na dann, viel

Spaß. Wir fahren mit der Vroni zum Hof, geben eine Fahndung nach Katharina Bauer raus und sind dann bei den Leitners, nur zur Info. Bereitet euch vor, falls dort irgendwas verdächtig ist, dann könnt ihr nachher gleich alle dort hinfahren.«

»Alles klar, wir werden jetzt erst mal hier genug zu tun haben.« Nick hielt ihren Blick fest. »Weißt du, was mich wundert? Dass anscheinend niemand im Dorf mitbekommen hat, dass hier jemand wohnt.«

Franziska zuckte die Schultern. »Denk an die Leichen in Wien, die monatelang in ihren Wohnungen verwesen, bis jemand was merkt.«

Er nickte und schaute Max an. »Leiche liegt hier keine. Aber wir schauen zur Sicherheit überall nach.« Er zwinkerte Franziska zu.

Als Antwort rollte sie mit den Augen und strich Max über den Oberarm, sodass es Nick sehen konnte. »Komm, Max, fahren wir, die Vroni wartet schon.«

Ein Schrei kam von hinten. Imke Strauss.

»Schau mal nach deiner Partnerin. War aber vermutlich nur eine Maus.« Max grinste.

Nicks Gesichtszüge versteinerten. »Hau ab, bevor es hier doch noch eine Leiche gibt.«

»Hat mich auch gefreut.«

Bevor das hier noch eskalierte, zog Franziska Max am Hemdzipfel hinaus.

Vroni fand das Foto schnell, und Franziska gab sofort die Fahndung nach Katharina Bauer hinaus. Außerdem informierte sie die Kollegen auf der Dienststelle, dass sie so viel wie möglich über Katharina Bauer in Erfahrung bringen sollten, vor allem über die letzten zwanzig Jahre.

Dann ließen sie Vroni allein, nicht ohne sich vorher zu vergewissern, dass sie klarkam.

Als Max und Franziska wenig später beim Haus der Leitners ankamen, brannte noch Licht. Sie mussten nach dem Klingeln nicht lange warten, bis die Tür aufging.

Franziska starrte in Elisabeth Grubers Gesicht.

Und Elisabeth Gruber starrte zurück.

49. Kapitel

Marion

Alles hat an einem schönen Morgen begonnen, an dem ich eine Runde spazieren ging. Auch wenn ich Sport sonst nichts abgewinnen konnte, machte ich stets einen Spaziergang am Abend. Und einen am Morgen. Zehntausend Schritte bekam ich so mindestens zusammen. Da ich in der Schule zwar herumlief, aber auch viel saß, war das ein guter Ausgleich. Oft begleitete mich mein Mann Alois, aber manchmal ging ich auch allein, wenn er keine Lust hatte. Auf die Spaziergänge wollte ich nicht verzichten.

Als ich an diesem einen Morgen meine Runde drehte, war da plötzlich eine Frau vor mir auf dem Weg. Eine Joggerin, die am Boden hockte, sich das Bein hielt und dabei Wehgeräusche von sich gab. Ich lief zu ihr und fragte sie, was los sei. Ihr Bein zwischen den Händen, sah sie zu mir auf. Ihre Wangen waren mit Tränen benetzt.

»Ich glaube, ich habe mir mein Bein verstaucht.« Es klang mehr wie ein Schluchzen oder ein Flehen als wie eine Aussage. »Ich gehe jeden Morgen joggen und irgendwie bin ich umgeknöchelt. Und jetzt kann ich nicht mehr richtig allein von hier weg.«

Ich kniete mich zu ihr hin, konnte jedoch nicht viel erkennen. Aber ich bin ja auch keine medizinische Fachkraft. Also bot ich ihr an, sie zu einer befreundeten Ärztin zu bringen, die sich das Bein ansehen könnte.

Sie nahm mein Angebot dankend an, und wir stellten einander vor. Sie nannte mir ihren Namen: Elisabeth.

Ich half ihr hoch, und sie legte ihren Arm über meine Schulter. So humpelten wir bis zur Ärztin.

Dort lieferte ich sie ab und wartete draußen im Wartezimmer. Als sie wieder herauskam, war ihr Fuß einbandagiert, und sie sagte mir, dass er tatsächlich verstaucht wäre. Ich brachte sie nach Hause. Zumindest zu der Adresse, die sie mir nannte. Über ihren Wohnsitz wunderte ich mich, denn soweit ich wusste, gehörte das Haus jemand anderem. Vielleicht war sie ja verwandt mit den Leuten, die sonst in diesem Haus wohnten, dachte ich. Nachgefragt habe ich nicht, das fand ich unhöflich. Ich kannte die Frau nicht und vielleicht würde ich sie auch nie wiedersehen.

Wir verabschiedeten uns, dann ging ich nach Hause. Lange dachte ich mir nichts dabei. Aber es war ein großer Fehler überhaupt mit ihr in Kontakt zu treten. Das weiß ich jetzt, denn Elisabeth hatte nichts Gutes vor.

50. Kapitel

»Was wollen Sie denn hier?« Elisabeth Grubers Stimme zitterte.

»Wir würden gerne mit dem Alois sprechen.«

Sie trat zur Seite und ließ sie herein.

»Hallo, Alois«, sagte Max gleich zur Begrüßung.

»Was gibt's denn?«

»Kannst du dir das nicht denken?« Max deutete auf Elisabeth Gruber.

»Ich wüsste nicht, was dich das angeht.«

Franziska reichte Alois Leitner die Hand. Er lächelte.

»Griaß di, Pferdefranzi, lange nicht mehr gesehen, da warst du noch so klein …« Er deutete bis zu seinen Knien. »Meine Frau hat dich unterrichtet.«

Max zeigte erneut auf Elisabeth Gruber und rollte die Augen. »Die Marion, *deine* Frau, die ist im Krankenhaus. Und deshalb haben wir ein paar Fragen an dich«, kam er gleich zum Thema.

»Zum Unfall am Wasserfall? Was geht denn mich das an? Ich war nicht dabei!«

Wieso sprach er so abfällig über seine Ehefrau? Franziska wurde ganz kalt. Anscheinend lief diese Affäre tatsächlich schon länger. War Alois am Ende wirklich der Täter?

»Weil wir mittlerweile neue Erkenntnisse zu dem Fall haben.«

Was Alois Leitner nicht wusste, war, dass Franziska alles für Nick und Imke aufzeichnete, damit das LKA Bescheid musste, was hier gesprochen wurde. Alois Leitner war gerade erst zum Hauptverdächtigen geworden, denn das Motiv stand hier in der Küche und begutachtete Franziska.

»Frau Gruber, würden Sie bitte in einen anderen Raum gehen und die Küchentür schließen, wir würden Alois gern allein befragen, zu ihnen kommen wir danach«, bat Max.

Elisabeth Gruber schenkte sich ein Glas Wasser ein und verschwand wortlos. Die Parfumwolke, die sie in der Küche hinterließ, kam Franziska bekannt vor. Elisabeth Gruber hatte nicht nur ihr Äußeres geändert und sah Marion Leitner zum Verwechseln ähnlich, sie roch auch wie die Lehrerin. Das war seltsam. Wer tat so etwas?

»Also Alois, es ist jetzt so, dass wir von zwei Mordversuchen ausgehen«, wandte sich Franziska Marion Leitners Ehemann zu.

»Mordversuche? Ich dachte, es geht um die Marion?«

»Genau, Marion wurde zweimal Opfer eines Mordversuchs!«, bestätigte Max.

Alois Leitners Augen weiteten sich.

»Zweimal? Aber sie ist doch nur vom Wasserfall gestürzt! Warum sollte denn jemand die Marion umbringen wollen?« Unter dem Tisch zwickte Max ihr in den Oberschenkel. Weshalb lag doch hier auf der Hand!

»Marion wurde vermutlich niedergeschlagen«, sagte Franziska und rieb sich den Oberschenkel. »Und im Krankenhaus in Knittelfeld wurden ihre Apparate manipuliert, sodass sie wiederbelebt werden musste. Sie wäre zweimal fast gestorben. Wir gehen davon aus, dass

Marion immer noch nicht sicher ist. Übermorgen wird sie dann in eine Reha-Station verlegt. Sicherheitskräfte sind auch schon vor Ort im Krankenhaus. Weißt du, Alois, sie ist ja mittlerweile wach und kann sich auch schon etwas mitteilen. Ich kann mir gut vorstellen, dass der Täter nicht möchte, dass sie etwas sagt oder wieder sprechen lernt, oder, Alois?«

»Was fragst du denn mich das? Wieso bitt schön betonst du das Wort *Täter* und schaust mir dabei in die Augen? Glaubst du, ich habe was damit zu tun, was mit der Marion passiert ist?«

»Vielleicht. Sag du es uns!«

»Was meinst du damit, Max? Ich habe der Marion nichts angetan. Das hat sie sich doch alles selbst angetan. Sie ist schon seit Jahren nicht mehr sie selbst!« Er schüttelte den Kopf. »Diese Depressionen, diese Ungeduld, diese täglichen Spaziergänge waren nicht mehr auszuhalten. Gekocht hat sie auch nicht mehr und oft nur noch einmal in der Woche gestaubsaugt! Das war nimmer meine Marion. Selbstfindungszeit hat sie das genannt, hat nur noch Ratgeber gelesen.«

Franziska sah, wie sich die Gesichtsfarbe von Max veränderte. Das kannte sie von ihm. Wut.

»Bist du nicht ein bisschen unfair? Immerhin arbeitet die Marion die ganze Zeit, während du deine Pension genießt«, blaffte Max. »Wenn sie sich dann ein bisschen zurückziehen und ausruhen möchte, wenn sie frei hat, ist das nur verständlich. Warum sollte sie kochen und putzen, wenn du doch den ganzen lieben Tag zu Hause bist.«

Franziska biss sich auf die Unterlippe. Das war die klassische Rollenverteilung am Land, selbst wenn jemand in Pension war, wurde diese selten geändert. Alois Leitner war seit zwei Jahren in Pension, da hätte er in der Tat lernen können, sich etwas zu kochen, aber das verkniff sie sich lieber. Denn sie wusste nur zu gut, dass man so einfach niemanden ändern konnte. Aber deshalb waren sie auch gar nicht hier. Dennoch gefiel ihr die Seite von Max, die sie da zu Gesicht bekommen hatte. Sie ergriff das Wort.

»Alois, was ich gerne wüsste, ist, was du mit Elisabeth Gruber zu tun hast? Warum ist sie hier bei dir?«

»Die Elisabeth und ich, wir gehören jetzt zusammen, angefangen hat es vor einem Jahr, da hat die Marion die Elisabeth mit nach Hause gebracht und uns vorgestellt. Und die Lisi war so anders als die Marion, und dann kam eines zum anderen …« Er brach ab.

Franziska dachte an die Frau, die jetzt nebenan saß und exakt so aussah wie Marion. Bemerkte der alte Leitner das nicht? Sie war doch wie ein Abziehbild, wie ein Klon.

»Stimmt es, dass Elisabeth Gruber jetzt auch die Stelle als Lehrerin angenommen hat, die eigentlich der Marion gehört?«

»Die Marion liegt im Krankenhaus, die kann keine Kinder unterrichten. Und wer weiß, ob sie das jemals wieder können wird. Jeder weiß doch, was passiert nach einem Koma, und sie kann ja nicht einmal mehr sprechen. Ich glaube kaum, dass sie in ihren Beruf zurückgehen wird. Außerdem habe ich die Scheidung schon eingereicht!«

Wow! Wenn Marion je nach Hause kommen sollte, hatte sie nicht nur keinen Ehemann und kein Zuhause mehr, sondern auch keinen Job. Diese Elisabeth Gruber hatte ihr Leben komplett übernommen. Das klang wie aus einem Psychothriller.

»Die Kinder verstehen sich auch super mit der Elisabeth, also ich ändere daran jetzt nichts mehr. Und es ist mir egal, was ihr jetzt von mir haltet, weil mir egal ist, was andere Leute über mich denken. Ich werde die Elisabeth wahrscheinlich bald heiraten, sobald die Scheidung durch ist. Wenn jemand so pflegebedürftig ist wie die Marion, nehme ich an, dass man vor Gericht auch einsieht, dass ich mich scheiden lassen muss. Und wir hatten ja vorher schon Probleme. Und die Elisabeth, die kocht übrigens super.«

Max und Franziska schauten sich an. Alois Leitner hatte eindeutig ein Motiv, trotzdem war Franziska unschlüssig, ob er wirklich der Täter war. Doch genau in diesem Moment erwähnte er etwas Wichtiges.

»Glaubt ihr wirklich, dass ich auf meine alten Tag noch ins Gefängnis gehen möcht? Na, ganz bestimmt nicht, schon gar nicht wegen der Marion! Meine besten Lebensjahre habe ich ihr geopfert, jetzt bin ich ein alter Mann. Gott sei Dank habe ich die Lisi gekriegt!«

Das war eine absolut verdrehte Wahrnehmung. Was war bloß los mit ihm? Hatte Elisabeth Gruber ihn einer Gehirnwäsche unterzogen?

Sie stellten Alois Leitner noch weitere Fragen, zum Beispiel, wo er am Tag des Unfalls gewesen war und wieso er erst fünf Tage später seine Frau im Krankenhaus besucht hatte. Seine Antworten waren knapp und ohne jede Emotion. Aus seiner Sicht war es vorbei mit ihm und Marion. Er wollte mit Elisabeth ein neues Leben starten, und deshalb interessierte ihn nicht, was mit Marion geschah.

So hätte Franziska Alois Leitner nie eingeschätzt. Aber kannte man einen anderen Menschen überhaupt jemals wirklich? Oder war es tatsächlich so, dass man sein Gegenüber erst dann richtig kennenlernte, wenn es einem schlecht ging?

»Gut, Alois, können wir dann einen Wechsel machen?«, bat Franziska. »Wir würden gerne mit der Elisabeth reden. Und dann werden wir schauen, was wir machen. Bitte verlass die Steiermark nicht, es kann sein, dass wir dich noch brauchen, außerdem werden wir dich wahrscheinlich aufs Wachzimmer einbestellen. Das LKA kommt vielleicht auch dazu. Und leider müssen wir das Haus durchsuchen.«

»Tuts was ihr nicht lassen könnt.«

Er zuckte mit den Schultern, stand auf, ging aus der Küche und rief nach Elisabeth Gruber, doch die antwortete nicht. Sie hörten ihn im Haus herumlaufen. Nach einer Weile kam er wieder in die Küche. Sein Gesicht und seine Hände zitterten.

»Alois, was ist denn los?«

»Die Lisi ist weg!«

Max und Franziska liefen ohne ein weiteres Wort zur Tür hinaus.

51. Kapitel

Esther

Die Lastwagen waren da! Sie warteten draußen. Vom Fenster aus beobachtete Esther, wie Onkel Jakob und seine Familie eingeladen wurden, aber etwas war seltsam. Die Männer in Uniformen, die Onkel Jakob und die anderen einluden, nahmen ihnen Kisten und Koffer weg. Jeder durfte wirklich nur einen Koffer und eine Kiste mit auf den Wagen nehmen. Mutter hatte recht behalten, mehr erlaubten sie nicht. Außerdem wurde der Ausweis kontrolliert und penibel darauf geachtet, ob alle ihre Sterne aufgenäht hatten. Es gab für alles eine Vorschrift. Auf den Fotos in ihren Ausweisen musste immer ein Ohr frei sein, das Ohr war anscheinend wichtig. Esthers Vater hatte gesagt, dass sie am Ohr die Zugehörigkeit feststellen konnten. Esther fand das lächerlich, denn sie hatte ganz andere Ohren wie ihre kleine Schwester. Was konnte man denn daraus schon ablesen? Auch waren sie nicht alle dunkelhaarig. Esther war blond, genauso wie Sophia. In der Schule haben deshalb manche gefragt, ob sie adoptiert war. So ein Blödsinn. Ihre Mutter rief nach ihr.

»Esther, komm, wir sind die Nächsten, verabschiede dich von der Wohnung und vergiss nichts, denn wir können nicht mehr zurück, um es zu holen.«

Aber Sophia war noch nicht hier! Esther wollte nicht gehen, ohne sich von ihr zu verabschieden.

»Ich will auf Sophia warten, sie wollte noch vorbeikommen und sich bei mir verabschieden!«

»Das geht jetzt leider nicht, wir müssen los, wir wurden schon zweimal aufgerufen, wir dürfen sie nicht wütend machen.«

Esther nahm den kleinen Koffer in die eine Hand, balancierte die Kiste auf der anderen Hand und schlich hinaus. Sie wollte das Haus nicht so schnell verlassen, sie wollte sich ganz in Ruhe davon verabschieden.

Draußen war viel Trubel, keine Ruhe mehr. Auch ihre Ausweise wurden kontrolliert, die Sterne auf der Kleidung und ob sie zu viel Gepäck dabeihatten. Hatten sie nicht. Mutter hatte das schon richtig gemacht, alles, was sie mithatten, durften sie mitnehmen. Es waren nur noch zehn Menschen vor ihnen in der Schlange, bevor sie auf die Ladefläche des Lastwagens steigen mussten. Hinten waren Bretter befestigt, auf denen man eng nebeneinandersitzen musste. Esthers Vater stieg als Erster hinauf. Als er ihrer Mutter hoch half, hörte Esther, dass jemand ihren Namen rief.

»Esther!«

Sie drehte sich um und sah Sophia auf sie zulaufen. Einer der Uniformierten stoppte sie. Sie war keine zehn Meter von Esther entfernt und durfte nicht mehr weitergehen. Sie schluchzte und schrie: »Esther!«

Da riss sich Esther von ihrer Großmutter los, die sie gerade auf den Lastwagen hieven wollte, und rannte zu Sophia. Der Soldat wollte sie schon davon abhalten, aber schließlich ließ er den Arm sinken.

Esther und Sophia umarmten sich. Beide weinten. Klammerten sich aneinander.

»Ich will nicht, dass du gehst!«

»Ich will das doch auch nicht«, schluchzte Esther und drückte Sophia noch enger an sich. »Ich weiß nicht mal, warum wir wegmüssen. Alles ist so komisch und so seltsam, und Onkel Jakob hat sein Geschäft dann auch nicht mehr.«

Sophia weinte. »Mein Papa hat gesagt, Juden dürfen bald nichts mehr verkaufen. Was ist denn da so falsch daran? Ich verstehe es nicht! Du bist doch meine beste Freundin.«

Esthers Mutter rief nach ihr und winkte mit den Armen. Der Lastwagen wurde gestartet und fuhr los. Esthers Mutter schrie wieder.

Sophia riss sich von Esther los und gab ihr einen kleinen Schubs. »Los! Lauf! Sonst fahren sie noch ohne dich!«

Esther nickte. »Du weißt, die Murmeln, wenn du Sehnsucht hast und mich vermisst, vielleicht darfst du dann in die Wohnung und die Murmeln in die Hand nehmen.«

»Die milchigen und die glasigen.« Sie drückte Esthers Hand und nickte.

»Die milchigen für Sophia, die glasigen für Esther.« Esther lief los, rückwärts.

»Wir bleiben Freundinnen! Für immer!«

»Für immer«, rief Sophia noch einmal.

Und dann lief Esther dem Lastwagen nach, obwohl sie viel lieber in die andere Richtung gelaufen wäre.

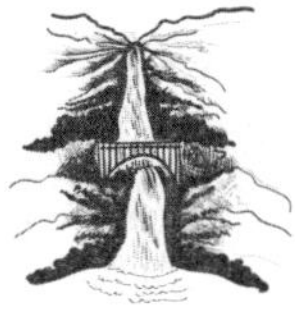

52. Kapitel

Marion

Ab diesem Tag begegneten wir uns zufällig beim Rossmarkt und vielen anderen Festivitäten. Jedes Mal sprach sie mich an, und eines Tages fragte sie mich, ob ich nicht mit ihr morgens gemeinsam joggen möchte.

Vom Joggen hielt ich damals nicht viel. Daraufhin meinte sie, wir könnten auch mit Spazierengehen anfangen und später ins Joggen übergehen, es würde mir garantiert Spaß machen. Nachdem ich gerade erst in meine Menopause gedriftet war und schon Speck ansetzte, dachte ich mir, es könnte vielleicht gar nicht schaden, eine sportliche Freundin zu haben. Elisabeth war jünger als ich, das wusste ich sofort, aber nicht zu jung. Mittlerweile weiß ich, dass sie genau acht Jahre jünger ist als ich.

Ja, mein Gedächtnis funktioniert wieder reibungslos.

Wir hatten Spaß, zumindest dachte ich das. Wir verstanden uns gut. Sie teilte meine Interessen, war viele Jahre im Ausland gewesen und hatte wunderbare Geschichten zu erzählen.

Ich war hingegen nie aus Österreich weggekommen. Was sicher auch teilweise an meiner Höhenangst und Flugangst lag. Und ich hatte auch nicht das Bedürfnis nach einem Tapetenwechsel. Urlaub im Garten war mir genug. Ich liebe meine Heimat. Dennoch war es interessant, diese vielen Anekdoten und Berichte von Elisabeths Reisen zu hören.

Das Einzige, worüber wir nie geredet haben, war ihr Privatleben. Sie hat nie einen Mann erwähnt oder einen Freund oder Kinder. Was sie oft gesagt hatte, war, dass ich mich glücklich schätzen konnte, eine Familie zu haben. Damals hat sie mir zum ersten Mal Angst gemacht, als sie sagte, ich soll meine Familie schätzen, solange ich sie noch habe, denn das Leben sei kurz und es könne jeden Tag vorbei sein.

Ich habe sie sogar mit nach Hause genommen! Wie konnte ich nur! Was habe ich mir nur dabei gedacht?

Wie konnte ich sie bloß meinem Mann vorstellen? Wenn ich jetzt zurückdenke, wird mir klar, dass sie von Anfang an nicht unverfänglich mit ihm gesprochen hat. Wie blind war ich? Oder wollte ich es nicht sehen? Einmal hat sie beim Abendessen mit ihrem Handrücken über seinen Unterarm gestrichen. Ich habe es damals übergangen und mir gedacht, es war wohl eine unbewusste Geste, aber nach allem, was ich jetzt weiß, war es alles andere als unbewusst.

Auch die Geschenke, die sie ihm und den Kindern machte, waren anscheinend manipulativ. Schon nach wenigen Monaten war sie fast jedes Wochenende bei uns. Ich kann nicht sagen, dass mich das damals wirklich gestört hat, irgendwie war ich glücklich, eine Freundin zu haben, die in der ganzen Familie gut ankam.

In gewisser Weise war ich auch stolz darauf, eine Freundin zu haben, die schon überall auf der Welt gewesen war, die spannende Dinge erzählen konnte, exquisite Dinge besaß und die überhaupt einen so viel besseren Stil hatte. Es war immer so ein Hauch Diva, der sie ausmachte. So eine Freundin hatte ich noch nie.

Sie war wie Ava Gardner, während ich eher wie Katherine Hepburn war. Hätte ich nicht erkennen müssen, dass hier etwas komplett falsch lief, dass das keine normale Freundschaft war? Wie hätte ich erkennen sollen, dass sie nicht einmal Freundin war, sondern der Feind in meinem Haus?

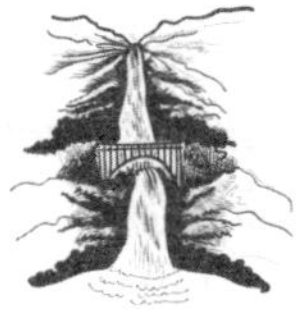

53. Kapitel

Franziska und Max stürmten aus dem Haus. Weit und breit war von Elisabeth Gruber keine Spur. Schnell stiegen sie in den Funkwagen und fuhren los. Gleichzeitig übermittelten sie per Funk an Nick und Imke, was los war. Elisabeth Gruber war anscheinend ohne Auto los. Wohin könnte sie gelaufen sein? Für Franziska war die Flucht von Elisabeth Gruber ein Schuldeingeständnis. Aber noch immer verstand sie den Zusammenhang nicht. Elisabeth Gruber hatte sich in das Leben von Marion Leitner eingeschlichen, aber weshalb?

»Du, das ist wie in diesem Psychothriller, wo die beste Freundin irgendwann am Ende genauso aussieht wie die Hauptdarstellerin, weißt du noch, Max?«

»Ich kann mich erinnern, *Weiblich, ledig, jung* oder so. Dass man so etwas mal in echt erlebt! Glaubst du, Elisabeth Gruber hat Marion wirklich killen wollen? Hat sie das alles nur getan, um den alten Alois zu kriegen? So toll ist der Alois auch wieder nicht.«

»Frag mich doch was Leichteres. Es ist Wahnsinn, wozu Menschen fähig sind. Glaubst du, ich verstehe so etwas?«

Max schüttelte ebenfalls den Kopf. »Kannst mich noch kurz daheim absetzen? Ich muss Arwen füttern.«

War Arwen also doch nicht seine Freundin, sondern ein Tier?

»Wer ist denn jetzt Arwen? Rück raus!«

»Bist du leicht eifersüchtig?« Max lachte.

Sie grinste und stupste ihn mit dem Ellenbogen in die Seite. »Vielleicht ein bisschen.«

»Arwen ist mein Labrador-Mädchen.«

»Seit wann hast denn du einen Hund?«

»Seit wann hast du Kinder? Das wusste ich doch auch lange nicht.«

Touché!

»Arwen ist mir zugelaufen. Und dann habe ich sie zur Heidi gebracht. Durchchecken und entflohen. Weil sie kein Hundehalsband hatte und auch nicht gechipt war, habe ich sie behalten. Sie wartet immer auf mich.«

»Deshalb gehst du manchmal spazieren im Dienst.«

Und die Hundecracker ergaben endlich auch einen Sinn, ebenso der leichte Geruch nach Hund, der ihn manchmal umgab.

»Jetzt hast du mich erwischt. Ich kann das Mädchen nicht so lange allein lassen.«

Sehr süß, aber sie musste sich jetzt auf den Verkehr konzentrieren, sie mussten Elisabeth Gruber finden.

Bereits fünf Minuten später rief Nick an.

»Franziska, ich hab grad mit den Kollegen telefoniert. Wir wissen jetzt mehr über Elisabeth Gruber. Stell dir vor, sie heißt gar nicht Elisabeth Gruber, sie heißt Ruth Stein. Und jetzt kommt's. Ruth Stein hat vor zehn Jahren alles verloren, ihre große Liebe, ihr Kind … Und leider musste sie sich die Gebärmutter entfernen lassen, daher hatte sie keine Chance mehr auf eine Familiengründung. Es gab wohl Komplikationen, sie war lang außer Gefecht und hat auch ihren Job verloren.«

»Was hat sie denn gearbeitet?«

»Sie hat auf Lehramt studiert, war aber jahrelang als Reiseleiterin unterwegs gewesen.«

Immerhin hier schien Elisabeth Gruber nicht gelogen zu haben, denn dass sie viel gereist war, hatte sie ihnen ja erzählt damals im Wachzimmer.

»Warum sie ihren Namen geändert hat, wissen wir nicht. Jedenfalls ist sie als Elisabeth Gruber erst seit zehn Jahren unterwegs. Ruth Stein findet man hingegen in vielen Foren, sie ist eine sehr engagierte Frau, die gegen Holocaustleugner vorgeht und Aufklärung betreibt. Sie war auch eine der Drahtzieherinnen für eines der Denkmäler. Und das Beste kommt noch: Diese Martha Kindler steht in Verbindung mit ihr.«

»Sag bloß, es ist noch ein Alias-Name von ihr?«

»Das nicht. Martha Kindler und Elisabeth Gruber kennen sich, wir haben beide zusammen auf Bildern gefunden, im Internet. Elisabeth Gruber war ja peinlich darauf bedacht, nichts von sich ins Netz zu stellen, aber diese Martha Kindler ist anders. Als Psychotherapeutin besitzt sie eine Homepage und ist in sozialen Medien aktiv. Aber ihre Lizenz als Psychotherapeutin ist anscheinend fake. Sie hat auch nirgendwo eine Praxis. Wir haben zwei Fotos gefunden, auf denen sie zusammen mit Elisabeth Gruber zu sehen ist. Der Kollege schickt dir die gleich auf WhatsApp. Das bedeutet jedenfalls, die zwei kennen sich. Dann können wir gemeinsam weitermachen, sobald wir hier fertig sind. Habt ihr den Leitner schon befragt?«

Franziska war verwirrt. »Das heißt, du bist noch im verwahrlosten Haus? Du warst heute noch nicht bei den Kindern?«

»Das heißt, dass ich auch gar nicht hinfahren werde, jedenfalls nicht heute, okay? Das hier ist doch wichtiger.«

»Jetzt siehst du einmal, wie das ist.«

»Und der Leitner? Ist er der Täter?«

»Ich bin mir nicht sicher. Aber diese Elisabeth Gruber ist gerade abgehauen.«

»Das riecht nach Schuldeingeständnis.«

Sie würde wieder Heidi bitten müssen, auf die beiden aufzupassen, bis Egon und Vater Zeit hatten, sich um die Kinder zu kümmern.

»Was ich jetzt zum Schluss noch für dich habe, ist sehr brisant. Martha Kindler hat einen Rottweiler.«

»Den haben wir im Haus gefunden, total abgemagert und angekettet. Anscheinend ist Martha Kindler in dem Haus gewesen? Aber Vroni hat dort eine Kette von ihrer Tochter Kathi gefunden. Haben wir es also mit mehreren Leuten zu tun? Denkst du, Martha Kindler hat das mit den Schafen zu verantworten?«

»Nicht nur das! Martha Kindler macht Aktivistenaktionen und Gemäldeausstellungen. Und was glaubst du, worum es in ihrer letzten Ausstellung ging? Um den Holocaust und um Widerstandsgruppierungen.«

»Wart kurz, Nick. Eine WhatsApp kommt rein.«

Franziska öffnete die Nachricht. Einige Fotos waren darin zu sehen. »Ich glaub, mich trifft der Schlag!«

»Was ist denn?«, fragten Max neben ihr und Nick im Telefon gleichzeitig.

Sie zog das Foto, das sie von Vroni erhalten hatte, hervor und verglich es mit dem Foto in der WhatsApp-Nachricht, das Martha Kindler neben Elisabeth Gruber zeigte. Sie zoomte Martha Kindler heran. Kein Zweifel. Die Nase, die Augen, das Kinngrübchen und vor allem das Muttermal rechts neben der Unterlippe. Max beugte sich zu ihr und schaute auf das Handy.

»Das gibt's doch nicht?« Er griff nach dem Foto. Seine Augen wanderten zwischen dem WhatsApp-Foto und dem Papierfoto hin und her. »Das ist die Bauer Kathi!«

54. Kapitel

Marion

Ich weiß wieder alles, als wäre es gestern gewesen. Wir sind nach Murau gefahren, um dort zu joggen. Das haben wir öfter gemacht, mit dem Auto irgendwohin, um andere Plätze zu sehen, durch andere Wälder zu laufen, auf anderen Straßen. Elisabeth brauchte Abwechslung, sie war Abwechslung gewohnt. Deshalb dachte ich mir da auch nichts dabei. So liefen wir also durch Murau und quatschen. Mittlerweile war ich schon so gut beim Laufen, dass ich währenddessen sprechen konnte. Wir redeten über dies und das, und wenn ich hier so drüber nachdenke, weiß ich nicht mal mehr, worüber.

Dann kamen wir an dieser Brücke vorbei, die Bahnhofsbrücke, eine alte steinerne Brücke, 47 Meter hoch über dem Fluss. Ich weiß noch, dass sie sagte, sie müsse sich kurz den Schnürsenkel binden. Währenddessen stand ich an der Brücke und blickte hinunter, und auf einmal spürte ich eine Hand auf meinem Rücken, erst ganz leicht und dann etwas fester, und dann war die Hand wieder weg. Aber an dem Tag fühlte ich zum ersten Mal eine Art Bedrohung. Ich konnte das aber irgendwie nicht einordnen, ich dachte mir, das liege vielleicht an meiner Höhenangst. Denn wenn ich von dieser Brücke runtersah, 47 Meter, dann war das für mich schon ziemlich hoch. Und meine Höhenangst war allgegenwärtig.

Mittlerweile bin ich mir sicher, dass etwas anderes die Bedrohung war. Nicht die Brücke, nicht der Fluss, nicht das Hinuntersehen. Die Bedrohung stand exakt hinter mir und hatte wohl überlegt, mich von der Brücke zu stürzen. Warum sie es dann doch nicht getan hat, kann ich nicht sagen. Doch wenn sie das nächste Mal kommt, vielleicht finde ich dann den Mut, sie zu fragen.

Bevor ich einschlafe, denke ich an den Tag zurück, der mich in die Klinik brachte. Wieder waren wir joggen, diesmal wollte sie unbedingt zum Günster Wasserfall joggen. Ich sagte ihr im Vorfeld schon, dass ich niemals in meinem ganzen Leben hinaufgehen würde. Ganz bestimmt nicht!

Sie lachte und sagte: »Vielleicht schaffst du das mit mir zusammen, denn du wolltest früher auch nicht joggen. Doch seitdem du mit mir befreundet bist, joggst du. Vielleicht gehst du auch mit mir den Wasserfall hinauf!«

Ich weiß noch genau, wie ich mitlachte, aber ich lachte eher, weil ich genau wusste, dass mich nichts und niemand über diese Holzstufen hinauf bekommen würde. Auch nicht Elisabeth. Wir joggten also los und plauderten wie immer. Während wir unterwegs waren, zogen sich plötzlich die Wolken zusammen, und es fing an zu regnen. Am Anfang nieselte es nur leicht. Also liefen wir weiter, denn es war trotzdem warm, ein Sommerregen. Aus dem Sommerregen wurde ein immer stärkerer Wolkenbruch. Elisabeth wollte zum Wasserfall, denn dort gäbe es eine Hütte, wo wir uns unterstellen könnten.

Als wir dort ankamen, war niemand zu sehen. Alle Autos waren weg, vermutlich wegen des Regens. Es war mittlerweile extrem düster. Wir standen in dieser Hütte und warteten darauf, dass der Regen aufhörte. Mir wurde kälter und kälter, die Laufjacke war nur ein leichter Schutz, aber es war nicht genug. Ich sagte, dass ich nach Hause möchte, ich würde mir ein Taxi rufen oder meinen Mann anklingeln.

Da wurde sie seltsam wütend und sagte, es wäre doch nur Regen. Wir stritten. Ich wollte davonlaufen, doch sie zog mich an der Regenjacke zurück. Und auf einmal hielt sie einen Stein in der Hand, und dann wurde alles schwarz.

Als ich das nächste Mal erwachte, war ich gar nicht richtig wach und blickte in dieses Blau, das mir den Himmel vorgaukelte.

55. Kapitel

Esther

Esther lag auf einer Matratze auf dem Boden. So wie Sophia früher, wenn sie bei ihr übernachtet hatte. Bloß hatte hier niemand ein Bett. Alle sieben Geschwister teilten sich jetzt ein Zimmer. Nur vier Matratzen lagen an der Wand entlang nebeneinander. Die Fenster waren von außen vergittert, man konnte sie auch nicht gut öffnen. Dadurch, dass der Raum so klein war und sie alle zusammen dort lagen, war es stickig.

Esther japste nach Luft. Zwischen zwei Geschwistern lag sie, ihre Körper dicht an dicht. Die Hitze war unerträglich. Seit Monaten waren sie nun hier. Esther war längst klar, dass ihre Eltern angelogen worden waren. Nichts war hier besser als in ihrem alten Haus. Sie drückte ihre Puppe an sich. Ein Knopfauge fehlte. Sie hatte keine Ahnung, wo es war. Die einäugige Esther stank auch schon. Sie träumte bestimmt auch von zu Hause, dem anderen Zuhause, das sie verlassen mussten aus einem Grund, den sie nicht verstand, aber von Tag zu Tag besser begriff.

Sie hörte den Erwachsenen beim Reden im Hof zu. Gestern meinte einer der Männer, dass es noch schlimmer kommen könnte und sie froh sein müssten, dass sie noch hier waren. Seit einiger Zeit wurden Familien mit

Lastwagen weggebracht. Wenn Esther fragte, ob diese Familien wieder nach Hause dürften, dann druckste ihre Mutter herum. Nur Großmutter hatte den Kopf hin und her gewiegt und geflüstert: »Sie gehen an einen Ort, der dir hoffentlich erspart bleibt.«

Wo dieser Ort lag und was an ihm so schlimm war, wollte sie Esther nicht verraten. Aber sie erwähnte, dass dieses Getto für sie die Endstation sei und sie einen Plan B habe, falls die Lastwagen sie holen würden. »Lebend bekommen sie mich nicht.«

Wie wollte Großmutter das schaffen? Jedes Mal, wenn Familien abgeholt wurden, verteilte ihre Großmutter Matzebrot an alle. Andere Großeltern machten mit. Waren Großeltern aufgrund ihres Alters weiser? Esther war sicher, dass Großmutter mehr wusste als viele andere.

Ihre Mutter weinte sich jeden Tag in den Schlaf. Der einstige Glanz in ihren Augen war verblasst. Es gab keine Musik mehr, kein Tanzen, keine Lieder. Viel zu viele Menschen waren hier auf engstem Raum zusammengepfercht. Hunderte Familien! Alle trugen sie den Stern. Es gab eine Schule, die nicht wirklich eine Schule war, sondern nur ein Zimmer im Keller des Hauses, das vormittags als Klassenzimmer herhalten musste. Alle Kinder, egal in welchem Alter, drückten dort gemeinsam die Schulbank. Die meisten mussten auf dem Boden sitzen. Doch die Lehrerin sagte, dass sie froh sein konnten, dass sie überhaupt noch etwas lernen durften. In anderen Schulen außerhalb ihres Viertels würde man bereits ausgeschlossen. Sie hatten eine Zeit, in der alle in ihrem sogenannten Getto bleiben mussten.

Vater arbeitete nach wie vor draußen und kam abends müde heim. Esthers Fragen konnte er nicht beantworten, er sagte immer nur, wenn sie sich gut und brav verhielten, dann würde ihnen nichts passieren.

Aber es war doch bereits so viel passiert! Sie hatten ihr Zuhause verloren. Es wurde durch eine Wohnung ersetzt, die viel kleiner, schmutziger und mit weniger Möbeln eingerichtet war. Zudem breitete sich Schimmel in den Ecken aus. Sie wohnten mit so vielen Menschen zusammen, auf engstem Raum. Viele waren krank, es gab jeden Tag weniger zu essen, denn sie durften nur noch in bestimmten Geschäften einkaufen. Und in diesen Geschäften gab es schon nach wenigen Wochen fast nichts mehr zu kaufen, denn die Geschäftsbetreiber konnten selbst nirgendwo mehr einkaufen. Esthers Mutter konnte ihnen nicht mehr das kochen, was sie gewohnt waren.

Trotz allem hörte Isaak zwei Männer miteinander reden, dass alle, die hier waren, froh sein konnten, solange sie noch hier waren und nicht deportiert wurden. Mit dem Wort konnte Esther nichts anfangen: deportiert.

Esther hatte Vater gefragt, doch der hatte nicht geantwortet, nur gesagt, dass sie brav und leise sein sollte.

»Solange ich meine Arbeit gewissenhaft mache und solange ihr gewissenhaft eure Sachen macht, wird uns nichts passieren.« Er war wirklich davon überzeugt. Sah er nicht, was hier vor sich ging? Glaubte er Großmutter nicht?

Nur einmal noch fragte ihre Mutter ihren Vater, ob sie nicht in die Schweiz gehen könnten. Doch Vater murmelte irgendetwas von zehntausend Reichsmark, die ein Kapitalistenvisum kosten würde.

Gestern Abend kam Vater mit komplett zerrissenen Kleidern nach Hause. Er blutete aus der Nase und hatte mehrere Wunden. Sein Arm war ausgekugelt und hing an ihm herunter. Wer hatte ihn so zugerichtet? Was war das für eine Welt? Weinend erzählte er ihrer Mutter, dass er nun keine Arbeit mehr hatte. Dann weinten sie zusammen.

Esther weinte viel. Sie vermisste Sophia. Seit sie im Getto waren, hatte sie ihre Freundin nicht mehr gesehen. Auf ihre Briefe antwortete sie nie. Sie schrieb um Hilfe. Fragte Sophia, ob ihre reichen Eltern ihnen nicht helfen konnten. In ihrem Haus war so viel Platz. Esthers Mutter hatte mehrmals versucht, Sophias Eltern zu erreichen. Einmal war sie zu ihnen gereist, doch sie hatten ihr angeblich die Tür vor der Nase zugeschlagen. Nicht einmal eine Kleinigkeit zu essen angeboten. Dabei waren sie doch stets gastfreundlich gewesen und hatten nie ein böses Wort zu Esther gesagt früher. Sie konnte die Geschichte kaum glauben, als ihre Mutter sie ihr erzählt hatte. Doch mittlerweile schon. Nicht nur einmal wurden sie angespuckt oder beschimpft, wenn sie außerhalb des Gettos waren. Deshalb traute sich Esthers Mutter kaum mehr hinaus.

Wenn die Sehnsucht ganz groß war, besonders am Abend beim Einschlafen, nahm Esther ihre Murmeln aus der Tasche. Sie legte sie nebeneinander, immer eine milchige, dann eine gläserne, eine milchige und eine gläserne. Sophia und Esther – zusammen vereint. Würden sie sich je wiedersehen? Eine Träne lief über Esthers Wange.

Auf einmal schreckte sie hoch. Was war das für ein Tumult?

Schwere Stiefel auf dem Holzboden. Die Tür wurde aufgerissen. »Raus hier!«, rief ein Mann in Uniform.

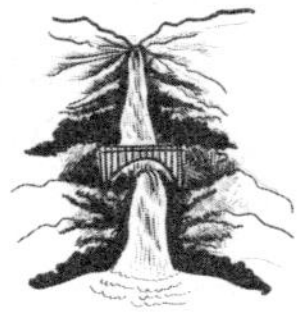

56. Kapitel

Martha Kindler war also Katharina Bauer. Nachdem Franziska Nick Bescheid gegeben hatte, dass es sich bei Martha Kindler eigentlich um Katharina Bauer handelte, rief sie sofort Vroni Bauer an und wies sie an, ihren Hof abzusuchen. Denn wenn ihre Tochter nicht mehr im verwahrlosten Haus war und vielleicht sogar beobachtet hatte, wie sie es durchsucht und den Hund weggebracht hatten, dann bliebe ihr kaum eine andere Rückzugsmöglichkeit mehr. Vronis Stimme zitterte. Sie sagte, dass sie sich das nicht allein traute, und Franziska versprach ihr, dass sie so schnell wie möglich kommen würden.

Als sie auflegte, rief Bernhard an und erklärte ihr, dass der Rottweiler ziemlich sicher das Tier war, das für die toten Schafe verantwortlich war, die Bissspuren stimmten überein. Genau wie beim Menschen war auch die Zahnstellung bei Tieren individuell, sodass der Tierarzt das Gebiss des Hundes mit den Wunden der Schafe vergleichen konnte.

Langsam lösten sich alle Knoten, und es kam Licht in den Fall. Die Zusammenhänge wurden immer klarer. Nur das Motiv für Katharina war Franziska noch nicht klar. Stand sie unter der Fuchtel von Elisabeth Gruber? Und was war mit Karrner? Warum war er auch ins Visier der beiden Frauen geraten?

Max raste zum Hof von Vroni, während die Kollegen aus Schöder fieberhaft nach Elisabeth Gruber suchten, die offensichtlich zu Fuß unterwegs war und sich irgendwo versteckt hatte.

Vroni saß zitternd vor ihrem Haus, als sie ankamen. In der Hand hielt sie einen Schlüssel. Franziska kniete sich vor ihr hin. »Geht's dir gut?«

»Ich hab sie eingesperrt«, flüsterte sie. »Ich hab mein eigenes Kind gerade eingesperrt.«

»Du hast sie also gefunden?«

Vroni nickte. »Ich wollt grad die Viecher füttern. Da hab ich sie hinten im leeren Saustall gesehen. Bevor sie mich entdeckt hat, hab ich den Stall verriegelt.« Sie legte Franziska den Schlüssel in die Hand. »Wartets bitte, bis ich drin bin, ich möcht nicht zuschauen. Ich kann das jetzt nicht.«

Franziska nickte und tätschelte Vronis Hand.

Die Alte schlurfte in ihr Haus. Dann ging sie mit Max zum Stall hinüber. Als sie näher kamen, hörten sie Klopfgeräusche und eine zeternde Stimme. »Mutter! Du alte Schachtel! Lass mich raus!«

Franziska steckte den Schlüssel durch das Schlüsselloch.

»Na endlich«, kam es von drinnen. »Ich hab noch einiges zu erledigen.«

Sie rissen die Tür auf, und Max packte Katharina Bauer sofort, drückte sie gegen die Stallwand und legte ihr die Handschellen an.

»Heute erledigst du nichts mehr ohne uns«, sagte Max und führte sie nach draußen.

»Jetzt hat die Alte mich auch noch bei euch verpfiffen. Schöne Familie! Blut ist doch nicht dicker als Wasser!« Sie spuckte aus.

Sie nahmen Martha Kindler alias Katharina Bauer auf die Dienststelle mit, um sie dort zu verhören.

Als Katharina Bauer ihnen wenig später im Vernehmungsraum gegenübersaß, wirkte sie gefasst, irgendwie fassadenhaft. Vielleicht konnte die Psychologin ihr Gegenüber aber auch einfach geschickt manipulieren. Sie hatten überprüft, ob sie tatsächlich ausgebildete Psychologin war. Es stimmte. Katharina Bauer hatte Psychologie studiert.

Katharina Bauer blickte Franziska in einer Tour in die Augen und blinzelte kaum. Genau das fand Franziska irritierend, denn die Abstände zwischen zwei Blinzlern dauerten immer einen Ticken zu lang, als wolle sie damit suggerieren, nichts zu verbergen zu haben. Es war eine vorherrschende Meinung, dass Menschen, die ihrem Gegenüber lange genug in die Augen sehen konnten, ehrlich waren und authentisch.

Franziska wollte nach dem üblichen Prozedere der Aufnahme von Personalien von ihr wissen, wo Elisabeth Gruber stecken könnte, doch Katharina Bauer schüttelte nur den Kopf und meinte, dass sie mit Elisabeth Gruber gar nichts zu tun und sie erst zweimal in ihrem Leben gesehen hätte. Doch Franziska wusste, dass das eine Lüge war.

Sie fragte weiter, nach dem Wasserfall und ob Katharina Bauer an besagtem Tag dort gewesen sei. Die Psychologin verneinte und fragte, was sie denn beim Wasserfall hätte tun sollen. Also kam Franziska zur Sache und lenkte das Gespräch auf Marion Leitner, die angeblich dort abgestürzt sei.

»Das weiß ich«, antwortete sie, »schließlich ist Marion Leitner bei mir in Therapie. Ich besuche sie regelmäßig im Krankenhaus, und später werde ich sie auch in der Reha besuchen.«

Franziska verschwieg vorsorglich, dass sie bereits Bescheid erhalten hatte, dass Marion Leiter am nächsten Tag in die Reha nach Kapfenberg überstellt werden sollte.

»Warum geben Sie sich im Krankenhaus als Martha Kindler aus?«

»Ist das von Belang?«

»Selbstverständlich ist das von Belang!« Franziska ärgerte sich über Katharina Bauers überhebliche Art.

»Ich arbeite schon eine ganze Weile unter diesem Namen. Weil ich mit meinem alten Ich und vor allem mit meiner Familie nichts mehr zu tun haben will.«

»Wie sind Sie mit Marion Leitner zusammengekommen? Sie haben ja nicht in der Gegend gewohnt.«

»Internet. Sie hat im Internet nach einer Psychotherapeutin gesucht mit Telefoncoaching. Anscheinend hat sie sich früher zumindest nicht real in eine Praxis getraut, und ich habe das angeboten, über Telefon und über Zoom.«

Katharina Bauer rutschte ungeduldig auf ihrem Stuhl hin und her.

»Ich muss mit Hugo Gassi gehen, ich weiß nicht, wie lange der noch durchhält. Wenn Sie nicht wissen, warum Sie mich hier haben, dann würde ich gerne wieder gehen. Ja, ich bin mit Marion Leitner bekannt. Ich therapiere sie. Das können Sie sich vom Krankenhaus bestätigen lassen. Leider erkennt sie mich momentan nicht und weiß auch nichts von einer Therapie, aber Sie wissen ja bereits, dass sie an einer Amnesie leidet seit dem Unfall.«

Franziska nickte. Ob Marion Leitners Gedächtnis je wiederkommen würde, wussten die Ärzte nicht. Das war ein Umstand, der die Ermittlungen erschwerte. Denn obwohl Marion Leitner nun wach war, nutzte es nichts, sie zu befragen. Zudem konnte sie sich kaum mitteilen.

»Mit Hugo werden Sie heute jedenfalls nicht mehr Gassi gehen.«

Katharina Bauer war überrascht. »Wieso das denn? Wollen Sie mir das nun auch verbieten?«

Es war an der Zeit, die Katze aus dem Sack zu lassen, wobei Franziska sicher war, dass die Überraschung nur gespielt war. Katharina Bauer musste mitbekommen haben, dass sie das Haus, in dem sie zuletzt gewohnt hatte, oder besser gesagt gehaust, sichergestellt hatten.

»Der Hugo ist beim Tierarzt, wo er aufgepäppelt wird. Wir haben ihn im Haus gefunden, völlig abgemagert. Sie haben Hugo hungern lassen. Und für uns liegt auf der Hand, weshalb.«

»Ach?«, war alles, was Katharina Bauer dazu zu sagen hatte.

»Sie haben den Rottweiler auf die Schafe von Hermine Leitner angesetzt. Und mit dem Blut der Schafe haben Sie den Stall meines Vaters und das Garagentor von Jan Karrner beschmiert.«

»Was Sie nicht sagen.« Die Frau wirkte beinahe gelangweilt und zupfte an ihrer Hose herum. Dann grinste sie Franziska an.

»Und wo sind die Beweise? Ohne die werden Sie mich hier wohl nicht lange festhalten können.«

»Ziehen Sie bitte Ihre Schuhe aus«, sagte Franziska und zeigte auf die Sneaker. »Und dann gehen wir rüber und machen eine erkennungsdienstliche Behandlung. Wir machen Fotos von Ihnen, nehmen DNA-Abstriche und auch gleich die Fingerabdrücke.«

»Warum soll ich die Schuhe ausziehen? Gibt's jetzt auch Zehenabdrücke?« Sie lachte. Das würde ihr bald vergehen. Darauf freute sich Franziska insgeheim schon. Im Schneckentempo zog Katharina Bauer die Schuhe von den Füßen und reichte sie Franziska.

Diese nahm sie entgegen und gab sie an Gernot weiter, der sich sofort an den Vergleich machte. Danach ging sie mit Katharina Bauer in den Nebenraum, wo sich Kurt gleich ans Werk machte und Fingerabdrücke und Wangenabstriche nahm.

Nachdem er Katharina Bauer fotografiert hatte, verhörten sie die Verdächtige weiter. Schließlich hatten sie nicht ewig Zeit.

»Frau Kindler, wann haben Sie Elisabeth Gruber zuletzt gesehen?«

»Das muss beim Samson-Umzug gewesen sein.« Also war sie doch dort gewesen. Sie seufzte. »Ich hatte da so eine Art Date, habe mich im letzten Moment aber anders entschieden.«

»Warum haben Sie sich anders entschieden?«

Sie zupfte an ihrem Rock. »Ronny ist nichts für mich. Wie sagt man so schön? Ich habe etwas Besseres verdient.«

Schön für sie, wenn sie das dachte. Wenn sie erst mal im Knast saß, würde sie sich freuen, wenn jemand wie Ronny überhaupt an ihr interessiert war. Armer Ronny! Franziska stellte sich den Mann in Armeeuniform vor, wie er allein vor seinem Bier saß und an Martha dachte, die ihrerseits überhaupt nichts für ihn empfand und ihm alles nur vorgespielt hatte. Traurig, wie manche Menschen mit den Gefühlen anderer spielten. Und das als Psychologin.

Das machte es einfacher für Franziska, sie weiter zu befragen, denn ihr war klar, dass Katharina Bauer viel mehr mit dem Fall zu tun hatte und sehr viel mehr wusste, als sie preisgab.

»Warum haben Sie einen Rottweiler?«

»Zum Schutz, ich hatte einen Stalker, ein ehemaliger Patient von mir …« Sie pausierte und rang nach Worten. »Deshalb habe ich mir dann meinen Hugo besorgt. Der Hugo ist der Beste.«

»Haben Sie Ihren Hund abgerichtet?«

»Als was hätte ich in ihn denn abrichten sollen?«

»Als Kampfhund natürlich. Ein Hund, der schnell mal zubeißt.«

Katharina Bauer blickte Hilfe suchend in die rechte obere Ecke des Raums, und Franziska versuchte sich fieberhaft daran zu erinnern, ob die rechte oder die linke obere Ecke für eine Lüge oder ein Geheimnis sprach. Sie hätte wohl doch zu diesem Workshop des FBI-Agenten gehen sollen, der extra nach Wien gekommen war, um sein Wissen über Lügen und Manipulation mit dem LKA zu teilen. Doch Franziska hatte damals als frischgebackene Mutter anderes im Kopf, zumal sie gerade erst aus der Karenz zurückgekehrt war. Ständig hatte sie ihr Handy im Blick und hoffte, dass es ihrer kleinen Maus Amelia gut ging.

»Warum fragen Sie mich das eigentlich alles?«, fragte Katharina Bauer zunehmend ungehalten.

»Hermine Leitner ist mit Marion Leitner verwandt. Bei Hermine Leitner wurden Schafe gerissen. Erst dachten wir an einen Wolf, aber die Bissspuren weisen auf einen Hund hin. Einen großen Hund, so einen wie Ihren. Deshalb haben wir auch Ronny Mayer befragt, weil er eben auch solche Hunde hat, aber er hat kein Motiv.« Dass Bernhard ihr schon mitgeteilt hatte, dass der Rottweiler

Hugo mit Sicherheit die Schafe gebissen hatte, verschwieg sie aus taktischen Gründen.

»Und was soll ich für ein Motiv haben? Wollen Sie das Ganze nun mir anhängen? Mir und meinem armen Hugo?«

»Sie stehen mit Marion Leitner in Verbindung, die einen Unfall hatte und im Krankenhaus dann noch einmal fast ermordet worden wäre. Die Sie therapieren. Und den Hugo haben wir im Haus gefunden, zusammen mit mehreren Eimern, in denen sich noch Reste von Schafsblut fanden. Zufall?« Franziska pausierte und sah Katharina Bauer in die Augen. »Ich denke nicht. Vor allem, da wir eine Kette mit einem Medaillonanhänger auf dem Doppelbett im oberen Stock gefunden haben.«

Reflexartig griff sich Katharina Bauer an den Hals. Sie trug die Kette also normalerweise. Das war das letzte Puzzleteil, das ihr sagte, dass sie recht hatte.

»Im Medaillon ist ein Foto Ihrer Eltern. Seltsam, wo Sie doch nichts mehr mit Ihrer Familie zu tun haben wollten«, bemerkte Franziska.

»Das verstehen Sie nicht.« Katharina Bauer seufzte. »Ich habe eine Mission.«

»Und diese Mission schließt Mord mit ein?«

»Ich sage ab sofort nichts mehr ohne meinen Anwalt, ich bin ja nicht blöd, ich habe schließlich studiert! Sie vermutlich nicht.«

Was war denn das für ein Angriff auf Franziskas Person? Die Nonchalance, die Katharina Bauer zu Beginn des Gesprächs an den Tag gelegt hatte, war verflogen. Ihr wahres Gesicht kam nun zum Vorschein. Aber sie hatte ein Recht auf einen Anwalt. Deshalb brach Franziska das Verhör ab und ließ sie ihren Anwalt anrufen.

Irgendwie passte alles zusammen und doch wieder nicht, denn die Verbindung mit Elisabeth Gruber war ihr nicht klar. Warum Marion Leitner unbedingt sterben musste, wusste sie auch nicht.

»Frau Bauer, was haben Sie eigentlich gegen Frau Leitner?«

»Ich habe schon gesagt, ich sage nichts mehr ohne meinen Anwalt. Und ich habe Marion nie etwas angetan.«

»Was haben Sie gegen meinen Vater?«

»Er ist einer der Schweigenden«, flüsterte sie.

Gernot kam zurück und bestätigte, was sich Franziska längst gedacht hat. »Die Schuhabdrücke stimmen überein.«

Er überreichte Franziska die Schuhe in einem Plastikbeutel. Die bekam Katharina Bauer nicht so schnell zurück. Die Tür sprang auf, und Nick polterte herein. Er stellte einen Papiersack auf den Schreibtisch und beförderte einen schwarzen Hoodie daraus hervor.

»Das haben wir bei der Hausdurchsuchung im Keller in der Waschküche gefunden.« Er zeigte auf eingetrocknete Flecken. »Wenn das kein Schafsblut ist, dann weiß ich auch nicht.«

Franziska nahm den Hoodie und schwenkte ihn vor Katharina Bauer. »Ich denke, Sie können jetzt mit den Spielchen aufhören. Sie können Ihren Beitrag zu dem Fall nicht mehr leugnen. Wir haben genug Beweise.«

Katharina Bauer zuckte die Achseln und verschränkte die Arme.

»Und warum Jan Karrner?«

Katharina Bauer sah auf. »Sein Großvater war ein Scheißkerl! Ein Sturmführer, der einer jüdischen Frau im KZ noch schöne Augen gemacht hat. Ihr glühende

Liebesbriefe geschrieben und ihr das Blaue vom Himmel versprochen hat. Und dann hat er sie geschwängert und einfach ihrem Schicksal überlassen. Aber vorher hat er ihr noch das Kind weggenommen.« Ihr Gesicht war rot vor Ärger. Waren das die Liebesbriefe, die sie bei Gabriele Schneider gefunden hatten? Das Mosaik fügte sich langsam zu einem Bild zusammen.

»Ist die Frau, von der Sie sprechen, die verstorbene Frau Schneider?«

Katharina Bauer nickte. »Der Karrner hat jahrelang nichts von seiner Großmutter gewusst. Bis sie ihm das Haus überschrieben hat.«

Sie nagte an ihrem Fingernagel. »Sie müssen das große Ganze sehen. So viele sind einfach davongekommen damals.«

»Aber das rechtfertigt doch nicht, dass Sie hier wie ein Racheengel die nachfolgenden Generationen belästigen. Jan Karrner zum Beispiel trifft doch gar keine Schuld.« Franziska wartete, dann hakte sie nach. »In welcher Verbindung stehen Sie mit Elisabeth Gruber?«

»Kein Kommentar. Ab sofort sag ich gar nichts mehr.«

Sie verstummte, und Franziska konnte sie zu keiner Aussage mehr bringen. Auch mit Max wollte sie nicht reden. Franziska ging aus dem Vernehmungsraum und schloss hinter sich ab. Im Hinausgehen sah sie noch, wie Katharina Bauer etwas in ihr Smartphone tippte. Dann lief Franziska in den Parteienverkehrraum, wo Nick und Imke auf jeweils einem Drehstuhl saßen und über dem Schreibtisch gebeugt über etwas redeten. Sie sahen müde aus.

»So, der Rottweiler ist versorgt und schläft jetzt eine Runde«, sagte jemand von hinten. Die Stimme war Franziska mittlerweile schon sehr geläufig. Bernhard Pichler.

»Habt ihr Bernhard gleich mitgenommen, super!«

Nick hob den Kopf und schüttelte ihn. »Ich kenn ihn nicht.«

»Ich bin zufällig da, ich wollte dich nämlich was fragen, Franziska.« Er druckste herum. »Aber ich sehe gerade, du hast Wichtigeres zu tun.«

Max und Nick hoben beide gleichzeitig fragend eine Augenbraue, während Imke weiterhin in die Unterlage vertieft war.

Bernhard nestelte an seinem Hemd und der Hose. Beides war sauber. Außerdem war er frisch rasiert und roch nicht nach Pferd, sondern nach einem Parfum, das man bei einem Tierarzt nicht erwarten würde. War das Versace?

»Ich warte dann draußen, bis du fertig bist«, sagte der Tierarzt an Franziska gewandt.

»Ach was, ich geh schnell mit dir hinaus. Frau Bauer wartet auf ihren Anwalt, vorher werden wir wohl nichts mehr aus ihr rausbekommen.«

Bernhard zog sie am Ärmel nach draußen und schloss die Tür hinter ihnen.

»Also ich habe mich gefragt, ob du und ich … also wir beide … irgendwann … die Connection bei der Hermi … da war doch etwas … irgendwie, wenn der Fall vielleicht …« Franziska stoppte ihn.

»Jetzt atme doch mal tief durch, Bernhard. Und dann fängst noch einmal von vorne an und bildest einen ganzen Satz, weil so verstehe ich gar nichts.« Sie lächelte aufmunternd. Bernhard atmete tief ein.

»Okay, Franzi, ich würde gerne mal mit dir auf ein Trankl gehen.« Seine Wangen liefen rot an, und er knetete seine Hände. Das hatte sie nun so gar nicht erwartet.

Bernhard war doch locker acht Jahre jünger als sie, wenn nicht noch mehr. Vielleicht sah er aber auch nur durch diesen Haarschnitt so jung aus. Seine Nervosität rührte sie.

»Natürlich können wir mal was trinken gehen, sobald wir mit dem Fall durch sind und mein Fuß wieder in Ordnung ist. Sehr gerne.« Sie spürte den Fuß zwar kaum noch, aber so konnte sie sich noch etwas Zeit verschaffen. Er atmete erleichtert aus. Hatte er etwa die ganze Zeit die Luft angehalten?

»Gut, dann fahre ich wieder. Melde dich bitte bei mir, wenn es dir besser geht. Übrigens, der Rottweiler wurde misshandelt, also nicht nur ausgehungert. Das wollte ich jetzt nur noch sagen, vielleicht kannst das ja brauchen.«

»Danke, Bernhard, und ich melde mich bei dir, wenn ich Zeit habe.«

Sie zwinkerte Bernhard zu und lief wieder hinein, wo Katharina Bauer immer noch auf ihren Anwalt wartete. Nick war zu ihr in den Vernehmungsraum gegangen.

Franziska ging hinein und setzte sich dazu, ihr ließ die Sache mit dem Handy keine Ruhe. Sie blickte auf Katharina Bauer, die ihr Smartphone immer noch in der Hand hielt. Hätten sie ihr lieber das Smartphone wegnehmen sollen? Mit wem hatte sie geschrieben?

Da klingelte Franziskas Handy. Resi war dran, die mit ihrem üblichen Elan drauflos plapperte, bevor sie noch Hallo gesagt hatte.

»Franzi, es ist was passiert! Ich wollte gerade die Marion im Krankenhaus besuchen, aber sie ist weg.«

»Wie weg?«

»Verschwunden!«

»Wie kann sie einfach verschwinden? Sie kann sich allein kaum bewegen. Sie wird doch sicher nur zur Reha-

Station gebracht worden sein. Vielleicht haben sie die Verlegung vorgezogen.«

»Nein, ich habe mit dem Arzt geredet, die Verlegung ist für morgen früh geplant gewesen.«

Auf einmal ging die Tür schwungvoll auf, und Max kam herein. »Das Krankenhaus hat angerufen. Kommst du mal.«

Hatte sie sich das eingebildet oder hatte Katharina Bauer gerade gelächelt. Franziska nickte und folgte Max nach draußen, während Resi weiter durch die Leitung redete: »Jedenfalls ist die Marion weg, und ich habe wirklich kein gutes Gefühl dabei, wir müssen sie schnell finden. Franzi, simma ehrlich, ich glaube, einen dritten Mordversuch wird sie nicht überleben …«

57. Kapitel

»Marion Leitner wurde doch bewacht!«, schrie Nick ins Telefon. »Wie zum Teufel konnte sie verschwinden?« Er sah zu Franziska. »Was für Idioten haben wir da hingeschickt?«, flüsterte er.

Sie zuckte die Achseln. Nick telefonierte weiter mit dem Krankenhaus, während Franziska immer noch Resi in der Leitung hatte.

»Ich hab sie wegfahren sehen, Franzi.«

»Was meinst du damit, Resi?«

»Na, die Marion. Jemand hat sie mit dem Rollstuhl weggefahren und in ein Auto gesetzt.«

»Das sagst du mir erst jetzt?« Das durfte doch nicht wahr sein. Resi hatte die Entführung Marion Leitners mit angesehen.

»Ich hab ja zuerst gedacht, dass es eine Ärztin war, aber nachdem ich den Arzt hier gefragt hab, wo die Marion hingebracht worden ist, hat er sich nicht ausgekannt. Da erst wusste ich, dass was nicht stimmt.« Schluchzer drangen durch an Franziskas Ohr.

»Wieso hast du gedacht, dass es eine Ärztin war, die Marion mitgenommen hat?«

»Na, sie hat einen weißen Kittel angehabt. Haare hochgesteckt und die Marion eben im Rollstuhl geschoben. Die Marion kann ja noch nicht richtig gehen, wie du weißt. Ihre Muskeln wollen noch nicht. Sie ist ja grad erst wieder wach geworden.«

Franziska hatte eine Idee. »Von wo aus hast du das alles gesehen.«

»Vom obersten Stock aus dem Fenster raus.«

»Resi, hast du vielleicht den Autotyp erkannt und das Nummernschild?« Franziska hatte die Hoffnung nicht verloren.

»Ich hab ja nicht gewusst, dass die Marion gerade entführt wird, als ich sie gesehen hab. Es war ein dunkelblaues Auto, so eines mit Schiebetüren hinten und großem Kofferraum. Mehr weiß ich nicht. War aber ein Murauer Kennzeichen.«

Das würde weiterhelfen. Das musste weiterhelfen. »Danke, Resi, kommst du bitte auch zu uns aufs Wachzimmer.«

Resi versprach, sich so schnell wie möglich aufzumachen. Nachdem Franziska aufgelegt hatte, sah sie Nick dabei zu, wie er im Raum im Kreis lief und fluchte.

»Das hätte es in Wien nicht gegeben!«

»Sei dir da nicht so sicher, Nick. Offensichtlich können die Kollegen nichts dafür. Die wurden reingelegt.«

»Ach ja? Dilettanten!« Er fuhr sich durch die Haare und drehte eine weitere Runde. Imke Strauss versuchte, ihn zu beruhigen. Doch ihre säuselnde Stimme schien ihn nur noch mehr aufzuregen.

Franziska ließ die beiden streiten und zog Max zum Vernehmungsraum. Bevor sie hineingingen, sagte sie noch zu ihm, dass sie sicher war, dass Katharina Bauer mit Elisabeth Gruber in Kontakt stand, und dass sie ebenfalls sicher war, dass die falsche Ärztin, die Marion Leitner entführt hatte, Elisabeth Gruber war. Mit Katharina Bauer hatten sie den Joker auf der Dienststelle, um Elisabeth Gruber so schnell wie möglich zu finden, bevor sie womöglich noch aus Österreich abhaute.

Mit Max im Schlepptau ging sie wieder in den Vernehmungsraum und nahm sich noch schnell einen Kaffee und einen Schokoriegel mit. Dann gab sie Gernot die Anweisung nachzuschauen, auf wen ein blauer Wagen mit Schiebetür registriert sein könnte. Er sollte auf jeden Fall bei der Familie Bauer, aber auch bei den Leitners zuerst nachforschen.

Drinnen warf sie Katharina Bauer den Schokoriegel auf den Tisch und stellte den Kaffeebecher daneben.

»Ist mein Anwalt schon da?«, fragte die Verdächtige lapidar.

»Nein, drum ist der Kaffee da.« Franziska setzte sich ihr gegenüber. »Das wird eine lange Nacht, oder auch nicht, je nachdem, wie Sie es lieber haben.«

Max nickte. »Jetzt ist Schluss mit lustig. Wir haben keine Zeit mehr für Spielchen.«

Katharina Bauer lächelte. »Sie hat es also geschafft, nicht wahr?«

Franziska beugte sich vor. »Weil Sie ihr geholfen haben, oder?«

»Sie wissen doch eh schon alles, warum fragen Sie mich dann?«

»Weil wir nicht wissen, wohin Elisabeth Gruber mit Marion Leitner fährt.«

»Und Sie glauben, ich sag Ihnen das?« Katharina nahm einen Schluck Kaffee. »Der ist besser, als ich dachte«, sagte sie und riss das Papier vom Schokoriegel.

»Wohin ist Elisabeth Bauer mit Marion Leitner unterwegs?«

Katharina Bauer kaute. »Mpfbenden was sie angpfangen hat.«

»Wie bitte?«, fragte Franziska

»Ich glaub sie hat gesagt, dass die Elisabeth das beenden will, was sie angefangen hat.« Max verschränkte die Arme.

Katharina Bauer biss erneut vom Riegel ab.

»Und wo soll das diesmal stattfinden? Wieder am Wasserfall?«

Katharina Bauer lachte. »Man soll keine Fehler zweimal machen, nicht wahr?« Sie faltete das leere Schokoriegelpapier zusammen. »Außerdem wollte Elisabeth ein Exempel de Luxe statuieren.«

»Was soll das heißen?«

»Ursprünglich war Nürnberg der Plan, aber ich glaube, sie weiß, dass sie nicht so viel Zeit haben wird, und wird wohl nicht so weit fahren.«

Franziska verstand nur Bahnhof. Katharina Bauer kicherte und nippte am Kaffee. Nur Max sah aus, als würde er eine komplizierte Integralrechnung im Kopf lösen, so angestrengt zog er seine Stirn in Falten. Dann sprang er auf und lief hinaus.

»Passt auf jeden Fall auf. Ruth ist nicht ganz dicht«, sagte Katharina Bauer und trank den Kaffee aus.

»Was meinen Sie damit?«

»Als ich sie im Internet kennengelernt hab, war sie seit Monaten in der Klapse.« Sie seufzte und zerdrückte den Becher. »Ihr ganzes Trauma hab ich dann abbekommen, als sie erfahren hat, dass ich Psychologin bin.«

Franziska dachte an den Tag, an dem sich Ruth Stein, damals noch als Elisabeth Gruber, vor ihnen die Finger ausrenkte. Alles ergab auf einmal Sinn.

Durch die offene Tür winkte Gernot. Franziska ging hinaus, schloss die Tür und lehnte sich dagegen.

»Wir haben einen Citroën Berlingo gefunden, zugelassen auf einen Ulrich Bauer.«

»Der verstorbene Mann von der Vroni?«

Gernot nickte.

»Dann war die Katharina schon oben am Hof, bevor wir im Haus alles gefunden haben. Ist eine Verlustmeldung rausgegangen?«

Gernot schüttelte den Kopf. »Vielleicht hat es die Vroni gar nicht bemerkt. Wer weiß, ob das Auto überhaupt noch ein Pickerl hat.«

»Kennzeichen hast du?« Gernot nickte.

»Soll ich eine Fahndung rausgeben?«

Mitten ins Gespräch preschte Max. »Auf jeden Fall! Wir müssen noch einmal rein zur Bauer.« Max zeigte in den Parteienverkehrsraum. »Der Anwalt ist da. Aber vielleicht kriegen wir noch was aus ihr raus.«

Rasch gingen sie in den Vernehmungsraum zurück.

»Nürnberg also«, fing Max sofort an. »Weil dort die Kriegsverbrecher hingerichtet wurden?«

Katharina Bauers Gesicht blieb ruhig.

»Aber hier in der Nähe ist nichts dergleichen!« Max gab nicht auf. »Hilf uns. Du hast Wände beschmiert und allerhand anderes gemacht. Ich hab jede Menge Vorstrafen von kleinen Delikten gefunden, die meisten aus deiner Jugendzeit. Aber du hast nie jemanden getötet. Sogar die Schafe hast du vorher betäubt.«

»Ich wollte nicht, dass sie leiden.«

»Also geben Sie zu, dass der Hugo sie gebissen hat«, sagte Franziska.

Katharina Bauer zog eine Grimasse, sagte aber nichts.

»Du willst doch nicht, dass unsere Lehrerin stirbt. Das glaub ich nicht!« Max sah ihr tief in die Augen. »Ich kenn dich anders, Kathi.«

Im selben Moment trat der Anwalt durch die Tür. »So! Frau Bauer muss jetzt gar nichts mehr sagen, bevor ich nicht alles gesichtet und mit ihr geredet habe.«

Er wies Franziska und Max an, den Raum zu verlassen. Im Hinausgehen sah Max Katharina Bauer die ganze Zeit in die Augen. Bevor sie noch über die Schwelle traten, rief sie: »KZ-Außenstelle …« Dann hielt ihr der Anwalt den Mund zu.

58. Kapitel

Max und Franziska saßen am PC und durchforsteten das Internet. Katharina hatte ihnen einen Hinweis gegeben, dem sie nun nachgingen. Währenddessen brachte Franziska Nick und Imke auf den neuesten Stand.

Da klatschte Max in die Hände. »Also, die zwei KZ-Außenstellen von Mauthausen, die am nächsten liegen, sind das Benediktinerkloster in St. Lambrecht und Schloss Lind in Neumarkt.«

Nick sah zu Franziska. »Ich nehm die Mönche, dich lassen sie da eh nicht rein.«

»Aha, und den Max auch nicht, oder wie?« Sie zeigte auf Imke. »Und was ist mit ihr?«

Nick hob die Schultern. »Verstehst du keinen Spaß?«

»Okay, Schloss Lind ist mir eh viel lieber.« Sie stand auf. »Am besten fährt noch eine Partie mit uns raus. Gernot, nimmst du das Motorrad und begleitest Nick und Imke, bitte.«

Der Drucker ratterte. Max nahm die Ausdrucke und reichte Kopien mit Infos und Fotos von Marion Leitner und Ruth Stein herum. »Viel Glück!«

»Das braucht doch eher ihr zwei«, sagte Nick und verließ zusammen mit Imke und Gernot die Polizeiinspektion.

Zwei Kollegen blieben auf der Dienststelle.

Mit zwei Funkwagen, dem Zivilfahrzeug des LKA und einem Motorrad fuhren sie los und forderten unterwegs noch einen Hubschrauber zur Verstärkung an.

Katharina Bauer war also mittels Handy die ganze Zeit mit Elisabeth Gruber in Kontakt gestanden. Franziska konnte nur rekapitulieren, dass Ruth Stein zu Fuß aus dem Haus der Leitners gelaufen war und sich versteckt hielt, um dann ungesehen irgendwo mit Katharina Bauer zusammenzutreffen, die ihr nicht nur das Auto besorgt hatte, sondern vermutlich auch einen Arztkittel für das Krankenhaus.

Trotz des großen Altersunterschieds hatten die beiden Frauen gemeinsame Sache gemacht. Gegen Marion Leitner. Und gegen andere Nachkommen von Familien, die in ihren Augen »Verräter« oder »Schweiger« waren. Sie hatten sich komplett in ihr Tun verrannt und ihre Ziele verbissen verfolgt.

Katharina Bauer hatte zumindest gegen Ende des Verhörs Gewissensbisse gezeigt und ihnen einen Hinweis gegeben.

Max fuhr, während Franziska sich den Plan des Schlosses ansah und überlegte, wo Ruth Stein das Ende von Marion Leitner planen würde. Im Schloss gab es eine Holocaust-Gedenkausstellung. Franziska verglich alte Fotos aus der Zeit, als das Schloss noch eine KZ-Außenstelle war, mit den aktuellen Bildern.

Und die ganze Zeit warteten sie auf eine Meldung des Hubschraubers, ob dieser irgendwo den Wagen sichtete. Doch was, wenn sie sie nicht rechtzeitig fanden? Über Funk nahmen sie erneut Kontakt mit dem Piloten auf.

»Könnt ihr schon was sehen?«

»Negativ!«

Fokussiert blickte Max auf die Straße und erklärte: »Mir ist klar, wieso sie eigentlich nach Nürnberg wollte. Nürnberg war eine wichtige Bastion des Nationalsozialismus. Dort wurden 1935 die Nürnberger Rassengesetze beschlossen, die es erst ermöglichten, gegen die Juden vorzugehen. Jene Gesetze, die quasi den Weg in den Zweiten Weltkrieg geebnet haben. Und hier waren doch auch die Nürnberger Prozesse. Es ist eine wichtige Stadt, wenn man über den Holocaust spricht. In Nürnberg hat es begonnen und in Nürnberg hat es geendet. Hier schloss sich der Kreis.«

»Du denkst also, deshalb wollte sie es dort enden lassen? An dem Ort, an dem damals die Kriegsverbrecher hingerichtet wurden?«

Klang sinnvoll in der Logik von Elisabeth Gruber alias Ruth Stein, das musste sie Max lassen.

Da funkte der Hubschrauber durch. »Auf dem Weg nach Schloss Lind können wir das Auto nicht sehen. Sollen wir mal in die andere Richtung fliegen?«

»Ja, macht das!«

»Fahren wir trotzdem nach Schloss Lind?«, fragte Max, es klang aber gar nicht nach einer Frage.

»Selbstverständlich!«

Ohne ein weiteres Wort nickte er und gab noch einmal Gas.

Das Auto könnte gut versteckt irgendwo abgestellt sein. Es könnte auch einen Wagenwechsel gegeben haben. Und die Uhr tickte. Jede Minute, die verstrich, brachte Marion Leitner mehr in Gefahr.

»Halte durch, Marion«, sagte Franziska leise vor sich hin. »Wir sind unterwegs!« Gleichzeitig hallten immer wieder Resis Worte durch ihren Kopf. Einen dritten Mordversuch würde Marion Leitner nicht überleben.

59. Kapitel

Esther

Durch die Tür sah Esther ihre Mutter. Ihre Augen waren weit aufgerissen. Hastig packte sie ein, was sie finden konnte.

»Los!«, schrie der Uniformierte sie wieder an. »Das Getto wird aufgelöst, alle hier müssen raus!«

»Wohin gehen wir?«, fragte Esther.

Der Soldat lachte. »Nach unten auf die Lastwagen und dann zum Bahnhof.«

Esthers Mutter ließ einen erstickten Schrei fallen. »Mama!« Rasch lief Esther hinaus. Ihre Großmutter saß am Küchentisch, ihr Kopf lag in der Suppe. Während Esthers Mutter ihren Puls fühlte und weinte, fiel Esthers Blick auf eine Pillendose. Plan B, hallte es durch ihren Kopf. Großmutter würde nicht mitkommen an diesen Ort, vor dem sie so unglaubliche Angst gehabt hatte.

Kälte kroch über Esthers Rücken. Ein Kloß bildete sich in ihrem Hals. Von draußen hörte sie Geschrei, Weinen. Sie roch die Angst förmlich, als sie mit ihren Geschwistern und Eltern draußen im Hof stand. Dort gingen Soldaten die Reihen ab und schickten die Menschen auf unterschiedliche Lastwagen. Paare wurden getrennt. Klammerten sie sich aneinander, wendeten die Soldaten Gewalt an. Es war ein einziges Schreien und Weinen.

Und dann passierte das Schrecklichste, was sich Esther je vorstellen konnte. Sie und ihre Geschwister kamen zusammen mit Mutter auf einen Lastwagen. Alle, bis auf ihren großen Bruder Gabriel. Der wurde zusammen mit ihrem Vater zu einem anderen Lastwagen gebracht. Als sie abfuhren, brach Esthers Mutter in den Armen ihrer Tante zusammen, die ebenfalls von Onkel Jakob getrennt worden war.

Esther kniff die Augen zusammen, um das Leid, das sie in den Gesichtern der anderen sah, auszublenden, und griff in die Schürzentasche, wo ihre Murmeln verstaut waren. Doch was war das? Nur zwei Murmeln bekam sie zu fassen. Waren die anderen herausgefallen? Oder waren sie gestohlen worden? Mit dem Zeigefinger ertastete sie ein Loch in der Schürzentasche. O weh! Verzweifelt tastete sie die andere Schürzentasche ab.

Nichts.

Sie zog die Hand aus der ersten Tasche und öffnete zuerst die Augen und dann die Faust.

Da lagen ihre zwei letzten Murmeln.

Eine milchige und eine glasige.

Sophia und Esther.

60. Kapitel

Marion

Diese Frau muss verrückt sein! Erst jetzt fällt mir das auf. Wieso habe ich das nie bemerkt? Ich verhalte mich ruhig. In den letzten Tagen bin ich kräftiger geworden, aber das werde ich noch eine Weile für mich behalten. Ich darf nichts überstürzen, muss genau überlegen, was ich machen kann, um mich zu retten.

Starr blickt Elisabeth auf die Straße, das Lenkrad umklammert, so fest, dass ihre Fingerknöchel ganz weiß sind. Wohin bringt sie mich? Zur Brücke? Zum Wasserfall?

Warum?, ist alles, was durch meinen Kopf schallt.

Ich öffne den Mund und forme meine Frage.

»Warum?«

Keine Reaktion.

»Warum?«, frage ich noch einmal, diesmal hat sie mich gehört. Sie dreht ihren Kopf zwar nicht, aber schreit.

»Du willst wissen, wieso?« Speicheltropfen spritzen aus ihrem Mund. »Sie will wissen, wieso.«

Mit wem sprach sie?

»Ist das denn zu glauben, Ruth? Sie will es wissen! Sollen wir es ihr erzählen?«

Wer ist Ruth? Vielleicht hätte ich nicht fragen sollen, denn nun bekomme ich noch mehr Angst als zuvor.

»Ich erzähl es dir. Ist ja egal, du stirbst ja sowieso.«

Ein kalter Schauder durchfährt mich. Ich muss ruhig bleiben. Mir nichts anmerken lassen.

»Frrrreunde«, stammle ich.

Elisabeth lacht. »Wir sind keine Freunde! Du und ich, sind es nie gewesen! Hast du das immer noch nicht kapiert?« Sie klopfte mit der Faust auf das Lenkrad. »Wir kommen aus zwei verschiedenen Welten. Also gut. Hör zu! Ich erzähle dir die Geschichte meiner Großmutter Esther, die während der Zeit des Zweiten Weltkriegs noch ein Kind war.«

Und das tut sie. Mit Schrecken höre ich mir ihre Geschichte an.

Bevor es losging mit den Deportationen in die Konzentrationslager, freundete sich Elisabeths Großmutter mit einem deutschen Mädchen namens Sophia an. Auch die Eltern der beiden verstanden sich gut und wurden Freunde. Bis die eine Familie von der Politik zum Sündenbock erklärt wurde und die andere nichts mehr mit ihr zu tun haben wollte.

Esther hatte sogar Briefe aus den sogenannten Judenhäusern geschrieben. Immer wieder hatte sie versucht, ihre Freundin Sophia zu kontaktieren in der Hoffnung, deren Eltern könnten ihnen zur Flucht verhelfen und sie irgendwo verstecken. Doch die Hilfe kam nicht. Esther hatte als Einzige der Familie das Konzentrationslager überlebt und Aufzeichnungen hinterlassen. Tagebücher. Kurz nach ihrer Befreiung aus dem Lager hatte sie nach ihrer Freundin gesucht, sie aber nicht gefunden. Elisabeths Großmutter hatte die Aufzeichnungen zeitlebens aufbewahrt, und so wurden sie der nächsten Generation weitergegeben.

Bevor ihre Großmutter starb, legte sie Elisabeth zwei Murmeln in die Hand mit der Bitte, eine davon eines Tages ihrer besten Freundin zu schenken. Das Schlimme war, dass sich die Familie nie von den Schatten der Vergangenheit erholte.

Esther Stein hatte ein schweres Leben mit vielen Verlusten zu tragen. Auch Elisabeths Mutter ging es nicht gut. Die Familie blieb arm. Das Familientrauma lastete über allem.

»Und dann verlor ich vor zehn Jahren alles, was mir lieb war«, sagt Elisabeth zu mir. »Mein Kind starb bei der Geburt, ich hatte so starke Blutungen, dass sie mir den Uterus entfernen mussten und ich keine Kinder mehr bekommen konnte. Aus diesem Grund hat mich mein Mann sitzen gelassen. Ich war mit den Nerven am Ende und bin in der Psychiatrie gelandet. Verlor dann auch meinen Job und meine Wohnung.«

Das tut mir ehrlich leid. Niemandem wünsche ich so viel Leid auf einmal. Elisabeth umkrampft das Lenkrad und erzählt weiter.

»Ich wollte Rache üben und habe nachgeforscht, wer diese Familie war, die meiner Großmutter nicht geholfen hat. Jetzt rate mal! Marion!«

Elisabeth dreht den Kopf und sieht mich an. »Rate!«

Ich blinzle und wage es nicht, mich zu rühren, geschweige denn, etwas zu sagen.

»Du, liebe Marion, bist eine Nachfahrin jener Familie! Und als ich das herausgefunden habe, konnte ich an nichts anderes mehr denken. Ich hab dich aufgesucht und gesehen, dass du all das gehabt hast, was mir verwehrt geblieben ist: einen Ehemann, Kinder, einen tollen Job, Haus, Garten. Totales Glück.«

So sah es jedenfalls für sie aus. Nur ich weiß, dass nicht alles Gold ist, was glänzt, auch wir haben es jahrelang hart gehabt. Aber das hat Elisabeth nicht gesehen.

»Also habe ich einen Plan geschmiedet. Ich würde dein Leben übernehmen, wie in diesem Film. Der hat mich auf die Idee gebracht. Denn das steht mir zu! Marion! Du und deine Vorfahren haben bereits jahrzehntelang glücklich gelebt. Jetzt bin ich dran. Marion! Ich bin dran!«

Das kann sie nicht ernst meinen. Sie wird im Gefängnis landen, wenn das hier vorbei ist und ich tot bin. Denkt sie nicht so weit voraus? So dumm kann doch niemand sein oder so verbohrt, nur die Rache im Blick haben an jemandem, der doch gar nichts für die Schuld der Ahnen kann. Ich war es schließlich nicht, die das Leid ihrer Großmutter und deren Familie verursacht hat.

»ALLLEIN«, bringe ich heraus. Doch Elisabeth missversteht mich.

»Ich bin nicht allein. Nein! In einem Forum für Hinterbliebene von Holocaustopfern habe ich Martha kennengelernt. Wir freundeten uns an und begannen, ehemaligen Familien von NSDAP-Mitgliedern und SS-Leuten sogenannte Denkzettel zu erteilen. Zuerst waren es nur Kleinigkeiten: Kackhaufen vor der Tür, Drohbriefe oder kleine unangenehme Geschenke.« Sie lacht schief, als hätte sie einen Witz gerissen. Mir graut es. Ich sehe die Gänsehaut auf meinen Armen.

»Eines Tages habe ich ihr die ganze Geschichte erzählt, und sie war Feuer und Flamme, mir zu helfen. Du kennst sie!«

Wieder lacht sie.

Martha? Ich überlege. Und das Puzzleteil fällt an seinen Platz.

Meine Psychologin war Elisabeths Komplizin!

Ich bin geliefert. In meinem Kopf pocht es, und ich fange an innerlich zu beten und auf ein Wunder zu hoffen.

61. Kapitel

»Da ist der Wagen, Franzi!«, kam es plötzlich von Max. Mit quietschenden Reifen fuhr er rechts ran. Franzi und Max stürzten gleichzeitig aus dem Wagen und rannten zu dem Auto, das am Straßenrand abgestellt worden war.

Mit der Waffe im Anschlag, obwohl sie nicht einmal wussten, ob Elisabeth Gruber eine Waffe trug. Im Auto brannte kein Licht, die Scheinwerfer waren abgeschaltet. Franziska leuchtete in den Fond hinein. Er sah leer aus. Max öffnete die Wagentür. Nichts! Franziska umrundete den Wagen und riss die Schiebetür auf, während Max die Heckklappe öffnete. Wieder nichts. Mist! Sie waren weg! Verdammt!

»Los, wir müssen alles in der Nähe abklappern, das Schloss ist nicht weit. Es ist besser, wir gehen den Rest zu Fuß.« Max war schon wieder an seinem Handy. Leise vernahm sie die Stimme des Routenplaners.

Max winkte sie zu sich. »Ich hab es. Folge mir!«

Gemeinsam liefen sie den Weg hinauf, immer dicht am Wegesrand, um sich jederzeit im Buschwerk Deckung suchen zu können. Sie wussten ja nicht, was sie erwartete. Vielleicht hatte Ruth Stein noch weitere Komplizen, oder auch eine Waffe. Zumindest keinen Hund, hoffte Franziska.

Etwas in weiter Ferne heulte. Sie kannte dieses Heulen nur aus Filmen.

»War das ein Wolf?«, flüsterte Franziska zu Max.

»Hat sich so angehört«, wisperte er zurück. »Keine Angst, die Tiere sind normalerweise sehr scheu. Und falls nicht, bin ja ich da und werfe mich ihm zum Fraß vor.« Er grinste breit.

Mit dem Ellenbogen stieß sie ihm sanft in die Seite. »Wehe dir.«

Max öffnete den Mund, aber sie kamen nicht mehr dazu, das auszudiskutieren. Er legte den Zeigefinger an die Lippen und deutete nach links.

Franziska blinzelte und schaute in die von ihm gezeigte Richtung. Da waren sie!

62. Kapitel

Marion Leitner stand mit dem Gesicht zur Schlossmauer im Innenhof. Sie lehnte mehr daran, als dass sie stand. Ihre Muskeln waren noch schwach. Elisabeth Gruber stand hinter ihr, einen großen Stein in der Hand haltend. Vorsichtig näherten sie sich geduckt. Elisabeth Gruber durfte nicht merken, dass sie hier waren. Sie mussten aufpassen, dass sie keinen Fehler machten.

»Diesmal wirst du dich nicht mehr retten können, Marion!« Elisabeth Gruber klang komplett irre. »Ein für alle Mal! Du wirst mir nichts mehr kaputt machen, deine elendige Verräterfamilie wird uns nichts mehr kaputt machen. Ich bin jetzt an der Reihe, um glücklich zu sein. Und das werde ich! Du hast dein Leben gelebt, deine Familie konnte reich werden!« Sie lachte. Das Lachen einer Verrückten.

»Du kannst nicht mich für die Sünden der Väter belangen.« Marions Stimme war zwar noch kratzig, aber sie war deutlich zu hören.

»Meine Familie war unschuldig, niemand hatte etwas Böses getan.« Elisabeth Gruber hob den Stein hoch, bis er fast über Marions Kopf war.

»Willst du noch etwas sagen, Marion?«

»Kannst du wirklich in der Familie glücklich werden, die du für dein Unglück verantwortlich machst?«

Die Entführerin wich irritiert zurück. »Was redest du da?«

Marion Leitner flüsterte etwas. Es klang wie ein Gebet.

Wieder ging Ruth Stein einen Schritt voran und hob den Stein erneut.

Sie mussten Marion retten, sie durften keine Zeit mehr verlieren. Franziska preschte vor, doch plötzlich knackte ein Ast unter ihr weg. Dann ging alles rasend schnell. Elisabeth Gruber fuhr herum, immer noch den Stein in der Hand. Ein entsetzter Blick auf die Polizisten, dann eine Kehrtwende. Sie drehte sich rasch um und nahm Anlauf. Im selben Augenblick schlug Marion Leitner ganz überraschend mit dem rechten Bein aus und kickte in das Knie von Ruth Stein. Diese schrie auf und taumelte, sodass Max von der rechten Seite und Franziska von der linken Seite auf sie zulaufen und sie zu Boden reißen konnten.

Franziska drückte Ruth Stein zu Boden und legte ihr die Handschellen an, während Max sie ebenfalls festhielt.

Dann half Max Marion Leitner, die mittlerweile zitternd und schluchzend auf dem Boden kniete.

Währenddessen klärte Franziska Ruth Stein über ihre Rechte auf. »Sie haben das Recht zu schweigen …«

Ruth Stein lachte laut auf. »Es ist noch nicht vorbei! Martha wird den Rest erledigen.« Ihr Blick fiel auf Max, der an ihnen vorbeiging und Marion Leitner zum Funkwagen trug. »Sie hat dich ja auch gut sediert damals, um euch abzulenken«, rief sie ihm hinterher.

Was für ein Spiel hatte Katharina Bauer gespielt, wenn nicht einmal ihre Komplizin wusste, wie sie wirklich hieß.

»Martha Kindler haben wir bereits in Gewahrsam genommen.«

Wenigstens wussten sie jetzt sicher, dass sie das mit dem Cola gewesen war und auch warum.

Ruth Stein zuckte mit den Achseln. »Einen Versuch war es wert.« Max kam zurück, nahm Franziska die Verdächtige ab und brachten sie zum Funkwagen.

Franziska rief Nick an und erzählte ihm kurz und knapp die Neuigkeit. Er wirkte etwas blasiert darüber, dass er sich für den falschen Tatort entschieden hatte. Aber es ging nicht um Nick. Sie gab ihm noch Bescheid, dass er den Hubschrauber anfunken sollte und dass sie sich gleich nachher auf der Dienststelle wieder treffen würden.

Franziska legte auf und wollte gerade zum Funkwagen gehen, da sah sie am Boden etwas liegen, das im Laternenlicht glänzte, genau an der Stelle, wo sie Ruth Stein vorhin überführt hatten. Es war ihr wohl aus ihrer Tasche gefallen.

Franziska hockte sich hin und hob den Gegenstand auf.

Es war eine Glasmurmel.

ENDE

Nachwort der Autorin

Ich habe meine ersten Lebensjahre in Schöder bei Murau verbracht und diese Region schon öfter literarisch verarbeitet, vor allem in Kurzgeschichten und Essays. Da mir die Region sehr am Herzen liegt, ist es mir wichtig, gleich vorab zu erwähnen, dass die Geschichte und die Figuren frei erfunden sind.

Der Schauplatz ist aber selbstverständlich real, genauso wie viele Dinge, die im Buch erwähnt werden. Ihr könnt vor Ort sowohl den Günster Wasserfall als auch den Hirschenwirt am Hauptplatz und den Filmpfad besuchen. Im August findet tatsächlich der Samson-Umzug in Murau statt, ebenso wie der Rossmarkt in Schöder. Auch den Murcapulco gibt es, so erfunden sich dieses Event auch anhört. ;-) In Schöder findet sich das Turmcafé, das im Buch erwähnt wird. Ebenso der Gasthof Neuwirt in Baierdorf, in dem Egon eine Diskussion über die Wölfe mit anhört.

Auch der Ort des Showdowns ist real. Das mehrfach preisgekrönte Schloss Lind in Neumarkt in der Steiermark kann gern von Interessierten besucht werden. Es gibt Ausstellungen und Veranstaltungen im Schloss, und in den Sommermonaten werden jede Menge Literatur-, Theater- und Musikveranstaltungen abgehalten. Ich empfehle jedem sehr, die dortige Holocaust-Erinnerungsstätte im Ausstellungsbereich zu besuchen.

Kommen wir zu den Wölfen in der Steiermark, die ebenfalls keine Fiktion sind. In den letzten Jahren gab es vermehrt Wolfssichtungen und auch gerissenes Vieh in der Steiermark, in Kärnten, Tirol, Oberösterreich und Niederösterreich. Der Wolf ist also zurück in unserem Land. Laut Schätzungen sind es momentan zwischen dreißig und fünfzig Wölfe in der Steiermark, über die sich Landwirte in der Region Sorgen machen. Insgesamt wurden im Jahr 2022 791 Wolfsrisse in Österreich gemeldet. Zwei davon auf eine Schafherde, was mich auf die Idee in diesem Buch brachte.

Das verwahrloste Haus werdet ihr übrigens in Schöder umsonst suchen. Auch fährt dort, soweit ich weiß, kein Deutscher in einem grünen Lamborghini herum. ;-)

In diesem Buch verwebe ich auch ein sehr dunkles Kapitel unserer Geschichte. Auf vieles bin ich bei meiner eigenen Ahnenforschung gestoßen und somit immer tiefer in diese Zeit eingetaucht, bis sich die Geschichte rund um Sophia und Esther in meinem Kopf formte.

Ich habe mich im Laufe des Schreibens bewusst dazu entschieden, in den Kapiteln der Freundinnen Sophia und Esther nur die Zeit vor den Deportierungen aufzunehmen und keine Kapitel zu schreiben, die im Konzentrationslager oder danach spielen. Die Freundschaft der beiden Mädchen und ihr jähes Ende waren mir ein Hauptanliegen. Jede Leserin, jeder Leser kann sich selbst denken, was Esther und ihre Familie später erlebt haben.

Fakten: Seit 1147 ist jüdisches Dasein auf dem Gebiet der heutigen Steiermark überliefert. Die größte jüdische Gemeinde war in Graz ansässig. Aber es gab noch zahlreiche weitere jüdische Gemeinden wie in Judenburg, Bruck an der Mur, Fürstenfeld, Hartberg und eben auch

Murau. Das Judenviertel befand sich hier in der Südweststrecke des Raffaltplatzes, wo heute die Gebäude der Brauerei stehen. Die jüdische Bevölkerung trug viel zur kulturellen und wirtschaftlichen Entwicklung in der Steiermark bei, bis sie 1497 erstmals vertrieben und in der Schoah schließlich komplett zerstört wurde.

1935 traten die Gesetze zur Staatsbürgerschaft und den Bürgerrechten in Kraft. Jüdische Bürger wurden durch die Nürnberger Gesetze aus der deutschen Volksgemeinschaft ausgeschlossen. Wie in einer Rückblende beschrieben, bekamen Juden ihre Kennkarte, neue Zweitnamen und mussten einen Stern sichtbar an einer bestimmten Stelle der Kleidung tragen.

In der Nacht vom 9. auf den 10. November 1938 kam es zu gewalttätigen Ausschreitungen gegen jüdische Bürger. Tausende Synagogen, jüdische Geschäfte, Schulen, Friedhöfe und Krankenhäuser wurden zerstört oder in Brand gesteckt. Das führte zu einer großen Welle an Auswanderungen. Auch wenn die erste Welle schon 1933 war.

Um 1940 herum wurden die in der Steiermark lebenden Juden enteignet und entweder direkt in das KZ Dachau verschleppt oder nach Wien deportiert und dort in Sammelwohnungen auf engstem Raum untergebracht, in sogenannten Judenhäusern, bis auch diese aufgelassen wurden.

Nach der Befreiung durch die Alliierten sind einige jüdische Familien wieder in die Steiermark zurückgekehrt. Doch erst im Oktober 1998 wurde wieder eine neue Synagoge in Graz errichtet.

In dieser Geschichte geht es um Schuld und Sühne. Dieses Buch kann zur Diskussion anregen, wie viel Schuld noch auf nachfolgenden Generationen lastet. Aus der

Psychologie und Medizin weiß man, dass starke Traumata mit posttraumatischer Belastungsstörung sogar die Gene verändern können und dieses Trauma den Kindern und Kindeskindern vererbt werden kann. Was bedeutete es, wenn vom Krieg traumatisierte Menschen, die das Erlebte nicht richtig aufarbeiten konnten, Kinder bekommen? Welche emotionalen Defizite, welche Formen von Gewalt und welche Krisen kommen auf diese Kinder zu? Und wie viel davon geben diese erneut weiter, bis der Kreislauf unterbrochen wird? Und wem kann man die Schuld dafür geben, wie sein Leben verläuft? Ab wann muss man für seine Fehler und sein Leben selbst Verantwortung übernehmen, anstatt einen Sündenbock für sein Leid verantwortlich zu machen?

All diese Fragen und die Fakten vieler Studien zu diesem Thema haben mich zu dieser Geschichte gebracht – und zu zwei Frauen, die zu selbst ernannten Racheengeln werden.

Wenn am 27. Jänner wieder der internationale Tag des Gedenkens an die Opfer des Holocausts ist, dann denkt daran, dass sich so etwas nie mehr wiederholen darf.

Jennifer B. Wind,
Juni 2023

Danksagung

Heureka! Da ist er nun: mein erster Regionalkrimi. Als meine Agentin bei mir angefragt hat, ob ich einen Krimi schreiben würde, der in der Steiermark spielt, war ich natürlich sofort Feuer und Flamme. Fans wissen, dass ich schon öfter meine Heimat Schöder (samt Hutklub und Hirschenwirt) sowie die Umgebung literarisch in Kurzgeschichten »verarbeitet« habe, zum Beispiel in der Anthologie *Wer mordet schon in der Steiermark,* zu der mich meine liebe Kollegin Claudia Rossbacher eingeladen hat (vielen Dank noch einmal an dieser Stelle für deinen Support und die Unterstützung bei meinen Anfängen). Oder zuletzt in der Anthologie *Tour de Mord* im Servus Verlag. Einen ganzen Roman zu schreiben, der zum Großteil in dem Dorf spielt, in dem ich meine Kinderjahre verbracht habe, war ein Traum, und ich freue mich riesig, dass ich diese Möglichkeit bekommen habe, und hoffe, noch viele weitere Geschichten mit Franzi und Max schreiben zu dürfen.

Viele meiner eingefleischten Fans werden sich wundern, aber da ihr nun diese Danksagung lest, habt ihr euch nicht vom Kauf abhalten lassen und hattet auch keine Angst, dass es in meinem Krimi um Lederhosen, Schlager und Bier gehen könnte. ;-) Auch in diesem Buch habe ich meinen Stil beibehalten und durch etwas mehr Alltagshumor und Leichtigkeit ergänzt. Es hat mir jedenfalls Spaß gemacht, einen Krimi ganz ohne Serienmörder*in zu schreiben. Ich hoffe, es hat euch auch gefallen und ihr freut euch schon auf den nächsten Fall mit Franzi und Max.

Vielen Dank an erster Stelle meinem wunderbaren Verlag, bei dem ich mich von Anfang an sehr wohlgefühlt habe. Vielen Dank an Stefan Mayr, dem meine Buchidee und die Ermittler*innen gut gefallen haben und der Franzi und Max bei Benevento ein Zuhause gegeben hat.

Danke an meine wunderbare Lektorin mit viel Herz Julia Krug-Zickgraf für ihre Engelsgeduld und ihre Begeisterung für die Geschichte und meine Figuren. Schon das erste Treffen war Liebe auf den ersten Kaffee. Sie hat eine tolle Arbeit gemacht, die Geschichte in die richtigen Bahnen gelenkt. Sie stellt die richtigen Fragen, taucht tief in die Geschichten ein, ist auch emotional sehr dicht an den Figuren und bereichert mit ihren Tipps die Geschichte ungemein. Dadurch wurde alles tiefer und runder. Ich bin sehr glücklich, sie an meiner Seite zu haben. Vielen Dank! Die Zusammenarbeit war wundervoll, und ich freue mich schon sehr auf das nächste Mal.

Vielen Dank an meine Agentin Lianne Kolf, die mich seit 2010 vertritt und an meine Bücher und mich glaubt, und an Simone Hasselmann und Isabel Schickinger. Dank meiner tollen Agentur ist dieses Projekt erst zustande gekommen, und ich freue mich sehr, dass ich dank euch in meiner Heimat »ermitteln« und »morden« darf. Die nächsten Exposés sind schon in Arbeit. Langweilig wird euch mit mir nicht werden. Ich freue mich auf alles, was noch kommt. Vielen Dank für euren unermüdlichen Einsatz und das Vermitteln von tollen Buchverträgen (vielen Dank an Tatjana Seel an dieser Stelle).

Auch wenn ich weiß, dass diese Danksagung nicht eingelesen wird, möchte ich mich trotzdem beim Team von Saga Egmont bedanken, das sich schon vor dem Erscheinen für dieses Buch interessiert hat und sicher wieder ein wunderbares Hörbuch daraus machen wird. Ich bin schon sehr gespannt darauf.

Danke wie immer an meinen Mann, der das Manuskript in verschiedenen Stadien als Erster liest und mir seine Anmerkungen zur Polizeiarbeit mitteilt und mehr. Und das alles, obwohl er keine Leseratte ist. Hier nochmals zur Information: Mein Mann ist Kriminalbeamter, und der halbe Freundeskreis besteht somit aus Polizisten, deshalb sind meine Romane, was die Ermittlungsarbeit betrifft, stets von größtmöglichem Realismus geprägt. Nur sehr selten verzichte ich zugunsten von Dramaturgie oder Spannung auf Genauigkeit. In diesem Regionalkrimi geht es natürlich etwas lockerer und entspannter zu als in meinen True-Crime-Faction-Thrillern.

Danke an Sonja, René, Hans, Harry, Gina, Johann, Karina, Jürgen und Sebastian vom Stadtpolizeikommando Wien. (Ich hoffe, ich hab niemanden vergessen aus dem 10. Hieb. Sonja, danke noch mal für die tollen Häppchen bei den Buchpräsentationen. Ich freu mich schon auf diese hier.)

Danke an meine Töchter, die zwar immer wieder sagen, ich soll was anderes als Thriller und Krimis schreiben (im Idealfall Young Adult oder Mangas), aber trotzdem aufmunternd an meiner Seite stehen und mir auch Input geben zu allem, was gerade Trend ist. Sie waren an sehr vielen Stellen in diesem Roman wichtig, weil ich dank ihnen einen guten Einblick in die heutige Jugend und deren Pubertät habe. Einige Mamas, die dieses Buch lesen, werden sicher bei der einen oder anderen Szene mit Jonas und Amelia schmunzeln.

Immer wieder danke an meine fixe Testleser*innen-Crew, die das Ruder nach meinem Mann übernimmt, mir seit Jahren treu und mit vollem Einsatz zur Seite steht und bereits bei den ersten Schritten und Ideen sowie dem Exposé wertvolle Inputs gibt: Martina, die es kaum erwarten kann, wieder etwas von mir zu lesen, und dafür sogar Schlaf sausen lässt, irgendwo zwischen Chicago und Shanghai – und die sich vor allem über Bücher freut, die nicht so blutig sind wie meine Thriller. Sorry, Blut gab es jetzt auch wieder, aber immerhin keine Toten. ;-) Ihr Mann Michael Szep, der auch immer fleißig Feedback gibt, Nina Kramlinger, Michael Wind und Kathi Arnold, die alle neben durchaus begründeter Kritik nicht mit aufmunternden Worten und Lob sparen.

Michael, danke auch für die täglichen Begrüßungen gleich vor dem ersten Kaffee am Morgen und dafür, dass man mit dir stets über alle Probleme reden kann, und für das witzige Titelbrainstorming, das wir diesmal nicht brauchten, aber dafür haben wir uns über das Cover das Hirn zermartert. ;-)

Danke an Veronika A. Grager, meine Zuhörerin, Lesepartnerin, Motivatorin, Ulknudel und Freundin, die man zu jeder Tages- und Nachtzeit anjammern darf. Und danke an ihren Mann Manfred Wasshuber, der stets für guten Sound bei unseren Lesungen sorgt, unsere Koffer schleppt und unsere Auftritte fotografisch festhält. Was täte ich nur ohne euch.

Danke an Daniela Bertoldi, die vom ersten Buch an unterstützend und motivierend dabei war. Ohne dich hätte ich es nicht geschafft!

Danke an O2, dass du dich endlich mal wieder gemeldet hast und jetzt auch wieder mal aktiv Feedback zu diesem Buch gegeben hast und mich weiterhin unterstützt. Schön, dass wir uns wieder austauschen können.

Danke an alle Freund*innen und Kolleg*innen, die mich immer motivieren und unterstützen.

Danke an Cornelia Kelz und Elke Wind für ihr medizinisches Fachwissen, das sie gerne mit mir teilen. Und allen anderen wunderbaren Fachleuten und Menschen, die zu bestimmten Themen ihr Wissen mit mir geteilt haben, aber nicht genannt werden wollen.

Ich danke allen Medien, Rezensent*innen und Blogger*innen, die meine Bücher besprechen und weiterempfehlen, sowie allen engagierten Veranstalter*innen, Buchhändler*innen und Büchereimitarbeiter*innen, die meine Bücher empfehlen, auf den Tischen oder Regalen positionieren und so tolle Lesungen organisieren. Zum Beispiel um nur einige zu nennen, die Buchhandlung Kral, Thalia Wien und Wiener Neustadt, Morawa, Bücherei Wimpassing, Bücherei Mattighofen, Bücherei Bad Vöslau, Kulturkabinett Transdanubien, Buchhandlung Widhalm, Kulturverein Pottenstein, books4lifewien, Hikade, Stöhrs Lesefutter … Ich komme immer gerne vorbei und freue mich darauf, neue Buchhandlungen zu entdecken. Schreiben Sie mich einfach an!

Danke an meine persönlichen Blogger*innen vom inneren Kreis. Schön, dass es euch gibt. Ich hoffe, dieses Buch gefällt euch und ihr freut euch schon, es zu lesen.

Danke an all die wunderbaren Menschen aus dem 2nd Life, dank derer es diese tollen interaktiven LIVE-Lesungen und jede Menge andere Kulturveranstaltungen gibt, hier besonders Thorsten Küper, Joey Schäfers, Buktom Bloch, Clairdelalunachevalier und Tanja Kasten. Vielen Dank an Thorsten Küper und meine wunderbare Kollegin Petra K. Gungl für das Leihen ihrer Stimmen für meine interaktiven Live-Hörspiellesungen im Second Life! Ihr haucht meinen Figuren wunderbar Leben ein.

Danke an meine Superfans: zum Beispiel: die Högelsbergers, Gaby Cerny, Aurora Thusnelda, Jackie H., Tanten, Onkels, Cousinen, Cousins und viele mehr.

Und zu guter Letzt möchte ich mich bei allen Leser*innen bedanken, die meine Bücher kaufen, lesen, darüber in Bücherforen wie Lovelybooks diskutieren und sie weiterempfehlen. Danke an all jene, die mit meinen Figuren mitfühlen, mitfiebern, mitlachen, mitzittern, mitfürchten und mitweinen. Ich hoffe, ihr schließt Franzi und Max genauso in eure Herzen wie meine anderen Romanfiguren.

Letztlich habe ich es vor allem euch zu verdanken, dass es immer wieder neue Bücher von mir gibt. Ich freue mich über jeden Einzelnen von euch und über jedes Feedback. Traut euch, schreibt mir! Oder kommt zu meinen Veranstaltungen.

Ihr findet alle Termine, wo ihr mich treffen könnt, auf meiner Webseite: www.jennifer-b-wind.com

Wenn ihr wissen wollt, wann es weitergeht, Fragen zum Buch habt oder einfach mit mir plaudern wollt, folgt mir gern auf Instagram:

www.instagram.com/jenniferb.wind

Oder auf Facebook:

www.facebook.com/jenniferbwind/

Wenn ihr nichts mehr verpassen wollt, dann abonniert bitte meinen Newsletter.

Ihr findet mich außerdem ganz neu auf Tiktok, Pinterest und vielen Bücherplattformen wie Lovelybooks, Büchertreff, Goodreads etc.

Ich hoffe, euch gefällt mein neues Ermittlerteam und wir lesen uns bald wieder bei einer Leserunde.

Vielen Dank an meine Hardcore-Fans für eure Aufmerksamkeit und eure Geduld. Ich hoffe, diese neue Serie, die etwas anders gestrickt ist als meine Thriller, gefällt euch auch.

Das nächste Buch ist in Arbeit. Ich freue mich, wenn ihr dann wieder dabei seid.

Bis bald!

Eure

Jennifer B. Wind

(Juni 2023)